KB274862

박경석 실록전쟁소설

서울학도의용군

서문당

서울학도의용군 / 차 례

작가의 말

1995년 봄, 어느 맑은 오후 내 상록수 집필실에 찾아온 세 명의 노병이 있었다.

그들은 사명감 같은 강한 의지로 지난날의 군 시절 이야기를 후대에 남기고 싶다고 말했다.

서울학도포병동지회 김석찬을 비롯하여 이영, 김응오 등 세 전우의 빛나는 눈에서 나는 그들의 마음을 읽을 수 있었다. 그들의 증언이 이어지자 아니나 다를까 나는 그들보다 더 긴장하면서 그들의 진솔한 이야기를 경청했다.

참으로 뜻밖의 사실에 놀랐다. 내가 군생활 30년, 전역 후 군사평론 및 전쟁소설 작가로 끊임없이 군과 연관 있는 일에 손을 떼지 않고 있었지만 서울학도의용군에 대해서 아는 것도 들은 적도 없었기 때문이었다.

350여 명의 어린 학도들이 포병대대를 구성하여 북진대열에 참가한 후 그들이 남긴 교훈을 그대로 흘러보낼 수 없다고 결론을 내렸다.

이는 국가가 위기에 처했을 때 청년학도들이 어떻게 처신해야 하는가를 보여주는 산 역사로서 가치가 있다고 판단한 것이다.

그들이 더 늙기 전에 기억이 살아있는 지금 작품화 해줄 것을 제의해 와 즉석에서 승락했다. 그 후 여러 전우들과의 면담을 통하여 또는 군의 전사(戰史)를 참고로 하면서 집필을 시작했다.

이 실록전쟁소설은 소설보다는 전사에 가깝다. 왜냐하면 글을 쓸 때 각색과 기교보다는 사실(史實)에 더 중점을 두었기 때문이다.

이 실록전쟁소설은 지금의 청년학도들에게 꼭 읽혀야 되겠다는 것이 필자의 생각이다.

오늘날 청년 학도들의 가치관이나 국가관이 잘못되어가고 있지 않은가 하는 노파심이 작용한 탓이다. 그리하여 그때 서울학도의용군의 조국애와 조국에의 희생정신을 지금의 청년학도들에게 꼭 알리고 싶다.

이 글을 쓰는 동안 가장 열렬히 증언과 자료 제공에 임한 서울학도포병동지회 김석찬 회장의 역사의식에 경의를 표한다. 아울러 350여 명 가운데 조국을 위해 순국한 전우 여러분의 명복을 빈다.

1995년 늦가을
상록수 집필실에서

박　경　석

제1장 노병들의 담론

제1장 노병들의 담론

서울 서대문구 동교동 로터리에 새로이 말끔한 현대식 빌딩이 세워졌다.

한강 쪽으로 뻗어 있는 대로를 한 눈으로 내려다 볼 수 있는 좋은 위치에 세운 건물은 이름하여 린나이 회관이다.

린나이 코리아 주식회사의 사령탑인 셈이다. 린나이라면 누구나가 다 아는 가스렌지의 선두 주자이다.

그 건물 10층 회장 사무실에는 가끔, 초로의 신사들이 모여 서로 얼굴을 맞대고 뭔가 열심히 담론을 나눈다.

회장실의 주인공은 강성모 린나이 코리아 회장이다.

그는 이미 13대 민자당 국회의원을 역임했고 현재도 민자당의 서대문구 갑구 지구당 위원장으로 있다.

풍채가 당당하고 정치인다운 기개가 넘쳐흐른다.

"우리가 이대로 늙어 갈 수만은 없소. 우리의 후대를 위해 우리가 성취할 수 있는 보람있는 일을 해야 한다고 나는 생각합니다."

매우 진지한 얼굴이다. 그 자리에 참석한 린나이 코리아 최창선 사장은 고개를 끄떡인다.

"맞는 말입니다. 시국이 어수선할 때 일수록 어떤 대비책을 강구해야지요. 회장님 제의에 전적으로 동의합니다."

회장과 사장과의 대화. 이것만으로는 린나이 제품의 판매 전략이나 어떤 새 사업 계획의 구상 같아 보인다.

그러나 이 날의 담론 주제는 경영이나 사업, 더욱이 린나이와는 전혀 관계없는 그야말로 너무 엉뚱한 사안이었다.

"우리가 조국을 위해 목숨이라도 바치려고 했던 그날의 일들을 기록으로 남겨 6·25동란을 이해 못하고 있는 지금의 젊은이들에게 교훈이 되도록 해야 합니다. 이대로 바라볼 수만은 없습니다.

김숙희 전 교육부 장관이 국방대학원 특강에서 '6·25동란은 동족상잔의 명분 없는 전쟁이었다'고 말하지 않았습니까. 뭔가 잘못되어 가고 있는 현실을 우리는 직시하고 나머지 여생을 조국애의 부흥에 이바지해야 한다고 생각합니다."

교회 장로이며 용역경비업체의 책임자인 김석찬이 걱정스러운 표정으로 진지하게 말한다.

회장실 소파에 앉아 있는 나머지 노신사들은 이 세 사람 외에 함경호 덕천 정밀 사장, 고급 공무원으로 정년 퇴직한 이영, 회사 중역에서 정년 퇴임한 김응오 등이였다.

6명의 노신사들은 사업과 경영에 전혀 관련이 없는 일 때문에 모인 것이었다.

이들은 바로 세상에 잘 알려지지 않은 서울학도의용군 전우들이다.

학생의 신분으로 조국의 누란의 위기를 맞은 6·25동란시 스스로 의용군에 지원하여 북진 전선에 참전한 애국 용사들이다.

지금 이들은 거의 반세기가 흘러가고 있는 지난날 전우들의 거룩한 조국애를 다시 되새기고 있었다.

조국의 의미와 희생의 충정을 잊고 있을지도 모를 오늘의 젊은이들에게 뭔가 교훈이 될 사업을 생각하자는 공감대가 형성되어 가고 있는 것이다.

"위령탑 건립을 하여 숨진 전우를 기리고 후대에 그들의 영웅적 업적을 알리는 방법도 한가지 방법이 될 수 있다고 생각합니다. 그러나 그보다 더 급한 것은 우리가 싸우던 생생한 경험을 새로 정리하여 기록으로 남겨 오늘의 젊은이 특히 학생들에게 읽히고 더 나아가 후대에 전사로 남겨 두는 일이라고 생각하는데 전우 여러분 어떻게 생각하십니까?"

회장실 주인인 강성모의 제의이다.

"좋은 착상이십니다. 우리 학생시절의 국가관은 지금과는 상당한 차이가 있다고 생각합니다. 그때의 우리의 행적, 그리고 우리가 느낀 조국의 의미 등을 정리할 필요가 있다고 봅니다. 당시의 시국 상황과 학생운동의 내용 또한 정리해서 남겨 두는 것이 좋겠습니다."

이 전우 조직을 책임지고 있는 김석찬의 말이다.

"찬성합니다."

"동의합니다."

나머지 전우들도 모두 의견의 일치를 보았다. 이렇게 하여 이들은 자신이 겪은 일들을 정리해야 한다는데 합의가 된 것이다.

1945년 8월 15일, 이 날의 의미, 이 날의 환희는 겪어 보지 않은 사람은 실감하기 힘들다. 하늘을 찌르는 듯 '조선 독립 만세'의 환호는 삼천리 방방곡곡에 메아리쳤다.

그때 전우들은 모두 국민학교 학생이었다.

일본식 이름에다 일본어만으로 학습하고 있던 어린 국민학교 학생들은 그래도 어느 정도 자신들의 조국이 일본이 아니라는 사실은 알고 있었다. 일본인 눈치를 보면서 일본인과는 차별을 받는 조선 사람이라는 의식은 이들 어린 학생의 마음 한 구석에 희미하게나마 자리하고 있었던 것이다.

학교에서는 꼭 일본말을 해야 하고 거리에서 벗들과 이야기할 때에도 일본말을 써야 했지만 집에 오면 조선말을 썼다.

신사참배(神社參拜)라 하여 일본 황실의 조상이나 일본에 공로가 큰 사람을 신으로 모신 사당에 열심히 절해야 했다.

황국신민(皇國臣民)의 맹세라 하여 매일 아침 조회 때면 동쪽 일본의 소위 천황폐하(天皇陛下)가 산다는 궁성(宮城)을 향해 큰절을 한 후 외쳐야 했다.

어린 마음에도 이 어색한 일들을 어찌 모순이라고 생각하지 않을 수 있었을까?

그러나 입밖에 낼 수 없는 이 고역은 어린 조선인 학생들에게는 커다란 멍에였다.

전우들 나이 또래는 이 때 국민학교 4학년에서부터 6학년이었다.

　일본이 소위 대동아전쟁(大東亞戰爭) 막바지를 넘어서 패전의 기운이 맴돌기 시작할 무렵부터 이들에게 이상한 소문이 나돌기 시작했다.

　사방을 둘러본 뒤 한 학생은 겁먹은 얼굴로 친구들에게 말한다.

　"애들아. 일본군이 싸움에서 지고 있대. 그리고 우리 조선인 독립군이 용감히 싸우고 일본군을 무찌르고 있다는 거야."

　"뭐? 독립군이 싸우고 있다고? 일본군하고?"

　"암 그렇구 말구. 그리고 우리 쪽 대장은 김일성 장군이신데 훨훨 날아다닌다는 거야."

　"설마 그럴수가……."

　"아냐, 정말이라고. 우리 아버지와 만주에서 오신 외삼촌이 말하는 것을 엿들었다구."

　처음 듣는 학생들은 눈이 휘둥그레진다.

　"김일성 장군은 축지법을 쓸 줄 아는 세계 제일의 장군이래."

　"축지법이라니?"

　"도술을 써서 땅의 거리를 축소하여 단번에 10리, 20리를 달릴 수 있다는 거지."

　신나게 말하는 소년은 어깨를 한번 추켜세우고 여봐라는 듯 헛기침까지 한다.

　"너희들 내가 들은 말 말하다가 일본 놈들에게 들키면 당장에 형무소 간다. 그러니 말조심해야 돼."

어린 소년들에게 조국에 대한 의식이 조금씩 움터가는 그런 광경이었다.

이때부터 소년의 눈에 비친 일본인은 부러움의 대상이 아니었다. '우리의 적'이라는 잠재의식이 솟구치고 있었기 때문이다.

이렇게 몇 개월이 지나자 해방을 맞이한 것이다.

"만세, 만세, 조선 독립 만세—."

이때부터 기세가 등등하던 일본인들은 움츠러들고 떳떳하게 활보하지 못하는 신세가 되어 버렸다.

과격한 사람들은 일본인의 신사를 때려부수고 불을 질렀다. 어디 신사뿐이랴.

허점이 드러난 관공서나 일본인의 저택 등에도 파괴의 소용돌이가 미치기 시작했다.

전국 곳곳은 환희와 함께 파괴 그리고 난동 등 무질서가 전국을 흔들어 댔다.

뜻있는 사람들은 매우 걱정스러운 눈초리로 이 해방 후의 정황에 가슴을 조였다.

며칠 후, 반도를 가로지르는 38선이란 낯선 이름이 떠오르더니 북쪽에는 발빠르게 소련군이 진주하기 시작했다.

처음 북한이 맞는 소련군은 위대한 해방군이요 독립을 보장하는 구원군이었다. 북한 곳곳에서는 태극기와 소련기를 흔들며 위대한 소련군에게 만세를 외쳤다.

그 감격, 그 환희는 오래가지 못했다.

소련 병사들의 행패가 곳곳에서 자행되고 있었기 때문이다.

부녀자에 대한 강간, 노상 강도, 공공연한 약탈이 시작되었다.

평생 손목시계를 보지 못했는지 양쪽 손목에서부터 팔뚝까지 시계를 차고 으스대는가 하면 심지어 백주 사람이 보는 앞에서도 윤간을 서슴지 않았다.

북한 지역의 공장에 설치된 쓸 만한 기계들은 열차편으로 북쪽 소련땅으로 실어갔으며 북한은 온통 빨간 깃발로 뒤덮여 있었다.

이무렵 갑자기 나타난 김일성 장군.

북한 사람들은 누구나 김일성 장군이란 말을 들은 적이 있었으므로 그 위대한 독립 운동가이며 축지법을 쓰는 세계 제일의 명장의 얼굴을 보려고 아우성이었다.

"김일성 장군이 오셨단다."

"뭐? 김일성 장군이?"

"그럼 이제 환영식도 열릴걸."

북한 주민들은 누구나가 다 김일성 장군을 흠모하고 있었다. 특히 평양 시민은 더욱 열렬히 그를 보고 싶어했다.

웬걸, 환영식장에 나타난 김일성은 새파란 젊은 사나이였다. 순간 환영인파가 술렁대기 시작했다.

"저거 가짜다 가짜."

"웬 저런 변이 있는가?"

환영 군중은 슬슬 식장을 빠져나갔다. 이렇게 하여 김일성이라고 나타난 젊은이는 본명이 김성주이고 소련군 대위라는 것이 판명되었다. 그러나 소련군의 적극적인 옹호와 지원으로 그

가짜 김일성은 북한의 실권을 손아귀에 넣는데 성공하면서 김일성의 가짜 신화가 이때부터 창조되기 시작하였다.

북한이 이렇게 급속히 정치적 기반이 닦여 가고 있을 때 남한은 어떤 모습이었을까.

남한에는 북한의 소련군의 진주보다 훨씬 늦은 1945년 9월 8일 하지 중장이 이끄는 9만 7천 병력이 인천에 상륙하여 당일에 서울에 입성했다.

그때까지 조선총독부 건물에는 일장기가 휘날리고 있었으니 얼마나 무딘 세상이었나 알 수 있다.

미군 당국은 9월 11일 일장기 하강식을 거행함과 동시에 일본 총독 아베(阿部)를 해임하는 한편, 군정 장관에 아놀드 소장을 임명하면서 미군정이 시작되었다.

북한이 김일성을 앞세운 소련군의 철통같은 통제하에 공산주의 체제로의 진행과는 달리 반도 남쪽의 미군 당국은 초장부터 혼란을 야기시키고 있었다.

하지 중장과 아놀드 소장은 그들이 생각하는 자유민주주의 방식에 따라 언론과 집회의 자유 및 결사의 자유를 인정하고 포고령에 저촉되지 않는 한 어떤 혼란과 무질서도 관여하려고 하지 않았다.

이처럼 헐렁한 정책집행에 따라 집회와 결사의 자유가 보장되자 우후죽순격으로 수많은 정당 및 사회단체가 생겨나기 시작했다.

이해 말에 이르러서는 무려 300개 가까운 난립상을 보였다.

이러한 틈바귀 속에서 공산당들이 가만히 있을 리 만무하였다. 공산당은 재빨리 건국준비위원회를 조직하여 남한 정계도 자기들이 장악하려고 수단과 방법을 가리지 않고 혈안이 되었다.

한편, 민족주의 지도자들은 보수세력을 기반으로 한국민주당의 발기를 서둘렀으나 건국준비위원회의 종횡무진한 활동으로 그 세력이 커질 수가 없었다.

우익 진영에서는 건국준비위원회의 독주와 좌경을 견제하기 위하여 무던히 노력을 다하고 있었으나 미 군정당국의 방관적 태도에 따라 그 진척이 매우 늦었다.

그 사이에 건국준비위원회를 장악한 박헌영파의 조선공산당은 재빨리 인민공화국을 선포하였다.

"아니 남쪽도 공산당이 차지한다?"

"이거 안되겠는걸."

남한의 보수세력이나 순수한 국민들은 이런 불길한 변화의 과정을 지켜보면서 발을 동동 굴렀다.

또한 이 밖에도 조선 인민당 및 남조선 신민당 등 좌익 정당이 함께 날뛰다가 북한 당국의 지령에 따라 1946년 11월 23일 남조선 노동당으로 통합하여 약칭 남로당으로 그 정체를 드러냈다.

공산당과 그들 추종자들은 이루 헤아릴 수 없는 만행을 저지르고 있었다.

파괴, 폭동, 살인, 불법 만행이 그치지 않자 미 군정당국은 포고령 위반이라는 명분으로 공산당에게 철퇴를 가하기 시작하였다.

정판사 위조지폐사건, 철도, 체신, 전기 등 노동자들에 대한 파업 선동, 대구 폭동사건, 경무부장 조병옥의 암살미수 사건들이 그것이다.

어디 정치, 사회분야에서만 이들이 혼란을 야기케 하였겠는가?

가장 신성해야 할 학원에까지 이들의 만행이 이어졌다.

몇몇 학교는 이미 좌익 학생에 의해 완전히 장악되어 붉은 깃발을 나부끼며 적기가(赤旗歌)를 공공연하게 불러댔다.

미군이 서울에 입성하기 이전인 1945년 9월 1일 해방의 날로부터 불과 보름 후에 왕익권이 처음으로 학생단체를 조직하였다.

일제의 학병제도에 의하여 징병되었던 학병 출신 가운데 좌경사상을 가진 자들이 결성한 단체이다.

조선학병동맹이 그것이다. 이 단체는 공산당이 상용하는 '동무'라는 용어를 그들의 강령에 까지 사용할 정도로 급진적이었는데 그 강령은 다음과 같다.

강제 학병제도에 의하여 사선을 넘은 동무들의 친목을 도모하며 견고한 단결을 위하여 다음과 같이 강령을 정한다.

1. 제국주의 세력을 철저히 구축(驅逐)하여 민족해방의 완전을 기함.

2. 새 조선 건설의 추진력이 될 것.

3. 새 조선 문화 운동에 진력할 것.

4. 현 과도기에 있어서 치안유지에 협력하고 장차 국군 창설에 노력한다.

위원장에는 조직 책임자였던 왕익권이 맡았고 부위원장에 이청영, 총무에 이형화 외에 6명, 기획에 이준오 외에 6명, 문화에 박혁 외 5명, 선전에 고인권 외 4명, 경리는 김근배 외 5명, 실천은 박진동 외에 3명으로 구성되었다.

조선학도연맹은 일제하에서 학병에 끌려가던 굴욕의 날인 1월 20일을 학병기념일로 정하고 전국 학병대회의 개최와 희생당한 학병들의 추도제와 같은 행사를 거행하기 위하여 각 도별로 학병에 대한 실태조사를 실시하였다.

그러나 이 단체의 성격을 가장 잘 나타낸 사건은 학병동맹 사건이었다. 이 사건은 1946년 1월 16일에 반탁 학생총연맹이 주최한 신탁통치 반대 성토대회 후에 시작된 학생들의 가두 시위에 대하여 조선학생동맹 단원들이 계획적인 테러를 가한 사건이었다.

그로부터 그 단체는 공산당의 지령에 놀아나는 하부 조직임을 스스로 드러냈던 것이다.

그들 조직원들은 계속하여 학원 적화에 집념을 불태웠다. 이들 마수에 걸린 학교만 해도 한 때 과반수를 헤아릴 정도였다.

학생들의 스트라이크는 늘 이들에 의해 조종되었으며 학원 내는 적색기와 함께 적기가를 공공연히 불러대도 교사 조차 말리지 못하는 지경에 이르렀다.

그들은 때로 공산당이 아니라고도 편법을 썼지만 그들이 늘 불러대는 적기가로 하여 그들 정체는 스스로 노출되고 있었다. 적기가는 매우 선동적인 가사와 멜로디이다. 당시의 학생들은 그 노래가 듣기 싫어도 어쩔 수 없이 들어야 하는 곤욕을 치러야 했다. 도대체 노래 가사에 까지 '놈'이 들어가야 하는 그들 조직에 대하여 많은 학생은 진저리를 쳤다. 바로 이것으로 하여 보수성향의 우익 학생들이 눈을 뜨기 시작한 것이다.

이무렵, 의용군 전우들은 국민학교를 졸업하고 중학교에 진학하기 시작하였다.

첫 한글 세대의 출현이었다. 일본어로 교육 받던 국민학교에서 처음으로 한글을 배워 한글 졸업장과 한글 졸업 노래 "빛나는 졸업장을 타신 언니께 꽃다발을 한아름 선사합니다"로 졸업하는 감회 깊은 졸업생들이었다.

그 학생들도 별수 없이 중학교에 진학하면서 붉은 깃발과 적기가에 접하지 않을 수 없었다.

처음에는 사상에 대해서 관심도 없었고 알 까닭이 없는 순진무구한 학생들이었지만 그들 붉은 무리들의 작태를 보면서 서서히 깨닫기 시작했다. 도대체 공부는 할 생각 않고 학생을 선동하고 동맹휴학이다 뭐다 하면서 교사와 사사건건 대립을 일삼고 있으니 그들 붉은 무리들에게 이끌려 갈 리가 없었다.

학교의 한구석에서 또는 서울의 뒷골목에서는 학생들끼리 패싸움이 벌어지고 있었는데 그 싸움이야말로 중학생들의 좌익과 우익의 충돌이었던 것이다.

그때만 해도 머리를 박박 깎을 때였으므로 어떤 복장을 하던 중학생은 티가 났다.

당시 학제는 고등학교가 없었고 중학교가 6년제였다. 그래서 1학년과 6학년의 차이는 애들과 어른 만큼이나 거리가 있었다. 신입생들은 어린티가 나며 어른 같은 선배 싸움을 보면서 뭔가 하나씩 배워가고 있었다.

학원가에서 좌익의 활동이 심해지자 반사적으로 우익학생도 조직의 필요성을 느끼기 시작하였다.

좌익 학생단체인 조선학병동맹이 활동을 개시한 지 약 2년 뒤인 1947년 7월 31일에 우익 학생운동단체인 전국학생총연맹(약칭 전국학련)이 결성되어었다.

모스크바 삼상(三相)회담에서 한반도에 대한 신탁통치를 결정하였다는 소식이 전해지자 처음에는 좌익, 우익을 막론하고 전체가 격렬한 반대를 하였다. 그러다가 좌익진영이 돌연히 신탁통치 지지 쪽으로 태도를 변경하자 좌익과 우익 진영 사이에는 전부터 있어온 대립이 이 문제로 인하여 더욱 첨예화 되었다.

이에 따라 학생운동도 조선학병동맹의 산하 단체인 좌익 계통의 조선학도대와 우익계통의 반탁전국학련이 극단적인 대립을 벌이게 되었다. 좌익학생운동은 공산당의 지령하에 일사불란하게 움직이고 있었지만 민족진영의 학생운동은 반탁을 내걸고 반탁전국학련에 집결은 되었으나 주도권 문제로 분열이 심하였다.

반탁전국학련 외에 독립학생전선으로 갈라져 있었는데 차츰 반성을 하면서 적전에서 분열하면 힘의 결집력이 약하다는 것을 깨달아 학생대표들이 모여 서울 남산동에서 여러 차례 회의를 거듭한 결과 기존의 두 단체를 해체하고 새로운 총집결체를 결성할 것을 결의하기에 이르렀다.

이 결의에 따라 서울 인사동에 있는 중앙예배당에서 전국학생총연맹의 결성을 보게 된 것이다.

이 통합 우익 학생단체의 위원장에 이철승이 선출되었고 간부에 이인세, 이동원, 박용만, 채문식, 장익삼, 박갑득, 윤원구, 김진웅, 박석규, 윤한병, 이덕원, 오홍석, 양근춘, 이승철, 이세광, 정인수, 임상억, 김상종 등으로 구성되었다.

막강한 규모의 조직력으로 반탁운동을 비롯한 대공투쟁에 많은 업적과 불멸의 공훈을 남긴 것은 사실이지만 전국학련내의 주도권 싸움도 그칠 날이 없었던 것도 사실이었다.

어쨌거나 전국학련의 출현으로 학원내의 우익과 좌익 판도는 역전되면서 마침내 우익이 주도권을 잡기에 이르렀으니 전국학련을 과소 평가할 수는 없을 것이다.

학원 곳곳에서 전국학련이 좌익을 몰아내는 과정에서 폭력행사가 자주 문제점으로 등장하였으나 더 큰 비극으로 발전하지 않은 것은 큰 다행이었다.

1948년 9월 10일에 고대생이었던 이철승 전국학련 위원장이 학생 신분으로 총선거에 출마하자 학생 신분이 상실되었다. 그때 부위원장이었던 손도심이 이철승과 대립하여 또 하나의 위원장이 됨으로써 전국학련은 두 조각으로 나누어지게 되었다.

이렇게 전국학련은 주도권 다툼이라는 내부적 진통을 겪으면서도 국제 공산주의 노선에 대항하여 조국의 독립을 위해 기여한 것은 참으로 다행한 일이었다.

의용군에 입대한 전우 대부분의 학생은 이때의 전국학련의 주요 직분을 맡으며 공산주의와 싸웠던 구성원임은 두말할 나위가 없다.

전국학련은 1949년 4월 22일 대한 학도호국단의 설치와 더불어 형식상 그 막을 내렸다.

학도호국단의 실질적 조직의 출범은 설치 결정 이후 5개월 후인 1949년 9월이었다.

중앙 학도호국단 산하에 시, 도 및 각 대학 학도호국단이 설치되었고 중학교 (당시 6년제로서 고교는 없었음)에도 학도호국단이 설치됨으로써 전국적인 규모의 조직으로 발전하였다.

학도호국단 조직을 위하여 1948년 12월부터 각 중학교의 학생간부 2,400여 명을 선발하여 중앙학도훈련소에 입소시켜 단기 군사훈련을 실시하였다. 또 각급 학교 학도들에게 군사훈련을 실시하고자 하였으나 이를 지도할 교관이 없었다. 이에 전국 중학교와 대학의 체육교사 387명을 육군사관학교에 입교시켜 군사에 관한 지식과 훈련을 받게한 뒤 육군 소위로 임관케 한 후 해당 학교에 배속하였다.

이어서 1949년 1월에는 학도호국단 조직요령을 공포하여 중학교는 2월 중에, 대학은 3월과 4월 중에 그 결성을 완료케 하였다.

문교부 내에는 학도호국단 사무국이 설치되었으며 같은 해 9월에는 대통령령으로 '대한민국 학도호국단 규정'이 공포되었다.

학도호국단은 중앙 및 지방별로 조직을 가졌을 뿐만 아니라 중학교 이상의 각급학교 교직원과 학생을 함께 단원으로 하여 전국적으로 조직되었다. 그것은 반공 사상교육을 실시하며 조직적 활동을 통하여 투철한 민족의식과 국가관을 정립하는데 목적이 있었다.

이를 계기로 일제 시대의 일본식 교육과 해방 후 공산주의자에 의한 사상의 혼돈이 차츰 정돈됨으로써 사상적으로 방황하던 젊은이들에게 조국의 의미와 애국심을 갖게 하는데 기여할 수 있었다.

학도호국단의 지도사항의 주요 내용을 보면 다음과 같은 것이 있었다.

첫째, 연구 수양에 관한 사항으로 시국에 대한 강연회, 국내외 정세에 대한 연구 발표, 민족적 위인에 대한 연구 발표, 학술 예능 특기에 대한 연구 발표 등.

둘째, 단련에 관한 사항으로 체조, 교련 경기 등 체력단련, 행군 내한 내서 산악 훈련, 방화 방재 훈련, 학원과 향토방위 훈련 등.

셋째, 단체생활에 관한 것으로 근로 봉사 작업, 영농 청소 등 잡역, 기관지의 발행 등.

학도호국단은 1960년 4·19혁명의 성공으로 학생들 간에는 학생 자치활동의 새로운 전기를 찾으려고 이의 해체를 강력히 주장하고 나섰다. 당시의 스튜던트 파워는 거센 것으로 허정 과도정부는 1960년 5월 3일 국무회의에서 학도호국단을 정식으로 해체할 것을 의결하였다.

이에 정부는 5월에 대통령령으로 '대한민국 학도호국단 규정 폐지에 관한 건'을 공포하여 학도호국단은 창단 이래 10년 7개월만에 해산하게 되었다.

그 뒤 1975년 5월에 문교부에서 전국 78개 대학 총학생회를 개최하여 고등학교 이상의 교원과 학생으로 구성되는 학도호국단 창설 계획을 발표하였다.

같은 해 9월에 전국 중앙 학도호국단 발단식을 가짐으로써 재발족되었다가 1980년대에 들어와서 폐지되고 학생회가 부활되었다.

학도호국단의 필요성을 논할 계제는 아니지만 학도호국단이 6·25동란 발발 직전까지에 있어서 청소년 학도들에게 사상의 혼돈을 막아내고 애국심을 고취시킨 면에서는 크게 평가하지 않을 수 없다.

전쟁이 발발하자 스스로 학생복을 벗어던지고 군문에 뛰어든 당시의 중학생과 일부 대학생들의 조국을 위해서라면 목숨이라도 아끼지 않겠다는 애국심과 공산당을 막아내야 한다는 반공의식의 무장은 바로 학도호국단에서의 교육의 성과로 보지 않을 수 없다.

서울학도의용군의 구성 학생들도 바로 그것으로 말미암았다고 그들 스스로는 말하고 있었다.

그 문제에 관하여 최창선 린나이 코리아 사장은 다음과 같이 말한다.

"나는 용산중학교 4학년(고교 1학년에 해당)때 학도호국단 용산중학교 감찰부에 있었습니다. 어린 나이에도 좌익학생들의 행태에 대해 분노하지 않을 수 없었죠.

학도호국단을 통해 공산당의 악랄성에 인식을 갖게 되고 반공으로 나라를 지켜야 한다는 각오를 하게 되었습니다."

차분한 신사인 그가 그때의 상황을 설명할 때에는 얼굴이 붉어지면서 일종의 흥분을 억제하는 듯한 모습이 역력하였다.

서울학도의용군 출신의 모임을 책임 맡고 있는 김석찬 회장은 더 강인한 표정을 지으면서 열변을 토하듯 또박또박 말을 잇는다.

"나는 평북 신의주가 고향입니다. 이북에서 월남한 것은 1948년이지요. 더욱이 기독교 가정인 우리 집안에 대한 공산당의 핍박은 말이 아니지요. 그놈들 하는 꼴을 보고 있자니 참을 수가 없었습니다. 그래서 남쪽에 내려가다가 죽는 한이 있어도 자유로와 보겠다고 월남을 결심했습니다."

그는 월남하여 서울 대광중학교에 들어갔다고 했다.

"이북에서 못된 짓 하던 공산당을 보아온 나로서는 자유 대한에서의 좌익이 설치는 꼴은 더욱 못참겠습디다. 그래서 나는 전국학련에서나 학도호국단에서 좌익에 반대하는 일이라면 무엇이든 선두에 나섰습니다."

김석찬은 지금도 전국학련이나 학도호국단의 당시 역할이 아니었다면 공산당을 막아내는 데 더 어려웠을 것이라고 말한다.

공무원을 정년 퇴직한 서울공업중학교 출신의 이영은 전우들의 이야기에 귀를 기울이며 고개를 끄떡이다가 입을 열었다.

"나는 아버지 따라 중국에 건너가 상해에서 11년을 살았습니다. 아버지께서 독립운동에 관여하고 계셨는데 늘 나에게 일본인보다 공산당을 더 조심해야 한다는 말을 하셨지요. 서울에 와서 학교에 다니고 보니 좌익 학생들이 왜 그렇게 설치는지 정말로 못 보겠더군요. 나는 그래서 방황하는 학생들에게 공산당에 대한 이야기를 많이 해주었습니다.

학도호국단이 발족된 것이 참으로 다행이라고 생각했습니다. 그곳 훈련과정에서 조국의 참의미를 깨달았습니다."

린나이 회관 10층 회장실에는 한껏 열기가 뿜어댔다. 7월의 장마 탓인지 밖에서는 굵은 빗줄기가 쉬임 없이 내리는데도 후덥지근하다. 에너지 절약을 고집하는 강성모 회장의 지시로 아직 에어콘은 가동되지 않고 있었다.

"6·25 동란 전 여러가지 불미스러운 사건들이 남한에서 일어났습니다. 그런 문제도 솔직히 집고 넘어가야 하지 않겠습니까? 다시는 그런 잘못을 되풀이 하지 않도록 오늘의 학생들이나 장차의 학생들에게 교훈이 되도록 정리할 필요가 있겠습니다."

강성모 회장의 제의였다. 좌중의 전우들은 모두 고개를 끄떡이며 그의 말을 수긍한다.

이승만은 1945년 10월 16일에 귀국하였다. 그러나 미 국무성의 비협조와 군정당국의 무관심 때문에 개인 자격으로 입국하는 수모를 당해야 했다.

광복군도 공식적으로 인정이 안되어 각기 흩어져 피난민이 귀국하는 식이었다.

이승만의 귀국은 한때 좌익의 박헌영마저 그를 당수로 추대하려 할 정도로 국민적인 관심의 촛점 인물이었다.

많은 정당들이 각기 그의 독립투쟁경력과 명성을 내세우기 위해 정당의 당수로 추대하려 경합하였다. 그러나 이승만은 초연하게 그의 주장만을 되풀이했다.

"나 이승만은 어떤 정당의 당수가 되는 것보다 온 국민이 한마음 되기를 더 희망합니다. 우선 내 주장을 말할 것 같으면 첫째, 38선이 철폐되어야 한다는 것입니다. 민족의 분단은 생각할 수도 없는 비극이기 때문입니다.

뭉쳐야 살고 흩어지면 죽습니다.

그리고 둘째, 요즈음 신탁통치가 운위되고 있는데 그것은 말이 안됩니다. 조국이 광복이 되었는데 주체인 우리를 두고 누가 이 땅과 이 겨레를 통치한단 말입니까. 우리는 우리의 힘으로 자주독립을 획득해야 합니다. 따라서 이 목적을 관철하기 위해서는 각 정당이 통합해야 합니다."

당연한 말이었다. 이승만은 대동단결을 강조하는 한편 좌익에 대해서는 철저한 경계심으로 그들과의 접촉을 회피했다.

"공산주의자들은 공산당 정부 수립만을 위하여 각 방면으로 선동과 소요를 일삼으며 우리의 독립을 방해하는 자들이니 국민각자가 자각하여 그들의 선동에 유혹되지 말아야 한다."
고 이승만은 공산당에 대한 경계심을 늦추지 않았다.

이에 좌익에서는 연일 벽보, 전단을 통하여 이승만의 반공성
명을 반박하고 나섰다.

그러나 이승만은 끄떡도 하지 않고 그의 반공 주장을 더욱
강력하게 되풀이 할 뿐이었다.

이승만은 '공산당에 대한 나의 입장'이라는 방송 제목으로 결
정적인 단안을 내리기에 이르렀다.

"나와 우리 국민은 현재의 형편상 공산당을 원치 않는다.
그 이유는 공산당의 극렬분자들이 공산 명목을 빙자하여 국
민을 기만하고 협박하며 공화국을 조작하여 국민의 분열을
획책하기 때문이다. 우리 국민은 전통에 의하여 민속을 지키
고 질서를 존중하며 평화롭게 삶을 영위할 수 있는 자유 민
주주의를 선택할 것이다. 우리의 소원은 오직 자유와 민주주
의 국가의 건설이다."

이승만이 이렇게 공산당과 고군 분투하고 있을 때인 1945
년 11월 23일, 중경 임시정부 요인 김규식, 이시영 등과 함께
김구가 귀국하였다. 그러나 임시정부가 미 군정 당국으로부터
인정받지 못하고 피난민 집단 쯤의 대접을 받게 되자 요인들
은 울분에 파묻혀 은둔생활이나 다름없는 고독을 씹어야 했다.

이 때의 상황을 상기한다면 두 가지 문제에 봉착하게 된다.
하나는 미국과 미 군정당국의 무지와 실책을 지적할 수 있고
둘째는 이승만이 공산당을 보는 안목이 정확했다는 사실이다.

이승만이 공산당에 대한 불신과 경계심은 거의 신앙에 가까

울 정도로 명백했다.

공산당과 협상한다는 것은 사실상 폭약고에 들어가는 거나 다름없다는 것이 이승만의 반공의식이었다.

이승만이 대한민국 정부를 수립하고 유엔의 지지를 획득하는 등 건국의 공로가 컸었음에고 불구하고 말기에 그의 정치적 야망탓으로 비운을 맞은 것은 안타까운 일이 아닐 수 없다.

대한민국 정부 수립이후 반세기 가까운 세월이 흘렀지만 이승만이 본 공산주의에 대한 실상은 오늘과 다름이 없다고 결론을 내릴 때 더욱 그에 대한 아쉬움이 남는다.

오늘의 대한민국도 따지고 보면 이승만이 아니었던들 존재할 수 없었다는 가정도 상상할 수 있을 것이다. 그토록 이승만은 공산당과의 타협이나 협상 따위를 배제했다.

이승만의 반공노력에도 불구하고 공산당의 마수는 학원 뿐만아니라 군과 정치분야에까지 뻗어가고 있었다. 군에서는 계속 반란사건이 이어졌고 사회는 어수선했다.

"설마, 공산당이……."

공산당으로부터 당해보지 않은 사람들은 그들도 사람인데 뭐 그렇게 나쁘겠느냐는 정도로 무지 속을 헤어나지 못하고 있을 때 북한의 공산집단은 하나하나 계획을 진행시키면서 남침준비를 하고 있었다.

당시를 회상하고 있던 전우들은 공산당의 만행이 생각난 듯 6·25에 대한 화두로 진입하려다 잠깐 멈춘다.

"그런데 우리는 여기서 전 교육부장관 김숙희가 말한 내용을 분석할 필요가 있다고 봅니다. 대학교수 출신의 최고 지성인이 왜 그런 말을 했는가에 대한 원인을 규명하고 넘어가야 한다고 생각합니다."

당당한 체격의 함경호의 말이다.

좌중은 조용해졌다. 중요한 사안인 탓인가. 얼굴빛이 긴장되어가고 있었다.

"참 도저히 알 수 없는 일이에요. 우리 나라 교육을 담당하고 있는 책임자가 6·25동란을 동족상잔의 명분없는 전쟁이라고 한 것은……. 그 분은 아마 국가관이나 가치관에 혼돈을 갖는 회색분자가 아닐까요? 좌경인사는 아닐테고……. 나는 도저히 이해할 수 없습니다."

공무원 출신 이영의 한숨 섞인 말이다. 더구나 이 무렵 삼풍백화점이 붕괴되어 시신 발굴작업이 한창일 때였다. 아마 이때 400명선을 넘었다는 보도가 있었던 직후였다.

장마비 궂은 날, 을씨년스러운 기운이 감도는 회장실 분위기는 그러나 조국을 걱정하는 충정(衷情)이 더 압도하고 있었다.

"오늘날 소련이 붕괴되어 공산 종주국이 무너지고 동구권도 민주주의로 향하고 있는 것만 보아도 우리가 공산당과 싸운 것은 너무나 명백한 명분이 있었다고 생각합니다. 그때 우리가 북한 공산군을 막아내지 못했다면 한반도 전체국민은 공산 학정하에서 최저의 빈곤생활로 허덕이고 있었을 것입니다.

우리의 결정은 현명하였으며 한민족의 중흥의 계기가 되었다고 자신합니다."

정치가 다운 강성모의 논리정연한 말이었다.

모든 전우들은 고개를 끄떡이며 그의 말을 수긍했다.

"당연한 말씀입니다. 그런데 왜 국무위원인 그가 그런 당연한 이치를 가지고 좌경도 아닌데 그쪽에서 하는 식으로 말했는지 그것이 의문입니다."

역시 공무원 출신인 이영이 그다운 의문을 표했다.

"제가 보기엔 그녀는 좌경도 아니고 명확한 철학에서 나온 말도 아닌 것 같습니다. 예를들어 그녀는 교육전문가도 아니고 더욱이 정치가도 아닙니다. 그녀는 아마 식품영양학인가 하는 전혀 엉뚱한 분야의 전공을 했다는 말을 들었습니다. 6·25동란이 동족상잔임에는 틀림없으니까. 거기에 초점을 맞추어 명분이 없다고 말한게 아니겠어요? 저는 순전히 그녀의 실수로 보고싶습니다."

교회 장로다운 김석찬의 너그러운 해석이다.

"그래도 한 나라의 장관치고는 너무 경솔했다고 봅니다."

카톨릭 신자이고 세례명이 시메온인 김응오가 결론에 가까운 말을 잇는다.

"그래서 김영삼 대통령이 보고를 받자 즉각 해직 시킨게 아니겠어요?"

함경호의 말에 모두 웃음을 터뜨렸다.

하하하……. 하하하…….

"점심시간이 되었네요. 오늘 모처럼의 담론이고 뭔가 결실을 맺어야 하니 오후까지 끝장을 냅시다. 점심은 이 방에서 도시락으로 드는 것이 어떻겠습니까?"

"좋습니다."

강성모의 제의에 모두 찬의를 표했다.

얼마후 주문 도시락이 들어왔다.

애국충정이 넘쳐 흐르는 이 노병들은 창밖 줄기차게 내리는 장마비도 의식하지 않은채 열심히 도시락을 비우고 있었다. 지난날 야전에서 꽁보리로 만든 주먹밥을 먹던 광경과는 사뭇 대조를 이루었다.

오후가 되자 다시 담론이 시작되었다. 비는 계속 줄기차게 내린다. 방안이 어두워지자 사장 최창선이 일어나 벽쪽으로 걸어가 전기 스위치를 누른다. 형광등이 환하게 점등되었다.

"김숙희 장관 문제는 그것으로 해두고 우리는 6·25에 대한 우리 나름대로의 평가를 내려야 합니다. 이 전쟁으로 말미암아 국군 14만 6천여 명, 유엔군 5만 7천여 명, 경찰관 3천 5백여 명, 민간인 37만 3천여 명이 사망했습니다.

부상자만 해도 백만명이 넘습니다. 이 밖에도 3백 62만 여 명의 전재민이 생겼고 50여만 명의 전쟁미망인과 10만여 명의 전쟁고아가 가정파탄의 비극속에서 몸부림쳐야 했습니다.

산업시설 및 민간 가옥의 파괴도 절반 가량이 피해를 입었습니다. 이런 손실은 순전히 남한만이고 북쪽 동포의 피해까지 합산한다면 우리 나라 역사상 가장 큰 재앙입니다. 따라서 우리가 싸워야 했던 분명한 명분과 역사적 평가를 내려야 합니다. 우리가 만들어 후대에 넘겨줄 기록에 그 결론이 포함되어야 합니다."

공무원 출신답게 이영은 정확한 통계숫자까지 제시하면서
열을 올렸다.

지금까지 별로 말이 없었던 사장 최창선이 입을 열었다.

"전적으로 동감입니다. 그 문제에 대해서 지금 여기서 결론
을 맺지 못한다면 다른 기록을 쓰는데 혼선이 올 것입니다.
저는 그 문제에 관한한 명백한 의견이 있습니다."

이때 김석찬이 그의 말을 막는다.

"녹음해도 좋습니까?"

"물론이지요. 별로 논리정연한 말은 아니지만 저의 사상이
니 분명히 해두겠습니다.

첫째, 6·25동란은 동족상잔의 명분없는 전쟁이 아닙니다.
6·25동란은 동족상잔임에 틀림없지만 삼국시대나 후삼국시
대에 있었던 동족상잔의 경우와 근본적으로 다르다는 것을
지적합니다. 6·25동란은 공산주의 이데올로기 즉 외세에 의
한 전쟁이기 때문입니다. 북한이 공산주의 확장을 목적으로
한 반민족적 도발이었음을 우리는 상기해야 합니다. 당시 우
리 국군이 이를 막아내지 못했다면 어떤 결과가 되었겠습니
까? 상상만 해도 모골이 송연해집니다.

공산주의는 20세기의 가장 잘못된 퇴물이라는 것은 오늘의
세계정세를 보면 분명해집니다.

종주국 소련이 붕괴되고 동구권이 자본주의화 되고 있습니
다. 지금 남은 사회주의 국가 예를 들면 북한, 쿠바, 베트
남, 캄보디아 등은 지구상의 최빈국으로 전락했습니다.

중국은 사회주의 체제입니다만 정치적인 면이고 경제면에

서는 이미 자본주의를 채택하고 있지 않습니까?

 만약 6·25때 우리가 명분없는 전쟁이라고 북한군의 남침을 그대로 보고만 있었다면 우리는 북한체제에 흡수되어 북한 동포처럼 비참한 처지에 이르게 되었을 것입니다. 오늘의 풍요는 상상할 수도 없었을 것입니다.

 둘째, 북한당국은 민족이 이어내려오고 있는 전통을 송두리째 부정하고 있습니다. 우리의 역사도 제멋대로 변조하고 있습니다. 더욱이 세계 만인이 다 알고 있는 근대사까지 너무 허황되게 날조하고 있습니다.

 셋째, 김일성이 죽었는데도 아직 그가 북한을 통치하는 유령국가입니다. 곧 김정일이 세습하겠지만 1년간이나 죽은 귀신이 통치하는 나라가 어디 있습니까?

 결론을 말하겠습니다. 북한군의 불법남침에 대응한 국군의 반격행위는 역사적 의미로 보나 현실적으로 보나 가장 현명한, 아니 유일한 조치였다고 봅니다. 따라서 우리 서울학도 의용군의 참전도 조국을 위한 위대한 애국심의 발로로 결론 짓겠습니다."

최창선의 말이 끝나자 서로 상의라도 한 것처럼 일제히 박수를 쳤다.

"아니, 여보, 최사장. 정치가가 다 되었군. 언제부터 그렇게 정확한 사고와 정연한 논리를 구사했소."

강성모의 말에 모두 웃음을 터뜨렸다.

"별말씀을……. 평소 하고 싶은 말을 했을 뿐입니다. 제 말이 맞다고 생각하십니까? 전우 여러분!"

"당연히 맞습니다. 우리가 우리의 전사를 기록할 때 지금 최사장이 말한 그것을 기조로 해서 정리해 나갑시다."

이영이 결론을 내렸다. 그리고 이어서 이영은 말을 계속했다.

"우리가 참전한 6·25동란 외에 월남전 문제도 일단 정리해둡시다. 우리 전우 가운데 월남전에 참전한 분도 있기 때문입니다. 심심치 않게 들리는 월남전에 참가한 한국군은 용병이다 라는 문제와 과연 월남전 참전이 한국군과 한국에 유익했나 하는 점을 정리하고 넘어갑시다."

이영의 말이 끝나자 강성모가 다음 타자로 나섰다.

"월남전에 관한 용병문제 또한 세계적 시야를 갖지 못한 옹졸한 사고의 결과라고 지적하고 싶습니다. 그것은 6·25동란에 참전하여 우리를 도와준 우방군을 상기해야 하기 때문입니다.

만약 미국의 한국에 대한 군사개입이 없었더라면 공산주의 팽창을 저지할 수 없었을 것입니다. 월남 또한 같은 이데올로기 상황인 이상 우리가 6·25때 진 빚을 갚는 것은 당연한 국제적인 협조죠. 더욱이 미국이 당시 한국의 방어에 대해 책임을 지고 있지 않았습니까?

문제의 핵심인 용병문제는 간단히 결론을 내릴 수 있습니다.

주월 한국군의 작전지휘권은 미군 지휘관에 있지 않고 주월 한국군 사령관 채명신 장군에 의해 행사되고 있었으므로 용병이 아니었던 것은 분명합니다.

한국군은 비록 월남전에서 약 5,000여 명의 전사자를 냈지만 월남전 전투경험을 바탕으로 북한군에 대한 한국군의 전술우위(戰術優位)의 계기를 마련했다는 점을 강조하지 않을 수 없습니다. 전투경험의 축적으로 미군 전술교리(戰術敎理)에서 탈피하여 한국군 독자적인 전술교리로의 발전을 성취시킬 수 있었습니다.

국가 경제적인 측면에서 볼때에도 월남전으로 말미암아 많은 기술자가 파견되어 달러를 벌 수 있는 발판이 마련되었습니다.

세계로의 진출이 가능해짐으로써 오늘의 세계화의 기초가 된 셈이죠. 따라서 월남전은 우리 국가와 한국군에게 크게 기여한 유익한 참전으로 결론을 맺고 싶습니다."

역시 정치가 다운 식견과 판단력으로 설파하는 그의 설명은 논리가 정연하였다. 박수가 울렸다.

"이제 우리가 할 일만 남았군요. 우리가 남길 우리의 전사는 바로 두 분이 말씀한 것을 기조로하여 각각 준비하겠습니다."

박수가 멈추자 함경호가 말했다.

"지금 녹음한 내용만으로도 우리가 출간할 전사의 총론이 되겠습니다."

"그렇습니다. 분명히 결론이 내려졌군요. 두 분 가운데 한 분이 교육부장관 자리를 맡아야 할 것 같습니다."

김석찬의 말에 모두 함께 웃었다.

하하하……. 하하하…….

이 날의 모임은 사실상 중요한 의미를 갖는다. 왜냐하면 전사에도 기록되지 않고 있는, 학생들에게 귀감이 될, '서울학도의용군'에 대해 새롭게 역사로 발굴하기로 결정했기 때문이다. 지금까지 서울학도의용군이 전혀 알려지지 않았다는 것은 당국에 책임이 없지 않다.

6·25동란 발발 이후 방비책이 없던 국군의 후퇴로 서울은 만 3일만에 적의 수중에 들어갔다.

서울 시민은 라디오, 신문 등 매스컴을 통해 국군은 반격중이니 안심하라는 허위보도 속에서 피난도 못가고 적 치하에서 상상할 수 없는 곤욕을 당했다. 특히 한강대교의 조기 폭파로 다리 위에 있던 많은 시민이 떼죽음을 당했고 남하의 길도 봉쇄되었다.

많은 애국시민이 인민군과 정치보위부 그리고 내무서, 심지어는 토착 빨갱이로부터도 얼마나 많이 학살을 당했던가? 이 비극 속에서 살아남은 어린 학생들이 수복 후 10월에 있었던 '서울학도의용군 모집' 광고를 보고 학업 중단을 결심하고 군에 입대했다.

모집 광고에는 만 18세 이상으로 되어 있었지만 애국심에 불타는 어린 학생들은 연령을 속이거나 눈물로 지원을 간청하여 국군의 북진부대 포병으로 출진했다.

그 총수는 350여 명에 달한다.

당시 중학교와 고등학교 상황을 보면 다음과 같다.

고등학교 설치 이전에는 6년제 중학교였다. 그러다가 1949

년에 공포된 교육법에 의해 고등학교 제도가 도입되었는데 사실상 준비가 잘 안되어 6·25동란 직전인 1950년 3월부터 현재의 고등학교가 구제 6년제로부터 분리되기 시작하였다.

따라서 6·25동란 발발 당시는 구제 중학교 6년제와 고등학교 분리 학교가 공존하다가 수복직후 고등학교가 완전히 분리되어 현재와 같은 학제가 되었던 것이다.

서울학도의용군 모집 배경은 다음과 같다. 한국군의 증강으로 한국군에게도 당시의 신무기인 105미리 M2 곡사포가 배정되었는데 그 포를 사격할 포병 병력이 부족하였다. 포병의 주요부서는 사격제원을 산출하는데 필요한 전문요원이 필요했다. 전문요원은 대수나 기하 즉 수학에 능통해야 한다. 그리하여 궁여지책으로 북진부대의 105미리 M2 포병대대 요원을 모집하기 위해 '서울학도의용군 모집' 공고를 냈었다. 당시 모집 책임 장교는 육사 5기생인 최철 대위였고 그 수하에 차진숙 상사와 이신명 중사가 있었다. 이때 모집에 응한 학생은 많았지만 수학 시험과 구두시험을 거쳐 선발한 인원이 350여 명. 그들이 곧 서울학도의용군이다.

350여 명 가운데는 고대생 2명을 포함 대부분 고등학교 학생이었다. 그러나 모집자격 미달인 만 18세 이하의 중학생도 수두룩했다.

왜냐하면 조국을 구출하겠다는 불타는 충정으로 나이를 속였거나 부모의 동의서를 첨부했거나 눈물로 하소연하여 입대한 어린 학생 때문이다. 심지어 중학교 2학년 학생인 15세의 소년도 포함되어 있었다. 350여 명 전원이 재학생이었다는 것이 특징이다.

이때 모집 책임장교 최철 대위는 학생들을 모아놓고 연설했
다.

"이제 인민군을 무찌르고 국군은 북진하고 있다. 이 전쟁은
약 한 달이면 끝이 난다. 길어야 2개월일 것이다.

학생들이여! 이 영광스러운 의용군 대열에 참여하여 저 북
한 동포를 해방시켜 통일을 이룩하는 성전의 대열에 서자.
학업 중단은 다만 몇 개월, 크리스마스까지는 복교할 수 있
다고 생각한다.

이번 서울학도의용군은 포병으로 신무기를 조작한다. 미국
에서 도입된 신형 105미리 M2 곡사포이다. 야포는 아무나
사격할 수 없다. 사격제원을 산출하려면 수학에 능통해야 한
다. 그래서 제군들과 같은 학생들을 조국은 필요로 한 것이
다."

북진의 감격을 맞이하고 있던 젊은 학도들로서는 그 멋진
진격 대열에 참가하고 싶었을 것이다. 구름같이 용산고등학교
교정에 모여들었다. 용산고등학교 교정은 학생들로써 만원을
이루고 있었다.

교정 한 쪽에서는 수학시험과 구두시험에 합격한 교복차림
의 학생이 제식훈련을 받고 있었다.

이무렵 북진중인 한국군과 유엔군의 승전보가 계속 날아들
었다.

모두 이제야 통일되는구나…… 하고 안도의 한숨을 쉬었다.

제2장 김일성의 망상

제 2 장 김일성의 망상

전쟁과 연관하여 시대를 초월 세계적 명저로 꼽고 있는 클라우제비쯔의 '전쟁론' 제 1 항 '전쟁이란 무엇인가'에서 전쟁의 정의에 대해 다음과 같이 기술하고 있다.

'전쟁이란 우리의 적대자로 하여금 우리의 의지를 완벽하게 이행하도록 강요하려는 폭력행위이다.'

클라우제비쯔의 이론이 새삼스러운 것이 아니다. 이미 수천 년 전에 중국의 병법가 손자나 오자 또한 비슷한 문장을 남기고 있다.

뭐니 뭐니 해도 전쟁은 이겨야 한다. 아무리 적법한 절차와 도덕적 정치 이념을 가지고 있었어도 전쟁에 지면 끝장이다.

전쟁에 승리하면 정의가 되고 전쟁에 패배하면 정의가 될 수 없다.

전쟁이란 폭력행위는 승리할 때만이 타당성이 인정되지만 패배하면 폭력 자체로 멸망한다.

이즈음, 검찰의 5·18 불기소 결정과 관련하여 대한 변호사 협회는 "검찰이 어설픈 국가주의적 통치 행위론으로 반 법치주의적이고 반 역사적인 정치적 결정을 내렸다.”고 비난 성명을 했지만 역사 결정권은 칼을 쥐고 있는 쪽, 즉 현 정부에게 있음을 부정할 수 없다.

검찰은 “성공한 내란은 사법심사의 대상이 아니다.”라고 강변하고 있는 것도 알고 보면 클라우제비쯔의 전쟁의 정의와 그 맥을 같이한다. 그러므로 내란 즉 쿠데타를 하는 쪽에서는 전쟁과 마찬가지로 목숨을 걸고 일을 꾸민다.

육군 소장이 당당이 대통령이 될 수 있으니 얼마나 가슴 벅차고 실감나는 도박인가?

그러나 전쟁이나 쿠데타나 그것이 성공했건 실패했건 훗날 역사에는 선과 악으로 명백히 구분된다. 그것이 바로 역사의 당위성이다.

6·25동란. 일반적으로 학문에서나 외국에서는 한국전쟁이라고 일컫는 우리 민족의 최대 비극인 동족상잔은 지금 우리가 그 선과 악을 구분할 수 있게 되었다.

이는 대한민국이 조선민주주의 인민공화국보다 우위에 있다는 세계의 정세 변화에 따른 역사적 결정이 내려진 것이다.

그 근거는 국제 공산주의의 붕괴에 있다. 공산주의의 구심점이 붕괴된 이상 공산주의 확장을 위한 김일성의 도발은 성공하지 못한 쿠데타처럼 참패한 꼴이 되었다.

우리가 많은 희생을 무릅쓰고 6·25동란을 치룬 그 명쾌한 당위성을 하나하나 찾아나갈 때 우리의 자랑 ‘서울학도의용군’이 학업까지 중단하고 또는 법정 연령까지 무시하는 모험으로 입대한 보람을 찾을 수 있을 것이다.

 소련이 붕괴하기 전에는 북한 당국은 물론 동구권이나 심지어 일부 자유 우방까지도 '6·25동란은 미 제국주의 사주하에 이승만 괴뢰 도당의 북침으로 야기된 전쟁'이라고 우기고 있었다.

 그렇게 된 연유는 두 가지가 있다. 하나는 북한 당국이 그들의 전사 첫머리에 한국군의 북침이라고 명백히 기술하여 그것을 영문으로 번역, 세계 각 도서관에 보냈기 때문에 순진한 학자들이 그것을 믿고 그대로 주장하여 생긴 해프닝이고, 그 둘째는 우리의 자승자박(自繩自縛) 탓으로 볼 수 있다.

 6·25동란 하루 전까지만 해도 신성모 국방장관이나 채병덕 육군 총참모장은 6월 위기설이 나올 때마다 "우리 국군은 명령만 내리면 북진하여 남북 통일을 성취할 수 있다"고 큰소리쳤고 심지어 '공격명령만 내리면 점심은 평양에서, 저녁은 신의주에서 먹을 수 있다'고 떠벌렸다.

 더구나 6월 25일 오후에서부터 시작하여 27일 오전까지 모든 매스컴, 특히 KBS라디오 방송을 통하여 '국군 해주 점령 후, 북진중'이라는 엉터리 보도가 세계 각국에 퍼져 그것이 자료가 된 원인이었다.

 소련의 붕괴 직전까지만 해도 우리 나라의 좌경 학생들이나 운동권 학생들이 국군의 북침을 주장했었다.

 소련의 붕괴로 그와같은 허구는 명백하게 밝혀졌지만 북한 당국은 그때나 지금이나 역사를 떡먹듯이 날조하고 있는 세계 유일의 이상한 국가이다.

 우리 나라라고하여 하자가 없는 것은 아니다. 6·25동란 직

전의 혼란과 무방비, 그후 정치적 격동과 쿠데타의 빈발. 여하
간 동북 아시아에서 남북한 공히 시끌시끌한 나라로 정평이
나있다.

군사정권 때는 그렇다치고 문민정부에 들어서서도 잦은 정
책의 실수가 이어지면서 아시아나 항공기 추락, 서해 페리호
침몰, 성수대교 붕괴, 재향군인회 운영의 유람선 화재, 아현동
도시가스 폭발, 대구 지하철 공사장 폭발, 삼풍백화점 붕괴 등
으로 마침내 한강변의 기적이 한강변의 비극으로 탈바꿈하는
참상을 맞고 있다.

차제에 우리는 누구를 나무라기보다 내 탓이라는 각오로 무
질서, 부정부패, 적당주의 등을 추방해야 할 것이다. 따라서
우리의 자랑과 긍지를 밝히는 역사적인 사업도 펴나가면서 잘
잘못을 가릴 줄 아는 역사의식을 갖도록 노력해야겠다.

그러한 의미에서 6·25동란의 발발 원인이나 쌍방의 문제점
들을 살핀다는 것은 곧 역사의식의 형성이라는 면에서 조국애
의 부흥에 이바지 할 수 있으리라.

소련은 미·소 양군이 한반도에서 철수한 이후 조성될 힘의
공백기를 한반도 적화의 호기로 판단하고 전쟁준비에 착수하
였다.

그 첫 조치로서 1948년 초, 전차, 항공기, 통신 요원 양성
을 목적으로 북한 청년 1만여 명을 선발하여 소련내 극동 군
사학교에 보내어 1년간에 걸쳐 교육 훈련을 받게 하였다.

같은 해 12월 중순, 소련은 모스크바에서 비밀군사회의를

소집하였다. 소련을 비롯한 중공 및 북한의 군 수뇌가 참석한 이 회의에서는 향후 18개월 이내에 북한 인민군을 남침에 충분하도록 증강키 위하여 소련의 특별 군사사절단을 북한에 파견할 것이 결정되었다.

이 결정에 따라 북한 인민군은 급격히 증강되어갔다. 전차는 물론, 항공기와 야포 등 중무장을 서둘렀고 보병 사단 또한 급격히 증설하기에 이르렀다.

전쟁준비를 일단락 지은 북한 인민군은 1949년 9월부터 야외 기동훈련단계에 접어들었으며 그해 12월에는 최종적인 전술평가까지 실시하고 있었다.

1950년에는 남침을 위한 실질적인 준비, 즉 부대이동이나 부대 재배치, 공격계획의 연구 발전 등을 서둘렀으며 5월에는 명령만 내리면 즉각 공격할 수 있는 만반의 태세를 갖추었다.

소위 요즈음 말로 표현한다면 영어로는 카운트 다운, 우리말로는 초읽기에 들어간 것이다.

그렇게 전쟁준비를 완료하였음에도 불구하고 북한의 김일성은 1950년 5월 17일 그러니까 남침 개시일 한달 남짓밖에 남지 않는 날 '조국의 평화 통일 달성을 위한 회의'를 소집하였다.

금수산이 한 눈에 바라보이고 바로 아래에는 맑은 대동강이 흐르는 모란봉에 있는 극장, 이름하여 우리에게도 익숙한 모란봉 극장이다.

소위 조선민주주의 인민공화국 부수상 겸 외상 박헌영, 민족보위상 겸 인민군 총사령관 최용건, 내무상 박일우, 그리고 김일, 무정, 허정숙, 강건 등 실력자와 사단장 이상의 전 지휘관이 참석하여 자리를 메우고 있었다.

오전 10시 정각, 나팔소리와 함께 새파란 김일성이 회의장 안으로 들어온다.

모든 참석자는 일제히 기계처럼 기립하여 장내가 떠나갈 듯 박수를 쳤다. 이어서 김일성은 만면에 웃음을 띠우면서 응답하는 박수를 치기 시작한다.

김일성이 박수를 멈추고 주석단에 착석하자 요란한 박수는 멎었다. 순간 장내는 물을 끼얹은 듯 기침소리 하나없이 조용해졌다.

극장 안 오른쪽, 사회자인 문화선정상 허정숙이 마이크에 대고 카랑카랑한 목소리로 개회사를 시작하였다.

"지금으로부터 조국 해방의 위대한 영웅이시며 전체 조선 인민의 영도자이신 경애하는 수상동지를 모시고 조국의 평화통일 달성을 위한 토론을 시작하겠습니다."

역시 장내는 조용하였다. 김일성은 참석자들을 한번 쭉 훑어보더니 박수를 시작한다. 이어서 참석자 전원은 그의 박자에 맞추어 박수를 쳤다. 얼마후 박수가 멎자 허정숙이 다시 입을 열었다.

"바야흐로 조국통일의 시기는 임박했다고 봅니다. 따라서 어떤 방법으로 어떻게 통일을 달성하느냐가 중요한 문제가 되겠습니다. 바로 그 문제가 오늘 토론의 주제입니다. 동지 여러분, 여기에 참석하신 누구나가 다 그 방안을 제시할 수 있습니다. 그리하여 토론을 한 다음 가장 좋은 방법을 모색하여 통일 조국을 성취시켜야 되겠습니다."

이 얼마나 야비하고 우스꽝스러운 작태란 말인가. 오늘 회의 주제는 '조국의 평화통일 달성을 위한 회의'라고 하였지만 실제로는 무력침략을 위한 예비회의가 세 차례에 걸쳐 이미 열렸으며 그에 따라 무력 남침을 결정하고 군 병력 배치까지 끝난 상태가 아니던가.

1949년 10월 1일 중국대륙에 공산당 정권인 중화인민공화국이 수립되자 고무된 북한의 김일성은 '1950년은 조국통일의 해'로 정해 이미 남침 준비를 완료해놓고 이런 엉뚱한 너스레를 떨고 있었다.

허정숙의 개회사에 이어 다시 말을 이으려 할 때 극장 밖에서는 어떤 불길한 조짐을 예고하듯 바람이 몰아 닥치고 천둥까지 치더니 세찬 비가 내리기 시작했다. 그러나 허정숙은 개의치 않고 목청을 더 높였다.

"조국의 평화통일 달성을 위한 토론에 있어서 평화적인 방법만 제기할 것이 아니라 궁극적인 평화통일 달성을 위한 혁명적 수단도 제기될 수 있다고 봅니다. 따라서 가장 애국적이고 어느 방법이 가장 인민에게 이로운가를 가늠하면서 토론에 임해주기 바랍니다."

드디어 마각이 드러나는 순간이었다. 궁극적인 평화통일을 위한 혁명적 수단이란 바로 무력에 의한 남침이 아니던가.

허정숙의 말이 끝나자 내무상 박일우가 발언권을 얻어 등단하여 맨먼저 소신을 밝힌다.

"우리 인민의 염원은 어디까지나 평화통일임을 재론할 여지가 없습니다. 그러나 미제와 이승만 도당은 전투적 방식으로 38선에서 무력 도발을 일삼고 있습니다. 그리고 여수, 순천, 제주도, 대구 등지에서 애국적 인민이 궐기하자 남조선 괴뢰군은 무력으로 학살을 감행, 정의의 투사들의 혁명의지를 꺾어 놓았습니다. 이러한 형편에 즈음하여 인간적인 또는 평화적인 방법으로 그들 도당과 타협이 가능하다고 보십니까?"

박일우는 잠깐 말을 멈춘다. 그러자 장내에서는 우뢰와 같은 박수가 터져나오면서 "아니요." "불가능합니다."고 합창하듯 외쳐댔다.

박일우는 회심의 미소를 띠우면서 다시 말을 잇는다.

"솔직히 말해서 평화통일의 길은 미제의 앞잡이 이승만 도당에 의해 막혀 버렸습니다. 따라서 경애하는 수상동지께서 본인에게 무력통일을 맡겨주신다면 내무성 군대(경찰 병력)만으로 남조선 괴뢰군을 20일 내에 궤멸시켜 부산까지 함락시킬 것입니다. 경애하는 수상동지여, 저에게 명령만 내리소서!"

박일우는 마침내 눈물까지 흘리면서 소리 높이 외치는 것이었다. 이에 김일성은 감동한 듯 불그레하게 상기된 얼굴로 일어서더니 박수를 치기 시작했다. 이에 뒤질세라 전 참석자는 벌떡 일어나 일제히 박수를 치며 구호를 외쳤다.

"명령만 내려주소서!"

"명령만 내려주소서!"

광란의 시간이 흘렀다. 얼마간 지난 뒤 인민군 포병 부사령관 무정이 발언권을 얻어 발언대에 다가갔다.

　무정은 지난날 광복군 제1지대의 구성원을 회유하여 중공군의 팔로군 산하에 조선의용군을 창설하였으며 그 사령관 행세를 하던 연안파 공산당 두목에 해당하는 자이다.

　"내무상 박일우 동지의 제의를 절대 지지하는 바입니다. 남조선의 이승만 도당은 미제와 결탁하여 선량한 조선 인민에게 범죄적 살인을 저질렀습니다. 어떻게 그들과 평화적인 방법으로 통일을 협의할 수 있겠습니까? 궁극적 평화통일을 달성하기 위해서는 오로지 혁명적 수단만이 남았다고 봅니다.

　또한 내무상 박일우 동지께서는 내무성 군대만으로 혁명을 하겠다고 말하고 있지만 그것은 애국충정에서 발의한 것으로 믿습니다."

　이때 사단장을 비롯한 인민군 관계자 전원이 벌떡 일어나더니 오른손 주먹을 힘껏 쥐고 위로 힘차게 뻗으면서 함성을 지르기 시작했다.

　"명령만 내려주소서!"

　"명령만 내려주소서!"

　김일성은 다시 일어나 호응하는 박수를 쳤다.

　무정은 흥분하여 얼굴이 붉게 달아 올랐다. 이윽고 두 손을 번쩍 들면서 좌중을 가라앉히고,

　"우리 인민군은 미제의 허수아비 이승만 도당을 공격하여 10일 만에 부산까지 점령, 남조선 인민을 해방시키겠습니다."

하고 마이크가 터질 듯한 큰소리로 외쳤다.

또다시 광란의 시간이 흘렀다. 이어서 등단한 군단장, 사단
장 들이 한결같이 무력 남침을 주장하고 나섰다.

이리하여 세 시간에 걸친 '조국의 평화통일 달성을 위한 회
의'는 미리 짜여진 각본대로 무력남침을 결의하기에 이르렀다.

허정숙이 다시 등단하여 사회자로서의 연설을 시작하였다.

"오늘의 토론은 가장 애국적이고 혁명적인 분위기에서 이루
어졌습니다. 참석자 전원은 한결같이 미제와 이승만 도당의
도발과 살인행위에 분노를 터뜨렸습니다. 조선민주주의 인민
공화국의 평화노선을 이승만 도당들이 폭력으로 파괴한 이
상 우리는 자위적 입장에서 궁극적인 평화통일을 위한 혁명
적 수단을 사용하지 않을 수 없게 되었습니다. 이는 조선 인
민의 사명이요, 역사의 소명일 것입니다.

반드시 이승만 도당은 우리에게 죄값을 치러야 된다고 단
언합니다. 그러므로 무력 사용은 내무성 군대나 인민군 어느
한쪽만이 수행할 것이 아니라 양쪽 모두 합동하여 총력전으
로 목표성취를 감행해야 할 것입니다.

따라서 본인은 경애하는 수상동지와 참석자 전원에게 총력
전의 전개를 제의하는 바입니다."

허정숙은 가벼운 기침으로 목소리를 가다듬으며 다시 말을
이었다.

"저의 제의에 찬동하는 동지는 기립으로 의사 표시를 해주
십시오."

예상대로 그녀의 말이 떨어지기가 무섭게 장내의 모든 참석
자들이 자리를 박차고 일어나 박수를 치기 시작하였다.

이때서야 마지못한 듯 김일성이 일어섰다.

허정숙은 다시 카랑카랑한 목소리로 말을 이었다.

"조선민주주의 인민공화국의 평화통일 달성을 위한 회의는 참석자 전원의 통합된 의사에 따라 무력을 사용한 남조선 해방을 결의하였습니다."

허정숙이 결의를 선포하자 장내는 또다시 광란의 도가니로 빠져들었다.

김일성은 주석단 중앙에 설치된 마이크 앞에 뚜벅뚜벅 걸어 갔다.

마이크 앞에 다다르자 그는 장내를 두루 살피더니 흥분된 표정을 감추지 못한 채 연설을 시작하였다.

"친애하는 동지 여러분! 여러분의 열화와 같은 애국심과 충성심으로 미루어 조국의 통일에 대한 진정한 염원이 확인되었습니다.

한결같이 남조선 인민을 해방시켜 통일 조국을 이룩한다는 점에서 나는 이를 엄숙히 접수합니다.

동지 여러분! 그러나 우리는 끝까지 평화적 수단으로 통일을 모색해야 합니다. 이는 나의 기본 이념입니다. 왜냐하면 전쟁을 하게 되면 사랑하는 동포가 많이 희생되기 때문입니다. 나는 단 한 사람의 동포라도 전쟁에 희생되는 것을 원치 않습니다. 노동자, 농민 누구나를 막론하고 보호하고 싶은 것이 나의 진실한 심정입니다. 그러나 평화적 수단이 절대 불가능하다는 결론이 났을 때는 어쩔 수 없이 무력 수단에 의해서라도 남조선을 해방시키겠다는 동지들의 결정을 따를

작정입니다.

바로 그 길만이 우리 공화국 정부의 이념인 민주주의 실천이라고 굳게 믿기 때문입니다.

동지 여러분! 만약의 경우에 대비하여 이 회의가 끝나면 여러 동지들은 오늘의 결의에 대비해야 할 것입니다.”

김일성의 연설이 끝나자 장내는 천정이 내려앉을 것 같은 소란스러운 박수와 함성이 울려퍼졌다.

사단장들 가운데는 감격에 못이겨 눈물을 철철 흘리는 자도 있었다.

김일성은 그 와중에서 천천히 손을 흔들며 밖으로 나갔다.

시계는 오후 3시 10분을 가리키고 있었다. 점심도 거르고 다섯시간이 넘도록 '조국의 평화통일 달성을 위한 회의'라는 명칭의 위장된 연극은 그 막을 내렸다.

북한 당국은 여기에 그치지 않았다.

6월 8일에는 대남방송을 통해 여러 가지 제의를 해왔다.

첫째, 1950년 8월 5일에서 8일까지 통일 입법기관을 설치하기 위한 총선거를 전국적으로 실시한다.

둘째, 동년 8월 15일 서울에서 신설 입법기관을 개회토록 하자.

셋째, 6월 15일에서 17일 사이에 해주 또는 개성에서 남북 조선대표가 모여 조국의 평화통일을 위한 여러 조건과 선거를 관리하는 중앙위원회 설치 등을 토의하자.

넷째, 조국통일을 방해한 분자들은 민족 반역자로서 제외되어야 하며 유엔 한국 위원회의 개입과 간섭을 용납치 않는다.

이상 네 가지 발표문은 남한에서 받아들일 수 없는 내용임을 그들은 뻔히 알고 있으면서도 국제 여론의 환기, 그리고 전쟁 기도의 은폐를 위해서 남한에 제의하였다.

방송으로 발표한 바로 다음날인 6월 9일에는 소련 외상과 중공의 정부대변인이 '이번에 조선민주주의 인민공화국에서 발표된 결의문은 조선반도의 평화와 민족의 통일을 위하여 가장 합리적인 내용'이라고 북한당국을 두둔하고 나섰다.

남한이 반대하자 다시 방송을 통해 이번에는 그 결의문을 유엔 한국위원회와 반 이승만 계열 인사 및 반 김성수 계열의 정치인들에게 전달한다는 명목으로 특파원 3명을 6월 11일 10시에 남파하겠다고 발표하였다. 일부러 시일과 남파경로를 공개함으로써 체포 당하게 하여 세계인에게 '평화통일의 훼방자는 남한이다'라고 선전할 속셈이 깔려 있었던 것이다.

예상한대로 우리 정부는 그들 3명의 특파원을 체포하고 그 사실을 보도하자 여봐라는 듯이 다음날부터 모든 언론매체를 통하여 비난과 욕설을 퍼붓기 시작했다.

6월 13일에는 조국통일 중앙위원회의 이름으로 다음과 같은 내용을 발표하면서 '특파원의 구명을 위하여 모종의 행동'을 할 것이라고 위협하고 나섰다.

"전체 조선 인민의 염원인 평화통일을 미제와 그의 앞잡이 이승만 도당은 묵살하고 오로지 무력에 의한 폭력적 동족상잔만을 획책하여 조국의 평화통일을 끝내 좌절시키려는 야만적 행위야말로 용서받지 못할 것이다.

 이에 전체 조선 인민의 이름으로 우리가 보낸 특사의 구명을 위한 강력한 조치를 전개할 것을 선언한다."

북한당국은 이렇게 하나하나 남침의 구실을 만들어가고 있었다.

김일성은 그것도 모자랐다고 생각한 탓인지 이에 그치지 않고 하나의 또다른 기만책을 강구하고 있었으니 그것이 이른바 '요인 교환 제의'이다.

북한이 감금하고 있는 민족 지도자 조만식을 볼모로 하여 남로당의 지하 공작 책임자인 김삼룡과 이주하 양인을 38선상에서 교환하자는 것인데 이 문제만은 남한 정부에서 고려하지 않을 수 없었다. 왜냐하면 하찮은 간첩을 지도자 조만식과 교환하자는 제의는 우리에게 이로운 것이라고 판단했기 때문이다.

당시 김상룡과 이주하는 우리 쪽에서 체포하여 구금하고 있었다.

이리하여 정부는 여러 가지 방법으로 그들과의 접촉과 교환 요령을 제시했지만 북한측은 일체 회답을 해오지 않았다. 그러다가 남침 바로 전날인 6월 24일에 교환하자는 기별을 방송을 통해 다시 알렸다. 그 내용인 즉 '26일 14시부터 16시 사이에 황해도 토성 북쪽 6킬로미터 지점의 려현역 남쪽 38선 근처에서 교환하자'는 내용이었다. 그러나 북한당국은 묵묵부답이었다. 그도 그럴 것이 이때 이미 공격 준비가 완료된 상태하에서 회답할 필요를 느끼지 않았던 것이다.

　　북한당국은 공격기도를 기만하기 위해 갖은 술책으로 우리가 상황판단을 오판하게끔 유도하고 있었다.

　　김일성과 스탈린이 조기에 남한에 대해 기습 공격을 결심하게 된 배경을 살피면 우리에게 잘못이 있었음도 알게 된다.

　　첫째, 남한 정국의 혼란과 국군의 잦은 반란 사건에 의해 남한의 국군이 전투 의지가 얕을 것이라는 판단이 작용했다. 이미 지적한 바와 같이 남한에는 연이은 국군부대 반란 사건이 있었다.

　　특히, 1949년 5월 4일 춘천에 주둔한 제8연대 제1대대장 표무원 소령은 대대 병력을 이끌고 야간 행군을 빙자하여 월북하였다.

　　다음날에는 홍천에 본부를 둔 같은 연대 제2대대장 강태무 소령이 야간 전투를 가장하여 대대 병력을 출동시키고 38선을 넘어 북한인민군에 투항했다.

　　그 5일 뒤에는 해군의 508함정이 주문진 근해에서 경계임무 수행중 월북하였다.

　　불과 1주일 안에 잇달아 발생한 이 사건은 국내외에 적지 않은 파문을 일게 하였다.

　　특히 당시 중국내전이 중공측에 결정적으로 유리하게 전개되어 가던 때인 만큼 미국 요로에서 한국군에 대한 군사원조 무용론이 거론되는 등 모든 국제 여론이 우리에게 불리하게 작용하고 있었다. 반면 김일성과 스탈린은 기습공격 가능성이 증대되고 있다는 고무적인 판단을 하기에 이르렀다.

둘째, 카이로 회담을 전후하여 중국은 일약 세계 4강(强)의 하나로 등장하게 되었다. 그것은 미국과 영국이 중국대륙과 그 인력을 일본군에게 대항하는 군사력으로 이용하려는 정책 때문이었다.

그러나 중국군보다 강력한 소련군을 대 일본전에 끌어들일 수 있을 만큼 대 독일 전쟁이 유리하게 전환되고 게다가 미해군이 태평양의 제해권을 완전히 장악하기에 이르자 미국과 영국의 일본에 대한 전쟁지도상 중국의 비중이 낮아지고 말았다.

이러한 정세 아래 중국의 장개석이 불참한 가운데 개최된 얄타회담에서 미·영 양국 수뇌는 소련의 스탈린이 대일 참전의 댓가로 요구한 만주 지배권을 필두로 엄청난 잇권을 소련에게 넘겨주었다.

이리하여 전후 아시아의 세력권을 형성하는데 있어서 중국대륙은 장개석의 국부정권에, 만주는 소련이, 일본은 미국이 각각 지배하는 얄타체제가 성립되었다.

그러나 모택동의 중공군이 소련의 이렇다 할 도움도 없이 1949년 10월 중국대륙을 석권하고 공산정권을 수립함으로써 이 체제는 근본적으로 붕괴되었다. 이는 거대한 중국대륙이 자유 진영으로부터의 이탈을 뜻하는 동시에 소련에게는 만주에 있어서의 그의 지배권의 상실을 의미하는 것이었다.

이 파문으로 말미암아 한반도 문제에 가장 큰 충격파가 밀려왔다. 곧 미국에서는 중국문제에 정통한 쥬두 하원의원이 주장한 "중국대륙이 공산화된 이상 그 주변 국가들은 오래 유지될 수 없다."는 말에 동조하여 극동지역에 대한 군사원조 무용론이 거론되기 시작했다.

따라서 한국군에게는 단 한대의 전투기도, 단 한대의 전차도, 단 일문의 신형 야포도 미국이 지원하지 않았다.

미국이 그런 무기를 주지 않으면서 변명한 논리는 다음과 같다. "전투기는 항공모함에서 출격 지원할 수 있다. 한국지형은 대부분 산악지형이다. 산악에서는 전차가 기동할 수 없다. 따라서 야포보다 한국지형에서는 박격포가 더 효과적이다."

이런 사정을 알고 있는 김일성과 스탈린이 남한 땅을 가만히 놔둘 리가 있었을까?

아마 남침 전쟁은 '누워서 떡먹기'쯤으로 알고 있었을 것이다.

셋째, 1949년 중국대륙의 공산화로 얄타체제가 붕괴되자 미국은 극동에 있어서 소련에 대한 균형을 유지하기 위한 방안의 하나로서 중국 문제에 대한 불간섭 원칙을 견지함으로써 중공과 소련간의 이해대립을 촉진시켜 그들의 상호 밀착을 방지하고 조속히 일본과의 강화를 실현하여 일본열도를 전략거점으로하여 공산세력의 팽창을 저지한다는 두 가지 방책을 세웠다. 이와같이 중국문제의 불간섭과 일본 열도의 확보라는 전략개념을 기본으로 하다보니 반도 남쪽의 남한은 그들의 안중에도 없었다. 오히려 귀찮은 존재 쯤으로 격하되어 있었다.

드디어 그것이 실체로 드러났다. 1950년 1월 12일 애치슨 미 국무장관은 국제 프레스 클럽에서 행한 연설에서 알래스카-알류샨-일본 열도-오끼나와-류큐-필리핀을 연결하는 이른바 태평양 방위선의 확보가 미국 안보에 필수적인 이유를 지역별로 상세히 설명한 그는 그 밖의 지역에 대해서는 미국의 일방적 또는 단독적인 군사 조치를 취할 의사가 없음을 명백히 하였다.

연설이 끝나고 한 기자가 그에게 "한반도 즉 남한은 빠진 것인가?"라고 질문하자 애치슨은 "그렇다"고 짧게 대답을 했다.

사실 알고보면 애치슨의 이 발표는 1949년 3월에 이미 미 극동군 사령관 맥아더가 시사한 바 있는 미국의 방위정책에 따라 전략적으로 한국은 미국에게 불필요하다는 것을 재확인한 것이나 다를 바가 없었다.

애치슨의 연설내용은 당시 한국은 물론 미국내에서까지도 상당히 물의를 일으켰다. 그후 한국전 유발의 책임과도 관련된 논란을 빚기도 했다.

한국전쟁이 끝난 후 그해 9월 2일 당시의 미 국무장관 덜레스는 세인트루이스에서 개최된 미국 재향군인회 연차대회에 참석하여 북한군의 남침에 관한 언급에서 다음과 같이 실토하였다.

"북한군은 확실히 오판을 했다. 그러나 우리도 사전에 적에 대하여 결의를 분명히 하였더라면 이 전쟁을 미연에 방지할 수도 있었을 것이다. 그러한 의미에서 한국전쟁은 우리에게 좋은 교훈을 주었다."

여하튼 미국의 이러한 일련의 소극적 한반도 정책은 소련의 한반도 적화 야욕을 고무하는 결과가 되었다.

1948년 12월 이후 북한군의 증강에 착수한 소련이 이른바 모스크바 전략회의에 의거, 북한군의 남침계획에 광분하기 시작하면서부터 감돌기 시작한 먹구름은 1950년 6월 25일 새벽 4시 북한군의 전면 남침을 통하여 폭발하고 말았다.

남한 사회와 정국의 혼란, 국군의 혼돈, 대비책의 소홀 등 우리의 잘못, 또한 중국 대륙의 공산화에 의한 주변 정세의 불리, 애치슨의 한반도 포기선언으로 인한 스탈린과 김일성의 침략야욕의 고무 등, 그들에게 침략을 하도록 유인한 결과로 발전한 요인이 있었다고는 하나 김일성은 결과적으로 오판을 했다.

유구한 역사를 가진 전통과 민속을 존중하는 겨레에게 철저히 그에 반하는 공산 이데올로기로 통합을 시도했기 때문이다.

남한은 혼란했지만 이어온 전통이 그대로 살아 있었고 고유의 민속이 잔잔히 숨쉬고 있었다.

해방 후 5년간, 6·25동란 발발 직전까지 남한의 절대 다수 국민들은 공산당의 악랄한 참 모습을 깨닫게 되었고 자유민주주의가 우월하다는 실체를 스스로 발견하고 있었다. 혼란 속에서도 질서를 찾아가고 있었고 자유의 고마움을 만끽하고 있었다.

불과 몇 년 안되는 짧은 시일에서 김일성 치하에 있던 수많은 동포들이 사선을 뚫고 월남하였다.

기계처럼 움직이는 인위적 질서, 전체를 중시하고 우두머리를 신처럼 숭상해야 하는 그 무서운 감시 체제를 따돌리고 그 많은 북한 동포가 남한을 선택하였다.

김일성은 통일의 중요성은 인식했지만 전통과 민속의 부피는 깨닫지 못했다.

김일성은 그래서 마침내 망상의 늪에 빠진 것이다.

국제 공산당의 한 졸개로서 한 독립국가가 또 다른 국가를 우러러야 하는 이상한 종속의 수렁에서 허우적 거리는 비극을 낳았다.

영생할 것 같은 광기가 펄펄 넘치는 그도 이제 저승으로 떠났다. 그러나 아직 북한은 1950년의 망상 속에서 깨어나지 못하고 있다. 어떻게 세상에 오래도록 유령이 통치하는 나라가 존재할 수 있을까. 하다 못해 벌이나 개미도 우두머리가 있는 법인데 수령자리를 비워놓고 있는 그런 나라가 지금 어느 세상에 있단 말인가?

제 3 장 비극의 서막

제 3 장 비극의 서막

유비무환(有備無患)이란 말이 있다. 즉 '사전에 준비가 되어 있으면 근심할 것이 없다'는 뜻이다.

이는 중국의 옛 병서(兵書)나 클라우제비쯔의 전쟁론에도 누누이 강조되어 있는 병법(兵法)의 기본이다.

북한 당국이 소련과 합작하여 군비를 증강하고 사단을 증편하면서 맹훈련에 들어가 남침 준비를 하고 있을 때 우리 대한민국은 유비무환이라는 그 기본을 망각하고 엉뚱한 곳에 국력을 소모하고 있었다.

미국의 우리 나라에 대한 군사원조 기본정책도 매우 정세에 맞지 않는 것이었다.

1949년도에 수립된 미국의 우리 나라에 대한 군사원조 내역은 6만 5천명의 육군병력에 대한 소요 장비를 제공하고 해군에 대해서는 약간의 무기와 함정 및 이에 소요되는 6개월분의 정비보급품을 제공하는 것이었다.

이 계획에 따라 주한 미군이 철수하면서 약 1억 달러에 해당하는 무기와 장비가 한국군에 인계되었으나 우수한 105미리

M2 곡사포를 비롯한 75미리 무반동총 등은 단 1문도 이양하지 않았다. 국군이 인수한 중무기라는 것이 고작 105미리 M3 곡사포와 57미리 무반동총, 2.36인치 로켓트포에 지나지 않았다. 이런 무기는 제2차 세계대전 당시 이미 노후화 된 것이었고 차량 또한 대부분이 낡은 것 뿐이었다.

그렇다고 우리 나라 재정이 군사 장비를 사들일 여력이 있을리 없었다.

특히 중요한 문제는 이무렵 북한이 소련으로부터 원조 받아 급격히 전력 강화에 기여한 항공기나 전차는 단 한 대도 계획에 들어있지 않았다.

이렇듯 미국의 우리 나라에 대한 군사정책은 북한의 군사력을 현대화한 소련의 북한정책에 비하면 극히 소극적이었고 관심 밖이었다.

결과적으로 남북한 사이의 군사적인 불균형은 더욱 벌어지고 북한군의 남침 징후도 점차 증가하고 있었으나 오히려 한국군의 북침 가능성을 우려한 미국은 군사원조에 매우 인색하였다.

6·25 당시 한국군은 약 9만 8천명의 병력으로 8개 보병사단이 편성되기는 했으나 그중 절반 정도가 소부대 훈련을 마쳤을 뿐 나머지 병력은 기본훈련 밖에 끝내지 않고 있는 상태였다.

그런데도 불구하고 6·25직전, 주한 미 군사 고문단장 로버츠 준장이 기자들에게 한국 육군을 가르켜 "미국을 제외한다면 세계에서 가장 훌륭한 군대"라고 장담하였으니 어처구니 없는 해프닝이 아닐 수 없었다.

당시 육군본부에서는 구체적인 종합 방어계획은 없었지만 북한의 동태가 심상치 않다는 정보 보고와 자꾸만 위기설이 나돌기 시작하자 뒤늦게 북한군에 대비한 대응책을 세우기 시작하였다.

육군본부의 정보 작전 실무팀이 연구 분석한 결과 만약 적이 공격한다면 주요 접근로로서 철원-연천-의정부-서울로 판단하고 다음 주요 접근로로서 개성-문산-서울로 분석했다.

따라서 육군은 4개 보병사단과 1개 독립연대를 38선을 연한 전방에 배치하고 3개 보병사단을 후방지역에, 수도경비사령부 예하 3개 연대를 서울에 배치하고 독립 기갑연대를 서울에 집결 예비로 보유하기로 했다. 그런데 기갑연대는 기본장비인 단 한 대의 전차도 없었다.

서부 전선부터 당시의 실제 배치를 살펴보면 옹진반도에 독립 제17연대, 개성과 고랑포 정면에 보병 제1사단, 방어 중점을 의정부에 두고 감악산-만세교-적목리 정면에 보병 제7사단, 강원도의 험준한 산악지대인 춘천 북방 일대에 보병 제6사단, 일부 험준한 산악지대를 포함한 동해안 지대에 보병 제8사단이 배치되었다.

실질적인 군사 전문적 입장에서 보면 이들 사단이 맡고 있는 정면은 너무 넓어 방어 배치상 군단 규모의 정면인 것이 커다란 취약점으로 지적된다.

그럼에도 불구하고 후방에 3개 사단을 묶어 둔 것은 타당성이 없는 방어 배치였다.

후방 배치 사단은 제2사단이 대전에, 제3사단이 대구에, 제5사단이 광주 등에 전개되어 있었다.

1950년 초부터 북한군의 남침 징후는 여러 요로에서 포착되었다.

육군본부는 여러 차례 북한군의 남침 징후가 담긴 정보를 정부와 미군 당국에 통보하였지만 모두 묵살되었다. "북한군은 공격능력이 없고 국군 방어태세는 완벽하다"는 것이 당국자들의 묵살 이유였다.

북한이 남파한 무장 공비들이 체포되고 몇 명의 인민군 귀순병에 의해 북한군의 남침 징후는 더 확실해졌지만 미국 정부나 극동 미군사령부에서는 모두 한국측의 엄살이거나 북침 준비를 위한 음모쯤으로 평가 절하했다.

6·25동란 발발 보름 전에 현장 확인차 특사 자격으로 미국 국무성 고문 덜레스가 방한하였다. 이때 이승만 대통령은 그에게 다음과 같이 말했다.

"우리는 냉전이 전쟁으로 전환되었을 겨우 우리의 군사력만으로 이를 감당할 확신을 갖지 못하고 있다. 만일 전쟁이 일어났을 때에는 한국군이 미국 측에 가담하여 싸울 용의가 있다.

전략적 요충지인 한반도 남단에 적의 공군기지가 설치되다면 일본 방위에 대한 큰 위협이 될 것이다."

이승만 대통령은 이 자리에서 덜레스에게 군사원조를 요청하고 아울러 '한미 방위 조약'체결을 제의했다.

이에 대하여 미국은 방위조약 체결은 어렵지만 한국에 대한 방어책만은 강구하겠다는 시큰둥한 반응이었다.

얼마나 한국을 얕잡아 보았으면 한국에 대한 방어책으로 내놓은 원조액은 그해 미국 대외 무기 원조비 13억 1천 4백만 달러 가운데 고장 1천만 달러에 지나지 않았다.

이 모든 책임을 미국에게만 돌릴 수 없다. 이승만의 노력의 한편엔 또 엉뚱한 희극이 벌어지고 있었기 때문이다.

5월 10일 국방장관 신성모는 외국기자들과의 회견 석상에서 자신만만한 어조로 다음과 같이 말했다.

"지금 항간에는 5, 6월 위기설이 떠돌고 있지만 그것은 유언비어에 지나지 않는다. 우리 국군은 실지 회복을 위한 만반의 준비를 갖추고 있다. 명령만 내리면 즉각 북진할 것이다."

외신 기자들은 즉각 본국에 타전하여 '한국군 북진 준비 완료'를 알렸다.

더욱 놀라운 사건이 계속 이어지고 있었다. 4월 10일에 육군 총참모장에 재취임한 채병덕 소장은 여러 차례에 걸쳐 적정에 대한 상세한 보고를 받았음에도 불구하고 하필이면 북쪽에서 남침 준비를 완료하고 마지막 작전회의를 개최하는 6월 10일에 전방 부대 주요 지휘관과 주요 참모의 대대적인 인사 이동을 단행했다.

제8사단장 이형근 준장 → 제2사단장
제7사단장 이준식 준장 → 육사 교장
제2사단장 유재흥 준장 → 제7사단장
제6사단장 신상철 대령 → 육본 인사국장
제1연대장 김종오 대령 → 제6사단장
제16연대장 이성가 대령 → 제8사단장
국방부 1국장 이종찬 대령 → 수도경비사령관
참모학교 부교장 장창국 대령 → 육본 작전국장
육군본부 작전국장 강문봉 대령 → 육본 대기

이 인사이동은 건군 이래 처음 있는 대규모 인사 조치로서 도저히 비상사태에 대비한 것으로 볼 수 없는 실책이었다.

비상시기에 전투부대 주요 지휘관과 육군본부의 작전 책임자를 교체했다는 사실은 도저히 용납될 수 없는 이적 행위나 다름이 없는 조치였다.

더구나 6월 13일부터 20일 사이에는 어처구니 없게도 전방 사단 2개 연대의 예속을 변경하였기 때문에 부대 이동과 진지 교대가 이루어지고 있었다.

육군본부가 방어계획에 분명히 의정부 정면에 방어의 중점을 둔다고 해놓고 이 정면을 담당한 제7사단을 증강시키기는커녕 오히려 약화시키는 정반대의 조치를 취했다.

즉 제7사단의 예하 제3연대를 6월 15일 부 수도 경비사령부로 예속을 변경하는 한편 충남 온양에 주둔하고 있던 제2사단 예하 제25연대를 6월 13일 부 제7사단으로 예속 변경했으나 아무 이유도 없이 개전 당일까지 제7사단 지역으로 이동하지 않고 있었다. 그러므로 제25연대는 문서상으로 제7사단 예하부대였으나 실제로는 작전지휘권이 미치지 못하는 곳에 주둔하고 있다가 6·25동란을 맞은 것이다.

기가 막힌 일은 이들 부대이동에 앞선 3월에는 노후화된 차량을 정비하기 위한 구실로 총 보유 차량대수의 35%에 해당하는 526대를 회수했다. 곧 이어 그 차량 정비가 끝나기도 전에 나머지 1,040대의 일제 검사에 착수하였으므로 각 부대는 전후방을 막론하고 꼼짝달싹 못하게 발을 묶어 둔 셈이 되었다.

이 조치에 추가해서 M1 소총을 제외한 공용화기(共用火器) 일체를 정비한다는 구실로 각 전투부대 보유 화기의 30%를 부평 병기창에 회수했다.

무슨 이유로 비상경계 태세가 발령된 긴박한 상황 속에서 정비하지 않고도 능히 사용할 수 있는 보병의 중화기(重火器) 마저 회수하였는지? 도저히 그 의문이 풀리지 않는다.

땅을 치고 통곡해도 시원치 않는 비극은 계속 이어진다. 6·25동란 불과 일주일 전인 6월 18일을 전후하여 유사시 소총 중대와 보병대대에 지급하도록 되어 있는 5만분지 1 축척의 지도 전량이 무조건 회수되었다.

이 일련의 이적 행위가 우연한 정상적 사무 절차에 따른 조치에 의한 것이었을까?

북한군이 공격할 징후를 포착한 육군본부가 방어계획을 수립한 마당에 전투에 필요한 주요 장비와 중화기를 회수했다니, 그 사실을 무엇으로 어떻게 해답을 할 수 있을까?

이것만이 아니다.

위기설에 대비하여 4월 중순부터 계속된 경계 및 비상태세를 채병덕 총참모장은 북한군 공격 개시전 불과 28시간 전인 6월 23일 24시부로 비상경계령을 해제했다.

농번기 휴가를 장려하여 모든 부대가 병력 부족으로 썰렁한 마당에 육군본부는 다시 6월 24일 토요일을 기해 외출 외박이 실시된다.

이날 밤에 육군본부에서는 재경 군 수뇌와 서울에서 가까운 전 후방 부대 지휘관 및 미 고문관이 장교구락부 개설 축하 파티에 참석하여 밤이 깊어가는 것도 잊은 채 주연에 빠져 있었다.

불과 몇 시간 후면 들어닥칠 사상 미증유의 국난에 직면할 이 위급한 시간에 국군 수뇌와 이를 지원할 미 고문관들이 곤드레만드레가 되어가고 있었던 것이다.

그렇다면 지금까지 열거한 일련의 이적행위를 잘 살핀다면 누구나가 다 적과 내통했다는 결론을 얻었을 것이다. 즉 신성모 국방장관이나 채병덕 육군 총참모장이 그 혐의를 받을 수 있다. 그러나 그 두 장본인은 이미 고인이 되어 이 세상에는 없다. 지금의 남북 대치 상황에서는 이 의문을 풀 수 없음은 당연하다. 그러나 훗날 남북이 통일이 된다면 그때의 내통자는 밝혀질 것이다. 북쪽 깊숙한 비밀 창고에는 그것들외 더 깜짝 놀랄 비밀이 쌓여 있다고 믿기 때문이다.

소련의 붕괴와 함께 남북한 문제에 대한 많은 의문이 풀렸음을 우리는 경험했다.

김일성이 스탈린의 하수인으로서 남침을 감행했다는 사실, 국군의 북침이 아니라는 사실, 소련군의 상당수가 한국전쟁에 참가 했음이 밝혀졌다. 그러나 그때의 내통자가 밝혀지기 전이라도 우리가 얻을 수 있는 교훈은 얼마든지 있다.

가령, 정보의 중요성이라던가, 유비무환의 참뜻을 실행해야 한다는 명제이다.

세계가 달라져 가고 있는데 유독 북한만이 달라지지 않고 있는 현실에서 우리는 6·25동란 발발 당시의 우를 되풀이 하지 않기 위한 만반의 대비책을 강구하지 않으면 안된다.

과연 지금, 문민정부는 국방에 대한 외교 안보 분야에 대한 만반의 태세를 갖추고 있는가?

혹시 그때처럼 이적 행위자는 숨어 있지 않는가? 우리는 경각심을 가지고 지켜보아야 할 것이다.

임진왜란 때 조선 수군은 그 구성요소가 똑같은 군대이면서도 이순신 장군이 지휘했을 때와 원균이 지휘했을 때의 해전 결과의 차이가 하늘과 땅 차이만큼이나 컸으며 7년 전쟁 때 롯스바하 전투에서 프로시아의 프레드릭 대왕에게 그토록 비참하게 패배했던 프랑스군이 그후 프랑스 혁명 전쟁 때 나폴레옹 휘하에서는 천하 무적의 강군이 될 수 있었다는 사실 등이 이를 증명하고 있다.

그러나 불행하게도 6·25동란을 전후하여 우리 나라 군 수뇌부가 취한 일련의 조치는 결과적으로 북한군의 남침을 자초한 것이나 다를바 없는 결과를 가져왔다.

병력이나 장비면에서 그토록 엄청난 차이가 있었음에도 불구하고 국방장관과 육군 총참모장은 늘 입버릇처럼 '북진통일'을 외쳤다.

당시 국군에는 우수한 인재가 많았다. 그런데도 이승만은 영국의 상선 선장 출신의 신성모를 국방장관에 임명했고 일본군 병기 소령 출신인 채병덕을 두 번씩이나 총참모장에 기용했다.

지금도 별로 달라진게 없지만 위정자들이 고분고분하고 말만 잘 들으면 능력 유무를 별로 가리리 않고 중책에 기용하는 것이 탈이다.

조선조 시대에 왕에게 "아니되옵니다"라고 왕의 부당한 처사에 반대 의견을 말했던 중신이 있었음을 우리는 볼 수 있다. 당시의 왕은 지금의 대통령보다 더 큰 권한 즉 헌법 기능까지 가지고 있었지만 사사건건 반발하는 중신이 있었다. 우리는 몇 명의 고위 인사의 잘못으로 역사상 최대의 민족의 생명과 재산을 잃는 비극을 맞았던 것이다.

1950년 6월 24일 현재, 즉, 6·25동란 전날까지의 국군과 북한군의 군사력을 살펴본다.

북한군 주력인 보병사단은 10개이고 모두 정규 사단 병력인 사단당 3개 연대씩 가지고 있었다.

　반면 국군은 명목상 8개 사단이지만 4개 사단이 기준 미달인 2개 연대뿐이다.

　북한은 보병사단 외에 1개 전차여단을 비롯하여 각종 전투용 특수부대가 많다. 특히 국군에게 없는 군사령부와 군단 사령부 조직이 있다.

　인원 기준으로 볼 때 북한은 19만 6천 7백명이고 국군은 9만 6천 2백명이다.

　어림 잡아 우리 국군보다 북한군은 두 배의 병력을 가지고 있다. 특히 여기서 빠뜨려서는 안되는 사실은 우리 국군은 농번기 휴가 및 외출 외박 등으로 6월 24일 밤에는 병력의 약 30%가 빠져 있는 상태이다. 또 다른 요소는 북한군은 전투병력 위주로 편성되어 있어서 본부요원이나 후방요원이 아주 적다. 따라서 실제 총을 쏘며 전투에 참가하는 병력 수만을 정산하면 우리 국군의 3배 정도의 수준이다.

　다음으로 장비 수와 화력을 놓고 따질 때면 더욱 기가 차다.

　구차스럽게 숫자 나열하기 조차 민망스럽다. 야전에 있어서 승패를 좌우하는 요소 가운데 하나인 야포는 북한이 11이면 우리는 1이다. 더구나 6·25동란 초기 북한군이 전쟁 주도권을 장악하는데 결정적 역할을 한 T-34전차는 242대나 되지만 국군에는 한대도 없다.

　보병들이 사용하는 박격포 또한 북한군은 122미리 박격포 226문을 포함 2천 318문인데 비해 우리 국군은 제일 큰 구경이래야 81미리 박격포 384문에다 60미리 박격포 576문을 합하여 960문에 지나지 않는다.

이 가운데 상당수가 부평 병기창에서 낮잠을 자고 있었다.

전투기는 국군에 단 한대도 없는데 북한 공군은 200대 가까운 전투기를 보유하고 있다.

지휘관의 자질면에서 살필 때는 더욱 현저한 격차를 보인다. 북한군 지휘관 중에는 중공군 사단장 출신과 소련군에서 실전을 경험한 지휘관이 대부분인데 비하여 국군의 사단장급 지휘관은 정규전에서 소총 중대급 이상 부대를 지휘한 경력자는 한 사람도 없었다. 그렇다고 국군에 전투경험이 풍부한 지휘관이 없었던 것은 아니다. 중국군 사단장 출신인 김홍일 소장이 있었고 일본군 대대장 출신인 김석원 준장이 있었지만 이승만에게 밉게 보여 김홍일 소장은 한직인 참모학교 교장자리에 있었고 김석원 준장은 채병덕 총참모장이 북한과 교역을 하는 것을 막았다 하여 파직 상태에 있었다.

일반 장교와 하사관의 자질면에서 볼 때 우리 국군은 극소수의 일본군 출신이 실전 경험이 있을 뿐 대부분 고작 공비토벌이나 38선 충돌시 총격전 경험밖에 없었다.

북한군의 군관이나 하사관의 자질은 국군에 비해 월등히 많은 전투경험자로 구성되어 있었다. 예를 들면 제2차 세계대전 당시 독일군과 소련군의 전투에서 소련군인으로 참전한 병력의 수는 약 2,500명에 달했고 나머지 병력 가운데 약 3분지 1가량이 중공군으로 참전한 전투 유경험자였다.

군사전문가가 아니더라도 위에 적은 북한군과 국군의 전력

(戰力)을 비교한다면 도저히 게임이 성립될 수 없는 현격한 차이다.

좀 부풀려서 표현한다면 우리는 적에 비하여 맨주먹이나 다름없었다.

북한군은 공격개시 15일 전인 6월 11일에 2개 군단, 9개 보병사단, 1개 전차여단과 1개 전차연대는 야전군 규모의 공격집단을 구성했다.

제1군단을 주공집단으로 하여 5개 보병사단 및 1개 전차여단으로 편성.

제2군단을 조공집단으로 하여 4개 보병사단, 1개 전차연대 및 1개 유격연대, 1개 육전대(우리 나라의 해병대)로 편성.

주공집단인 제1군단은 38선을 돌파하여 철원-연천-의정부-서울 축선에 주공을 지향하고 개성-문산-서울 축선에 조공을 지향케 했다.

조공집단인 제2군단은 38선을 돌파하여 화천-춘천-이천-수원 축선에 주공을 지향하고 인제-홍천-원주 축선 및 양양-강릉 축선에 조공을 지향케 했다.

6월 25일 새벽 4시. 38선 북쪽 전역에 걸쳐 배치 완료한 북한군은 일제히 포문을 열어 공격준비 사격을 개시했다.

국군에는 보지도 있지도 않은 대구경 야포들이 일제히 포문을 연 것이었다.

쾅 쾅 쾅 쾅…….

찢어지는 듯한 금속 굉음과 함께 지축을 흔들면서 적의 포탄은 국군 진지를 비롯하여 그 후방의 병영 지역에 떨어졌다.

말로만 5, 6월 위기설을 듣다가 비로소 비상경계령이 해제되어 외출, 외박을 나가지 않고 고이 잠든 순진하디 순진한 국군 장병들은 그야말로 예상치 않은 청천벽력이었다.

"비상! 비상! 비상!"

주번 사관과 주번 하사관들은 이리 뛰고 저리 뛰면서 소리쳤다.

38선에 연하여 개성지역의 제1사단, 의정부 지역의 제7사단, 춘천 지역의 제6사단, 동해안 지역의 제8사단 공히 일제히 적의 포격을 받게 되었다.

아직 사단 사령부까지는 포탄이 떨어지지 않고 있었지만 전방에 전개되어 있는 보병대대에 포탄이 작렬하는 쿵쿵소리가 각 사단 주번 사령 귀에도 울렸다.

"적이 포사격을 하고 있습니다. 어떻게 할까요?"

"어떻게 하다니 빨리 진지 점령을 하고 비상소집을 해서 외출, 외박자들을 불러들여!"

각 연대 상황실에서 날아오는 전화보고에 사단 주번 사령들은 소리소리 질러내며 어쩔 줄 모르고 당황했다.

우선 사단장에게 보고하는게 급선무다. 연대에서 걸려오는 전화통을 뿌리치고 사단장과 참모장, 참모들에게 전화로 비상사태를 알린다.

"사단 전 지역에 포탄이 낙하하고 있습니다."

"뭐? 포탄이?"

사단장은 뜻밖이라는 듯이 자꾸만 되풀이 하여 상황을 묻는다. 그러나 사단 주번 사령이 포탄 떨어지는 것 외는 더 상세한 상황을 알 까닭이 없다.

바로 보름 전에 발령 받아 대전에서 올라온 의정부의 제7사단장 유재홍 준장이나 제1연대장으로 있다 느닷없이 영전하여 온 춘천의 제6사단장 김종호 대령이나 제16연대장으로 있다가 뜻밖의 영전으로 부임한 강릉의 제8사단장 이성가 대령이나 꿈이 아니면 있을 수 없는 이 날벼락에 당황하지 않을 수 없다.

"전면 공격이냐? 부분적인 포탄 낙하냐?"

사단장이 소리쳐도 주번 사령이 알 까닭이 없다. 다만 분명한 것은 포탄 낙하의 굉음이 점점 크게 점점 가깝게 들려오고 있다는 사실이다.

"포탄이 점점 가깝게 떨어지는 것 같습니다."

"뭐야, 더 가까워진다구?"

육군본부 장교구락부 축하연에서 돌아온지 몇 시간이 안되는 유재홍 준장은 아직 우리 나라 발음이 익숙하지 못한 일본식 발음 그대로다.

가장 중요한 적의 주접근로상의 사단이지만 예속이 변경되어 제2사단에서 올라와야 될 제25연대가 도착이 안되었으니 2개 연대 밖에 없는 불구가 된 사단이다.

'큰일 났구나…….' 걱정하면서 벌떡 일어나 전투복장을 챙긴다. 연대장에게 전화를 걸었지만 외박중인지 신호만 갈뿐이다. 부리나케 사단사령부로 찝차를 달린다. 사단 사령부가 가까워질수록 쿵쿵거리는 포탄 작렬음이 가깝게 들린다.

'우리 사단만 당하는 것인가?' 의문스럽지만 알 까닭이 없다.

사단 사령부에 도착하여 육군본부 작전 상황실에 통화해보니 '전 전선에 걸친 전면 공격중' 이라는 대답일 뿐 총참모장은 물론 작전국장 장창국 대령도 아직 행방이 묘연하다는 것이다.

총참모장 공관에 직접 전화를 걸어보니 아직 잠자고 있다는 희한한 대답을 부관이 한다.

"지금 적이 전면공격을 가해오고 있는데 왜 깨우지 않아? 빨리 깨워!"

"알았습니다. 술이 너무 취해 깨우지 않았습니다. 즉시 깨우겠습니다."

전속 부관의 당황하는 목소리가 수화기를 때렸다. 4개 전방사단이 모두 갈팡질팡이다. 주요 지휘관이 외박중인데다 처음으로 본격적인 포격을 당하고 보니 모두 혼이 빠졌다.

총참모장 채병덕 소장이 기상해서 육군본부 작전상황실에 도착한 시간은 6시 40분.

맨 먼저 도착한 정보국장 장도영도 6시가 약간 넘은 시간이었다. 장도영 국장은 사태의 심각성을 깨닫고 작전국장이 도착하지 않았지만 전군에 비상발령을 하는 등 뒤늦은 조치를 취했다. 다행히 작전국 차장 이치업 대령이 나와 있었기 때문에 그나마 수습이 가능했다.

채병덕 총참모장은 8시 가까이 되어서야 신성모 국방장관을 방문하고 사태를 보고하였다.

"장관 각하 그놈들이 포격을 개시했습니다."

국방장관의 얼굴이 달라진다.

"뭐라구요? 괴뢰군이 포격을 한다구?"

몸을 가누기 조차 힘들 정도로 뚱뚱한 총참모장은 무슨 배짱인지 태연했다.

"글쎄 그놈들이 또 혼날려고 대포를 쏘기 시작했습니다."

"어디서요?"

"전 전선일겁니다."

"전 전선일거라니, 확실히 말하시오."

능글능글 눈알을 굴리면서 대꾸한다.

"지금 판단으로는 전 전선에 걸쳐 포탄이 낙하하고 있습니다. 그러나 장관 각하, 걱정하지 마십시오. 전 전선은 지금 국군에 의해 철통같이 방어되고 있습니다. 곧 적을 격퇴시키겠습니다."

"군사 상식이 전혀없는 나라지만 여보, 총참모장! 전 전선에 걸쳐 포탄이 떨어진다면 심상치 않은 일 아니요?"

"별 걱정을 다하십니다. 오늘 하루만 넘기면 해결이 될 겁니다."

채 총장이 육군본부에 돌아온 시간은 9시, 적 공격 개시후 5시간이 지났다.

육군본부의 혼란은 이때부터 시작되었다. 채 총장은 마치 미친 사람처럼 고래고래 소리지르며 난리를 피웠다. 그도 그럴 것이 주무 참모인 작전국장도 없고 관계관에게 물어봐야 '모르겠습니다'라는 답변 뿐이니 어떻게 조치해야 할지 막막했기 때문이다.

적 공격 5시간 후에 파악된 전방 상황은 서부전선부터 시작하여 제1사단, 제7사단, 제6사단, 제8사단 공히 새벽 4시에 일제히 포격을 받고 지금은 적과 교전중이라는 것 뿐이다.

지금 상황이 유리한지 불리한지 조차 판단을 내리지 못하고 있기 때문에 후방에 있는 3개 보병사단을 전방에 전개시켜야 될지 그대로 두어야 할지 결심을 내릴 수가 없었다.

채 총장은 일본군 병기장교 소좌(소령) 출신이기 때문에 사단은 물론 연대, 대대 전술도 모르는 까막눈이었다.

국방장관에게 큰소리는 쳐놨겠다. 슬슬 불안해지면서 당황하기 시작했다.

이때 육군본부 건너편에 있는 육군 참모학교 교장 김홍일 소장이 총장실로 들어왔다.

그는 일찌기 중국에 건너가 강무학교(군벌의 사관학교)를 졸업, 소위로 임관하여 중국의 내전과 항일전을 통해 실전 경험이 풍부했다. 특히 항일전에서는 보병 사단장까지 지냈다. 또한 그는 상해 임시정부와 김구를 도왔고 윤봉길 의사의 도시락 폭탄을 만들어 준 장본인이다. 평생을 조국 광복을 위해 몸을 바친 분이기에 라이벌 의식을 갖는 이승만은 그를 경계하여 늘 한직에만 그를 앉혔다. 김홍일은 참모학교 교장실에 앉아 있을 수 없어 육군본부 상황실에 들렀더니 상황파악도 부실한데다가 위급한 전선에 투입해야 할 병력의 증원조치도 없는 것을 확인하고 총장실을 방문한 것이다.

채병덕은 김홍일을 보자 벌떡 일어나 앞으로 다가가 그의 손을 잡았다.

"김 장군. 큰일 났습니다. 인민군이 전 전선에 걸쳐 기습공격을 해오고 있습니다."

김홍일은 참으로 딱한 그의 몰골을 보고 몰래 한숨을 쉬었다. '정말 큰일 났구나…… 총책임자가 이렇게 당황하고 있으면 어떻게 위기를 극복하겠는가…….'

김홍일은 그를 의자에 앉히고 자신의 방책을 조용히 설명해주었다. 김홍일이 제시한 지금 상황에서의 방책이란 다음과 같은 것이었다.

첫째, 대전의 제 2 사단과 대구의 제 3 사단 그리고 광주의 제 5 사단을 즉시 비상출동시켜 한강 남쪽에 연하여 제 2 방어선을 형성케 한 다음 전방의 각 사단을 적절히 지연전을 시키면서 남쪽으로 조속히 철수토록 하여 한강이라는 천혜의 장애물을 이용하여 결전을 시도하는 한편 반격작전을 준비해야 한다.

둘째, 조속히 총동원령을 선포하여 병력과 장비를 확보, 한강 방어작전과 차후에 있을 반격작전에 역량을 집중케 해야 한다.

셋째, 대통령에게 즉각 현 상황의 위급함을 보고하고 미국에 군사개입을 요청해 달라는 건의를 해야 한다.

진지하게 제의하는 방책을 열심히 듣고 있던 채병덕은 몹시 난감한 표정을 지으며 고개를 설래설래 흔들었다. 금시 얼굴빛이 불그레하게 달아올랐다.

"김 장군의 말씀에 일리는 있지만 그것이 상책이라고는 생각하지 않습니다. 특히 대통령 각하께서 수도 서울을 사수해야 한다는 의지를 갖고 계신 이상 나는 수도를 사수해야 합니다. 그후 북진을 해야지요."

참으로 딱한 사람이라고 생각했다. 지금 적은 전 전선에 걸쳐 전면 공격을 가하고 있고 국군의 방어능력, 특히 적이나 아군이나 주요 접근로로 보고 있는 철원-의정부 축선상의 7사단의 방비가 허술한데 어떻게 적의 집중공세를 막을 수 있느냐는 것이 김홍일의 생각이었다.

김홍일은 다시 진지한 표정으로 타일렀다.

"내가 지금 상황실에 다녀오는 길인데 현재 상황으로 보아 적은 결정적으로 공격의 기선을 확보했다고 봅니다. 특히 제 7사단 정면의 적은 강력합니다. 지금 그곳에 즉시 증원할 병력도 없잖습니까? 중부전선의 제 6 사단과 동부전선의 제 8사단은 고전을 하고 있지만 제 7 사단 정면보다는 괜찮은 편입니다."

채병덕은 듣는둥 마는둥 하더니 큰소리로 부관을 불렀다. 부관이 잽싸게 달려왔다.

"이봐! 의정부 가까이 있는 부대가 뭐지?"

부관은 잠시 멈칫했다. 상세한 아군 위치를 그가 알 까닭이 없다. 그러나 총장의 엄명인데 말하지 않을 수 없었다.

"태릉 화랑대의 육군사관학교 입니다."

엉겁결에 생각나는 것은 육사뿐이었기 때문이다.

채병덕은 알았다는 듯 고개를 끄떡이며 다시 큰소리로 부관에게 지시했다.

"부관! 지금 즉시 육사 교장에게 전화하여 육사 전병력을 의정부 전선에 투입하라고 해!"

김홍일은 깜짝 놀랐다. 육사에는 지금 2년제로 모집한 생도 1기생과 우리 나라 최초의 4년제 정규 생도인 생도 2기생이 있다는 것을 그는 알고 있었다. 김홍일은 육사 교장으로 있다가 참모학교 교장으로 옮긴지 보름 밖에 되지 않아 내용을 잘 안다. 특히 생도 2기생은 입교한지 25일 밖에 안된 고교생이나 다름없었다.

생도 1기생은 1년을 수학했기 때문에 장교로 임관시키면 몇 배의 전투력이 되는 셈인데 소총병으로 전선에 투입하다니 말이 안된다고 생각했다.

"생도 투입은 재고하십시요. 국가 장래를 위한 간성(干城)입니다. 지금 그들을 소총병으로 투입한다면 우리 국군의 장래에 막대한 손실이 있을 것입니다."

채병덕은 들은척 만척 하면서 부관에게 소리쳤다.

"빨리 빨리 전화하라니까!"

그러고는 미안한 듯 김홍일을 보면서 말했다.

"할 수 없지요. 나라가 위급한데 사관생도라고 하여 가만히 앉아 있게 할 수 없습니다. 후방 사단이 전방에 투입할 때까지만이라도 의정부 전선을 강화해야겠어요."

김홍일은 지긋이 눈을 감았다. 대한민국의 국운이 백척간두(百尺竿頭)에 서있는 이 중요한 시기에 한국 방어를 총 책임지고 있는 총참모장의 조치가 이런 꼴이라면 큰 걱정이 아닐 수 없었다.

역전의 중국군 육군소장과 일본군 병기장교인 육군소좌(소령)의 대담은 이와같이 전혀 합의할 수 없는 평행선을 긋고 있었다.

"김 장군, 지금 우리가 고전하고 있는 것이 사실이지만 곧 전세가 역전될 것이니 염려하지 마세요. 곧 후방 3개 사단에 비상출동을 명령해서 그 사단으로 하여금 북진케 하면 승리는 곧 우리 것이 될 겝니다."

김홍일은 소스라치게 놀랐다.

"네? 3개 사단에 아직 비상출동명령을 내리지 않았습니까?"

채병덕은 얼굴을 붉히면서 얼버무렸다.

"장창국 작전국장이 행방이 묘연합니다. 이제 곧 찾아올겝니다."

김홍일은 더 이상 채병덕과 대화할 필요성을 느끼지 않았다. 참으로 답답한 사람이라고 생각하였다. 그러나 이 국가적 위급을 맞고 있는 이 시점에서 뭔가 분명히 말을 하고 떠나야 되겠다는 생각이 들었다.

"육군의 지휘는 오직 총참모장의 권한입니다. 나는 다만 나의 의견을 분명히 밝혀 최선의 방법으로 이 난국을 극복해야 한다는 충정을 알릴 뿐입니다. 거듭 당부합니다. 후방에 있는 3개사단을 분산시켜 축차적으로 전방에 투입한다면 성과를 크게 기대할 수 없을 것입니다. 수도 서울의 사수는 훌륭한 의지의 발상이지만 현 시점에서 적절하지 못한 조치이니 재고하시기 바랍니다.

특히 한강선 방어는 현 상황을 역전시킬 수 있는 유일한 방법일 것이라는 제 견해를 밝힙니다. 잘 생각해 주십시요."

김홍일은 총참모장실을 나왔다. 걱정이 태산같이 몰려오는 것을 느꼈다. '아니……. 아직 후방 3개 사단에 대해 비상출동 지시를 내리지 않았다니……. 입교 25일밖에 안된 생도 2기생들을 소총병으로 전선에 투입하다니……. 1년 과정을 마친 생도 1기생을 임관시켜 소대장으로 활용하면 몇 배의 전투력이 되는데……'

앞이 캄캄하였다. 이 위기를 극복하는 길은 무엇인가?

신성모 국방장관을 찾아 갈려고도 했지만 그도 채병덕과 별로 다를바 없다고 생각했다. 그래서 할 수 없이 경무대의 이승만 대통령에게 직접 진언하려고 마음을 굳히고 경무대의 비서관에게 면접요청을 했다. 그러나 회답은 "국방 군사 문제라면 국방장관이나 총참모장과 상의하라"는 기별이었다. 김홍일은 고뇌에 빠질 수 밖에 없었다. 지금 자신이 할 수 있는 일이란 하나님께 기도하는 길 밖에 없었다.

김홍일은 중국 대륙에서 항일전을 하는 동안 중국군 집단군 참모처장으로 있으면서 보병 12개 사단을 작전지휘하며 일본군을 격파한 경력이 있었다. 그러나 그는 귀국후 단 한번도 그 사실을 입밖에 낸 적이 없었다.

해방 당시 한국인으로서 정규군 장군은 세 사람 밖에 없었다. 하나는 김홍일이요. 다른 두 사람은 일본군의 홍사익과 영친왕 이은이었다. 그러나 영친왕은 조선왕실에 대한 일본인들의 의례적인 계급이고 홍사익은 일본의 전범으로 사형을 당하였으니 결국은 김홍일이 유일한 정규군 장군이었다.

해방 후 떠돌아다니는 말 가운데 '중국에서 장군 안 된 사람은 바보'라는 우스개 소리가 있었는데 그것은 잘못된 것이었다. 독립운동을 하는 동안에는 일정한 단위의 지휘관, 예를 들면 대대 병력 규모만 되었어도 의례적으로 장군 호칭으로 불렀었다. 그러나 그 장군 호칭은 계급 호칭이 아니고 예우 호칭이었다.

이승만은 김홍일을 누구보다 잘 알고 있었다. 상해 임시정부 시절에도 여러 번 만났던 사실이 있었다. 그러나 그의 성품이 강직하고 고분고분하지 않아 늘 경계하는 한편, 두려워하기까지 했다. 두려워했다는 표현은 좀 지나친 듯 하지만 바꾸어 말하면 라이벌 의식이 잠재되어 있었던 것 같다. 그러나 신성모, 채병덕 등은 절대복종형이고 간교한 처세술로 이승만의 눈을 가리고 있었으므로 이승만에게는 그들이 늘 믿음직스러웠다. 채병덕을 좋아했던 일화 한토막을 알아 본다.

일본군 육사 27기생이고 대좌(大佐-대령) 출신인 김석원은 제1사단장으로 38선을 경계하고 있었다. 그때 총참모장인 채병덕은 일본군 육사 49기생으로 소좌 출신이었으니 관록으로나 계급으로보나 엄청난 차이가 있었다.

특히 김석원은 일본군 대대장으로 참전하여 중국 산서성 '동원'을 경비하던 중 중국군 1개 사단으로부터 공격을 받았다. 약 10배의 중국군으로부터 공격을 받은 셈이다. 김석원은 이 전투에서 일본군 대대를 지휘하여 7시간이나 버틴 끝에 사단 병력을 마침내 격퇴시켰다. 김석원은 일본군에서도 알아 주는 우수한 지휘관이었던 것이다.

채병덕은 전투와는 관계가 없는 병기 장교였다. 그 사실을 알면서도 이승만은 채병덕을 국가의 명운이 달려 있는 총참모장의 중책을 맡긴 것이었다.

채병덕은 그 나름대로 이승만의 정치자금을 마련하고 자기의 활동비를 조달하려는 목적으로 제1사단장으로 김석원이 있는 지역 38선을 남북교역장소로 활용하고 있었다. 당시 남북교역은 묵인되고 있었기에 그 자체가 큰 문제가 될 수는 없을 때였다.

그러나 김석원은 '우리의 적은 공산당이다. 공산당과 장사를 하다니……' 라고 분개하며 북쪽에서 내려온 명태를 모두 빼앗아 사단 장병의 부식으로 처분해버렸다. 그때 그는 철저한 성품이라서 부하에게는 먹이되 자기 식탁에는 단 한마리의 명태도 올려놓지 못하게 했다.

이 일이 있은 후 당황한 채병덕은 김석원에게 명태를 돌려달라고 떼썼다. 그러나 김석원은 "내 부하의 배를 갈라 꺼내가라"며 막무가내였다.

명태사건은 확대되어 신문에까지 보도되자 경무대의 이승만 대통령에게까지 알려지게 되었다. 당시 남북교역은 남북간의 화해증진의 한 방편으로 보편화되어 있었으므로 경무대에서는 오히려 채병덕의 편을 들게 되었다. 경무대 비서관은 김석원에게 남북교역에 협조하라고 압력을 넣었다.

그러나 김석원은 눈하나 까딱않고 명태가 내려오는 족족 빼앗아 부하들에게 먹였다. 그렇잖아도 영양 부족으로 비실비실거리던 제1사단 장병이 명태로 포식할 수 있게 되자 '사단장 만세'까지 부르며 좋아했다. 한편, 김석원은 '명태장사를 하는 총참모장을 그대로 둘 수 없다'하여 문제를 일으켰다. 김석원의 주장은 '철저히 조사하여 이익금의 행방을 찾아내어 엄벌에 처해야 한다'는 것이었다.

김석원의 주장이 연일 신문에 크게 보도되고 사회의 여론이 빗발치자 이승만은 할 수 없이 채병덕, 김석원 둘다 책임을 물어 예비역에 편입시켜 버렸다.

그런 사연이 있는 채병덕을 여론이 무마된 것을 기화로 이승만은 그를 총참모장으로 재기용한 것이다. 김석원은 예비역으로 놔둔채.

정오가 넘었지만 아직 육군본부의 주요 참모 몇 명은 행방이 묘연했다. 육군사관학교에서는 이때 사관생도를 완전군장으로 무장시켜 수류탄과 실탄을 분배하고 있었다.

생도 1기생은 1년동안 주요 훈련을 모두 받아 당장에 소위로 임관시킬 수 있는데도 소총병으로 출동준비를 하고 있었다.

생도 2기생은 입교 25일 째, 소총 사격 과정도 완전히 숙달하지 못했을 뿐만 아니라 수류탄은 처음 보는 것이었다. 한마디로 말하면 군인으로서 맹물인 셈이다. 그러나 채병덕의 명령에 따라 사지(死地)로 향하기 위한 준비를 서두르고 있었다.

이때 전방에서 입수되는 불길하고 불안한 상황이 육군본부 상황실에 속속 보고 되고 있었다.

전 전선에 걸쳐 국군의 패배소식 뿐이었다.

최전방 진지는 거의 다 적에게 유린 당하여 도저히 현 전선을 지킬 수 없는 상태라는 것이다.

채병덕은 후방의 3개 사단을 의정부 방면에 투입시키기로 결심하고 부대 이동 명령을 내리는 한편 기자회견을 자청하여 다음과 같이 작전 상황을 밝혔다.

"북한 괴뢰군은 38선 전 전선에 걸쳐 전면 기습공격을 감행하였다. 지금까지 입수된 정보에 의하면 적의 지상군은 약 5만명 내외로 보며 전차 약 49대를 동반하고 있다.

군은 현재 적을 격퇴중에 있으며 곧 반격을 개시할 것이다."

채병덕의 작전 상황 발표는 어느 것 하나 맞는 것이 없었다. 글자 그대로 허점 투성이이다. 그러나 회견장을 빠져나온 기자들은 일제히 석간신문과 KBS라디오의 보도망을 통하여 '국군 반격 개시'라고 법석을 떨었다.

그때까지 놀랐던 시민들이 피난 준비를 서둘렀지만 석간신문과 라디오의 보도를 듣고 꾸렸던 짐을 풀어가며 안도의 한숨을 쉬었다.

"그러면 그렇지 우리 국군이 인민군에게 패배할 리 있나."

우울하던 서울 거리는 보도가 퍼진 이후, 활기찬 거리로 변했다. 대포집은 축하주를 마셔야 한다며 모인 술꾼으로 가득찼고 북한에서 월남한 사람들은 벌써 고향에 갈 설레이는 마음을 달래기 위해 대포를 들이켰다.

이런 축제 분위기와는 달리 전선에서는 비참한 패퇴가 시작되고 있었고 서툴고 엉뚱한 전술 조치로 말미암아 위기는 더 커져만 갔다.

채병덕은 대전에 주둔하고 있는 제2사단을 의정부 전선에 투입하기 위해 사단장 이형근 준장을 육군본부로 불렀다.

"제2사단은 포천 가도를 따라 38선을 회복하기 위하여 공격을 개시하시오. 공격 개시 시간은 내일 즉 26일 여명이요."

이형근은 깜짝 놀랐다.

"현재 일부 병력은 이동을 시작했지만 각 지역에 흩어져 있는 병력을 하룻밤 사이에 이동시켜 내일 반격작전에 투입한다는 것은 불가능합니다. 시간 여유를 주십시요."

이형근은 일본 육사 56기이다. 49기의 채병덕이 대 선배인 셈이다. 이형근은 졸라대듯 명령의 변경을 건의했다. 그 자리에 같이 있던 참모부장 김백일 대령, 정보국장 장도영 대령, 미 고문관 하우스만 대위 등이 이형근의 건의가 타당하다고 조언했다.

그러나 채병덕은 결심을 바꾸지 않았다. 채병덕의 작전구상은 글자 그대로 주먹구구식이었다.

충남 각지에 흩어져 있는 부대를 하룻밤 사이에 이동시켜 반격한다는 것은 불가능한 일이었다. 불가능한 명령은 가치가 없는 것이다.

그러나 명령은 내려졌다. 이리하여 제 2 사단 병력은 열차편으로 혹은 징발한 민간트럭으로 닥치는대로 북상을 서둘렀다.

사단이 반격을 하려면 병력을 집중하여 전력을 한 곳에 쏟아 부어야 한다. 그래야만 적의 돌파를 막을 수가 있다. 그러나 불편한 교통편으로 각각 소수의 부대로 쪼개진 형태로 전선에 투입된다면 한강에 대야로 물붓기가 되는 것이다. 선착순으로 전선의 사지(死地)에 들어가는 꼴이다.

그러니 사단장이 위치할 곳이나 작전지휘를 할 통신망도 구성할 수 없다. 따라서 사단장은 육군본부나 제 7 사단을 빈둥빈둥 돌아다니며 병아리 잃은 암탉꼴이 될 수밖에 없다.

이런 실정하에 제 2 사단은 사단장이 예측한대로 제 2 사단의 통합 전력을 집중하기 전에 갈래갈래 찢기어 전선에 선착순에 따라 흩어져 26일 하루 사이에 패퇴의 쓴잔을 마셔야 했다. 사단장은 졸지에 홀몸이 된 것이다.

한편, 육사 생도 1기생 313명과 생도 2기생 330명으로 편성된 생도대대는 25일 밤에 포천 전투에 투입되었다.

육사 생도대대도 포천 지역에 배치되어 용감히 싸웠지만 전차를 앞세우고 워낙 강력하게 공격하는 적을 당해 낼 수 없었다. 겨우 하룻밤을 견디고 후퇴를 해야 했다.

육사 생도대대의 전선 투입으로 생도 2기생만 해도 4분지 1이 넘는 89명이 전사했다. 육사 입교 27일만의 비극이었다.

이무렵, 국방장관 신성모와 육군 총참모장 채병덕이 경무대로 이승만 대통령에게 불려갔다.

　채병덕으로서는 의정부 전선에 제2사단과 육사 생도대대를 투입했기 때문에 가장 어려운 국면은 넘겼을 것이라고 오판하고 있었다.

　더욱이 제2사단에 이어 대구의 제3사단과 광주의 제5사단이 전선에 투입되면 곧 북진이 이루어질 것으로 굳게 믿고 있었다. 따라서 대통령 앞에 나아가는 기분이 그리 나쁘지만은 않았다.

　이승만은 긴장된 표정으로 이들을 맞았다.

　"공산도배들이 공격을 해왔다고……."

　떨리는 목소리였다. 이미 25일 오후에 북한군 공격을 보고받은바 있었다. 그후 경찰 계통의 정보 보고에 의하면 썩좋은 소식이 아니었다. 국군이 현전선을 방어하기가 어렵다는 그런 불길한 보고였다.

　"녜, 각하 괴뢰군이 불법으로 공격해왔습니다. 그러나 국군은 초기에 피해를 입었습니다만 대전에 있는 제2사단으로 하여금 반격작전을 시켜 지금 전선은 우리 국군에게 유리합니다."

　채병덕이 열심히 우리의 유리한 점만 보고하고 있었다. 있는 말, 없는 말 이승만이 기분이 좋을 것이라고 생각되면 뭐든지 각색했다.

　"각하! 괴뢰군이 전차를 몰고 왔습니다만 우리가 가지고 있는 화기로 파괴가 안되어 제가 부득이 육탄으로 파괴하라고 7사단장에게 명령했더니 지금 계속 전차가 육탄으로 깨지고 있습니다.”

채병덕의 보고에 이승만은 감격하고 있었다.

“오, 그런가? 용감하고 애국적인 용사들이구먼…….”

채병덕은 신이 났다.

“각하, 태릉에 있는 화랑대의 육사 생도들도 포천에 출동하여 적을 무찌르고 있습니다.”

이승만의 얼굴엔 희색이 돌았다.

“그렇다면 내가 서울에 그대로 있어야 되겠구먼……. 미 대사관에서 나에게 수원쯤에 내려가 있는 것이 좋을 듯하다고 말해서 나는 우리 국군이 서울을 사수하기 때문에 나도 같이 있겠다고 말했는데…….”

“각하, 그렇습니다. 서울은 사수할 것입니다.”

“채 장군, 어떤 일이 있어도 서울은 사수해야 되네!”

“당연한 말씀입니다. 꼭 사수하겠습니다.”

“됐네. 어제밤은 불안하여 잠을 설쳤는걸.”

“오늘밤부터는 편히 주무십시요.”

“고맙네.”

두 사람은 대통령에 굳은 결심을 보이고 경무대를 나왔다. 그러나 두 사람의 마음은 맑지가 못했다. 뭔가 꺼림칙한 것이 자꾸만 가슴팍을 눌르는 것이었다.

25일 밤의 보도에 따라 안심했던 서울 시민이 차츰 동요하기 시작했다. 26일 오후가 되자 후송되어 오는 부상병들이 이구동성으로 “빨리 피난을 가야 합니다.”“우리 사단은 완전히 박살났습니다."고 말하는 것이었다.

서울 시내는 난장판이 되고 있었다. 많은 시민들이 예금을 찾기 위해 은행으로 몰려 들었고 시장의 쌀값은 하룻밤 사이에 2천원에서 6천원으로 세 배나 껑충 뛰었다.

그러나 아랑곳하지 않고 국무회의와 국회에서는 신성모 국방장관과 채병덕 총참모장 참석 하에 '서울 사수'와 '북진'을 만장일치로 결의하기에 이른다.

또한 KBS는 "옹진지구의 아군 제17연대가 해주를 점령했고 38선 일대의 국군은 38선을 돌파하여 북진중이다."라는 보도를 되풀이 하고 있었다.

이 시각 국군 전선을 살피면 대략 다음과 같은 상황이었다.

개성의 제1사단은 팔로군 출신인 방호산 소장이 지휘하는 인민군 제6사단의 공격을 받고 불과 다섯 시간 만에 시내를 적에게 넘겨주고 후퇴를 거듭, 25일 밤에 임진강 남안에 철수하여 임진강을 장애물로 이용하여 격전중.

의정부 방면의 제7사단은 이영호 소장이 지휘하는 인민군 제3사단과 이권무 소장이 지휘하는 제4사단에 의해 하룻사이 10Km 남쪽으로 후퇴하여 재편성중.

중부전선 춘천 방면의 제6사단은 최현 소장이 지휘하는 인민군 제2사단의 공격을 받고 비교적 적절한 방어전을 전개 적의 진출을 지연시키고 있으나 최인 소장이 지휘하는 인민군 제7사단이 증원되어 고전중.

동부전선의 제8사단은 소련군 출신의 오백룡 소장이 지휘하는 인민군 제5사단 특수부대와 함께 상륙작전 및 지상공격 등 협공을 받아 고전중.

이상과 같은 전선의 상황으로 볼 때 가장 위급한 곳이 의정부 전선의 제7사단이고, 다음은 임진강변에 포진하고 있는 제1사단이라는 결론이다. 이 두곳 모두 수도 서울을 겨냥한 것으로 본다면 수도 서울은 풍전등화격이다.

후방 3개 사단으로 전세를 만회하여 반격작전을 하겠다는 채병덕의 희망사항은 모두 어긋나고 말았다. 모든 사단들의 수도권에의 진입이 계획보다 늦어진 것은 물론이고 병력이 농번기 휴가, 주말 외출 외박 등으로 집결이 힘들었고 수송수단이 여의치 않아 전선 투입에 큰 차질이 생겼다.

특히 서울 북방의 임진강 전선에 포진한 제1사단과 의정부 전선의 제7사단이 위급한 상황이 계속되다 보니 급한대로 도착중에 있는 소부대들을 양쪽 사단에 갈기갈기 찢어서 보충했다.

건제(建制)가 와해되고 소부대 단위로 분할 보충하다보니 전력(戰力)으로서의 역할을 다하지 못하고 적의 강력한 공격 앞에 와해되어버렸다. 채병덕의 서울 사수 결의와 북진 공격의 꿈은 27일을 고비로 완전히 물거품이 되고 말았다.

채병덕의 말을 태산같이 믿고 있던 서울 사수와 북진공격이 허구 임을 깨달은 것은 27일 새벽이었다.

미 대사관 측과 경찰 계통의 정보를 접수한 결과 서울의 함락은 시간문제라는 것을 알게 되었던 것이다.

이승만은 이 청천벽력과 같은 현실에서 서울 탈출을 결심함과 함께 미국의 워싱턴에 있는 주미 대사 장면을 전화로 불렀다.

"나, 이승만인데 지금 서울을 떠나는 중이오, 국군은 북괴군에 의해 붕괴되고 있소. 장 대사가 속히 트루먼 대통령을 만나 미군의 즉각 개입과 한국군의 지원을 요청하시오. 장 대사의 외교활동에 따라 대한민국의 명운이 좌우되는 것이니 힘껏 노력해 주시오."

이승만은 떨리는 손으로 전화를 끊고 곧장 프란체스카 부인과 5명의 비서관과 함께 두대의 승용차에 나누어 타고 경무대를 떠났다.

일행은 서울역에 도착하자 기관차에 3등 객차 두 칸이 연결된 남행 열차에 올랐다.

이승만은 애써 당당한 표정을 짓고 있었으나 가끔 얼굴에 심한 경련을 일으키는 것으로 보아 몹시 고통스러워 하고 있는 것이 역력하였다.

74세의 노대통령. 평생을 조국의 독립을 위해 몸을 바친 그가 광복과 함께 대한민국 정부를 수립하여 초대 대통령의 영광을 얻었지만 동족상잔의 비극에 휘말려 피난 열차에 몸을 실었으니 참으로 기구한 운명이 아닐 수 없었다.

기차는 3시가 조금 지나서 서울역을 출발하였다. 플랫폼에는 서울역장과 서울에 남아 잔무를 처리할 비서관 4명 만이 떠나는 열차를 향하여 일제히 경례를 하였다.

참으로 안타깝고 서글픈 광경이었다.

대통령이 서울을 떠나 피난길에 올랐다는 소문은 그날 오후가 되어서야 퍼지기 시작했다. 시내는 더욱 혼잡해 졌다. 피난길에 오른 사람들이 줄줄이 쏟아져 나왔다. 대부분의 시민들은 한강대교가 있는 노량진쪽을 향하고 있었다.

정부는 할 수 없이 정부를 수원으로 임시 옮긴다는 발표를 공식으로 했다.

27일의 해가 저물어가자 서울 북쪽에서 들려오는 포성은 더욱 커져 갔다.

전방에서 후퇴한 초췌한 몰골의 패잔병들이 서울 시내에 밀물처럼 쏟아져 들어오고 있었다. 그들은 이구동성으로

"적 전차를 막을 수가 없었다."

"국군은 완전히 패했다."

고 한탄하면서 끔찍스러운 말을 서슴치 않았다.

서울역 광장에도 피난 인파는 인산인해를 이루었다. 언제 오는 것인지 알 수 없는 피난열차를 기다리는 사람의 물결이었다. 기다리다가 기진맥진하여 그 자리에 주저 앉은 사람들이 있는가 하면 기다리다가 가망 없다고 판단한 탓인지 다시 노량진 쪽으로 향하는 사람의 물결이 이어졌다.

이런 소용돌이 속에서도 KBS 방송은 '용감한 국군의 분전상'을 알렸고 '서울 사수'의 결의를 다지고 있었다.

육군본부에서는 이날 오후 1시, 채병덕 총참모장 주재하에 육군본부 참모 및 서울지역 지휘관 회의를 소집하였다. 회의장에 모인 참석인원은 한결같이 침통한 표정을 하고 있었다.

이 회의에서 참모부장 김백일 대령이 육군본부가 오늘 시흥

에 있는 육군보병학교로 이동한다고 발표하였다. 이 발표 직후 채병덕 총참모장은 육군본부의 이동은 비밀로 하고 서울 시민에게 알리지 말 것을 지시하였다. 이어서 한강대교의 폭파 여부에 대하여 공병감 최창식 대령이 설명했다. 이때 수도경비사령관 이종찬 대령은 서울 시민에 대한 소개조차 없이 육군본부 후퇴는 언어도단이라고 흥분하면서 한강대교의 조기폭파 또한 반대하고 나섰다. 그러나 채병덕의 복안은 육군본부가 철수하고 난 다음 즉각 한강대교를 폭파해야 한다는 것이었다.

이날 밤 11시경, 적 전차 4대가 폭우가 쏟아지는 가운데 수유리에서 미아리로 보병과 함께 남진하고 있었다.

서울 시내의 중학교(6년제) 및 대학교는 26일부터 학업이 중단 상태였다. 26일 월요일에 등교한 학생들은 혹은 조회만 하고 또는 조회도 생략한 체 귀가조치 되었다.

"전쟁이 터졌다. 집에서 기다려라."

는 것이 교사들의 할 말의 전부였다.

학생들은 영문을 몰라 어리둥절하다가 그대로 집으로 돌아가야 했다. 가끔 서울 상공에 나타난 북한 공군 야크기의 기총사격에 놀라고 포탄 작렬음이 가까이 오자 학생들은 집에서 부모가 결정하는대로 따라야 했다.

남쪽에 연고가 있는 학생들의 가족은 이미 26일과 27일 낮에 피난길에 올랐지만 남쪽에 연고가 없는 대부분의 시민들은 정부가 발표하는 KBS라디오 방송과 신문보도만 믿고 설마설마 하다가 27일 밤을 맞았다.

밤 10시부터 시내 곳곳에 포탄이 떨어지기 시작했다. 기관포의 연발음까지 들려왔다.

　꽝, 꽝, 꽝……

　따따따따……

　시민들은 한밤중에 동요하기 시작하였다. 일부는 부리나케 귀중품만 챙기고 노량진 쪽으로 향했고 일부는 한강 나루터, 일부는 방안에서 그대로 정부 발표만 믿고 수도가 사수되리라는 가느다란 희망을 안고 기다렸다.

　국군은 미아리 일대에서 필사적인 방어에 임했다. 그러나 적의 보병이라면 모르되 생전 처음보는 괴물같이 덩치 큰 전차가 나타나 포를 쏘아대면 금방 사기를 잃고 후퇴를 하지 않을 수 없었다.

　평소에 방비를 못한 탓으로 전차에 대한 장애물 하나 없었고 교량 하나 파괴 못한 탓으로 적 전차는 순탄하게 미아리까지 진격할 수 있었다.

　28일 새벽 1시경, 마침내 미아리 방어선도 붕괴되었다. 적 전차는 시내로 전진하기 시작했다. 그때만 해도 미아리는 시외 외곽지역이었다.

　육군본부의 잔류 지휘부는 시내에 전차가 들어왔다는 보고를 받자 피아간의 전체 상황도 파악하지 않고 새벽 2시 15분에 한강대교와 한강철교를 폭파하였다. 한강대교 위에는 많은 차량과 시민들이 꽉 차 있었다. 물론 군용차와 퇴각하는 국군 패잔병도 상당수 섞여 있었다. 한강대교 폭파로 이들 차량과 사람이 거의 모두가 물 속에 빠졌다. 아비규환의 순간적 대참사였다.

더욱이 한강 이북 지역에도 제 1 사단, 제 7 사단, 수도경비사 병력 및 후방에서 투입된 제 2 사단, 제 3 사단, 제 5 사단 병력과 그를 지원하는 부대들이 거의 모두 남아 있었다.

한강대교 및 철교의 폭파는 이들 국군 주력부대의 퇴로(退路)가 완전 차단 됨으로써 병력과 장비의 손실이 막대하였다. 중장비에 속하는 야포를 비롯한 공용화기 그리고 모든 차량이 적의 수중에 들어 갔으며 6·25동란 직전 9만 6천명이던 국군 병력은 급속도로 감소하여 2만 5천여 명에 불과하였다.

사실상 한강 교량의 폭파로 말미암아 국군은 중부전선의 제 6사단과 동부전선의 제 8사단 등 2개 사단을 제외하고 완전 궤멸 상태였다.

대한민국 자체가 풍전등화 격이었다.

그러나 운명의 여신은 북한 공산당의 손을 흔쾌히 들어주지는 않았다. 대한민국을 가엾게 본 탓인지 멸망 직전에 희망의 서광이 조금씩 비치기 시작하였다.

제4장 가짜 의용군과
진짜 의용군

제 4 장 가짜 의용군과 진짜 의용군

6월 28일, 11시 30분 경에 북한 인민군은 마침내 수도 서울의 중심부를 장악하였다. 해방이후 줄곧 태극기가 휘날리던 중앙청 국기 게양대에는 태극기 대신 흉칙한 인공기가 게양되었다.

지하에 숨었던 남로당원들이 언제 준비해두었는지 인공기를 흔들며 거리로 쏟아져 나와 인민군을 환영하였다.

약삭 빠른 기회주의자들도 그들 프락치와 함께 거짓 웃음을 팔며 '김일성 만세'와 '조선 인민군 만세'를 불러댔다.

국군에게는 단 한대도 없었던 무적의 T-34 전차는 시내를 질주하면서 위력을 과시했고 전투부대 뒤를 바짝 쫓아온 북한의 정치보위부 및 내무성 관리들은 마포 형무소와 서대문 형무소를 비롯하여 경찰서의 유치장 문을 활짝 열고 사상범은 물론 파렴치범을 비롯한 잡범까지 모두 석방시켰다.

서울은 이들로 말미암아 광란의 도시로 변했다. 그들은 죄인으로부터 졸지에 '인민의 영웅'으로 둔갑하여 소위 공산당들이 즐겨 쓰는 반동분자의 색출에 앞장섰다.

곳곳에서 피의 숙청이 시작되었다. 뜻있는 애국 시민은 몰래 빠져 나가 그들의 수색이 미치지 못할 곳에 숨었다.

김일성의 전략은 최초의 남침과정에서 중대한 실책을 범하고 있었다. 이것이 바로 대한민국을 붕괴직전에서 구해준 천우신조가 된 것이다.

김일성의 남침 전략의 기본은 주력 1개 군단으로 하여금 수도 서울에 직진 공격하고 조공으로 동해안의 공략과 함께 춘천을 점령하는 즉시 고도의 기동력으로 이천을 경유하여 수원으로 우회한 후, 수도 서울을 공략한 주공 집단과 포위망을 형성하여 그 포위망 속에서 국군을 섬멸, 속전속결로 적화통일을 완수하겠다는 전략이었다.

그런데 문제는 주공 집단인 제1군단의 수도권 공략이 조공 집단인 제2군단의 춘천 공략이 늦어지자 그 균형을 유지하기 위하여 공격속도를 늦추었다.

압도적으로 우세한 병력과 장비로 제2군단의 공격속도와 관계없이 수도권을 강타 남하했더라면 적은 24시간 이내에 서울을 장악할 수 있었을 것이다. 초전의 24시간은 국군에게 있어서 결정적인 붕괴를 지연시킬 수 있는 시간이었기 때문이다. 인민군이 27일 새벽 1시에 서울에 진입했더라면 상황은 국군의 회복 불능으로 악화될 수 있었다.

두 번째 전략의 실수는 인민군이 28일 서울을 함락시키고도 계속 한강을 도하하여 패주하고 있는 국군을 추격했더라면 국군은 재편성을 하지 못함은 물론 미국의 군사 개입을 저지할 수 있었을 것이다. 그런데 제2군단이 춘천에서 공략, 이천을 거쳐 수원에 도달할 때까지 기다리기 위하여 한강 도하의 무리수를 쓰지 않았다. 춘천 공략의 인민군 제2군단이 우리 국군 제6사단의 선전(善戰)으로 공격이 지연되자 서울 점령의 제1군단은 여력이 있었음에도 2일간을 허송하였다.

이 2일간은 국군에게 있어서 재기할 수 있는 기회가 된 천우신조였다.

이 2일간 국군은 재기할 수 있는 기반을 형성할 수 있었고 미국의 군사개입을 성사시킬 수 있었다.

6월 28일 새벽, 수원에 도착한 육군본부는 뒤늦게나마 김홍일 소장이 채병덕 총참모장에게 권했던 한강 방어의 전략적 전술적 중요성을 깨달았다.

육군본부는 한강선에서 적을 저지할 것을 굳히고 그 임무를 수행할 시흥지구 전투사령부를 신설하는 동시에 전투에서 패배하여 흩어져 철수 중인 병력을 시흥 및 수원 일대에서 더 이상 남하하지 못하도록 저지시켜 재편성에 들어갔다.

시흥지구 전투 사령관으로는 한강 방어의 중요성을 강조하고 있던 김홍일 소장이 임명되었다. 김홍일 소장은 수 많은 사단이 한강 이북에서 궤멸된 것에 대해 분하고 안타깝게 생각하고 있었지만 늦게라도 한강 방어의 중요성을 깨달은 육군본부 수뇌들을 다행이라고 자위하였다.

시흥지구 전투사령부는 28일 밤부터 29일까지 한강 북쪽에서 분산해 퇴각하는 수도사단(수도경비사령부를 개칭), 제7사단, 제2사단, 제1사단 병력 등을 수습하여 한강 남단에 방어선을 구축토록 조치하였다. 계속하여 제3사단, 제5사단 패잔병도 수습해서 한강 남안의 진지 구축에 투입하였다.

이무렵 한강에 가설된 5개 교량은 한강대교와 광진교, 경부선 철교 그리고 경인선 상하행선인데 경인선 상행 철교만 파괴가 안되어 그대로 남아 있었다. 인민군은 이 파괴가 안된 철교를 사용하여 전차를 투입시키려 시도하였다.

한강변에 배치된 아군은 비록 화력은 빈약하고 전투력은 보잘 것 없었으나 공산당에 대한 적개심만은 불타고 있었다. 특히 한강이라는 장애물이 있기 때문에 적이 전차의 지원을 받지 못하게 되자 용기백배한 국군장병들은 결사적으로 적을 막아내고 있었다. 한강 방어를 하는 동안 패잔병들이 수습되고 전투장비를 갖출 수 있게 되어 비로소 전투할 수 있는 태세에 돌입했다.

적은 전차 없이 도하작전을 시도했으나 번번이 실패하자 전차 없이는 국군의 한강선 방어진지를 돌파할 수 없다고 판단, 부분 파괴된 경인선 상행 철교 보수에 착수했다.

적이 보수 작업을 하는 동안 우리 국군은 작업을 방해하기 위해 박격포탄을 퍼붓는 등 온갖 저지책을 썼으나 성공치 못하였다.

7월 3일 새벽 드디어 적 전차는 경인선 상행철교를 통하여 T-34 전차를 도하시켜 노량진 전선에 투입됐다.

전차 앞에서는 무력할 수 밖에 없었던 아군은 역시 적 전차에 의해 1주일간이라는 한강 방어의 기적을 남기고 철수하지 않으면 안되었다.

그동안 일본에 있던 미 지상군이 한국전선에 증원되기 시작하였으니 참으로 1주일의 한강 방어는 대한민국을 구출한 성공적인 작전이었다.

6월 25일 새벽 4시로부터 7월 4일까지 우리 단독의 힘으로 최악의 난관을 이겨낸 국군은 5일 마침내 미군이 참전함으로써 전세를 만회하기 위한 지연전으로 돌입했다.

한강 이북에서의 패전을 겪고 구사일생으로 한강을 도하하여 대한민국의 완전 붕괴로 알고 전장에서 아예 고향으로 직행했던 상당수의 장병들도 국군이 재편성되었다는 소식을 전해듣고 속속 원 소속대를 찾아 복귀하니 고작 25,000여 명이었던 국군 병력이 7만여 명으로 회복되기에 이르렀다.

그간 이승만은 초전의 패배 책임을 물어 채병덕 총참모장을 해임시키고 미군 당국의 권고를 받아들여 미국에 체류중이던 정일권 준장을 육해공군 총사령관, 육군참모총장, 계엄총사령관이라는 어마어마한 직분을 한꺼번에 안겨주었다.

정일권의 임명은 또 이외의 인사였다. 그는 일본의 괴뢰인 만주군 장교 출신인데 사단장 경력이 없었으며 전투 병과 출신이 아닌 행정병과 출신이었다.

그는 요즈음 식의 말로 표현한다면 로비를 잘하는 처세가였다. 김홍일 소장, 이응준 소장 등 선배 장성들을 추월하여 후배를 기용했다는 면에서도 이승만은 또 많은 구설수에 올랐다.

채병덕에게는 편제상 있지도 않은 부산 제4지구 계엄사령관이라는 엉뚱한 직책이 부여되었다.

한편, 북한의 통치하에 들어간 서울에는 의용군 동원령이 내렸다.

'조국 통일에의 위대한 전사로 참여하다'는 내용의 보도와 함께 좌익계열의 학생을 앞세워 학생들에게 자발적인 의용군 지원을 선동하였다.

7월 3일 11시에 서울 운동장과 금화 국민학교에는 서울 시내 85개 학교의 학생 2만여 명을 강제로 집합시켰다.

좌익 학생들은 신나는 세상을 만난 듯 특별 표시를 한 붉은 천에다 지도위원이라는 흰 글씨를 찍은 완장을 차고 눈이 부시도록 설쳐댔다.

대표자인 듯 한 학생이 단상에 올라와 연설을 시작했다.

"우리 학생들은 미제와 이승만 도당의 억제하에 학문다운 학문도 배우지 못하고 까막눈의 시절을 보냈다. 동무들은 이제 조국 조선민주주의 인민공화국에 의해 비로소 해방이 되었다. 우리는 조국을 위해 뭔가를 해야 한다. 동무들이여! 우리는 조국이 부르기 전에 자발적으로 나서야 한다. 위대한 조국 통일사업에 스스로 참여하자!"

학생들 틈에 끼어있던 좌익학생들이 오른손을 치켜들며 하늘을 찌를듯 "참여하자! 참여하자! 참여하자!"고 외쳤다. 대다수 강제로 끌려온 학생들도 주변의 무장한 인민군을 의식하면서 마지 못해 그들 하는대로 따랐다.

좌익학생들끼리 일사천리로 회의를 진행시켰다.

"우리는 서울 인민들에게 우리의 의지를 보여주기 위해 시가행진을 하고 그들 앞에서 우리의 결의문을 낭송하자!"

자기들끼리 "옳소······."라고 소리치며 박수를 쳤다. 이윽고 두 패로 나누어 시가행진을 시작하였다. 이들 학생들의 행렬이 남대문과 동대문에 각각 도착하자 번화가의 한복판에서 '애국 학생 궐기대회'를 개최한다며 마이크에다 대고 소리쳤다. 이어서 3개 긴급 동의안을 발표하고 즉석에서 통과시키는 것이었다.

그때 통과시킨 3개 긴급 동의안은 다음과 같다.

하나, 서울의 청년학도들은 인민군을 적극 지원하여 학도의용대를 조직하자.

둘, 우리들은 자발적으로 의용군에 참여하여 전선으로 출진하자.

셋, 전국의 학도들은 빨치산 투쟁에 참가하라.

이렇게 자기들 멋대로 긴급 동의안을 가결시킨 후 다음행사로 이어졌는데 그것은 바로 현장에서의 의용군 모집이었다. 동대문 대회장에서는

"우리는 잠시도 지체할 수 없다. 동무들은 즉시 의용군에 지원하여 통일전선으로 즉각 출진해야 한다. 자······. 나는 맨 먼저 지원을 결정했다. 동무들이여! 나를 따르라!."

연단에서 소리쳤던 좌익 학생이 앞장 서서 선동을 시작하였다.

남대문 대회장에서는 자칭 서울대학교 총학생회장이 급조된 단상에 올라가 마이크에 대고 의용군 지원을 선동하기 시작하

였다.

"청년 학도 동무들이여! 지금 영용한 조선 인민군은 미제와 그들의 괴뢰인 이승만 도당을 쳐부수어 곧 부산까지 해방시킬 것이다.

이 위대한 통일전선에 우리가 참여하는 길만이 이 시대에 사는 젊은이의 사명일 것이다. 말로만 궐기할 것이 아니라 우리는 행동으로 그 의지를 보여야 할 것이다.

우리는 이 자리에서 의용군에 지원하여 성스러운 통일전선에 막바로 끼어들자! 자, 동무들이여 우선 나는 이 자리에서 당장에 지원할 것이니 호응하는 동무는 이 앞에 나오시오."

자칭 서울대 총학생회장의 열렬한 선동에도 불구하고 장내는 웅성거릴 뿐 별 반응이 없자 주최측은 당황하기 시작하였다. 쑤군대더니 이번에는 이화여자대학교 총학생회장이라는 여학생이 단상에 뛰어 올라가더니 째지는 듯한 목소리로 의용군 지원을 선동했다.

"동무들! 무엇때문에 주저합니까! 무엇이 무서워 망설입니까? 조국의 통일을 눈앞에 두고 미제와 그의 괴뢰도당을 까부수는데 뛰어들 젊은이가 없단 말입니까? 우리는 너나 없이 이승만과 그이 도당들에게 속아 살아왔습니다. 이승만은 국군이 북진중이라고 해놓고 자기들만 안전한 곳으로 도망쳤습니다.

한강 다리의 폭파는 무고한 인민 수천 명을 떼죽음시켰으며 자기들만의 도주로의 안전만 생각했습니다.

이 엄연한 진실 앞에서 우리는 누가 애국자요 누가 반역자인지 지성으로 판단해야 합니다. 동무들이여! 후세에 조국통일의 역군으로 각인될 이 엄숙한 사명 앞에서 우리는 주저하지 말고 결연히 궐기합시다. 나는 비록 가냘픈 여성이지만 흔쾌히 의용군에 지원합니다."

여학생의 연설은 능숙하였다. 눈물까지 줄줄 흘리며 조국 통일에의 참여를 부르짖으니 감수성이 예민한 젊은이들은 조금씩 동조의 기색이 보이기 시작하였다.

주최측은 이 대회가 열리기 이전, 지원제만으로 열렬한 호응을 얻어 자기들이 목표로 하는 정도의 인력 자원을 충당할 수 있을 것으로 판단하고 있었다.

그러나 2만여 명의 대회 참석 학생 가운데 막상 지원한 학생은 거의 좌익계가 전부인 4백 1명뿐이었다.

주최 측은 물론, 인민군 당국자들이 당황하지 않을 수 없었다. 이것은 커다란 충격이었다.

그들의 외상 박헌영이 남침 직전, 한 회의 석상에서 남한의 남로당 조직을 분석한 자료를 공개하면서 '남조선 청년 학도의 성분 조사'라는 항목에 '남한의 학생 절반은 우리 공화국 로선에 동조하는 성분'이라 하였다. 따라서 그 조사서에 의거 궐기 대회를 열면 아무리 적게 잡아도 수천 명은 되리라고 판단했었다. 그런데 4백 1명의 현장 지원 뿐이고 그 가운데 실제 의용군에 입대한 학생은 126명에 지나지 않았다. 나머지는 온데 간데 없이 사라져버렸던 것이다.

그들은 하는 수 없이 자원 입대제도를 폐지하고 강제 징집으로 바꾸지 않을 수 없었다.

1950년 7월 6일, 중앙당 명의로 내정된 '의용군 모집사업에 대하여'라는 대강은 다음과 같은 것이었다.

1. 만 18세 이상의 광범한 청년층을 대상으로 하되 빈농출신 및 노동자 계층의 청년을 위주로 할 것.
2. 각 도별로 할당한 징모수는 책임지고 완수할 것.
3. 보도연맹에 가입한 전향자를 비롯한 변절자 출신 노동당원들은 의무적으로 참가시킬 것.
4. 자원이 부족할 때는 만 18세를 구애받을 필요가 없다.

위 결정에 따라 각급 당 조직은 민청을 위시하여 사회단체의 열성분자를 내세워 의용군 강제 징집을 시작하였다.

서울은 물론 경기도, 강원도 등 이른바 그들의 해방지역에서는 의용군 징집을 위한 군중집회를 열어 선동공작을 펴가면서 강제 징집이 진행되었다. 그러므로 강제징집 된 자들을 의용군으로 부른다는 것은 모순이 된 것이다. 원래 국어사전에는 '의용병이란 징병에 의하지 않고 스스로 나서서 응모한 병정'으로 기재되어 있다. 그러니 북한당국의 의용군은 가짜이고 우리 나라의 학도의용군은 진짜라는 역사적 정의를 내릴 수 있다.

북한 당국은 '의용군'이라는 이름으로 남한에서 무려 40여만 명의 청년들을 강제로 끌어다가 낙동강 전선에 투입, 그 상당수가 죽었으며 살아남은 그 일부는 북쪽으로 끌려간 결과가 되었던 것이다.

특히 의용군을 편성함에 있어서 그들은 각 지방의 특성을 살린다는 구실로 경기도의 수원여단, 충남의 대전여단, 전남의 광주여단, 경북의 안동여단 등으로 전투조직을 한 후, 가장 치열한 전선에 '총알받이'로 투입시켰었다. 참으로 안타까운 일이 아닐 수 없으며 민족의 비극이 아닐 수 없다. 얼마나 김일성과 그의 일당이 포악무도한가는 '의용군'에서 본 사실만으로도 증명이 되는 것이다.

대한민국의 의용군은 진짜 의용군이었다. 왜냐하면 '스스로 나서서 응모한 병정'이었기 때문이다. 6·25 동란 당시 학도의용군의 활동은 참으로 눈부셨다. 바로 우리 국군이 초전에 참패되어 대한민국이 붕괴직전에서 구제된 것도 학도의용군과 같이 국민 스스로가 조국을 지키겠다고 스스로 나선 결과로 보지 않을 수 없다.

그 만큼 6·25동란에 대처한 학도들의 결정은 뚜렷한 명분이 서는 것이다. 그럼에도 불구하고 문민정부의 교육부 장관이란 직책의 한 여인이 '6·25는 동족상잔이라 명분이 없다."고 한 말은 그때 스스로 나선 학생들을 모독하는 망언으로 다시 지적하지 않을 수 없다.

'한국민족문화대백과사전' 제23권 805쪽에 학도의용군의 정의가 분명히 적혀 있다. 즉 '학도의용군은 6·25때 학생의 신분으로 참전한 의용병'인 것이다.

학도의용군이 처음 편성된 것은 국군이 한강 이북에서 붕괴되어 시흥지구 전투사령부가 생겨 한강방어에 착수할 무렵이었다.

서울에서 요행히 한강을 도하하여 피난길에 나선 서울시내 각급학교의 학도호국단 간부 학생 200여 명이 수원에 모여 '비상 학도대'를 조직하면서부터 이다.

이들 가운데 일부는 교복과 교모를 그대로 착용한 채 소총과 실탄을 지급받아 6월 29일부터 한강 방어선을 지키고 있던 국군부대로 들어가 전투에 참가하였다.

당시 국방부 관계자나 시흥지구 전투사령부에서도 학생을 희생시킬 수 없다고 하여 피난민 구호, 선무공작 등 후방근무를 종용하였으나 눈물로 하소연하고 혈서까지 써가면서 공산당을 막아내겠다고 고집을 부려 그들의 애국심에 감탄하여 할 수 없이 부분적으로 전투에 투입하게 되었다.

학생들의 전선 투입으로 전의(戰意)가 상승된 국군 장병은 그동안의 패배를 부끄러워하는 자세로 더욱 국방의지를 굳힐 수있는 분위기가 형성되었다.

전선에 투입되지 않고 후방의 업무에 종사하던 많은 학생들은 후방에서의 임무수행만으로는 그들의 의분을 달래지 못하여 개별적으로 현역 입대를 지원해 나갔다.

그러나 학도호국단의 간부 뿐만 아니라 일반 학도들이 밀물과 같이 모여들어 국방부에 대하여 학도만으로 전투부대를 구성하여 전선에 나설 수 있게 허락해 줄 것을 요청하였다. 그러나 국방부는 국가의 장래를 짊어질 학도들의 참전을 만류하면서 정훈국의 지도에 따를 것을 종용하였다.

7월 1일에는 대전까지 내려온 피난 학도들과 대전 시내의 학도들은 다시 '대한 학도의용대'를 스스로 조직하였다.

어린 중학생 소년에서부터 장성한 대학생에 이르기까지 학도의용군의 이름으로 실전에 참여한 학도들은 그로부터 6·25 전쟁 전기간을 통하여 약 2만 7천여 명에 이르렀고 후방지역 또는 수복지역에서의 선무활동에 참여한 학생들은 무려 20만 명이나 되었다.

한편, 학도호국단 여자 간부들도 여자라 하여 가만히 앉아 있을 수만은 없다고 국군 입대를 자원하자 국방부는 그 정신의 숭고함에 감동하여 김현숙에게 여자 의용군 편성을 의뢰하여 대구에서 여자 의용군 훈련소를 개설 여학생에게로 최초로 군에 복무할 수 있는 길을 열어주었다.

여자 의용군 훈련소에서는 성적 및 자질 그리고 지도력에 따라 상당수를 하사관으로 정식 임용하고 그보다 월등히 지도력이 인정된 학도호국단 간부 출신을 선발 육군 소위로 임관시켰다.

최환희 소위 이하 20여 명이 바로 그녀들이다.

특히 여군들은 최초에 후방임무에 종사하도록 계획되었으나 완강히 거부 전선을 지원함에 할 수 없이 육군 당국은 최전선 사단급 부대에까지 여군을 배치했다.

이로 말미암아 북진작전에도 참여하게 되었고 1.4 후퇴시에는 일부 여군들이 적의 포위망을 뚫지 못하여 전사하거나 실종되기도 했다.

학도의용병들은 대구에서 집단적으로 현역에 입대하여 국군

10개 사단의 전투력 기간이 되었다.

특히 우리 국군의 마지막 보루였던 낙동강 방어선에서 커다란 역할을 하였다. 현역 입대가 안된 연소자들이나 신체 허약한 학생까지 의용병으로 싸워 계급도 군번도 없이 백의 종군한 가운데 혁혁한 전공을 세웠다.

약 700여 명의 학도병들은 7월 중순 부산에서 유엔군으로 편입되어 일본에 건너가 훈련을 마친 다음 9월 15일에 개시된 인천상륙작전에 정규군으로 참가했다. 또한 국군 제3사단 예하의 제22연대와 제26연대, 국군 제1사단 예하의 제15연대는 7월 중순부터 여러 차례에 걸쳐 보충병의 대부분을 학도병으로 채웠고 8월 초순 대구에서 새로이 편성된 국군 제25연대도 병력의 거의 전부를 학도병으로 채웠다. 제25연대에 입대한 학도병들은 기계, 안강, 다부동, 포항 등 여러 곳에서 숱한 희생을 입어 가며 조국 수호의 초석이 되었다.

8월에 대구에서 육군본부 정훈감실 산하에 조직된 학도의용군 약 1,500여 명은 곧이어 밀양에서 창설된 국군 유격부대에 편입되었는데 이들은 적의 후방지역에 침투하여 유격전을 전개하였다. 그 가운데 유격부대 제1대대는 인천상륙작전 당시 하나의 양동작전(陽動作戰)으로 감행된 경상북도 영덕지구에서의 상륙작전에 투입되어 100여 명의 희생자를 냈으며 제2대대, 제3대대, 제5대대는 10월 초부터 태백산맥 일대에 투입되어 쫓겨 달아나는 적 패잔병을 소탕하다가 12월부터는 다시 호남지구로 투입되어 적의 잔당을 소탕하는데 결정적인 역할을 하였다.

학도의용군들은 그 밖에도 공비의 출몰이 빈번하던 38선 이남의 취약지구 및 38선 이북의 수복 지구에서 주민들에 대한 선무활동을 벌여 큰 성과를 거두었다.

학도병들의 희생적인 애국정신은 낙동강 방어선의 최대 요충이던 포항지구 전투의 공방전에서 대표된다.

7월 14일 대구에서 육군의 조직과는 별도로 오로지 학도의용군만으로 편성된 제3사단 소속의 1개 학도병 중대 71명은 동해안을 따라 남침중에 있는 북한 인민군 제5사단 및 제766유격대에 맞서 포항시가를 사이에 두고 혈전을 벌이는 가운데 전사 48명에 이르는 막대한 희생을 입어가면서도 이곳을 끝까지 사수하였으며 아군의 반격이 개시되자 적을 추격하여 한·만 국경선까지 진격하였다.

국군이 38선을 넘어 북진하자 수복지역의 학도들은 스스로 학도호국단, 학도의용대 등을 조직하여 국군의 작전을 지원하고 나섰다.

이들 북한 지역 학도들은 중공군 개입으로 전세가 다시 역전, 1.4 후퇴에 이르자 국군부대와 함께 집단적으로 남하하여 학도의용군의 이름으로 종군을 계속하였고, 그 중 많은 학생들이 정규 국군으로 입대하였는데 그 수는 4천여 명에 이르렀다.

한편, 약 700여 명에 달하는 재일 교포 학생들도 조국을 공산당으로부터 구출하기 위하여 궐기 하였다.

이들은 재 일본 조총련의 온갖 협박과 방해공작을 무릅쓰고 유엔군 부대에 편입, 참전하여 59명이 전사하고 95명이 실종되는 희생을 치렀다.

1951년 3월 국군과 유엔군이 중공군의 인해전술을 저지하고 전선의 균형과 안정을 회복하자, 피난처를 찾아 남쪽으로 내려갔던 국민들도 고향으로 돌아와 생업을 되찾기 시작하였다.

이승만 대통령은 국가의 앞날을 짊어질 청년학도들은 시급히 학원으로 돌아가 학업을 계속하라는 담화를 발표하였다.

문교부는 대통령의 지시에 따라 학도의용병들에게 다음과 같은 복교령을 내렸다.

1. 모든 학도는 원래의 본분인 학업으로 돌아갈 것.
2. 군 복무로 학업이 중단된 학도는 군 복무 사실이 인정되면 학교 당국은 무조건 복교를 인정할 것.
3. 군 및 각급학교는 군 복무로부터 복교하는 학도들에게 특별 배려를 해줄 것.
4. 군 복무 중 학년 진급이 누락된 학도는 본인의 희망에 따라 학년 진급을 인정할 것.

이에 따라 학도의용군은 대부분 무기를 놓고 군복을 벗게 되었으며 다수의 북한 출신 학도병들을 비롯하여 끝까지 싸우기를 주장하던 학도들은 다시 현지에서 입대하여 합당한 계급과 군번을 받았다.

여기 학도의용군의 종합적인 개황을 설명했지만 이 실록의 주역인 '서울학도의용군'에 대한 개황 설명을 덧붙이고자 한다.

'서울학도의용군'은 생소한 명칭이다. 지금까지 종합적인 개황에서 설명한 학도의용군 가운데 서울 출신 학도의용군을 일컫는 것이 아닌가 하는 의문이 제기될 수 있을 것이다. 그러나 그 의문에 대한 해답은 "아니다"이다.

'서울학도의용군'은 특별한 배경을 가지고 있다. 서울 시민의 대부분이 공산 치하를 받아들일 수 없었는데 왜 서울 시내에 대부분 머물러 공산군을 맞이해야 되었을까? 하는 의문에서부터 시작해야 한다. 그래야만 그 배경을 알 수 있기 때문이다.

서울 시민이 피난하지 못하고 공산 치하의 학정하에 수모를 당해야 했던 원인을 분석해 본다.

첫째, 정부의 발표나 신문 및 KBS 보도를 고지식하게 믿었다는데 그 원인이 있다. 6월 26일과 6월 27일은 수도 서울 북쪽 전선인 제1사단의 임진강 전선과 제7사단의 의정부 전선에서 가장 많은 피해를 입으며 재기불능의 사태가 벌어지고 있었던 치욕의 날이었다.

그런데도 정부와 모든 보도매체들은 국군이 선전 중인 것으로 매시간마다 보도하고 있었으며 심지어 반격작전의 성공으로 북진 중에 있어, 곧 남북통일이 이룩될 것이라고 시민들은 믿고 있었다.

그러다가 한강교 폭파전 서울의 북방과 동북방쪽에서 포성이 커지자 피난길에 올랐으나 그때는 이미 늦었었다. 정부와 육군본부가 다 수원으로 이동한 후였기 때문이다.

둘째, 한강 교량의 조기 폭파는 국군 철수부대에 심대한 피해를 주었음은 말할 것도 없지만 사실상 시민의 피난길을 막아버린 결과가 되었다.

셋째, 서울 시내에서 철저한 시가전이라도 국군이 벌이고 있었다면 어느 정도 피난의 길에 오를 수 있었을 것인데 적의 전차가 시내에 진입하자 거의 저항을 포기하고 서울시를 고스란히 내준 결과가 되었다. 적의 전차는 무풍지대를 달리듯 시내 중심부로 진입했기 때문에 서울 시민은 앉아서 당하는 꼴이 되었다.

위와 같은 이유로 서울 시민의 대부분이 공산 치하에 들어가고 만 것이었다.

인천상륙작전에 의해 국군과 유엔군에 의해 서울을 탈환할 때까지 공산당의 학정을 경험해야 했던 많은 서울 시민들은 오히려 피난했던 서울 시민보다 더 공산당의 실상을 체험함으로써 자유민주주의의 우월성을 새롭게 인식하게 되었다. 부패가 있고 당쟁이 있고 엉성한 것 같았던 대한민국이 그래도 우리의 조국임을 깨닫게 된 것이다.

'서울학도의용군'은 이런 결과로서 탄생을 본 학도의용병이었다.

공산 치하에서 그들의 만행, 가족들에 대한 공포심의 지속, 학살, 납치 등 또는 학생들의 아버지가 학살되고 납북되는 과정에서 공산주의에 대한 적개심이 불타오른 것이다.

학생들은 공산 치하에서 대부분 숨어 살아야 했다.

만약 그 공산당원이나 그들 앞잡이에 발각되는 날이면 의용군이라는 명목으로 낙동강 전선에 끌려가야 했기 때문이다. 정말로 개죽음의 길로 들어서야 된다는 것을 알고 있었다.

국군과 유엔군이 서울에 입성하는 것을 보고 맨먼저 눈물을 흘리면서 길거리로 달려간 장본인은 바로 지하에서 숨죽이고 숨었던 학생들이었다.

그토록 자유가 소중한 것인가를 공산당의 학정을 겪은 후에야 깨달은 것이다. 학생들의 깨달음은 곧 애국심으로 승화되었고 그들의 애국심은 다시 조국을 위해서는 목숨까지 아끼지 않고 뭔가 보답해야겠다는 의기(義氣)에 불이 당겨졌다.

원효로 체신고등학교 1학년이었던 17세의 강성모는 국립학교라 기숙사에 있다가 공산군의 침입을 보고 예지동 집으로 달려가 숨어지내다 수복 후 '서울학도의용군' 모집 광고를 보고 즉각 을지로 2가 옛 중구청 자리에 간판을 새로 내건 전국학생연맹 총본부로 찾아갔다.

'서울학도의용군이 되겠다'고.

용산고등학교 2학년인 16세의 최창선은 공산군이 들어닥친 후 학도호국단 감찰부에 있었다하여 체포령이 내리자 요리조리 피해다니다 아버지가 화신산업의 전무였다고해서 정치보위부원에 납치되어가는 것을 보고도 어쩔 수 없이 숨어 있어야 했던 쓰라린 불효를 깨끗이 씻기 위해 '서울학도의용군'을 지원하였다.

서울중학교 3학년인 15세의 소년 함경호는 '서울학도의용군'

에 응모하기 위해 마포구 상수동 집 마루밑에 숨었다가 튀어 나와 용산고등학교에 달려가 '서울학도의용군'에 지원했지만 '15세는 어리다 3년 후에 군인이 되라'고 모집관으로부터 퇴짜를 맞고 실의에 차있다가 다시 달려가 18세로 속여 그 대열에 끼었다.

다행히 함경호는 덩치가 커서 18세라고 우겨도 모집관이 의심치 않았다.

서울공업고등학교 1학년인 18세의 이영은 공산당의 강제 징집을 피해 경기도 광주군 이곳 저곳에서 숨어지내다가 '서울학도의용군' 모집 벽보를 보고 용산고등학교로 달려갔다. 이영은 특히 아버지가 공산당원에게 납치되었다는 사실을 알고 아버지를 찾기 위해 헤매다가 인민군이 징집하는 의용군에 잡혔었다.

퇴계로 3가에 있는 일신국민학교, 그 곳에서는 이미 먼저 끌려온 의용군들이 운동장 한 구석에서 제식 훈련을 받고 있었다.

'아버지를 납치하여 사살했을지도 모를 적의 군인이 될 수 없다'는 각오하에 도망갈 궁리를 하다가 한 밤중 경비가 뜸한 기회를 택하여 담을 넘어 일신국민학교 뒤 서울극장 쪽을 거쳐 탈출에 성공.

용산고등학교 1학년인 17세의 김응오는 용산 한강로 2가 용산 전화국 맞은편 집에서 6·25를 맞았다. 월요일인 26일 학교로 가서 첫 시간 영어를 공부하다 공산군의 전투기가 기총사격을 시작하자 선생은 놀라 휴교한다며 귀가를 하라고 해서 귀가했다.

사태가 여의치 못하다고 판단한 아버지의 결정으로 피난 보따리를 꾸려 한강대교로 향하여 대로로 나섰다.

새벽 2시가 조금 지났을까, 한강대교에서 약 150미터 떨어진 지점에 이르자 천지를 진동하는 굉음과 함께 대낮같이 밝은 화염이 솟아오르며 한강대교의 폭파를 맞았다.

한강을 건너는 것을 포기하고 다시 집으로 돌아와 세검정 자두밭에 대피했다가 경기도 양평에서 숨어 지냈다. 수복 후 용산고등학교로 찾아가 '서울학도의용군'에 지원했다.

학도의용군 모집장소가 용산고등학교인 탓인지 350여 명 가운데 용산고 학생이 무려 100여 명이었다.

'서울학도의용군'은 수복 직후 모집한 특수한 경우였다.

미국은 당시 한국군에게 없던 105미리 곡사포를 처음 공급했다. 그런데 이 포를 사격할 인원이 부족했다. 곡사포 사격술은 계산할 줄 아는 대수와 측량할 줄 아는 기하를 터득해야 했는데 그 요원의 절대수가 부족하였다.

그리하여 육군은 기술병을 학생으로부터 충당하기 위해 '서울학도의용군' 모집 공고를 서울 곳곳에 모조지 전지에 써서 붙였던 것이다.

'서울학도의용군'은 용산고등학교에서 모집 선발한 350여 명의 학생들이다.

그들은 10대의 GMC트럭에 각각 분승하고 한창 신나게 북진하고 있는 국군부대와 합류하기 위해 1950년 10월 21일 용산고등학교를 출발하였다.

학생들은 사기가 올랐다. 통일 전선에 참여한다는 보람 때문이었다. 누가 시키지도 않았지만 학생들은 학도호국단가와 함께 군가를 힘차게 불렀다.

전우의 시체를 넘고 넘어
앞으로 앞으로
한강수야 잘 있거라
우리는 전진한다……

'서울학도의용군'을 환송하는 시민은 아무도 없었다. 밤이 깊었기 때문이었다. 시계는 12시를 조금 지난 곳에 분침이 멎어 있었다.

아버지의 원수를 갚겠다고 자원한 이영은 헤트라이트 빛에 뭔가 충격을 주는 모습이 비쳤다. 가슴에 고동이 쳤다. 눈을 부비고 자세히 바라보니 어머니가 쪼그리고 앉아 손을 흔들고 있었다.

"어머니, 크리스마스까지는 통일이 되고 복학할 수 있답니다. 꼭 돌아올께요."

라는 말을 남기고 용산고등학교 교문에서 헤어졌는데…….

"어머니……!"

하고 이영은 소리쳤다. 그러나 그 소리는 GMC트럭 열 대가 웅웅거리는 엔진 소음에 파묻히고 말았다.

"어머니! 크리스마스 전에 돌아 올께요……!"

들리지 않는다 해도 이영은 소리쳤다.

GMC트럭은 이 모자의 애틋한 정도 아랑곳 하지 않고 북쪽
을 향해 질주했다.

제5장 가자, 평양으로

제5장 가자, 평양으로

서울학도의용군을 태운 GMC트럭 10대는 북쪽을 향하여 신나게 달렸다. 얼마간의 시간이 지나니 학도호국단가나 군가부를 기력이 없어지자 침묵하는 시간이 흘렀다. 더러는 그간 홍분과 긴장했던 탓인지 졸기 시작하였다.

마음의 안정을 찾은 학생들은 그간에 있었던 일을 돌이켜 보면서 회상의 시간을 모처럼 갖게 되었다.

부모에게 한마디 말없이 떠나와버린 학생은 부모의 얼굴이 비로소 떠올랐다.

'아버지, 어머니께서 얼마나 걱정하실까? 인편에 학도의용군에 입대했다는 것을 알렸지만 그 친구가 전했을까?

성동공고 2학년에 재학중인 18세의 김창균은 걱정이 태산 같았다.

그의 집은 안양, 성동공고에는 기차통학을 했었다. 수복 후 학교에 간다고 말한마디 던지고는 그대로 용산고등학교에 달려가 학도의용군에 지원했고 다음날 밤으로 북쪽으로 출발하는 GMC트럭에 탑승한 후 정신없이 시간이 흘러갔다.

정신을 차리고 흥분을 가라앉히니 부모생각이 문득 떠올랐다.

'아무리 조급했어도 말없이 떠나다니……. 나는 불효자식이야.'

그때서야 후회하니 무슨 소용이 있을까.

김창균은 의용군 모집 책임자인 최철 대위를 떠올렸다. 굳세게 생기고 당당한 체구였다.

"포병대 창설 요원으로 여러 학생들은 선발이 되었다. 국군에게 최초로 주어진 신형 105미리 M2 곡사포를 학생들은 조작하면서 만주 벌판으로 쫓기는 적에게 통쾌한 일격을 가할 수 있다. 내 생각으로는 지금으로부터 한달이면 통일이 될 것이다. 길어야 3개월, 크리스마스는 집에서 지낼 수 있으리라 믿는다. 공부는 그때 가서 하고 소중한 2, 3개월을 통일 전선에 바치는 것은 일생의 영광이 아닌가?"

그럴듯한 연설이었다. 김창균에게는 최철 대위의 말이 전적으로 믿음직스러웠고 젊은 가슴에 조국의 의미를 쿡쿡 찔렀었다.

'부모님에게는 미안하지만 이대로 북진대열에 참여하고 크리스마스 때나 찾아 뵙고 사정 이야기 하면 이해하여 주시겠지…….'

그는 그렇게 간단히 결론을 맺고 신체가 너무 왜소하여 불합격 당한 친구에게 '안양이 좀 멀지만 부모님 못뵙고 떠났다고 전해다오'라는 부탁만 했었다.

김창균은 안양에서 있었던 인공 치하의 지긋지긋한 생활을 떠올렸다.

그의 아버지 김용묵은 매우 강력한 우익 인사였다. 안양에서 대한청년단 단장을 하면서 신탁통치 반대로부터 시작한 우익의 활발한 운동에 늘 앞장을 섰다. 인민군이 밀어닥치자 아버지는 맨몸으로 피난길에 올랐다.

아니나 다를까 청년단장 집이라 하여 감시가 심해지면서 '아버지를 찾아내지 않으면 너도 가만이 안둔다'고 인민위원회의 소속 청년들이 협박하므로 그도 신변의 위협을 느끼고 청계산 쪽으로 도망쳤다. 굶주림과 공포 속에서도 그는 도피 생활중에 공산당들의 학살장면을 목격했으며 공산 치하가 얼마나 비인간적인가를 체험하게 되었다.

수복 후 등록을 위해 학교에 갔더니 북진 대열에 참여할 학도의용군 모집 광고가 붙어 있었다.

설명하는 교사의 말에 의하면 '신형 105미리 M2 곡사포는 한국군 최초로 공급되었다는 점을 설명하고 곧 통일이 될 터이니 북진 통일의 성업에 참여 후 학교에 복교하면 좋겠다'고 했다.

다른 선생 한분은 군에 대해 잘 아는 듯 말하기를 '신형포 1문을 포 분대라고 하는데 그 포 사격을 위해 인원은 9명이므로 우리 성동공고에서 최소한 9명이 지원해 포 1문을 책임진다면 명예로운 일'이라 했다.

김창균은 악랄했던 공산당을 떠올리면서 가슴에 뭉클해지는 충격을 느꼈다. '가자! 통일전선으로!' 그는 그 자리에서 학도의용군 지원을 결심하고 동조 학생 6명과 함께 용산고등학교에 갔던 것이었다.

그는 성동공고 학도호국단 훈련부장이었으므로 동조학생을 인솔했다.

회상이 끝나자 그는 어둠 속에서도 아직 잠자지 않고 학도호국단가를 부르고 있는 옆사람과 함께 노래를 따라 불렀다.

10월 22일, 먼동이 트기 시작할 때까지.

선린상고 1학년 진충하는 17세였다. 만리동 집 근처 도장에서 태권도에 열중하고 있을 때 6·25를 맞았다. 쿵쿵거리는 폭파음과 콩볶듯 연발음의 요란한 소리에 놀라 밖으로 나갔더니 적기가 기총사격을 계속하는 것이 두 눈에 보였다. 그는 놀라지 않을 수 없었다. 우리 나라 국군이 막강하다는 말을 여러 차례 들었건만 대낮에 우리의 저항없이 적기가 사격하는 것을 보니 공포심이 엄습해 오는 것이었다. 그는 집으로 달려가 부모에게 '빨리 한강 건너 피난을 가야한다' 고 졸랐다. 더욱이 형 태하는 대한노총 감찰위원장직에 있었으므로 공산당이 들이닥치면 꼭 보복이 있을 것으로 생각되었다.

그러나 어디 집을 버리고 정처없이 피난길에 오른다는 것이 그리 쉬운 일일까. 맘설이다가 봇짐을 싸고 떠나려니 한강교 폭파 소식이 들려왔다.

28일이 되자 인민군의 전차가 거리를 누비기 시작하더니 뒤이어 보병이 물밀듯 쳐들어왔다.

며칠 후, 숨어다녔던 형 태하는 용산 경찰서에 설치한 그들의 내무서에 잡혀갔다.

진충하는 태권도는 물론이지만 다른 운동도 잘하는 편으로 모험심이 강했다. 또한 형이 잡혀간 데 대한 반감도 솟았다.

해질 무렵, 담벼락에 붙은 김일성 사진이 있는 벽보를 홧김에 찢었다. 순간 뒤에서 누군가 소리치는 것이 아닌가.

"동무, 무슨 짓이야?"

깜짝 놀라 뒤돌아 보니 붉은 완장을 찬 지방 빨갱이 둘이 서 있었다. 치안대원이라 했다.

"무슨 이런 불경한 짓을, 위대한 장군님의 사진을 떼다니……. 가자! 이놈아."

멱살을 잡고 진충하를 끌었다. 순간 '이놈들에게 붙잡혀가면 끝장이니 도망가자'는 생각이 떠올랐다. '내 태권도 실력으로 둘 쯤이야……', 고 마음을 굳힌 다음 양 손을 써서 오른손은 멱살 잡은 손을 치고 왼손을 목뒷부분을 힘차게 쳤다. 있는 힘을 다하여 "얏…"하고 외쳤다. 그러나 웬일인가, 멱살 잡은 손을 놓기는 커녕 오히려 더 숨 못 쉬게 조이면서 다른 한놈이 발로 가슴팍을 올려찼다. '아이쿠!' 진충하는 그 자리에서 쓰러졌다.

"야, 이 새끼, 죽을려고 환장을 했나?"

둘이 합세하여 진충하를 짓이겼다. 도저히 당해 낼 재간이 없음을 깨닫고 그만 항복하고 말았다.

"잘못했으니 용서해주세요."

"뭐 잘못했다구? 넌 총살깜이야. 자, 가자!"

각각 양손을 잡혀 끌려갔다. 가는 곳은 바로 서대문 구청이었다.

어두컴컴한 방에는 이미 반동분자라는 딱지를 붙인 사람들이 대여섯 웅크리고 있었다.

매맞은 자국이 몸 곳곳에 배어 있었다.

"학생은 어떻게 하여 붙잡혀 왔나?"

늙수그레한 사람이 맥빠진 말로 물었다.

"김일성이 사진 들어 있는 벽보를 떼다가 그놈들에게 들켰어요."

그 말에 고개를 설레설레 흔들더니,

"너무 심했구먼, 지금 이세상이 어떤 세상인데……."

라고 말하면서 고개를 돌렸다.

진충하는 그때서야 자기가 큰일을 저질렀다는 것을 깨닫게 되었다. 그러나 이미 물이 업질러진 것, 이제 담을 수 없는 것이므로 마음 속으로 단단히 각오해야 했다.

다음날, 험상궂은 사나이가 나타나서 사무실로 취조하러 간다고 끌고 갔다.

"동무, 무슨 짓 했소?"

"아무 짓 안했습니다."

"무슨 소리, 반동이라 하던데."

"아닙니다, 벽에 무엇이 붙어 있길래 떼었더니 누가 와서 치안대라고 하며 가자고 해서 따라 왔을 뿐입니다."

"그 광고가 무엇이었소?"

진충하는 마음 속으로 됐다 싶었다. 아마 치안대원과 인수인계가 안된 것 같았다.

"무슨 선거 벽본데 오래된 것 같았어요."

"그럴리 없는데……."

이상하다는 듯, 고개를 설레설레 흔드는 것이었다. 이때 문을 열고 누가 들어왔다. 안면이 있는데 꽤 높은 사람 같았다. 방안의 모든 직원들이 그를 보더니 절을 하며 쩔쩔맸다.

"너, 태하 동생 아니냐?"

진충하는 놀라 그를 바로 쳐다보니 형 태하의 친구임에 틀림없었다.

"네, 저는 충합니다."

그는 바싹 앞에 다가서며 반가워했다.

"네 형 찾으니 없어졌더라."

의미 있는 표정으로 약간 미소를 지으며 말했다.

"피난 갔나봐요."

"그런데 넌 왜 여기 있니?"

"그냥 끌려왔어요."

"그냥?"

취조한 사람을 바라본다.

"이 동무는 내가 잘 아는 사이이니 별 나쁜 짓 안했다면 풀어줘요."

"알았습니다."

취조관은 뒷말없이 석방을 확답했다.

이래서 진충하는 석방이 되었는데 그 형 친구라는 사람은 서대문구 인민 위원장이라고 했다.

풀려나온 진충하는 그 길로 집에 돌아와 숨어 지내야 되겠다는 생각으로 낮에는 바깥 출입을 일체 안하고 다락에 숨어 있다가 밤이 되면 나와서 운동도 하고 바람을 쏘였다.

한달 쯤 흘렀을까. 동네 빨갱이한테 들키고 말았다. 해가 져서 어둑컴컴해지면서 답답해서 길가에 나왔더니 누가 뒤에서 불렀다.

"진충하 동무! 오래간만이오."

깜짝놀라 뒤돌아보니 얼굴을 잘 아는 동네 사람인데 그 전부터 색깔이 이상하다고 생각했던 바로 그였다.

"안녕하세요!"

그는 야비한 표정으로 변하더니 다짜고짜 다가서며 위협했다.

"네 형은 우리가 잡아넣었는데 너도 또 만나게 되었구나. 너는 내무서에 안보낼테니 의용군에 지원하겠느냐?"

진충하는 할 수 없다고 생각하고 "네"하고 대답해버렸다.

"잘 되었다. 혁명전선의 역군이 되어야지." 그는 진충하를 따라오라고 하더니 어딘가로 부리나케 걸어갔다.

진충하가 도착한 곳은 동명여고였다. 바로 그곳이 의용군 수용소로 고만또레의 젊은이들이 우글거리고 있었다.

사무실에 들어가 등록을 했다.

"진충하 동무 축하하오. 이제 혁명의 주역이 되었오."

인민군 군관 하나가 진충하의 손을 덥썩 잡으며 격려했다.

진충하는 그 군관을 보고 섬뜩함을 느꼈다. 그의 어깨에는 국군 계급장과는 달리 벌건 줄에 별이 붙었는데 웬일인지 국군처럼 정감이 가지 않았다.

"우선 이곳에서 제식훈련을 익힌 뒤 전선으로 가게 될 것이오”

하면서 임시 번호를 부여했다. 5262번이었다.

그날 밤 교실에 사람들이 빡빡 들어차 발 뻗기도 힘들 정도의 좁은 공간에서 뜬 눈으로 새웠다. 걱정이 태산같이 몰려왔다.'내가 인민군이 되다니……' 도저히 생각할 수 없는 일이었다.

진충하는 어떻게 해서든지 탈출해야겠다는 생각으로 주변을 살폈다. 그런데 더러 탈출자가 있는 모양이었다. 인민군들이 번호와 이름을 불러가며 이리저리 찾아 헤메는 것을 보니 없어진 사람이 하나 둘이 아니었다.

용기를 갖고 다음날 밤을 기다렸다. 먼동이 트기 전 변소에 가는 척하고 복도에 나와보니 바깥 인민군 보초가 꾸벅꾸벅 졸고 있었다. 교실안에 교대로 근무하는 불침번도 애당초 없었기 때문에 한결 더 용기가 났다. 두리번거리다가 그대로 후문 쪽으로 달려갔다. 누가 뒤에서 총질을 한다해도 지체하지 않고 달리리라 마음 굳히고 힘껏 달렸다. 얼마간 달리다 보니 꽤 먼 곳까지 와 있었다.

자유의 몸이 된 것이었다. 밝은 햇살이 서서히 비추었다.

진충하는 이때부터 철저히 숨어 지내다가 국군의 수복으로 학교에 갔다.

마침 학도의용군 모집이 눈에 띄어 이제 북진하는 대열에 서겠다고 결심을 굳히고 부모 승낙도 없이 그대로 용산고등학교를 찾아 '서울학도의용군'의 대열에 선 것이었다.

고려대학교 법과 1학년인 최경택은 '서울학도의용군'을 지원한 대학 재학생 두명 가운데 한사람이다.

그는 보성중학교 6년제를 졸업,고대에 입학했으므로 가장 나이가 많았다. 1929년 생이니 당시 21세였다.

10대 학도의용군 틈에 낀 그는 당연 형 대접을 받았다.

최경택의 출생지는 함경남도 정평군이다. 정평군은 함경남도에서도 남부에 위치해 있고 서북부지역은 산악지대이고 동남부지역은 해안지대로 풍광이 수려하다. 포덕리 해수욕장은 잘 알려지지 않았지만 자연의 경관이 구비된 좋은 관광지이다.

지주의 아들이고 학구 의욕에 불타는 최경택은 장차 검사나 판사가 되어 조선인을 위해 뭔가 뜻을 세우겠다는 큰 포부가 있었다. 그는 해방전인 1941년에 서울에 와서 보성중학교에 다니면서 고려대에 입학하겠다는 결심하에 열심히 공부하여 당시로서는 경쟁이 심했던 법과에 합격할 수 있었다.

최경택은 6·26 동란 발발전, 그러니까 공산정권하에 있던 정평군 집에 방학을 이용하여 몇 차례 가서 얼마간 생활을 했다. 길지 않았던 짧은 그 속에서의 느낌은 훗날 확실한 반공사상의 기초가 되었었다. 토지 개혁으로 유산계급을 쑥밭 만들고 그러고도 감시와 간섭 등 자유의 기본권이 없는 사회상에 혐오를 느끼고 다시 서울에 왔을 때 좌, 우익이 격돌하는 남한의 혼란을 보며 좌익분자의 불법행위에 분노했다.

가족과 헤어져 법과에 진학 후 얼마 안되어 6·25 동란을 맞아 한강대교 폭파로 피난을 포기하고 동대문 시장 구석진 곳에서 숨어지냈다.

당시의 동대문 시장은 지금처럼 빌딩형 건물이 아니고 대부분 목조건물로 허술하여 공산 치하에서는 시장 기능이 거의 마비되어 귀신이 나올 것 같은 을씨년스러운 풍경이었다.

아군이 낙동강 전선에서 다시 공격의 기세를 올리면서 인천상륙작전 등으로 인민군을 협공하자 북쪽으로 도주하기 전에 동대문 시장에 불을 질렀다. 최경택은 지금도 그때 그 불이 활활 타오르는 광경을 떠올리며 공산당의 악랄함을 상기한다고 한다.

동대문 시장이 불에 타 숨을 곳을 잃은 최경택은 친구집을 찾아가는 도중 인민군에 잡혀 의용군 수용소인 어느 창고에 갇혀 있다가 탈주, 국군을 맞아 용산고등학교 '서울학도의용군'에 지원했던 것이다.

최경택의 소원은 어디까지나 통일이 되어 고향 정평군으로 돌아가고 싶다는 것이었다.

공산당을 무찔러 소원을 성취하기 위해 중, 고등학생 틈에 끼어 포병이 될 것을 결심했다.

그는 훗날, 도로공사 감사를 끝으로 공직생활을 마치고 지금은 조용히 노후의 생활을 하고 있다.

"그때, 21세 나이로 어린 학생들 틈에 끼어 자랑스러운 국군의 포병으로 북진부대에서 근무했던 그 추억은 잊을 수 없습니다.

당시의 내 결정은 지금 생각해도 잘 했다는 결론입니다. 특히 소련의 붕괴와 공산권의 몰락을 보면서 그때 나의 선택은 과연 틀리지 않았구나……. 하고 만족스럽게 생각합니다.”

66세의 나이보다 훨씬 젊어 보이는 그는 웃으면서 아직도 깨닫지 못하고 있는 북한 김정일 일당에게 철퇴를 가하고 싶다고 두 주먹을 불끈 쥐었다.

경기공업중학교(현 경서중학교) 3학년 김태희는 15세의 어린 나이로 ‘서울학도의용군’이 되었다.

몸이 별로 건강한 편이 아니었던 그는 모집관이 나이가 어리다고 안된다는 것을 몇 번이고 찾아가 읍소하여 특별 케이스로 입대할 수 있었다.

“3년 후에 육사에 지원하라니까? 지금은 안돼, 나이가 너무 어려……”

“멸공 전선에 참여하는 것이 제 소원입니다. 나이가 무슨 상관입니까?”

몇 번이고 퇴짜를 놓았던 모집 책임장교 최철 대위는 그 열렬한 애국심에 감복하여 마침내 입대를 허락했다.

김태희의 아버지는 김두식으로 일제시대에 만주의 용정에서 종교활동을 하면서 조선인의 얼을 지킨 애국 인사였다.

해방 후, 아버지는 가족을 데리고 외가가 있는 황해도 황주에 갔다. 외가는 과수원을 하고 농사를 크게 지어 생활에는 걱정이 없는 편이었는데 공산당들이 지주라하여 땅을 몰수하고 핍박 감시에 시달리게 하니 그 곳에서 살 수 없어 전 가족이 월남했다.

김태희는 동란 직전에 늑막염을 앓아 학교에 나가지 못하고 집에서 6·25를 맞았다.

아버지 김두식이 김태희가 다니는 경기공중의 지리 선생이며 훈육주임이어서 좌익 학생들로부터 미움을 받던 중 6·25가 발발했고 피난의 기회까지 잃고 을지로 3가에 있던 집에서 숨어 살다시피 하다가 어느날 집에서 공산당원에게 발각되었다.

"의용군에 지원하시오. 그러면 가족들에게 시끄럽게 굴지 않을 테니……."

노골적으로 흥정하는 듯한 말투로 의용군에 참여할 것을 종용했다.

"보십시오, 지금 늑막염을 앓고 있는데 만약에 의용군에 간다면 가다가 죽을 것이오. 그러니 몇 달만 참아 주세요. 병이 치료되면 꼭 응모하리다."

어머니의 간청으로 겨우 위기를 넘겼다.

국군이 서울로 입성하고 학교마다 '서울학도의용군' 모집이 알려지자 단신으로 용산고등학교에 달려가 의용군을 지원했다.

"몸도 약하고 연령 미달이라 안돼!"

"숨어 지내느라 약하게 보이는 것 뿐 건강하니 걱정 마십시요."

"안된다니까! 김태희 불합격!"

불합격 판정을 받은 김태희는 의당 집으로 돌아가야 할 것이나 계속 머무르며 지원을 요청했다. 두 번째도 불합격을 받았지만 가지 않고 다시 나타나므로 할 수 없이 모집관도 합격시키지 않을 수 없었다.

"공산당 때려 잡겠다는데 나이가 무슨 상관이 있습니까?"

모집관도 고개를 설레설레 흔들며 "합격"하고 소리쳤다. "감사합니다" 주변에는 웃음소리가 번졌다.

부모에게 허락도 받지 않고 응시했지만 그 곳 관계자들의 '한달이면 압록강까지 도달이 가능하고 크리스마스까지는 복학이 가능하다'는 말을 듣고 그때까지는 불효자가 되어도 할 수 없다고 단념하고 그냥 북진대열에 끼었다.

양정중학교 3학년 서재식은 15세였다. 그는 만리동에 살면서 동네 친구들과 가깝게 지냈다. 학교는 틀렸지만 대광중학교 3학년인 김석찬이나 선린상고 1학년의 진충하와 함께 어울렸다. 그 친구들이 학도의용군에 지원한다는 말을 듣고 귀가 번쩍 떴다.

"학도의용군? 어디서?"

"신형 대포를 쏘는 기술병을 모집하는데 학생만 해당된데……. 용산고에 가면 갈 수 있단다."

서재식은 인공 치하에서 피난하지 못해 숨어 지내다가 공산당원에게 혹독하게 고생을 한 경험이 있다. 공산당이라면 지긋지긋하다고 생각하고 있는 터에 북진 대열의 학도의용군이라니……. 가만히 있을 수 없었다.

원래 그의 집안은 반공을 기본으로 하는 철저한 우익이었다. 형 서재성은 서울대학교 법대 학생회장이었기 때문에 인공 치하가 되자 인민위원회에서 형을 잡으러 왔다. 형은 이미 낌새를 알아차리고 피해버렸지만 공산당으로부터 핍박은 동생이 받아야 했다.

어느날, 아마 6월 28일 인민군이 들어온 지 사흘 뒤였을 것이다. 붉은 완장을 두른 청년들이 들이닥쳤다.

"인민위원회에서 왔수다."

서재식이 마루에 나와 있다 정통으로 맞닥드렸다.

"서재성 동무 있소?"

"집에 없는 지 오래 되었습니다."

서재식이 없다는 말에 약간 놀라는 기색이다.

"무슨 소리야! 동무! 봤다는 사람이 있는데……. 동무는 뉘요?"

"동생입니다."

"어느 학교 다니고?"

"양정중학교에 다닙니다."

"그럼 형 대신 동생이라도 우릴 따라와요."

"왜 갑니까?"

"글쎄 따라 오라니까? 따라오면 알게 된다구."

서재식은 할 수 없이 인민위원회에 끌려갈 수 밖에 없었다.

인민위원회에 가니 서재식의 집안은 이미 누군가가 반동이라고 고자질해서 주소록에 빨간 줄을 그어 놓고 있었다.

"동무! 의용군에 가야해!"

"나이 열 여섯인데 해당이 됩니까?"

"조국 해방전쟁인데 나이가 무슨 상관이오?"

꼼짝 못하고 걸려들었다. 그날밤으로 동명여고 의용군 수용소에 보내졌다. 가족에게 알릴 기회도 없이 그대로 전쟁터에 끌려갈 생각을 하니 기가 막혔다. 그곳에는 고교생뿐만 아니라 중학생들도 우글거렸다. 모두 죽을 상을 띠고 마치 죄수처럼 웅크렸다. 그러나 간혹 좌익 학생들은 신바람이 나는지 동무, 동무 하면서 떠들고 있었다.

정말 공산당들이 하는 꼴을 볼 수가 없었다.

서재식은 투덜대면서 '강제로 나이도 어린 나를 어디로 보내려고 납치했는지 모르겠다'고 혼자말처럼 했을 뿐인데 잠시 후 누군가가 '서재식 어디 있나?'하고 인민군이 불렀다.

많은 인파 속에서 손을 들었더니 손가락으로 따라오라는 시늉을 한다.

서재식은 별 생각 없이 그 인민군을 따라 나섰다. 동명여고의 직원실인듯 그곳이 행정을 보는 사무실이었다. 그 안에 들어서니 누군가가 다짜고짜 발길질을 하면서 소리쳤다.

"뭐라구? 납치했다구? 누가 동무를 납치했는지 정확하게 대라구!"

가슴이 철렁 내려 앉았다. '아차, 실수 했구나……. 공산당이 무서운 줄 모르고 지꺼린 것이 잘못이었구나' 그러나 후회한들 무슨 소용이 있겠는가. 이미 때는 늦었다. 그들이 하라는대로 따를 수밖에 없었다.

"동무를 주목하겠다 앞으로 조국을 위해 허신적 노력을 하는 기미가 보이면 용서하겠다. 그러나 함부로 말하거나 쓸데없는 짓을 하면 정치 보위부로 넘기겠다. 알겠나?"

"네."

별도리 없이 대답하고 겨우 풀려났다. 발길로 채인 곳이 욱신거리기 시작했다.

며칠후 트럭에 실려 어디론가 떠나게 되었다. 감시병의 눈이 예리해 도망가려고 했으나 도저히 기회가 생기지 않았다.

서재식은 할 수 없이 트럭에 올라탔다. 이제 어디로 가는지 그는 알 수 없었다. 다만 죽을지도 모를 전쟁터에 '총알받이'로 간다는 것만은 확실한 것 같았다. '여하간 어디선가는 꼭 도망해야 한다'는 생각만은 마음에 가득 차 있었다.

신나게 남쪽을 향해 트럭 행렬이 달려갔다. 이윽고 어둠이 깔렸다. 주변이 녹음이 우거졌기 때문에 트럭이 세워진다면 탈출의 기회가 얼마든지 있겠다고 생각했다. 가파른 고개에 이르자 트럭 속력이 한결 느려졌다. 성능이 시원치 않은 소련제 트럭이라 그런지 숨이 꼴깍꼴깍 넘어가듯 발발 기었다.

뒤쪽에는 인민군 2명이 장총을 끼어안고 앉아 있었다.

서재식은 '이때다'라고 생각하고 트럭에서 뛰어내리자 산을 향해 녹음 속으로 뛰어 들어갔다. 뒤에서 총알이 날아 올 것만 같은데 어찌된 일인지 고함소리도 총성도 울리지 않았다. 인민군들이 발견을 못한 탓일까? 발견했어도 귀찮아 그대로 모르는 척 했을까? 그 수수께끼는 풀리지 않았다. 여하간 서재식은 운이 좋아 탈출에 성공했고 숨어 지내다가 국군과 유엔군의 수복으로 자유 천지를 맞은 것이다.

이렇게 하여 '서울학도의용군'의 한 사람이 되었는데 다만 아쉬운 것은 부모님께 말하지 않고 떠나온 불효라고 생각했다.

그러나 최철 대위 말마따나 '크리스마스에 돌아가 사죄하리라' 마음먹고 편한 마음을 가지기로 했다.

덕수상업고등학교 1학년 이순문, 그는 일행 가운데 나이가 좀 많은 편인 19세다. 사정에 의해 학교에 늦게 진학했기 때문이다.

6·25 동란은 만리동 집에서 맞았다. 덕수상고에서도 과거 좌익 학생들의 난폭한 행태를 기억하고 있는 그는 6·25 발발과 함께 커다란 고뇌에 빠졌다. 자신은 학도호국단 간부이며 좌익과는 앙숙인 관계에서였다.

그러나 국군이 승승장구 하고 있다는 KBS 라디오나 신문보도를 고지식하게 믿고 있었다. 그의 부모 또한 "정부 발표를 믿지 않고 무엇을 믿는단 말이냐"는 식의 철저한 이승만 숭배자이니 피난이란 생각할 수도 없는 처지에 있었다.

26일 밤부터 이상한 유언비어가 돌기 시작하더니 전방에서 포성까지 가까이 들리면서부터 이순문은 불안한 마음을 억제할 수 없었다.

28일 아버지의 심부름으로 효창동으로 갈 일이 생겼다. 물론 학생복 차림으로 나섰다.

효창 운동장 김구 선생 묘역 근처까지 다다르자 갑자기 '손 들엇' 하는 날카로운 소리가 들려왔다. 이순문은 깜짝 놀라 뒤를 돌아보니 영화에서나 보아왔던 복장 차림과 비슷한 인민군이 자기에게 총을 겨누고 있지 않는가?

아무리 포성이 가까이 들리고 적기가 기관총 사격을 서울 시내에 퍼부었어도 국군의 선전을 태산같이 믿고 있었는데 이게 무슨 날벼락이냐! 그는 즉시 손을 번쩍 들었다.

"학생! 이리와서 담벽에 양손을 집고 붙어있어."

인민군은 총끝을 돌담쪽으로 가리킨다. 이순문은 손을 든채 돌담으로 바싹 다가가 양 손바닥을 올리고 돌담에 붙었다.

돌담 옆 후미진 곳을 슬쩍 살펴보니 십 여명의 젊은이가 인민군에 잡혀 웅크리고 있었다. 그 주변에는 인민군이 수십 명 웅성거리고 있었다.

자신에게 호령한 인민군은 그 일단의 인민군을 보호하기 위한 경계병인 것 같았다.

"손을 내리고 저기 동무들 모여 있는 곳에 가!"

경계병이 소리쳤다. 이순문은 겁먹은 표정으로 그곳에 가서 잡혀 있는 젊은이들과 합류했다.

이 일단의 인민군은 28일 새벽 서울 시내에 들이닥친 적 전차를 따라 들어온 선발대인 것 같았다. 인민군들은 극도로 경계심을 갖고 있었다.

길가에 지나가는 젊은이는 국군 또는 경찰이 아닌가하고 의심을 품고 마구잡이로 붙들어 놓고 있었다.

해가 질 무렵, 시내의 대부분이 인민군에 의해 장악이 되었는지 인민군들은 경계심을 늦추고 농담까지 걸어왔다.

인민군의 트럭이 아무런 저항을 받지 않고 그들 일행이 있는 앞길을 유유히 달리고 있었다.

"동무! 어느 학교 학생이오?"

인민군의 나이래야 자기 또래 밖에 안된다고 생각하면서 대답했다.

"덕수상곱니다."

"덕수상고라."

"네, 그렇습니다."

"상업학교구먼! 부루조아 상업이지!"

"네?"

이순문은 갑자기 부르조아 상업이란 말에 그 뜻을 언뜻 이해하지 못하고 인민군 얼굴을 쳐다보았다.

"학생, 캄캄하군. 지금 전쟁은 해방전쟁인데 우리는 프롤레타리아트고 학생은 부르조아지란 말이야. 즉 학생은 착취계급이고 우리는 혁명계급이란 말이야."

도대체 알 듯 모를 듯한 말을 유식하게 지꺼리고 있으니 인민군과 토론할 생각이 날리 없었다. 귀찮다는 듯이 "모른다'고 내뱉어 버렸다.

그 인민군은 혀를 차면서 "남조선 학생은 무식하군"하고 혼잣말로 중얼거리는 것이었다.

얼마 지나니 트럭이 길에 세워졌다. 우리 보고 빨리 타라고 손짓으로 지시한다.

주변을 살피니 도망갈 수 있는 상황이 아니라는 것을 개닫고 할 수 없이 일행과 함께 트럭에 올랐다. 그 트럭은 소련제인 듯 매우 둔하게 생겼었다.

일행이 모두 올라타자 경비병이 맨 나중에 둘이 탔다. 부릉부릉…….

트럭은 쏜살같이 어딘가로 달린다. 이순문은 인민군들이 혹시 죽이기 위해 사형장으로 끌고 가는 것이 아닐가…… 하는 걱정을 했다.

자기를 기다리고 있을 부모님 생각도 했다.

세상이 어떻게 돌아가길래 국군이 북진중이라더니 국군은 온데 간데 없고 인민군 세상이 되었단 말이냐. 원망을 하지 않을 수 없는 형편이었다. 트럭은 시내 복판으로 들어가고 있었다. '그렇다면 우리를 죽이기 위한 것은 아닐 것'이라는 희망이 솔곳이 떠올랐다.

뜻밖에 트럭은 명동의 중국대사관 앞에 서더니 일행을 대사관 안으로 몰고 갔다. 그곳에는 이미 백명이 넘을 듯 많은 젊은이가 겁먹은 표정을 하고 전등불 밑에서 서성대고 있었다.

얼마간을 그들처럼 서 있으려니 누군가의 큰소리가 들려왔다.

"동무들, 이리 모이시오!"

헐렁한 옷차림에 중국집 호떡같은 모자를 쓴 사나이가 붉은 완장을 차고 소리치고 있었다.

일행이 한 곳에 옹기종기 모이니 그 사나이가 연설을 시작했다.

"여러 동무들은 매우 운이 좋소. 왜냐하면 위대한 조선 인민군의 의용군에 편입되어 부산까지 진격하는 대열에 혁명의 투사로서 선택되었기 때문이오.

이제 바야흐로 김일성 장군님의 위대한 영도하에 동무들은 가족이 된 것이오. 따라서 조국 조선민주주의 인민공화국에 보답할 수 있도록 동무들은 최선을 다하시오. 알았소?"

큰 소리로 사나이는 명쾌한 해답을 바라고 있었는데 단 한 명도 "네"하는 대답이 없다. 당황하는 빛이 역력했다.

"동무들! 아직 잠이 덜 깬 것 같소. 위대한 혁명과업에 동참하자는 건데 왜 대답이 없소? 바로 너!"

하고 맨 앞의 학생복 차림의 젊은이를 손으로 가리킨다.

"동무는 혁명과업에 참여하겠소?"

깜짝 놀라 어쩔줄을 모르고 당황하는 빛의 그 학생은 엉겁결에 "네!"하고 대답했다.

그러면 그렇지 회심의 미소를 띠면서 그 사나이는 말을 이었다.

"여기 혁명과업에 참여할 수 없다는 동무가 있으면 손을 드시오."

날카로운 말씨였다. 좌중을 쭉 훑어보더니 손드는 자를 확인하려는 눈빛을 강하게 쏘고 있었다. 그 공포의 마당에서 어느 누가 손을 들 수 있었겠는가. 모두 손을 들지 못하고 앞으로의 운명에 맡길 수 밖에 없는 무저항의 상태로 있었다.

인민군이 서울에 진격해오는 동안 전투에서 입은 손실을 보충하기 위해 긴급히 모아온 젊은이들이었다. 밤중에 어딘가로 출발한다고 했다. 또 그 사나이는 젊은이들을 향해 '가장 운이 좋은 서울 인민'이라고 추켜세웠다.

이순문은 도저히 인민군이 될 수 없다고 마음을 굳히고 있었다. 탈출을 시도하다가 총에 맞아 죽는 일이 있어도 자기는 인민군이 될 수 없다고 마음을 이미 다져놓고 있었다.

몇 시간이 흘렀다. 그들의 감시가 소홀한 틈을 타고 누군가가 담을 넘어 달아났다. 줄이어 담을 넘고 있었다. 이순문은 바로 '이때다'고 마음 속으로 뇌이면서 담쪽으로 뛰어가 한숨에 담을 넘었다. 그리고 뛰었다.

이렇게 탈출에 성공하여 만리동 집에 돌아오니 새벽 4시 경이었다.

가족들은 잠못 이루고 그를 기다리고 있다가 돌아오자 얼싸안고 기뻐했다. 자초지종을 들은 아버지는,

"아무래도 이곳은 위험하다. 속히 피신 해야겠다. 시골에 숨어 있을 만한 곳이 없니?"

걱정스런 눈빛으로 말했다.

"경기도 광주에 사는 친한 친구가 있는데 그 곳에 가볼까요?"

이순문의 말에 고개를 끄떡이며 아버지는 "그래라"고 허락했다.

이순문은 경기도 광주 친구집과 그 외가에서 숨어 지내다 국군과 유엔군의 수복을 맞아 서울 만리동 집에 귀가 할 수 있었다.

집에 도착한 후 우선 학교에 가서 등록을 해야겠다고 마음 먹고 덕수상고를 찾았더니 학생들의 궐기대회가 열리고 있었다.

"자유의 소중함을 깨달았다. 우리는 끝까지 자유를 지켜야 한다. 지금 국군은 북진하고 있는데 이를 도울 수 있는 길이 있다면 우리는 서슴치 말고 그 대열에 참가해야 한다."

학도호국단 단장의 궐기사였다. 이순문은 그 말이 옳다고 생각했다. 그래서 시가행진으로 이어진 그 대열에 참여했다. 그 후 이들 주최측과 함께 용산고등학교를 찾아가 '서울학도의용군'에 지원했던 것이다.

중앙고등학교 2학년 황창주는 용산고등학교 앞 후암동이 집이다. 나이는 17세.

6월 25일, 일요일이라 그는 집에서 독서를 하고 있던 중 정오 HLKA(대한민국 중앙방송국) 뉴스를 통해 북한 인민군의 남침을 알게 되었다. 뉴스는 계속 이어지면서 국군의 분투상과 적을 격파한 전과 보도만 하고 있었으므로 황창주와 그의 가족은 온통 축제 분위기 속에서 일요일을 보냈다.

특히 아버지는 보수적이고 전통적 가부장(家父長)이었기 때문에 엄한 가풍을 자랑으로 삼고 있었다.

따라서 철저히 공산주의를 배격하는 우익인사였다. 누구나가 그러하듯 국가관이 뚜렷하고 역사의식이 있는 사람이라면 공산당을 좋아할 리 없었다.

이미 남한에서 공산당은 수없는 폭동과 테러를 일삼았기 때문에 황창주의 아버지는 공산당이라면 치를 떨었다.

"이제야 통일이 되는구나."

아버지가 좋아하는 것을 보는 황창주는 어렸지만 공산당이 나쁘다는 것을 확신하고 있었다.

이어지는 KBS 라디오의 승전보를 듣고 있으려니 독서가 될 까닭이 없다. 황창주는 아버지보다 더 가깝게 라디오에 바싹 다가 앉아 신나게 울려 퍼지는 행진곡과 군가 그리고 전과 보도에 도취되어 그때그때 박수를 치며 승리를 축하했다.

"아버지, 해주가 어디에요?"

황창주는 해주를 탈환했다는 보도를 듣고 아버지에게 묻는다. 두 번째 확인하듯 다시 묻는다.

"해주는 어디에요?"

"해주는 황해도 남부에 있는 도시이다."

아버지는 해주를 잘 아는지 별 생각하는 기색도 없이 대답했다.

"그렇다면 해주는 38선 북쪽이겠네요?"

"물론이지, 이제 그곳도 자유를 찾았다."

통쾌하다는 듯 아버지의 얼굴은 밝은 표정이다.

그러나 웬걸, 다음날부터 유언비어가 돌기 시작하면서 민심이 흉흉해졌다.

적기가 날아다니며 기관포를 사격하는 등 폭격을 계속하고 있어도 아군 비행기는 보이지 않는다.

한강대교가 폭파되더니 28일 점심 때쯤되니까 인민군 전차가 굉음을 내면서 용산로를 달린다.

이 소용돌이 속에서 황창주네 가족은 피난을 가지 못하게 되었다. 정부의 보도만 믿다가 졸지에 갇힌 꼴이 된 것이다.

"이것봐요. 당신이 라디오 발표가 틀림없다고 하면서 유언비어를 안 믿겠다더니 이 모양 아니에요?"

어머니가 따져도 아버지는 한숨만 쉴 뿐이었다.

너무나 뜻밖의 세상으로 변하고 말았으니 무엇으로도 변명할 수 없었을 것이다.

이날부터 황창주는 숨어 살아야 했다. 만 17세라면 인민군 의용군에 끌려갈 수 있기 때문이었다.

다락을 이중으로 막아 누가 다락문을 열어도 볼 수 없도록 아버지가 꾸며주었다. 낮에는 다락 깊숙히 숨어 꼼짝도 않고 있다가 밤이되면 내려오곤 했다.

다락 생활은 정말 답답하였다. 하루, 이틀도 아니고 계속 숨어 지내야 하니 숨이 막히는 것 같은 고통이었다. 어머니가 끼니마다 밥을 챙겨 다락에 올려보냈기 때문에 배는 고프지 않았다.

내무서원이나 정치보위부 이외에 치안대라 하여 동네 출신 빨갱이들의 횡포가 말이 아니었다.

"황창주 어디에 숨기고 없다는 거요?"

다락은 물론 마루 밑까지 쥐잡듯 뒤지는 것이었다.

그들이 다락문을 활짝 열어제치면 황창주는 간이 콩알만해지면서 벌벌 떨었다. 그러나 아버지가 잘 꾸며 주었기 때문에 위기를 넘길 수 있었다.

이러다가 국군과 유엔군이 인천 상륙작전에 성공했다는 라디오 보도를 듣고서는 힘이 솟았다. 정말 숨었던 보람이 있었다고 생각이 미쳤기 때문이다.

"며칠만 더 참아라. 지금이 더 위험한 시기이니……. 나도 이제 국군이 들어올 때까지는 위험하니 당분간 피해 있겠다."

자꾸만 다락에서 내려오겠다는 말에 아버지가 타이르듯 말하면서 한밤에 훌쩍 어디론가 떠나갔다.

이윽고 국군의 입성 소식이 알려지자 황창주는 다락에서 나와 용산로를 힘차게 걸었다.

"이제야 살 것 같구나……."

세상이 모두 자기 것만 같았다. 태극기를 흔드는 시민이 마치 자기를 환영하는 것처럼 느껴졌다.

얼마간 흥분 속에 지내고 있을 때 어머니가 밖에 나갔다 돌아왔다.

"얘야. 용산고 앞에 가니까 학도의용군 모집한다구 야단이더라."

"네? 학도의용군이요?"

"그래, 너도 한번 용산고 앞에 가보렴."

황창주는 자기가 다니던 중앙고에 가기 전 바로 집앞에 있는 용산고로 달려갔다.

어머니 말대로 용산고에는 학생들이 빈번히 드나들면서 학도의용군 광고를 자세히 보고 있었다. 교문 옆 게시판에 붙은 광고를 보니 학도 포병을 모집한다는 것과 수학과 구두 시험에 합격하면 곧 국군에게 새로 보급된 신형 야포 105미리 M2를 사격할 국군이 된다는 내용이었다.

특히 구미가 당긴 것은 곧 통일이 될 것이니 통일이 되면 귀가하여 학업을 계속할 수 있다는 것이다.

황창주는 가슴이 두근 거렸다. '북진하는 국군 포병이라니……' 내친 김에 정문을 통과 교무실로 직행했다.

평소 실력이 괜찮은 편이라 간단한 체크를 받고 합격했다. 연령난에는 만 18세 이상이라고 되어 있어 거짓으로 한살 올려 만 18세라고 하여 최종 관문을 통과했다.

집에 들러 어머니에게 작별인사를 하니 깜짝 놀라면서 "아버지가 안계신데 아버지 승락도 안받고 떠나기냐?"는 어머니의 말을 받아 "어머니가 말씀 잘 해주세요. 크리스마스까지는 돌아 올께요"하고 말하고는 다시 용산고로 뛰어갔다.

이렇게 하여 이날밤 GMC트럭을 타고 북행의 길로 향했던 것이다. 아버지에게 말없이 떠나는 황창주의 마음은 밝지만은 않았다.

경동고등학교 1학년인 신태윤은 17세였다. 6·25를 보문동 집에서 맞았다.

월요일인 26일 학교에 가니까 전쟁이 터졌다하여 뒤숭숭하였다.

학도호국단을 지도하던 선생이 목총(木銃)을 나누어 주면서 "인민군이 언제 쳐들어올지 모르니 우리는 목총만으로라도 학교를 지키자"고 했다.

학생들은 목총을 받아들고 학교 주변에 배치되었지만 "몽둥이와 다를바 없는 목총을 들고 무엇을 하란 말이냐"고 투덜대면서 우두커니 서있었다.

오후가 되면서 북쪽에서 포성이 울리는 빈도가 잦아지자 심상치 않게 생각한 탓인지 다시 경비 중인 학생들을 집합시켰다.

"별도 지시가 있을 때까지 학교는 휴교한다. 집에 돌아가 자습을 하도록 한다."

라고 선생이 위급 사태를 알리고 학생들을 돌려보냈다.

그날 밤 신태윤의 가족들은 원서동에 있는 친척집에 찾아가 여러 가지 대책을 의논했다. 아버지 신석규는 고종황제 시절 한국 무관학교를 졸업한 참위(參尉-지금의 소위)출신이었다.

따라서 철저한 보수성에다 전통을 중시하는 성품이므로 공산주의는 전혀 생리에 맞지 않았다. 그날의 의논 결과 젊은 사람들은 될 수 있는대로 빨리 시골로 피난시키는 것이 좋겠다고 결론을 내렸다.

신태윤의 큰형 태완, 작은 형 태경 등 삼형제는 그들의 고향인 양평 용두리로 가기로 정하고 걸어서 보문동 집을 출발하였다.

보문동에서 종로를 거치는 동안 굉음을 울리며 달리는 인민군 전차를 보았고, 길거리에 시체가 유기된 체 뒹굴고 있는 참상도 있었다.

용두리에서의 피난 생활은 시작되었다. 아침 날이 밝기 전에 밥을 먹고 깊은 산속에 숨는 것이 그들의 일과였다. 숨어 지내는 동안 미 공군기가 지나가는 것을 가끔 볼 수 있었는데 그때마다 새로운 기운이 솟았고 국군과 유엔군이 꼭 승리할 것이라는 확신을 갖게 했다.

산속에 숨어있던 어느날 갑자기 주변에서 따발총 연발음이 들려왔다. 주변을 자세히 살피니 인민군들이 숨어있는 형제를 발견하고 포위망을 좁혀 오고 있었다.

포위망을 벗어나려고 무척 노력했지만 워낙 인민군 숫자가 많아 큰형과 신태윤만 체포되었다. 작은 형 태경은 용케 그곳을 빠져 나갔다.

신태윤과 큰 형이 끌려간 곳은 청운면 면사무소지만 그때는 그곳이 소위 인민위원회였다.

"동무들, 왜 산속에 숨어 있었나?"

“바람을 쏘일려고 산에 올라갔습니다.”

“바람? 왜 의용군에는 지원을 하지 않았나?”

“몰랐습니다.”

“무슨 소리야? 세상이 다 아는 일인데.”

취조하는 자가 형제의 옷을 샅샅이 뒤졌다. 신태윤의 주머니에서 양면 거울이 발견되자 취조하던 자가 큰 무엇을 발견한 것처럼 떠벌렸다.

“동무, 이 거울로 미군 비행기에 신호를 보내며 간첩질을 했구먼.”

“네? 간첩이라니요?”

의기양양하게 취조하는 자가 거울을 이리저리 비추어 보면서 신태윤에게 윽박질렀다. 신태윤으로서는 기가막힌 일이었다. 거울로 어떻게 간첩질을 한단 말인가.

“하늘에 번쩍번쩍 비추면 미군 비행기가 신호를 받을 수 있단 말이야.”

“말도 안되는 소립니다. 절대로 하지도 않았지만 가능하지도 않는 일입니다.”

한참 실랑이를 하고 있을 때 인민 위원장이 들어왔다.

형제를 보더니 반가워했다.

“웬일인가? 자네들……?”

인민 위원장은 신태윤 형제의 가정을 잘 알고 있었고 법이 없어도 살아가는 집안으로 좋게 생각하고 있는 터였다.

조사하던 자가 구구하게 여러 말을 늘어놓자 인민 위원장이 간첩이 아니라는 것을 보증서서 그날로 풀려나게 되었다.

그후 불행히도 작은 형 태경은 인민군에게 사살되었다. 수복 바로 하루 전의 일이었다. 태완, 태윤 형제는 수복이 된 서울로 돌아왔다. 태윤은 학교에 갔다. 그 혹독하고 치욕적인 인공 치하에서의 악몽을 잊기 위해서 였다.

경동고에도 변화가 있었던지 교장은 없고 기하 선생인 조동환이 교장 대리로 직무를 수행하고 있었다.

많은 학생이 '서울학도의용군' 모집에 관한 이야기를 하고 있어 그 내막을 알아보니 호기심이 생겼다. 더욱이 작은 형에 대한 복수를 위해서도 북진대열에 참가하고 싶었다. 이렇게 하여 신태윤은 용산고등학교에 가서 서울학도의용군의 일원이 되었다.

경기고등학교 1학년인 16세의 전종락은 일요일인 6·25 동란을 서울 효제동 집에서 맞았다. 모두 7남매 중 장남인 전종락은 그 아래 동생이 올망졸망 딸려 있어 늘 형 노릇하기에 정신이 없었다.

그의 집은 일본인이 살던 일식 적산 가옥이었으므로 모두 다다미 방이었다.

온 식구가 모여 오손도손 이야기 꽃이 피어 있을 무렵 바깥이 소란하였다.

"종락아, 왜 밖이 소란하냐? 네가 나가 무슨 일인지 알아보아라."

아버지의 말이었다. 종락은 곧 밖으로 나가 보았다.

모든 사람들이 분주하다. 뭔가 일이 일어난 것 같은 예감이 들었다.

"무슨 일이 생겼습니까?"

중년의 신사풍 아저씨에게 말을 걸었다.

"전쟁이 터졌단다."

종락은 깜짝 놀랐다.

"네? 전쟁이라니요?"

"인민군이 쳐내려 왔다니까."

종락의 물음이 귀찮다는 듯이 그 말만을 남기고 재빨리 사라져 버렸다.

종락은 방에 돌아오자마자 라디오 스위치를 돌렸다. 라디오에서는 군가가 울려퍼지면서 사이사이에 국군의 원대복귀 명령이 내려지고 북한 인민군의 남침을 숨가쁘게 알리고 있었다.

"전쟁이 났구나."

아버지는 그때서야 입을 열고 한숨을 크게 쉬었다. 온 가족은 라디오만을 의지하면서 사태의 추이를 관망하고 있었다.

27일이 다 지나가는 밤중에도 국군의 승리만을 보도하므로 전종락 일가는 피난갈 생각을 하지 않았다. 주변에서 피난 행렬이 분주히 움직이고 있었지만 그의 가족은 오로지 정부 발표만을 믿고 있었다.

그러나 포격소리가 가쁘게 들리기 시작하고 시내 곳곳에서 국군의 부상병을 실은 트럭이 분주히 오가는 가운데 패잔병인 듯 남루하고 처량한 몰골의 국군 장병의 모습이 증가하자 전종락의 아버지는 피난가야겠다는 생각이 들었다.

"빨리 남쪽으로 피난가야겠다."

온 가족의 짐을 챙겼다. 주로 식량을 준비하는데 신경을 썼다.

가족 일행이 큰 길에 나갔을 때, 그러니까 28일 점심 때인데 피난 행렬이 되돌아 오는 것이 보였다.

"왜 되돌아 옵니까?"

전종락이 물었을 때 되돌아 오는 일행은 한결같이 귀찮다는 듯이 대꾸를 하지 않았다. 다시 쫓아가서 물으니 그때서야 한강교가 폭파되고 이미 인민군이 들어왔다는 것이었다.

이렇게 하여 피난하지 못하고 집으로 다시 돌아온 전종락의 가족은 인공 치하에 놓이게 되었던 것이다.

전종락과 아버지는 방의 다다미를 들어내고 그 밑에서 숨어 살아야 했다. 집요하게 의용군으로 강제 징집하는 것을 피해야 했기 때문이다.

수복 후, 학교에 가니까 학생들이 웅성거리며 벽보를 보고 있었다.

전종락은 그곳으로 가 서울학도의용군 모집 광고를 보고 옆에 있던 김익호와 함께 용산고등학교로 달려갔다.

전종락은 지금 초로의 사장이다. 오파상을 하면서 부를 쌓았다. 그는 넉넉한 현재의 환경을 그때 공산군을 무찔렀기 때문에 가능했다는 생각으로 방위성금을 아낌없이 냈다고 했다. 그러나 지금도 가슴이 아픈 것은 그때 함께 학도의용군으로 지원했던 김익호의 전사 장면 때문이라 했다.

덕천에서 포위당하고 있을 때 중공군의 총탄에 맞아 전사하는 장면을 잊을 수 없다는 것이었다.

한성고등학교 졸업반이었던 김근배는 당시 21세로서 서울학도의용군에 지원한 학생 가운데 연장자 그룹에 속한다.

그는 서울 토박이로서 북아현동에 살고 있었다. 한성고등학교는 6·25 동란 발발 전까지도 좌우익 대립이 심했던 문제의 학교였다. 학생 뿐만 아니라 교사까지도 좌익이 있었으므로 스트라이크가 빈번했다.

김근배는 그 소용돌이 속에서도 좌우익 편싸움에 초연하면서 오직 학업에만 열중하여 장래의 희망을 향해 젊음을 불태웠다.

그는 성격이 온화한 만큼 그의 희망도 성격에 맞는 의사였다. 세브란스 의대 예과에 진학하기 위한 준비에 여념이 없었던 것이다.

김근배는 한성고 시절 박한영과 박성호와 가장 친했다.

박한영은 학도호국단 대대장으로서 성격이 활달하였다.

그는 육군사관학교에 진학하자고 늘 김근배에 권했지만 그때마다 그가 부러웠다. 자기 성격은 박한영과 같이 팔팔하지 못했기 때문이었다.

"한영아, 미안해. 난 한영이처럼 성격이 군대 지휘관이 될 자신이 없어. 장래 의사가 내 꿈이야."

박한영도 어찌할 수 없었다. 그는 김근배보다 먼저 육군사관학교 4년제 첫 클라스인 생도 2기생으로 6월 1일 입교했다. 그로부터 25일 후인 6·25 동란이 발발하자 김근배는 숨어 지내야 했다.

한강교 폭파로 피난의 기회를 잃고 그는 인민군 의용군에 끌려가지 않기 위해 여기저기 정처없이 피해다니는 낭인 생활을 했다.

인민군, 정치보위부, 내무서, 지방 빨갱이들의 포악하고 잔인한 행동을 엿보면서 그는 공산당이 얼마나 잔악한가를 확인할 수 있었다. 그가 숨어다니는 동안 희망을 잃지 않고 용기를 가질 수 있었던 것은 미 공군기의 계속적인 출격 때문이었다.

미국이 적극적으로 지원하는 이상 꼭 수복의 기회가 오리라는 것을 확신할 수 있었다.

그 희망이 눈앞에 다가와 국군과 유엔군의 수복을 맞은 김근배는 조국을 위해 뭔가 해야겠다는 생각이 났다. 연령으로 보아 군대에 가야할 시기이기도 했다. 마침 학교에 갔더니 학도의용군 모집을 알리는 광고가 게시판에 붙어 있었다. 그는 그 광고를 보자 가슴이 설레었다. 국군의 북진대열에 학도의용군으로 참전한다면 얼마나 영광스러우리. 공부는 그 후에도 할 수 있다고 생각했다.

이런 연유로 김근배는 동생 친구인 배재고 재학중인 김상묵과 함께 용산고등학교로 달려가 학도의용군에 입대했다.

다음날, 김상묵은 나이도 어려 집에 갔다오라는 허락을 받고 귀가하는 편에 김근배는 집에 들러 내가 여기 있다는 것을 전해 달라고 기별을 했다.

오후에 용산고로 돌아온 김상묵은 김근배의 아버지를 모시고 왔다.

"근배야, 전쟁터에 왜 가느냐?"

눈물을 글썽이며 김근배에게 서운함을 말했다.

"아버지, 제 나이 21세인데 어찌 조국의 부름을 기피할 수
있겠습니까. 공부는 돌아와 할 수 있으니 염려마세요. 꼭 살
아서 돌아오겠습니다."
아들의 결연한 자세에 아버지는 더 할말이 없었다.
"네 뜻을 알겠다. 잘 다녀오너라."
"네, 아버지, 건강하세요."
이렇게 부자간의 만남은 곧 작별로 이어졌다. 김근배는 북진
하는 서울학도의용군이 된 것이다.

한양공업고등학교 2학년인 이상설은 당시 17세였다. 한양공
고 바로 앞 신당동에 살면서 학도호국단 간부직을 맡고 있었
다.
그의 아버지는 10남매 가운데 일곱째 였으니 대가족이었던
집안에서 태어났다.
그가 6·25 동란을 맞은 것은 서울 운동장에서 삼촌과 함께
축구 경기 구경을 하고 있을 때였다.
축구 경기가 진행되는 도중 돌연히 스피커에서 뜻밖의 소식
이 들려왔다.
"북한 공산집단의 남침이 개시되었으니 외출중인 국군장병
은 즉시 원대복귀하기 바랍니다."
관중 모두가 깜짝 놀랐다. 따라서 축구 경기도 흐지부지 중
단되었다. 이렇게 하여 집에 돌아온 이상설은 종일 라디오에
귀를 기울였다. 라디오에서는 행진곡이 울려퍼지면서 국군이
북진준비중이라는 희망찬 보도만 하고 있었다.

다음날 26일, 이상설은 학교에 갔다. 학교에서는 공부는 않고 학생들이 여기저기 모여 웅성거리고 있을 뿐이었다. 그 틈에서 좌익계 학생도 활개를 쳤다.

"이상설 너 잘 왔다. 네 삼촌 어디 갔느냐. 내일 삼촌하고 꼭 같이 와야한다."

좌익계 학생이 공갈조의 말을 했다. 이상설의 삼촌은 당시 한양 공대 학도호국단 간부여서 우익 청년 운동을 활발히 하고 있었다. 겁에 질린 이상설은 삼촌에게 말하지 못하고 다음날 혼자서 등교했다.

좌익 학생들이 삼촌을 데리고 오지 않았다고 나무라면서 발길질을 하는 것이었다.

"왜 때려!"

"임마, 삼촌 데리고 오라고 했잖아."

"피난 가서 집에 없어."

"거짓말이다 너 혼좀 나아겠다."

아직 대한민국의 서울이고 학교 교내였지만 왠일인지 좌익계 학생들이 판을 치고 있었다. 누군가가 눈짓을 하며 뭔가 신호를 했다. 그러니까 낯익은 한 학생이 이상설의 앞에 딱 버티고 섰다.

"너, 나 따라와."

이상설은 하는 수 없이 그 학생의 뒤를 따라나섰다. 학교 근처의 파출소로 갔다. 지금의 신당 1동 파출소이다. 파출소에는 우리 경찰관은 한 사람도 없고, 모두 좌익계 청년이 자리잡고 있었다.

이상설의 삼촌 이황영을 잡아들이기 위해 볼모로 이상설이 갇히게 된 연유였다.

파출소 근처에 이상설의 집이 있었으므로 다음날 기별을 하여 이상설의 아버지를 불러냈다.

그날은 28일, 이미 서울은 인민군 세상이 되어있었다.

"상설이 무슨 죄가 있다고 집에 보내지 않는거요?"

아버지가 항의하니까, 청년들은 기고만장하여 반말 비슷하게 대꾸하는 것이었다.

"삼촌 이황영을 데려오면 상설을 내보내 드리겠소."

"피난 간 삼촌을 어데서 데려온단 말이오."

"거짓말 마요."

그들은 막무가내였다.

"꼭 찾아 올터이니 우선 상설이 집에 보내줘요."

"안됩니다."

딱 잘라 거절하는 것이었다. 아버지는 할 수 없이 파출소를 나와 귀가 했다.

이상설은 꼭 탈출해야 하겠다는 결심을 굳히고 주변 상황을 살폈다. 날이 어두워지면서 파출소는 더 혼잡했다.

여기저기서 모여든 지하 빨갱이들이 부리나케 드나들며 평소 점찍어 두었던 우익인사나 재산가들을 잡아들이고 있었기 때문이었다. 이상설은 17세의 어린 나이 탓인지 시간이 흐르자 별로 감시하는 기색이 없는 듯 했다. 이상설은 그 틈을 타서 파출소를 빠져나왔다.

집에 돌아오자 뒤쫓아 올 것을 염려한 가족들은 숨어야 된다는 데 의견의 일치를 보았다. 나이는 17세지만 그만 또래의 어린 나이로 인민군에 끌려갈 염려가 있을 것이라는 위험 부담도 작용했기 때문이었다.

집에 연결되어어 있는 임대해준 책방 가게에 숨어 지낼 수 있게끔 아버지가 은신처를 만들어 주었다.

책을 쌓아둔 뒤에 교묘하게 은신처가 마련된 것이다. 이상설은 답답했지만 어쩔 수 없이 숨어 지낼 수 밖에 딴 도리가 없었다.

9·28 수복이 되자 이상설은 책 가게에서 튀어나와 자유 천지의 밝은 세상을 맞았다. 같은 동네의 친구인 김남종, 김주찬과 함께 세 명이 용산고등학교로 달려가 학도의용군이 된 것은 그로부터 열흘 뒤였다.

용산고등학교 1학년인 박경선은 당시 16세의 나이였다. 옛부터 복사골로 이름있는 마포구의 도화동 집에서 6·25동란을 맞았다.

그날은 일요일이라 집에서 쉬고 있는데 라디오에서 행진곡이 울리면서 북한군의 남침을 알렸다. 그의 집은 연희동에 있었고 부모는 그 집에서 살고 있었지만 박경선은 삼촌집인 도화동에서 학교를 다니고 있었던 것이다.

다음날 26일, 정상적으로 용산고에 등교했다. 아마 10시쯤 되었을까? 인민군 야크기가 상공을 날아다니면서 기총사격등 위협이 가해지는 것을 계기로 수업이 중단되고 집으로 돌려 보내졌다. 당분간 학교를 휴교한다는 교사의 말을 뒤로한 채

도화동 삼촌집에 돌아왔다.

삼촌은 '서울은 위험하니 피난가야겠다고 하여 박경선은 삼촌네 가족과 함께 안양에 피난갔다. 안양시 외곽에 있는 망해암이라는 암자에서 피난 생활이 시작되었다.

망해암에 도착하여 며칠 지났을까? 하늘에서 휘파람 소리 같은 요란한 비행기 소리가 울려퍼지더니 안양 시내 금성방직 공장에 폭탄 공격을 가하기 시작하였다. 그 곳이 아마 인민군의 집결지였는지 미 공군기가 공격을 시작한 듯 했다. 폭음과 함께 화염이 하늘로 치솟는 모양에서 굉장히 큰 위협이 된 듯 싶었다.

폭격이 끝나고 한참 있다가 인민군 대여섯 명이 암자로 올라왔다. 이곳 지대가 높은 곳이었으므로 미 공군기를 유도했을 것이라는 허망한 판단으로 간첩을 잡기 위해 올라왔다는 것이었다.

주지 스님을 비롯하여 그곳에 있던 모든 사람들을 모이게 하고는 애숭이 티가 절절 나는 인민군 병사가 큰소리로 호령했다.

"여기 간첩들이 미국놈의 비행기를 유도하여 폭격을 맞게 했으니 조사해야겠소. 모두들 우리를 따라 오시오."

박경선을 비롯한 나이 어린 사람만 암자에 남겨두고 어른들을 모두 끌고 갔다.

박경선은 어린 나이에도 인민군의 터무니 없는 억지에 기가 찼다.

암자 생활이 너무 답답하여 학교에 한번 가보기로 했다. 삼촌이 만류했지만 학업이 계속될 수 있다는 생각에 모험을 해 보고 싶었던 것이다.

용산고에 들어서니 학교에는 교장 원홍균 선생을 비롯하여 몇몇 교사와 일부 학생이 나와 있었다. 일부 좌익 학생이 팔팔하게 움직이는 것 외에는 대부분 암울한 표정이었다.

원홍균 교장은 학교를 지키겠다는 책임감 때문에 학교에 나와 있었지만 아무 결정권도 없는 무력한 존재였다.

오후가 되자 좌익 학생이 큰소리로 학생들을 한자리에 모이게 했다.

"한 사람 빠짐 없이 수도 여고 행사에 참가 합시다."

앞장 선 학생들 몇몇을 살펴보니 평소 좌익 학생으로 주목을 받았왔던 바로 그 문제의 학생들이었다.

박경선은 할 수 없이 일행과 함께 바로 근처의 수도 여고에 갔다. 그 곳에는 이미 200여 명의 학생이 모여 있었다.남학생이 대부분이었지만 여학생도 더러 있었다.

누군가가 단상에 올라가더니 열변을 토하기 시작하였다.

"조국의 엄숙한 혁명전선에 참여하기 위해 우리 학생은 의용군이 되어 미제 타도의 역군이 됩시다."

"얼마 안 있으면 부산까지 함락시킬 수 있는 터에 우리가 늦게 지원하면 혁명 성업에 낙오자가 됩니다."

"의용군 집결장소인 수송국민학교로 한 사람 빠짐없이 갑시다."

선동 대원인 듯 선동 구호가 쓰여진 플래카드를 높이 쳐들고 앞장서서 행진을 시작하는 것이었다. 박경선은 그 대열에서 몰래 빠져 나와 안양으로 돌아왔다. 도저히 인민군이 될 수 없다는 판단을 내렸던 것이다.

이렇게 하여 9·28 수복 때까지 피신 생활을 하다 수복을 맞아 학교에 가서 학도의용군에 지원했다.

용산고등학교가 서울학도의용군 모집 본부였던 탓으로 서울학도의용군 350여 명 가운데 용산고 출신이 제일 많은 100여 명이었다.

제6장 조국은 부른다

백만 학도야

제6장 조국은 부른다. 백만학도야

　　김석찬은 대광중학교 3학년에다 16세의 소년이었지만 남달리 반공정신이 투철하고 의협심이 강하여 서울학도의용군에 참여하였다.

　　그의 출생지는 평안북도 신의주이다.

　　신의주라면 압록강 하구 남안에 위치한 우리 나라 서북단의 도시이다. 북쪽과 서북쪽은 압록강을 사에에 두고 만주의 안동(지금의 단동)과 접하고 있다.

　　신의주와 안동을 연결하는 그 축선상에서 과거 독립운동가들의 숱한 사연이 뿌려진 우리로서는 잊을 수 없는 곳이기도 하다.

　　김석찬은 독실한 기독교 가정인 외가의 영향을 받아 교회 유년 주일학교에 다니며 기독교 신앙 교육을 받으며 자랐다.

　　해방과 함께 잃었던 조국을 찾고 우리의 말, 우리의 글을 사용하는 기쁨까지 누렸지만 38선으로 가로막힌 반도는 다시 비극을 잉태하고 있었다.

　　특히 38선 이북땅엔 포악무도한 소련군이 진주하면서 김일성이 통치하는 공산정부가 생긴 후에 지주, 자본가, 지식인, 종교인에 대한 모진 박해가 시작되었다.

그해 10월 경 만주땅에서 항일 투쟁을 하던 조선의용군이 압록강 철교를 건너와 신의주 동중학교에 주둔하였다.

그런데 도착한 날 밤에 의용군은 소련군에 의해 무장이 해제되었다는 소문이 신의주에 파다하게 퍼져 있었다.

김석찬은 국민학교 친구들과 학교에 가면서 이 얘기 저 얘기 하던 중에 별 생각없이 "의용군이 무장해제 되었는데……." 라고 말을 하였는데 갑자기 북조선 경비대 군인이 오더니, "동무 이리와! 의용군 무장해제 되었다는 말 어디서 들었어?"라고 소리지르더니 소총에 착검하고 그의 등뒤에 들이대고 앞세워 경비대 본부에 끌고 갔다.

"의용군 무장해제 되었다는 말 누구에게서 들었나?"

"길가에서 들었기 때문에 누구라고 찍어 말할 수 없습니다."

"아니, 이놈아, 귓구멍으로 들었으면 누구 입인가 생각이 날 것이 아니냐?"

"정말 모릅니다."

"네 아버지냐? 어머니냐?"

"아닙니다."

"그러면 너 집에 갈 수 없다."

아무리 다그쳐도 김석찬 소년의 입에서는 '모릅니다', '아닙니다'라는 말 외에는 그들이 알고자 하는 해답은 나오지 않았다.

이렇게 세 시간 가량의 문초에 시달리다가 풀려난 그는 집으로 돌아왔는데 그때부터 공산주의자에 대한 적개심이 싹트기 시작했다.

1947년 9월 그곳의 인민학교 (국민학교를 개칭)를 졸업하고 중학교 진학 시험을 볼 때 그는 공산주의자들이 말하는 사상 불순자로 분류되어 진학하지 못하게 되었다.

그의 가정은 이때부터 고뇌에 빠지기 시작했고 북한 땅에서는 도저히 살 수 없다는 결론을 내리기에 이르렀다. 그간 그들이 보아온 북한 실상은 글자 그대로 포악한 세상이었다.

공산당의 감시와 핍박은 날로 심해갔다.

소련군의 횡포 또한 그들 가족들에게 너무나 큰 실망을 안겨주었다.

가다가 죽는 한이 있어도 자유의 땅으로 찾아가자는 것이 김석찬 가족의 최후 결정이었다.

이렇게 하여 천신만고 끝에 1948년 3월, 마침내 월남에 성공하여 서울에 정착하게 되었다.

서울에 와서도 그들의 신앙생활은 계속되었다.

김석찬은 대광중학교에 입학했고 그의 가족은 영락교회를 신앙처로 정했다.

1948년 3월에 월남하였으니 6·25 동란 발발 때까지는 2년의 서울 생활 밖에 안된다.

김석찬은 만리동에 살면서 뜻이 맞는 친구들과 어울리기를 좋아했다. 학교는 달랐지만 선린상고의 진충하와 양정고의 서재식과 각별한 사이를 맺은 것도 알고 보면 그의 인간성 탓이었다.

특히 공산당에 대한 적개심. 좌익 학생에 대한 문제 의식도 이들 친구들과 공감대가 형성되어 있었다.

신의주에서 겪고 본 공산당의 악랄했던 작태에 대한 김석찬의 이야기들은 친구들의 호기심을 불러 일으키기에 충분했다.

가짜 김일성에 대한 이야기, 소련군의 횡포, 공산당의 각종 보복 등은 그쪽 사정에 어두운 사람들에게는 모두 신비스러운 흥미꺼리였다.

6월 25일 일요일 아침, 영락교회 주일 예배에 가기 위해 그때 살고 있던 만리동 집에서 떠나 남대문을 지나고 있을 때에 길가의 건물 확성기는 북한 인민군들이 38선을 넘어 남쪽으로 쳐내려와 전쟁이 일어났다는 것과 외출중인 국군장병은 즉시 원대복귀하라는 처연한 내용을 숨가쁘게 알리고 있었다.

영락교회에서 주일 낮 예배를 마치고 집으로 돌아올 때에는 우리 국군이 38선에서 인민군을 격퇴하고 북진하고 있다는 감격적인 보도에 접했다. 교회 갈 때와 올 때의 상황이 완전히 달라졌으므로 낮 예배때 간절히 기도로 승리를 호소한 한경직 목사에게 감사하는 마음이 솟아올랐다.

또 그가 귀가하는 길에서 본 미더운 광경은 군인들이 가득 찬 군 트럭들이 미아리 의정부 방향으로 질주하는 광경이었다. 국군 증원 부대들이 속속 북진대열에 합류하여 통일을 이룩하는 가능성을 보여주는 것이거니 생각했다.

집에 돌아와 다시 뉴스를 들었다. 라디오에서는 행진곡 사이 사이에 국군의 승전보를 알리고 있었다. 김석찬은 그날 밤을 거의 뜬 눈으로 보냈다.

신의주 하늘에 태극기가 펄렁이는 상상을 하면서 흥분하고 있었기 때문이었다.

다음날인 26일 동대문 밖 신설동에 있는 대광중학교에 등교했을 때 의정부 방향에서 포성이 크게 들려와서 새로운 걱정이 일기 시작하였다. 국군이 북진중이라면 지금쯤 포성이 들리지 않아야 될 터인데 어찌 이렇게 가까이 들릴 수 있는 것일까 하면서 의아하게 생각이 되었다.

교실에서는 학생들이 너나 없이 걱정스러운 표정들이었다. 당연히 뉴스에 의하면 표정이 밝아야 할텐데……. 보도를 믿을 수 없다고 생각하고 있었을까? 그렇지도 않았지만 학생들의 얼굴빛은 밝지만은 않았다.

직원회의를 끝내고 교실에 들어선 장자빈 담임 선생은 전쟁이 일어났다는 것과 국군이 38선에서 인민군을 격퇴하고 북진중이라며 안심하라고 말한 다음,

"오늘은 수업을 하지 않습니다. 하나님께 예배드리고 집으로 돌아갑시다."
라고 말하면서 예배를 인도하였다.

"피난처가 있으니 환난을 당한 자 이리 오라. 땅들이 변하고 물결이 일어나 산위에 넘어도 두렵지 않네."
함께 찬송가를 불렀다.

"여호와는 나의 목자이시니, 내가 부족함이 없으리로다. 그가 나를 푸른 초장에 누이시며 쉴만한 물가로 인도하시는도다……."

시편 23편 성경을 다같이 봉독하고 장자빈 선생의 기도를 끝으로 예배를 마쳤다.

예배를 마치자 학생들은 무거운 마음으로 각기 집으로 향했다.

다음날인 27일에도 김석찬은 평상시와 같이 학교에 갔다. 그런데 웬일인지 어제보다 포성이 더 크게 들려오고 있었다. 라디오 보도대로라면 지금쯤 포성이 들리지 않아야 할텐데……. 불안한 마음이 되어가는 것을 막을 길이 없었다.

어제와 같이 조회 시간에 예배드리는 것을 끝으로 헤어져 집으로 돌아오는데 미아리 쪽에서 시내로 달려오는 군 트럭과 군인들의 초라한 행렬이 예삿일 같이 느껴지지 않았다.

그 행렬은 부대 교대를 위한 행렬이 아니고 패잔병의 몰골이라는 것을 한눈에 알 수 있었기 때문이었다.

피난민의 수는 어제와 비교가 되지 않았다. 동대문에서부터 종로에 이르는 노상은 피난민으로 꽉 메워있었다.

전투복 차림으로 무장한 헌병과 경찰관들이 교통정리를 하느라고 정신없이 뛰어다니고 있었지만 거리의 혼란은 더해갔다.

서울역 앞에 다다르니 용산 한강교 쪽을 향하여 군인들의 차량 행렬과 피난민으로 꽉 차 있었다.

김석찬은 혼돈에 빠질 수 밖에 없었다. 정부의 발표와 현실이 너무나 차이가 나기 때문이었다.

서울 거리에 국군 패잔병들이 줄줄이 남쪽으로 향하고 있는데도 라디오에서는 이승만 대통령의 목소리까지도 국군이 북진 중이니 안심하라고 보도를 계속하고 있었다.

27일 밤도 닥쳐올 일들을 걱정하면서 잠을 잘 수 없었다.

새벽 2시쯤 천지를 진동하는 "꽝"하는 폭음소리가 온 집안을 흔들며 들려왔다. 아마 한강교 폭파음이라고 짐작은 되었지만 역시 안개 속의 추측뿐이었다.

28일 새벽 날이 밝아 올 때까지 남대문 서울역 근처에서 시가전의 총성과 탱크 등 차량들의 질주하는 소리가 끊이지 않았다.

오전 11시쯤 김석찬은 시내 사정이 궁금해서 남대문을 지나 시청앞으로 갔다.

나뭇잎으로 위장한 인민군 보병들이 태평로 거리를 지나 서울역쪽으로 행진하고 있었다.

이제 완전히 인민군 천하가 된 것이었다.

김석찬은 참으로 암담한 생각으로 무거운 발걸음을 옮겼다.

이미 길가에는 인공기를 흔들며 인민군을 환영하는 인파가 보이기 시작했다. 적기가와 혁명가를 부르는 무리도 보였다.

김석찬은 집으로 돌아오는 길에 염천교를 지날 때에 인민군 탱크 2대가 염천교 옆에 있는 3층 건물에 기관총을 마구 쏘아대며 "나오라"고 소리지르고 있는 광경도 목격했다.

인민군 탱크는 국군의 저항없이 자유자재로 기관총을 쏘아대며 서울 도심을 누볐다.

온통 서울 시내는 인민군과 피난민 그리고 환영 인파 등으로 혼잡이 이어지고 있었다.

29일 낮에 김석찬은 만리동 고개 산 위에 올라갔다. 한강

쪽의 국군의 사정이 궁금해서였다. 빨리 서울로 들어와 인민군을 몰아냈으면 하는 소망이 간절했던 것이다.

그러나 마포 강변에는 인민군 야포들이 노량진과 관악산 방향을 향하여 포격을 계속하고 있을 뿐이었다.

인민군이 쏘아댄 포탄이 한강 넘어 노량진에 떨어지면서 폭발하는 것이 보인다.

국군이 한강 넘어 반격할 기미는 도저히 찾아 볼 수 없었다. 실망스러운 광경만 눈 앞에 보일뿐 어떤 희망도 가질 수 없은 상황이었다.

김석찬은 실망과 근심이 가득찬 무거운 마음으로 집을 향해 발걸음을 옮기고 있을 때 민청원과 치안대원들이 붉은 완장을 팔에 두르고 반동분자를 잡으러 간다고 설치는 것을 보았다.

소위 그들이 말하는 반동분자는 공무원, 경찰, 지식인, 자본가 등을 말한다.

김석찬 일가는 이북에서 공산주의가 싫다고 월남했기 때문에 당연히 반동분자가 되므로 더욱 피해다녀야 했고 위험이 가중되는 것이었다.

7월 초순이 되자 식량이 떨어져서 아버지와 함께 우이동, 창동 쪽으로 농촌에 감자라도 구해보려 집을 나섰다. 현금 거래가 아니고 집에 있는 쓸만한 물건이나 옷가지를 모아 가지고 나섰다.

아침 일찍 출발하여 창경원, 돈암동을 지나가는데 우익 인사들이 인민군 총격을 받아 죽은 시체가 곳곳에 흩어져 있었다. 시체가 부패하여 사방에 악취가 풍겨 코를 들 수 없을 정도였다.

이 공산당의 행동이 얼마나 잔혹한 짓이랴. 그들 부자뿐만 아니라 그 죽음의 현장을 목격하는 시민들은 누구나 치를 떨어야 했다.

아픔을 달래며 그 죽음의 현장을 벗어나 오후 2시쯤 우이동 과수원을 지날 때에 인민군들이 사람들을 모으는 것이었다. 모두 시내에서 먹을 양식을 구하려고 나온 사람들인데 인민군은 삼각산에 숨은 국군과 내통하는 사람을 찾는다며 한 사람 한 사람 조사하였다.

김석찬 아버지는 평안도 사투리를 쓰기 때문에 그들의 물음에 대답하느라 몹시 고통을 받았다. 만약 평안도에서 월남한 것이 드러나면 즉시 반동분자로 낙인이 찍히기 때문이다.

몇 시간 그들의 심문에서 벗어난 부자는 창동에 있는 감자밭에 도착했다. 밭 주인은 가지고 온 물건과 옷가지를 하나하나 들추어 보고 밭 2평 정도에 줄을 그어 떼어 주면서 감자를 캐가라고 했다.

그들 부자는 감자를 캐기 전에 생감자를 먹었다. 굶주림으로 배가 고팠기 때문에 일하기 전에 우선 요기를 해야 했던 것이다.

이렇게 공산 치하의 서울 시민들은 기아선상에서 하루 하루를 보내야 하는 어려움을 겪어야 했다.

이무렵, 시내 곳곳 길목에서 내무서원, 민청원들이 배치되어 지나가는 젊은 사람이나 학생들을 붙잡아 의용군에 보내는 일이 벌어지고 있었다. 그래서 젊은이나 학생들은 거의 모두 피난처와 집 깊숙한 은신처에서 숨어 지내야 했다.

7월 10일, 저녁에 낯모르는 청년들이 집에 와서 김석찬을 찾았다. 그의 어머니가 대문을 열며 "누구냐?"고 물으려 할 때 집안에 두 청년이 들어와 김석찬을 보자 다짜고짜 가자고 했다.

그때만 해도 김석찬은 16세의 소년이었으므로 거의 무방비 상태로 집에서 지내고 있었다. 그는 할 수 없이 그 청년들을 따라갈 수 밖에 없었다.

이렇게 하여 김석찬이 끌려간 곳은 양정중학교였다. 직원실인듯 한 방에 다다르자 누군가가 벌떡 일어서더니 김석찬 앞에 섰다.

"김석찬이지?"

"네."

마치 죄인 다루듯 윽박질렀다.

"이북에서 월남했지?"

"네."

김석찬은 대답 밖에 할 수 없었다. 더 이상 변명할 수 있는 상황이 아니었다.

"이북 어디메야?

"평북 신의주입니다."

"언제 월남했지?"

그 질문에 김석찬은 정신이 반짝 긴장이 되었다. 공산주의가 싫어서 월남했다면 반동분자로 몰릴 것이 뻔하기 때문이다.

"해방 전 해에 월남했습니다."

순간이었지만 참 잘 대답했다고 생각했다.

그러나 의심이 많은 그들인지라 한번에 속을 리 없었다.

"해방 후에 월남했다던데?"

김석찬의 가슴이 철렁 내려앉는 충격을 받았다. 그러나 여기서 물러설 수 없다는 생각이 들었다.

"왜 제가 거짓말을 합니까? 이웃 사람들에게 물어보면 금방 알게 아니겠습니까?"

한술 더 떠 자신있게 거짓 대답했다. 그가 이웃에게 알아보라는 식으로 확언을 하니 심문하던 공산당원도 더 할말이 없는 것 같았다.

"그래? 알았다. 그럼 동무는 의용군에 가야 하네."

김석찬은 앞이 캄캄하였다. 해방 후 이북에서 보았던 공산당의 앞잡이 인민군이 되라는 것이 마치 강도 집단에 가입하라는 것과 같은 감으로 그의 가슴을 눌렀다.

"알았습니다. 그러나 집에 가서 의용군에 간다는 인사를 드리고 오겠습니다."

"안돼! 집에는 우리가 알리겠네."

단칼에 잘라버리듯 거절하는 것이었다.

이렇게 하여 김석찬은 양정중학교에서 밤을 보내고 다음날 아침 일찍 그곳에 있던 5~6명과 같이 만리동 고개를 넘어 효창국민학교에 끌려갔다.

효창국민학교에는 젊은이와 어린 그 또래의 학생들 수백명이 갇혀 있었다.

이곳 저곳에서 그룹을 형성하여 인민군 지도원이 적기가와 혁명가를 가르치고 있었다.

주변을 살펴보니 질서가 잡혀지지 않은 환경이고 경비하는 인민군의 수도 그렇게 많지 않은 것을 파악한 김석찬은 이곳에서 탈출하기로 마음을 굳히고 있었다.

'어떻게 하여 천신만고 끝에 월남했는데 그 지긋지긋한 인민군이 되어야 하는가? 신의주에서 본 공산주의자의 행태는 내 양심과 신앙으로서는 용서할 수 없다. 혹 죽음이 따를지라도 이곳에서 탈출해야 한다.'

해가 저물기 전에 김석찬은 주변을 살피면서 탈출장소를 물색하였다. 정문이나 담쪽보다 오히려 후문이 취약점이 많다고 판단하였다.

이윽고 해가 졌다. 어두컴컴해지자 두 명의 인민군 보초가 학교 담벼락에 기대어 눈을 감고 있었다. 몹시 피곤한 듯 한 명은 곤히 잠들고 있는 것 같았다.

김석찬은 신발을 벗어들고 맨발로 잽싸게 후문을 빠져나와 길 건너 집 뒷골목으로 뛰어 들어가 숨었다. 뒤에서 인민군이 쫓아와 총질이라도 할까 조마조마했지만 다행히 그들로부터 발견되지 않았다.

김석찬은 황급히 집으로 돌아가 부모에게 지금까지 겪었던 일들을 말하고 곧 집을 나와 만리동 언덕에 있는 동양 양조장 안에 들어가 깊숙히 숨어 지냈다.

그 곳에는 동네 친구인 용산고교 1학년 박태복 등이 숨어 지내고 있었다.

9월 초순까지 잘 숨어 지내다가 어느날 사직동에 살고 있는 이모를 찾아 그 곳을 나왔다. 남대문 뒷골목을 빠져나오다가 누군가가 소리질러 뒤를 돌아보니 내무서원이었다.

"동무! 잠깐."

서슬이 퍼렇다. 웬 젊은이가 의용군에는 안가고 이렇게 쏘다니느냐는 눈치였다.

"어딜 가나? 왜 의용군에 안가고?"

김석찬의 가슴은 또 한번 철렁 내려 앉는다.

"아직 나이가 어려서 해당이 안됩니다."

"몇 살인데."

"15세입니다."

한살 낮추어 대답했다. 그러나 내무서원은 고개를 설레설레 흔들며 나무랐다.

"내가 한 두번 속은 줄 아나? 여하간 나를 따라와."

꼼짝없이 다시 붙잡혔다. 김석찬이 끌려간 곳은 남대문 아래 내무서였다. 그곳에는 청년 학생 10여 명이 웅크리고 있었다. 모두 얼굴이 죽을 상이었다.

오후가 되자 중구 인현동에 있는 영희국민학교로 끌려갔는데 그 곳에는 이미 수백명이 우굴거리고 있었다. 모두 의용군에 잡혀온 젊은이와 어린 학생들이었다.

국민학교 외곽에는 인민군의 경비가 예상밖으로 삼엄했다.

교실에 들어서자 다짜고짜 소대편성을 하고는 지시 있을 때까지는 꼼짝 말라고 엄포를 놓는다.

뒤늦게 잡혀 온 탓인지 효창국민학교에 갇혀 있을 때와는 달리 분위기가 몹시 암울하였다.

다음날 아침이 되자 먼저 잡혀온 젊은이들이 군복으로 갈아입고 전선으로 출정하는 모습이 보였다. 누군가가 쑤군대는데 낙동강 전선으로 떠난다는 것이었다.

그럴수록 김석찬은 이곳에서 탈출해야 겠다는 생각을 굳혔다. 낙동강 전선에서 국군과 싸우다가 죽느니 차라리 탈출하다 공산당의 총알에 죽은 편이 더 낫다고 마음을 정했다.

우선 탈출하려면 낙동강 전선에 가는 대열에서 빠져야 했고 그러기 위해서는 학교안의 잡역에 종사할 수 있는 기회를 잡아야 한다고 생각하였다. 김석찬은 운좋게 학교내에 있는 취사장 요원으로 일하게 되었다. 궂은 일이지만 우선 낙동강 전선에 안 가서 좋고 두번째는 도망갈 구멍을 찾을 수 있어 다행이라고 생각했다. 어느날, 취사장 뒤 담장 안에 배치된 보초병이 양정중학교에 다니는 친구 라일섭이라는 것을 발견하였다. 평소 가까운 사이였기 때문에 몹시 반가웠다.

"야, 일섭아, 왠 일이냐?"

"석찬이 왠 일이야?"

이런 엉뚱한 장소에서 보초병과 취사병으로 만난 어린 두 학생, 참으로 기구한 운명이었다. 김석찬은 라일섭에게 이곳에서 빠져나가야 되겠다고 사정하면서 탈출할 수 있는 기회를 상의하였다. 라일섭은 무언가 생각에 잠기더니 내일 새벽 날이 밝기 전에 오라는 것이었다.

김석찬은 하늘이 준 기회로 기뻐하면서 취사장에 가서 누릉지 한뭉치를 몰래 가져다가 라일섭에게 건네 주면서 내일 새벽을 기약하고 다시 취사장으로 뛰어갔다.

다음날 새벽에 취사장 담장에 김석찬이 다가서니 라일섭이 보초를 서다가 갑자기 주저 앉아 조는 척 하는 것이었다. 그것이 담장을 넘으라는 신호로 알아차리고 김석찬은 담을 넘고 밖으로 나왔다. 큰 길에 막 들어설려고 할 때 인민군 특무장(국군의 상사계급)이 따발총을 메고 주위를 감시하고 있다가 그를 보더니 소리쳤다.

"동무 이리와!"

"동무, 학교에서 도망 나왔지?"

김석찬은 이제 죽었구나…… 하면서 곧 하나님께 기원했다. '하나님 살려주십시오'

"아닙니다. 이모님 집에서 잠자고 막 집으로 가는 길입니다."

김석찬은 다시 '하나님 살려주십시요' 라고 기도를 하면서 자기도 모르게 거짓말을 했다.

"정말이지? 거짓말 아니지?"

특무장은 다짐을 하고서는 가라고 했다.

김석찬은 '하나님 감사합니다'라고 속으로 되뇌이며 걸음아 나 살리라고 재촉하면서 만리동으로 향했다. 등 뒤에서 특무장이 따발총으로 막 쏘아대는 것 같았다.

집에 도착하여 문을 두드렸더니 어머니가 나와서 문을 열어주면서 울면서 반가워했다. 방안에 들어가 모든 가족이 사지(死地)에서 살아온 만큼 눈물을 흘리면서 좋아했다.

"석찬아! 양조장에 가만히 숨어 있으면 탈이 없었을 거 아니냐?"

자초지종을 들은 아버지의 훈계였다.

아침 식사를 마치고는 양조장에 되돌아가 숨었다. 그곳에는 박태복, 이정구 등 친구들이 있었고 그들도 무사히 귀환한 김석찬을 반겼다.

9월 28일, 수도 서울이 국군과 유엔군의 입성으로 다시 자유 천지가 되자 3개월 동안 공산주의자들의 살인적인 억압과 공포 속에서 굶주리며 숨어 살아온 서울 시민들이 거리에 나와 눈물을 흘리며 국군 장병을 환영하였다. 집집마다 태극기를 내걸고 기뻐하며 "대한민국 만세"를 곳곳에서 불렀다.

시내에는 큰 건물들이 거의 인민군이 불질러 타버렸고 파괴된 탱크, 트럭의 잔해들은 길가 이곳 저곳에 내뒹굴고 있었다.

간혹 인민군 포로들이 머리에 두 손을 얹고 국군 헌병들에 의해 끌려가는 모습도 보였다.

김석찬은 훨훨 날을 것 같은 기쁜 마음으로 이날을 맞았다. 참으로 오래간만에 가족과 함께 편안한 마음으로 지낼 수 있고 잊고 있던 친구들을 만나면서 그날의 감격을 흠뻑 만끽했다.

9월 말경, 일요일 낮에 김석찬은 영락교회 주일 예배시간에 참석했다. 한경직 목사도 피난길에서 돌아와 주일 예배를 인도하고 있었다. 2년간에 걸쳐 새로 건축한 교회 안에는 불과 50여 명만이 출석한 허전한 자리였지만 기쁨과 사랑이 충만하는 축복 받은 분위기였다. 한경직 목사의 설교와 기도는 하나님께 감사하는 것과 나라를 위한 눈물의 고백이었다. 참으로 오래간만에 마음이 흡족해지는 감동을 받았다.

10월 1일, 국군이 38선을 돌파하여 북진중이라는 보도는 6·25 동란 직후의 거짓 보도와 달리 서울 시민에게 신뢰와 흥분을 함께 맞게 되었다. 누구도 국군의 38선 돌파를 의심하지 않았다.

그만큼 정부나 국군 당국은 혼돈에서 벗어나 국민에게 믿음을 주었던 것이다.

10월 15일 경, 을지로 2가, 네거리 모퉁이 3층 건물에 "서울학도의용군 모집", "3개월 후 전쟁이 끝나면 즉시 학창에 복귀"라고 쓰인 현수막을 본 김석찬은 가슴이 울렁거리는 것을 느꼈다. 인민군 의용군에 붙잡혀 전선에 투입될 뻔 했던 인공 치하를 생각하며 지금이야 말로 학도의용군이 되어 북진대열에 합류하고 싶었기 때문이었다. 망설일 필요가 없다고 생각한 그는 그 건물 2층 사무실을 찾았다. 그곳에는 학도호국단 본부 간부가 10여 명의 학생들에게 학도의용군 모집에 관하여 설명하고 있었다. 김석찬은 모집 요강을 자세히 파악한 후 집으로 돌아왔다.

다음날 낮에 김석찬은 만리동 고개 친구 고인한의 집에 놀러갔다. 거기서 박태복, 이정구 등을 만나 어제 찾아갔던 학도호국단 본부에서 있었던 일을 설명했다.

"을지로 2가 학도호국단 본부에서 학도의용군을 모집하는데 평양에 간다더라. 3개월 후에는 전쟁이 끝나고 그때 복교하면 될테고……. 지금 형편으로 학교에 가봐야 공부도 할 수 없으니 그동안 평양에나 가보자."

친구들도 김석찬의 말에 호감을 가지고 있었다. 북진대열에 참여한다는 보람과 그동안 공산당에게 당했던 고통을 떠올렸기 때문이다.

10월 18일, 오전에 박태복과 이정구, 서재식과 함께 김석찬은 먼저 찾았던 을지로 2가 학도호국단 본부에 찾아 갔다.

2층 사무실에는 육군 대위 계급장을 단 장교가 하사관 2명과 함께 학도의용군에 지원하는 학생들을 맞이하고 있었다.

후에 안 일이지만 그 장교는 제18포병대대 부대대장인 최철 대위였고 하사관 2명은 차진숙 중사와 이신명 중사였다.

최철 대위는 그곳을 찾은 학생 20여 명에게 학도의용군에 관해 설명을 시작하였다.

"전쟁은 연말에 끝난다. 그때 모두 학창에 복귀시켜 준다. 포병은 전선의 후방에서 포사격으로 보병부대를 지원하기 때문에 신변의 위험이 덜하다. 학생들은 걱정하지 말고 영광스러운 북진 부대의 일원이 되라!"

공산당 점령하에서 자유와 권리를 억압당하고 생명의 위협을 느꼈던 경험이 학생들에게 있었으므로 공산당에 대한 적개심이 가득차 있었던 터라 복수할 기회가 왔다고 생각하고 모두 지원할 것을 다짐했다.

"자, 복수를 위해 평양으로 가자."

모든 학생이 마음을 굳게 다지고 그 결의의 뜻으로 학도호국단가를 불렀다.

조국은 부른다 백만 학도야
총궐기 할때는 바로 이 때다

순정에 불타는 민족의 심장
피로써 맺어진 우리 호국단

최철 대위는 학도호국단가를 듣고나서 흐뭇한 표정으로 학생들에게 말했다.

"축하한다. 지금 곧바로 용산고등학교에 가서 학과 시험과 신체 검사를 받으라."
고 재촉한다.

박태복, 이정구, 서재식, 김석찬 일행은 그 곳에서 나와 용산고등학교로 향했다.

서울역, 동자동을 지나 후암동 길에서 대광중학교 친구인 백형선을 만났다. 그는 김석찬과 한반이었다. 6·25 동란 발발 이후 처음 만나는 것이므로 정말 반가웠다.

"3개월 반 만의 만남이 아니냐?"
김석찬은 백형선의 두 손을 꽉 쥐고 흔들었다.

"용케 의용군에 안끌려갔구먼."
백형선은 모진 고생을 한 듯 몹시 야위어 보였다.

"그런데 친구들과 어디로 가는데?"
김석찬은 백형선에게 서울학도의용군에 지원하기 위해 용산고에 간다는 것을 말하고 같이 갈 것을 권했다.

"그래? 그럼 나도 함께 지원하겠다."
고 순순히 따라나섰다.

용산고 정문에 다다르니 "서울학도의용군 모집"이라고 쓴 현수막이 걸려있고 그 옆 게시판에는 시험장 안내문이 붙어 있었다.

학교 정문을 들어서니 200여 명의 학생들이 시험을 치르기 위해 차례를 기다리고 있었다.

장교 2명과 하사관 3명이 중학교 2~3학년 수준의 영어와 수학을 구술을 통해 체크하고 있었다. 그것이 시험의 전부였다.

신체 검사장에서는 건강상태를 확인하고 신장을 쟀다. 어느 학생은 키가 160cm 미달이라고 불합격 판정을 내리자 합격시켜달라고 졸라대는 광경도 보이고 다음 차례의 키 작은 학생은 발뒤꿈치를 올리고 키를 재다가 발각되어 불합격되는 등 웃지 못할 일들이 벌어지고 있었다.

경기공업중학교 3학년의 김태희는 키가 모자라 불합격되자 다음날 다시 신체검사를 받아 합격했다.

용산중학교 3학년인 이우용은 15세라고 하자 나이가 어리다고 불합격시켰다. 그러자 그는 합격자들 틈에 슬쩍 끼어 들어가 숨었다.

김석찬 일행 5명은 모두 무난히 합격되었다.

합격된 학생들은 학교 아래층 교실에 모여 학도호국단가를 합창하는가 하면 그때 한참 유행하던 군가인 전우가를 배우기도 했다.

특히 용산고등학교 합격자들은 별도로 모여 용산중학교 교가와 학도호국단가를 부르며 세를 과시하였다. 아무래도 용산고에서 모집하고 있기 때문에 용산고 출신이 많았다.

부대에서 파견된 차진숙, 이신명 중사 등은 교실을 찾아다니며 인원 파악과 소대편성, 명단 작성으로 분주하게 돌아다니고 있었으며 틈틈이 낙동강 전선에서의 격전 상황등을 설명하면서 평양으로의 출발 준비를 서둘렀다.

그날 오후 늦게 주먹밥으로 저녁 식사를 하였다. 부대에서 트럭이 도착하면 곧바로 평양으로 떠난다고 했다. 학생들은 누구나가 다 평양이라는 말에 가슴이 설레였다.

공산정권의 수도인 평양으로 간다는 그 자체가 젊음을 용솟음치게 하는 것이었다.

김석찬 일행은 걱정이 생겼다. 부모에게 알리지 않고 평양으로 떠난다는 것은 아무래도 부담스러웠다. 김석찬은 일행을 대표하여 제18포병대대에서 파견나온 본부중대장 구영용 중위를 찾아가 집에 가서 부모님께 인사드리고 오겠으니 시간을 달라고 요청했다.

한참 후에 구영용 중위가 교실에 일행을 찾아왔다. 오늘 저녁은 집에 가서 부모님께 인사드리고 내일 아침 8시까지 이곳에 오라는 것이었다.

일행 5명은 각자 집으로 돌아왔다.

그날 밤 김석찬은 부모에게 그간 있었던 일들을 상세히 말씀드렸다.

"오늘 학도의용군 본부에 갔다가 평양으로 가는 포병 모집이 있어서 지원했습니다. 3개월 후에 전쟁이 끝나면 학창 복귀시켜 준다고 합니다. 지금 서울 시내 사정으로는 당분간 공부할 수 없으므로 잠깐동안 평양에 다녀오는 것입니다."

김석찬의 아버지는 아들의 말을 열심히 듣고 나더니 무겁게 입을 열었다.

"네 나이 만 16세가 아니냐. 아직 군대에 갈 나이가 아니
다. 어린 나이에 전쟁터에 가면 어떻게 하느냐?"
고 말렸다.

"아버지, 지금 국군이 평양에 입성하는데 전쟁은 다 끝난
것이나 다름없습니다. 더욱이 포병은 전선 부대 후방에서 포
사격을 하기 때문에 위험 부담이 덜합니다. 3개월만 다녀
오겠습니다."
라고 대답하면서 부모님을 안심시켰다.

당시의 상황은 국군과 유엔군이 파죽지세로 북진을 계속하
고 있었고 전승의 낭보만이 들려오던 때였으므로 2~3개월만
지나면 압록강, 두만강까지 완전 수복하여 전쟁이 끝날 것으로
생각하고 있었다.

김석찬은 잠자리에 들기 전에 대청 마루에 앉아 하나님께
기도드렸다.

"하나님, 저는 학도의용군이 되어 평양으로 떠납니다. 전쟁
이 끝날 때까지 무사하도록 저를 지키주시고 집에 계신 부
모님 걱정 아니하시고 평안히 지내시도록 도와주시옵소서."

김석찬은 다음날 아침 부모님께 "잘 다녀오겠습니다"라고 인
사드렸다.

아버지는 비상금으로 가지고 가라 하시면서 얼마의 돈을 주
었다. 세살 아래 여동생이 대문 밖으로 따라 나오면서 "오빠
잘 다녀와!"라고 손을 흔들며 배웅하였다.

약속 시간에 만리동 고개에서 일행과 만나 청파동 고개를

넘어 용산고등학교를 향해 걸었다.

8시에 학교에 도착했다. 어젯밤에 학교에 남아 있던 학생들은 평양을 향해 이미 출발했다고 한다.

정오가 지나면서 서울 시내 각 학교 학도호국단에서 학도의용군 모집에 관한 연락을 받은 학생들이 모이기 시작했다. 그들은 어제와 같은 구술시험과 신체검사를 거쳐 합격된 학생 100여 명은 잔류학생들과 합쳤다.

그날 저녁에 트럭이 도착하면 평양으로 출발한다고 하여 기다렸으나 밤늦게까지 아무런 기별이 없었다.

학교 교실에 수용된 학도병들은 임시 소대장으로 선발된 학생 지휘하에 학도호국단가를 부르기도 하고 전우가도 배웠다. 한창 유행하던 전우가를 모르는 학생이 많았지만 곡과 가사가 쉬워 그날밤으로 거의 부를 수 있게 되었다.

10월 20일 아침 일찍 기상하여 용산고 운동장에 집합하여 인원 점검을 하였으나 단 한 사람도 이탈하지 않았다.

소대장 학생의 구령에 따라 제식 훈련과 군가를 부르며 학생들의 정신적 단결을 도모하였다. 이미 배속장교로부터 정신교육과 군사훈련의 기초인 제식훈련을 배웠기 때문에 학도의용병들은 군대 생활의 적응이 빨랐다.

학생들의 훈련 광경을 목격하고 있던 최철 대위와 하사관들은 학생들의 정연한 움직임을 확인하고 매우 흡족한 표정을 지었다.

서울학도의용군에 지원한 학교별 인원수는 대략 다음과 같다.

경기고등학교　　　3명
서울고등학교　　　10명
용산고등학교　　100명
경동고등학교　　　25명
배재고등학교　　　10명
중앙고등학교　　　4명
중동고등학교　　　5명
대광고등학교　　　7명
경신고등학교　　　10명
경기상업고등학교　6명
선린상업고등학교　8명
덕수상업고등학교 30명
서울공업고등학교 25명
한양공업고등학교 20명
성동공업고등학교　7명
수도전기공업학교　3명
국립체신고등학교　3명
한성고등학교　　　2명

기타 성남, 한영, 보성, 동성고등학교 등 30여 개 고등학교 총 350여 명.

저녁무렵 GMC트럭 10대가 도착했다. 저녁 식사를 마치고 인원 점검을 한 후에 질서정연하게 승차했다.

꿈에도 그리던 평양을 향해 떠난다 하니 모든 학생들의 가슴은 벅찬 감격으로 출렁이었다. 인공 치하에서 공산당의 악랄하고 비인간적인 작태를 체험한 어린 학생의 이 자유에의 출정(出征)은 아마 평생을 통해 잊을 수 없는 추억으로 남으리라.

트럭이 엔진 소리 요란하게 발동을 걸고 용산고 정문을 나서자 누군가의 구령에 따라 우렁차게 학도호국단가를 불렀다.

"조국은 부른다 백만 학도야
총궐기 할 때는 바로 이때다……"

학도의용군을 태운 10대의 GMC트럭은 종로, 동대문, 청량리를 지나 중량교로 빠져 북으로 향해 달렸다. 학도호국단가에 이어 다시 전우가가 이어졌다.

"한강수야, 잘 있거라. 우리는 전진한다……."

제7장 아들아! 딸아!

제 7장 아들아! 딸아

아들아! 딸아!
흘러간 그날, 우리가 10대 후반에 들어선 나이에
지금의 너희들처럼
가슴 부푼 꿈의 세계에서 살았단다.
공상의 나래로 모험의 세계를 넘나들고
머언 미지의 세계를 무작정 동경하며
서로서로 마냥 즐겁기만 하였단다.
여름이면 샛강에 나가 발가벗고
고기잡고 헤엄치며 뛰어노느라
툭하면 끼니를 놓치고
푹 꺼진 배를 달래며
어두워 집에 돌아오면 공부 안한다고
지금의 너희들처럼 야단을 맞았단다.
겨울이면 얼어붙은 한강에 나가

어려운 살림도 아랑곳 하지 않고
졸라서 사서 신은 스케이트 타느라
추위도 잊은 채 지칠 때까지 놀았단다.
봄이 오면 꽃이 핀 동산을 바라보며
새 짖어대는 소리에도 가슴 설레며
아… 아… 하고 감탄사를 연발하는
어설픈 시인 흉내도 내고
가을이면 한 잎 두 잎 떨어져 쌓여가는
낙엽을 밟으며 애상에 젖기도 하였단다.
그때의 시국은 한창 좌우익으로 판을 갈라
서로 치고 받는 싸움을 하였지만
우리들은 동요하지 않고 학업을 계속했단다.
사랑하는 아들아! 딸아!
헌데 이 무슨 청천의 벽력이냐
평화스러운 이 땅에 그것도 동족간에
서로 죽이는 전쟁이 터졌단다.
화려한 삼천리 강산은
부모, 형제, 자매의 피로 물들었고
우리들의 젊은 시절을 송두리채 앗았단다.
아들아! 딸아!
지금의 너희들 나이 때의 우리들이
이 전쟁에 휘말리어 겪는 이야기들을
하나도 숨김 없이 들려주고 싶구나.
머언 훗날 너희들이 이 나라의 주인이 되었을 때

우리들과 같은 딱한 일을 되풀이 하지 않도록
힘써주기 바라는 소망과
오늘의 이 땅이 그 참혹한 전쟁 속에서도
공산화 되지 않도록 어떻게 지켜 왔는가를
너희들이 이해하는데 보탬이 되고자 하는
어버이의 마음으로 글을 쓰고 싶구나.
아들아! 딸아!
정말 다시는 그토록 비참한 전쟁을 막고
우리들이 이룩하지 못한
조국의 통일을 위해 전진해다오.
우리가 눈을 감을 때면
너희들이 주인이 된 자랑스러운 나라
아침의 나라에서 떳떳하게 한국인임을
자랑할 수 있는 통일의 역군이 되어다오.
통일! 우리들이 이루지 못한 통일!
너희들이 꼭 성취해야 한다.
사랑하는 아들아! 딸아!

1995년 가을, 지금은 62세의 노병이 된 당시의 소년 김응오는 1950년 10월 그러니까 만 45년전 모교 용산고등학교를 출발 평양으로 출정할 때를 회상하면서 조용히 읊조린다. 그는 등단한 시인은 아니지만 감상적인 성격에다 문학을 좋아하기 때문에 감동스러움과 애상이 잠길 때면 시로써 마음을 털어놓는다.

오늘의 몇몇 젊은이들이 풍요와 자유를 아랑곳하지 않고 몰래 조국을 빠져나가 북한의 꼭두각시가 되는 꼴을 한탄하면서 그날의 교훈을 되새기게 하기 위해 '아들아! 딸아!'를 외친다. 김응오의 '아들아! 딸아!'는 비단 그의 아들과 딸만이 아닌 이 땅의 모든 젊은이에게의 호칭이리라.

그날 공산주의자의 악랄했던 사실을 상기시켜 더는 철없는 몰지각한 젊은이가 나오지 않기를 바라는 충정(衷情)에서의 절규이리라.

김응오는 다시 그날의 소년이 되어 용산고를 출발하는 GMC트럭 위에서의 자신으로 돌아간다.

10대의 GMC트럭이 밤공기를 가르며 북쪽을 향해 달리고 있다. 어느덧 동두천을 지났다. 얼마 안가서 운전석 옆에 앉아 있던 이신명 중사가 차창 밖으로 얼굴을 내밀며 적재함의 학도병들에게 "지금 38선을 통과한다"고 큰소리로 알린다. 학도병들은 일제히 함성을 지르며 좋아했다. 한밤중 어두운 밤을 뚫고 학도병의 함성은 트럭 10대 모두에서 일제히 퍼졌다. 졸고있던 학도병까지 모두 일제히 '만세'를 불렀다.

북쪽을 향하여 달리는 트럭 위 학도병은 새벽이 가까워 오자 피로의 기색이 역력했다. 학생복에다 교모를 쓴 그대로의 학생모습이었다. 어린 티가 줄줄 흐르는 소년이 대부분이었다. 그러나 자랑스러운 것은 학도병 전원이 지원병이라는 사실이다. 단 한 명도 타의에 학도병이 된 경우가 없는 순수한 자원으로 편성된 집단인 것이다. 꿈이 많은 사춘기 학생들은 각각 무엇을 생각하고 있었을까? 평양의 광경을, 혹은 압록강 국경선을……, 어린 학생 각자는 명상에 잠겨 있었다.

어느듯 먼동이 트기 시작하였다.

선두 트럭이 정차하면서 뒤따르던 트럭이 모두 멎었다. 이어서 선두로부터 구령이 전달되었다.

"10분간 휴식한다. 10분 이내에 용변을 마쳐라!"

학도병들은 재빨리 트럭에서 뛰어 내린다.

이곳은 이미 38선 이북 땅이다. 그토록 밟고 싶던 조국의 땅인 것이다. 우리의 손으로 수복한 김일성 통치지역이었던 이 땅에 학생들은 신명나게 오줌을 뿌렸다. 공산당원의 얼굴, 아니 김일성의 얼굴에 뿌리는 기분으로 이북땅에서의 첫 오줌을 쭉쭉 갈겨댔다.

용변을 마치고 막 트럭에 오를려고 할 때 마을의 한 농부가 커다란 광주리에 햇밤을 가득 담고 와서 "밤 사시오"라고 소리치는 것이었다.

김응오는 호기심에 "얼마요?"하고 물으니 "한되에 10원 입니다"한다. 도대체 알 수 없는 일이었다. 그 값이라면 서울에서 알 사탕 한 개 값이 아닌가. 김응오를 비롯한 몇몇 학도병들은 10원씩 내고 한되씩 사서 순식간에 광주리를 비웠다. "고맙소. 고맙소" 농부는 몇 번이고 꾸벅꾸벅 절하면서 좋아했다.

학도병들은 서로 밤을 나누어 교복 주머니 여기저기에 채워 넣고 트럭에 올랐다.

학도병들은 밤을 까먹으며 아침 공기를 가르며 신나게 달리는 트럭에 의존하면서 상쾌한 아침 공기를 듬뿍 마셨다. 이 공기가 이북 것이라는 생각에 북한에서 월남한 학생인 김석찬, 최경택, 김태희 등은 감회가 깊은 듯 누구보다 좋아했다.

얼마간 달리다가 트럭들이 일제히 멈추었다. "전원 하차하자!"는 소리에 모두 정신을 가다듬고 트럭에서 내렸다. 얼굴과 온몸에는 먼지가 하얗다.

트럭에서 내려온 학생들은 옷에 묻은 먼지를 털고 얼굴을 닦는다.

"이 곳에서 한시간 휴식을 취한다. 세면, 용변을 이 곳에서 한다. 그후 아침 식사를 한 후 다시 출발할 터이니 멀리 가지 말라."

인솔 책임 하사관의 지시사항이 하달되었다.

바로 이곳은 황해도 곡산이다. 산골짜기의 자그마한 농촌 부락이었다.

핫바지 저고리 농촌사람 차림의 청년들이 치안대 완장을 두루고 인민군이 버리고 간 소제 아시바 소총을 들고 서 있었다.

패주하는 인민군 잔당이 아직 산 속에 숨어 있기 때문에 부락 주민들을 지키기 위해 경비를 서고 있는 것이다.

김석찬, 서재식, 진충하 등 몇몇은 호기심 삼아 부락에 들어가 보았다. 부락의 한 기와집이 치안대 본부라고 하는데 그곳에 빨갱이들을 붙잡아 가두어 두고 있었다. 인민위원회에서 일한 사람, 민청원, 여맹원들이라고 했다. 그들에게 한풀이를 한 탓인지 그들 얼굴과 온몸이 피투성이었다. 무거운 마음으로 일행이 있는 곳으로 돌아와 주먹밥으로 아침 요기를 했다.

식사가 다 끝나자 누군가의 구령소리가 들려왔다.

"전원 승차하라! 곧 출발한다."

학도병들은 일제히 트럭에 올라탔다. 다시 차량 행렬은 북쪽을 향해 달리기 시작한다.

10월 하순, 38선 이북땅의 공기는 무척 차가웠다. 찬바람이 얼굴에 스칠 때마다 이북이 이남과 다르다는 것을 실감케 했다.

10월 22일 오후 4시경 대동강 남쪽 선교리에 들어섰다. 국군이 평양에 입성할 때 전투가 치열하였던 흔적은 도로 옆에서 볼 수 있었다. 인민군의 시체가 여기저기 흩어져 있었는데 까맣게 불에 탄 시체도 있다. 참으로 을씨년스러운 광경이 아닐 수 없다.

인민군 탱크가 궤도가 끊겨 길 옆에 나뒹굴고 있지 않나, 인민군의 트럭, 찝차, 오토바이 등 부서진 잔해가 전장의 참혹함을 알게 했다.

도로변에는 머리를 짧게 깎은 젊은 농부의 모습이 하나 둘씩 눈에 띠었다. 그들은 차량이 지날 때마다 만세를 외친다. 그들이 바로 패주하는 인민군의 낙오병인지도 모른다. 6·25동란 발발직후 패주하는 국군의 모습을 연상하면서 학도병들은 동족간의 전쟁이 얼마나 비극인가를 새삼스럽게 느끼게 했다.

전장의 처참했던 현장을 통과하자 어느덧 대동강 남쪽 강변에 도착했다. 그곳에는 미군이 부설한 부교가 놓여져 있었다. 미군 헌병의 통제에 따라 학도병을 태운 10대의 GMC트럭은 마침내 대동강을 건넜다. 이미 이무렵은 황혼이었다.

어둠이 깔렸는데도 일부 평양 시민은 손에 태극기를 흔들며 학도병을 환영했다. 학도병들은 피곤했지만 평양시내에 들어섰다는 자부심과 호기심으로 힘차게 학도호국단가를 부르며 환영인파에 화답했다. 돌이켜 보면 입대한 지 꼭 하루만에 서울에서 평양으로 온 것이다. 너무나 급격한 상황의 변화로 학도병들은 중학교 신입생처럼 가슴이 울렁거렸다.

이윽고 트럭 행렬은 시내 광성중학교에 도착했다. 광성중학은 빨간 벽돌의 고풍스러운 건물이었다. 고참병들의 안내를 받아 학교 교실에 각기 배정 받았다. 그날의 평양 첫 식사는 뜻밖에 뜨거운 쇠고기국에 흰쌀밥이었다. 6·25 동란 발발 이후 이런 성찬은 아마 학생들로서는 처음 대하게 되는 것 같았다.

맛있는 식단으로 포식한 학생들은 다시 교실에 들어섰다. 그때만 해도 병참 보급이 원활하지 못했기 때문인지 인민군들이 버리고 간 황갈색 누비옷인 방한복이 교실에 분배되었다.

'적당히 몸에 맞는 옷을 골라 입으라'는 것이다. 고참병들은 허름한 담요도 몇 장 들여왔다. 하지만 턱없이 부족했다.

학도병들은 인민군 방한복을 학생복 위에 끼워 입고 평양의 첫날밤을 맞이한 것이다. 의욕에 불타고 영예로운 자부심으로 학도병이 된 이들로서는 인민군 차림에 참으로 쓴 웃음밖에 나오지 않는 실망스러운 첫밤이었다.

10월 23일 아침 6시, "기상"하는 고함소리에 모두 잠을 깨고 일어났다. "연병장에 집합"하는 고참병의 구령소리에 인민군 방한복 차림의 학생들이 운동장에 뛰어 나가 교실별, 소대별로 정렬하였다.

학생들에게는 처음 경험하는 군대의 '일조점호'였다. 중대별로 주번사관이 주번 사령에게 점호보고를 한다. 학생들은 일조점호(一朝点呼)하는 대열 뒤에서 정렬하여 구경을 하고 있는 셈이다.

일조점호가 끝난 뒤 헤어져 교실로 각각 돌아왔다. 이어서 교실내의 청소를 비롯하여 환경정리 등으로 분주히 시간을 보낸 다음 7시가 되자 식사 당번에 의해 아침 식사가 운반되어 왔다.

역시 어제 저녁밥처럼 쇠고기국에 흰쌀밥이다. 한창 식욕이 왕성한 젊은 학도병들은 이 신나는 식사를 눈깜짝할 사이에 먹어 치웠다. 어제밤에 먹은 쇠고기국과 흰쌀밥 때문인지 학도병들의 얼굴에는 쇠기름이 흐르는 것처럼 보였다.

식사 후, 밖을 내다보니까 105미리 곡사포가 운동장에 정렬되어 있었고 고참병들이 포에 배치되어 열심히 정비에 매달려 있었다.

학도병들은 저 믿음직스러운 105미리 곡사포를 바라보면서 비로소 '이제야 포병이 되는구나'라고 자신의 책무를 실감하는 것이었다.

얼마 후 인민군의 보급품인 훈련화가 학도병들에게 분배되었다. 양말이 없어서 광목천이 지급되었는데 그 천으로 발싸개를 하라는 것이다.

'발싸개'를 한다는 거지들 이야기를 들은 적은 있지만 학도병들이 직접 발싸개를 하게 될 줄은 꿈에도 생각할 수 없는 일이기에 모두 당황하는 기색이었다.

인민군 방한복 왼쪽 가슴에 세로 3cm 가로 8cm 크기의 흰

색 천바탕에다가 18FA라고 써서 달으라는 지시였다. 18FA
란 제18야전포병의 영어 약자 (Field Artillery)이다. 즉 국
군의 제18포병대대 요원이 된 것이다. 그 표시만 없다면 겉모
양은 인민군이다. 서울학도의용군으로 자원한 희망에 찬 학도
병들은 뜻밖에 인민군 방한복 차림으로 첫 군대생활에 들어간
것이다. 학도병들에게는 써야할 모자가 없었다. 그렇다고 교모
를 쓰고 다닐 수는 없는 일이었다. 따라서 고참병들이 쓰다 남
은 야전모, 헬맷, 인민군 방한모 등을 쓰고 그 위에 미군의 철
모를 쓰고 다녔다. 그러니 외모는 볼만한 것이었다. 그러나 학
도병들은 불만을 할 수 없었다. 오로지 통일의 역군이 된 것만
도 감사하는 마음으로 모든 일에 절대 복종했다.

 거칠고 사나운 고참병들의 행패는 몹시 견디기 힘들 정도로
가혹했다. 서북 사투리와 '이새끼, 저새끼'하며 가차없이 욕이
튀어 나오는가 하면 정렬시 미처 열을 맞추지 못하는 학도병
에게는 비정의 발길질도 서슴치 않았다. 일본군의 잔재 가운데
가장 혹독한 기압이 전래되었던 탓에 학도병들은 마치 노예처
럼 취급받았다. 그러나 학도병들은 '이런 것이 군대거니……'하
며 참았다. 이렇게 하여 단련되어야 야전에서 적과 싸워 이길
수 있을 것이라고 긍정적으로 생각했다.

 10월 26일 오전에 "전원 연병장에 집합!"이라는 구령이 떨
어졌다. 강당과 교실에서 휴식하고 있던 학도의용군은 일제히
운동장에 뛰어가 정렬했다.

 350여명의 학도의용군은 고참병이 지시하는대로 운동장 한
가운데에 6열 횡대로 길게 섰다.

정렬이 끝나자 육군 대위 계급장을 단 자그마한 키의 장교가 학도의용군 앞 중앙에 나타났다.

"나는 대대 부관 이남구 대위이다. 지금으로부터 중대 편성에 들어간다. 모든 학도병들은 선임하사관의 지시에 따르라."

쩌렁쩌렁 울리는 큰 목소리로 명령을 내린다.

대대 선임하사관은 고참병들과 함께 분주히 오가면서 우측으로부터 70명씩 선을 그어 5개 제대로 구분하였다. 선임하사관은 큰소리로 외쳤다.

"맨 우측 제대는 제1중대, 그 다음 제대는 제2중대, 다음 세번째 대열은 제3중대, 다음 네번째는 근무중대이다. 그리고 맨 좌측 제대는 본부중대이다. 각각 소속중대에 배속하니 앞으로 그 소속중대에서 충실히 임무수행을 하라!"

학생들의 소질이나 성격 따위는 일체 고려하지 않고 마치 두부모를 자르듯 각 중대에 할당했다. 학도병들은 당황했다. 서울에서부터 이곳 평양까지 같이 행동하면서 정들인 짝이 있는데 무작정 집합하라고 하여 선착순대로 모이다 보니 그 짝이 흩어졌던 것이다.

더욱이 김석찬은 처음부터 같이 생사를 함께 하기로 약속했던 박태복, 이정구 등 친구 4명과 헤어지게 되었다. 친구 4명은 1중대로 배속이 되었는데 그 만이 혼자 2중대로 가게 되었다.

가만히 있을 김석찬이 아니었다. 그는 큰소리로 선임하사관을 향하여 건의했다.

"말씀드릴께 있습니다. 서울에서 같이 온 친구들이 모두 1중대로 갔습니다. 저도 1중대로 보내주십시요."

선임하사관 뒤에 서 있던 부관 이남구 대위는

"1중대에서 2중대로 가고 싶은 사람은 나오라."

고 외쳤다. 그러자 누군가가 나왔다. 김석찬은 그와 서로 중대를 바꾸었다. 이렇게 하여 1중대에 김석찬이 오자 박태복, 서재식 등 친구들이 "잘왔다"고 반겼다.

그러나 김응오는 두부모 자르듯 하는 바람에 집에서부터 함께 온 엄인섭은 2중대로 보내고 자기는 1중대에 남게 되어 헤어지게 되었다.

일반적인 개념에서 중대는 군대에서 가장 기본적인 행정 단위이다. 또한 포병에 있어서는 중대를 포대로 호칭한다. 또 당시는 미군 포병의 영향을 받아 숫자보다 알파벳을 쓰고 있었기 때문에 1중대, 2중대, 3중대는 곧 A포대, B포대, C포대로 호칭했다. 따라서 김석찬과 김응오 등은 A포대 소속이 된 것이다.

A포대로 배속받은 학도병 일행 70명은 포대 인사계 이용택 상사의 인솔하에 포대 내무반에 갔다. 그곳에 도착하니 평안도 사투리를 강하게 쓰는 상사와 중사 등 하사관 10여 명이 환영한다며 박수로 반겨주었다.

정확한 소속을 밝힌다면 이 A포대는 육군 제7사단 포병 제18대대 A포대이다. 포병 제18대대는 1948년 12월 국군의 포병부대 중 최초로 창설된 부대라고 한다. 창설 당시 우익 반공 단체였던 서북 청년단 단원들이 부대 창설요원이 되었다고 한

다. 그래서 이 부대의 장병 대부분이 평안도 사투리를 쓴다고
했다.

　김석찬, 박태복, 이정구, 서재식, 진충하 등은 포대 통신반
통신병이 되었고 이영과 김응오는 전포대 5분대와 3분대에 각
각 배치되었다.

　얼마 안 있다가 눈이 반짝 빛나고 가냘픈 체구의 육군 대위
가 나타났다. 그가 바로 A포대장 박동엽 대위라는 것이다. 학
도병들을 훑어본 다음 훈시를 시작했다.

　"너희들은 지금부터 육군 포병 이등병이다. 군대의 군기를
철저히 지켜야 한다. 군대는 무조건 복종을 본분으로 한다.
지금은 전시다. 전시에 도망하면 총살형으로 즉각 처형된다.
지금 분대장급 이상에게는 즉결처분권이 주어져 있다. 즉결
처분권이란 재판이나 어떤 절차없이 도망자에게 총살집행을
할 수 있는 권한을 말한다. 야간보초근무를 태만히 했을 때
에도 총살형으로 즉결처분된다. 정신 똑바로 차리고 군인의
본분을 다하기 바란다."

학도병들은 한결같이 포대장의 훈시를 듣고 깜짝 놀랐다. 학
도의용군이라 하면 학생의 신분으로 전쟁에 참가 했다가 전쟁
이 끝나면 약속대로 학창에 복귀되는 줄 알고 있었는데 현역
병사의 말단 계급인 이등병이라니……. 분명히 용산고등학교에
서 최철 대위나 하사관들이 공언한 것을 뒤집은 말이 아닐 수
없는 날벼락이었다. 더욱이 순수한 학생들에게 도망하면 총살
형의 즉결처분을 하겠다니……. 이런 공갈협박이 세상 어디에
있단 말인가.

지금 누구에게 하소연 할 수도 없다. 3개월 후에 전쟁이 끝나면 학교에 돌아가 공부한다는 꿈은 이제 멀어졌다고 비관하였다. 크리스마스는 서울 집에 돌아가 지낼 수 있다고 말한 최철 대위의 말을 상기하면서 분노에 떨었다. 그러나 이제 주사위는 던져진 것. 육군 포병 이등병의 임무를 수행할 수 밖에 없다고 생각하였다.

어린 학생들의 순수한 마음은 인민군 방한복과 함께 이날의 박동엽 대위의 훈시로 멍들었다.

훈시에 이어 A포대 장교와 하사관이 소개되었다. 전포대장 육군중위 최명헌, A전포대 인사계 이용택 상사, 선임하사관 이만문 상사, 3분대장 박윤호 상사, 사수 정봉춘 일등 중사, 포수 최병필 중사 등 계속 소개가 이어졌다. 그러나 학도병들 귀에는 하나도 들리지 않았다. 배반감과 분노가 교차할 뿐이었기 때문이리라.

다음날부터 훈련이 시작되었다. 그러나 이 훈련이라는 것이 거칠고 사나운 욕을 먹어가며 주먹질과 발길질의 연속이었다. 학도병들은 고참병들로부터 이리 채이고 저리 맞으면서 마치 짐승처럼 혹독하게 다루어졌다.

어느날, 전선으로 출동하기 위한 준비로 전포대원들은 운동장에 있는 105미리 곡사포를 정비하고 있었다. 정비란 기름걸레로 닦고 기계를 움직여 보며 기능을 구석구석 점검하는 일이다. 그런데 누가 매맞는 소리가 들려왔다. 학도의용군 2명이 고참병으로 부터 뭇매를 맞으며 "엎드려 뻗쳐!"라는 호령과 함께 발로 마구 채이기 시작하는 것이 아닌가.

학도병들이 정비를 하다가 가신(포 뒤에 버틴다리 같은 것)을 훌쩍 넘어갔다는 트집이었다. 6·25 동란 초기 탱크와 야포가 없어서 인민군에 쫓겨 낙동강 전선까지 후퇴하였던 국군들은 탱크나 야포, 총기 등 무기에 대한 애착이 너무나 컸던 것 같았다. 생명보다 무기가 더 중요하다고까지 생각할 때였으므로 무기를 죽음으로 지켜야 한다는 논리였다.

학도병들이 이러한 무기에 대한 애착 정신을 알 리가 없었다. 아무 생각 없이 포의 가신 위를 넘어 간 것이 고참병들의 비위를 건드린 것이다. 모르고 한 짓은 용서받을 수 있는 것인데 너무 심하게 구타하니 학도병들은 주눅이 들 수 밖에. 수없이 매를 맞고 발로 차인 학도병은 견디지 못해 벌떡 일어났다.

"잘못했습니다. 다시는 가신을 넘지 않겠습니다."
고 당당히 사과하자 고참병은 그때서야 기압을 멈추는 것이었다.

그날 밤 회식이 벌어졌다. 술이래야 카바이트 술에다 안주는 콩나물과 고사리 등 식물성 뿐이다. 김석찬을 비롯하여 대부분의 학도병은 생전처음 이곳에서 술을 배웠다. 이제 학생이 아닌 신병이기 때문에 술을 마실 수 있는 신분이 된 것이다.

김석찬이 처음 받은 술잔은 그의 친구인 이정구로부터였다. 술잔이래야 반합 뚜껑이었다. 독한 알콜 냄새가 코를 찔러 마실 생각이 없었지만 학도병이 아니고 이등병이라는 바람에 홧김에 입에 넣고 꿀꺽 삼켰다. 술이 넘어가자 목구멍이 화끈거려 불이 붙을 것만 같고 숨이 넘어가는 것과 같은 고통이 왔다. 그는 교실 마룻바닥에 들어누워 이리저리 뒹굴며 한참만에야 정신을 차렸다.

회식은 무르익어 학도호국단가, 전우가 등을 번갈아 부르며 회포를 풀었다.

육군 이등병이라지만 아직 군번도 부여되지 않았고 복장도 국군 복장이 아니니 떳떳한 존재가 못되었다.

10월 27일 아침, 포병 제18대대는 평양 광성중학교에서 출발하여 전선으로 출동했다.

GMC트럭에 105미리 곡사포를 달고 당당한 모습으로 평양 시내를 달렸다.

평양의 늦가을 날씨는 몹시 추웠다. 서리가 하얗게 내리고 살얼음까지 얼어붙었다.

바로 이날은 평양시내에서 '국군 평양 입성 환영대회'가 열린 다는 날이었다. '대한민국 만세' '이승만 대통령 만세' '우리 국 군 만세'라고 쓴 플래카드를 든 평양시민들이 종로를 지나 화 신 백화점 앞으로 몰려갔다.

거리에는 곳곳에 헌병들이 배치되어 교통 정리 및 주변 경 계를 하고 있었다. 그날 그 행사에 이승만 대통령이 환영대회 에 참석한다는 얘기가 들린다.

화신백화점은 인민군들이 패주하면서 불을 질러 앙상하게 뼈대만 남아 있었고 건물 외벽이 검게 그을러 있었다.

그날 오후에 평양시에서 북쪽으로 100리 정도 떨어진 순천 읍에 도착했다. 순천읍은 평안남도 중앙부에 위치한 순천군의 군청 소재지이다.

순천읍의 순천고급중학교 운동장에 포를 정렬해 놓고 학교 교실에다 잠자리 준비를 했다.

당시의 전선 상황은 국군이 북진할 때 도로를 중심으로 주요 지점을 중점적으로 탈환, 평정하면서 진격하고 있을 때였다. 따라서 패주하던 인민군들은 투항하거나 집으로 돌아갔으나 공산주의 골수분자에 속하는 인민군은 산간 계곡에 들어가 숨어 지냈다. 그들은 밤이 깊으면 부락으로 내려와 우익 치안대를 습격하는가 하면 양민을 약탈하기도 하였다. 때에 따라서는 국군 주둔부대에 대한 습격도 했다. 그러므로 순천에서도 전방은 아니지만 철저한 경계가 요구되었다.

A포대장 박동엽 대위는 날이 어둡기 전에 학교 외곽에 보초를 배치하여 경계를 철저히 하라고 지시하였다. 전포대 선임하사관 이만문 상사가 대구학도의용군으로 입대한 4기생과 서울 학도의용군인 5기생 신병 50여 명을 차출하여 야간 경계근무조 2인 1개조로 편성했다. 그때 이만문 상사가 신병에게 교육한 야간 보초근무 요령은 다음과 같다.

첫째, 야간 보초는 낮은 곳에 잠복하되 높은 곳을 향하여 경계한다.

둘째, 이상한 물체나 사람이 발견되면 가까이 접근할 때까지 경계를 집중한다.

셋째, 5미터 이내에 접근하였을 때 수하를 세번 반복한다. "정지, 누구야, 암호" "손들어" 암호에 응답이 없거나 수하에 불응하면 즉시 총격 사살한다. 그 다음 포대 본부에 상황보고 한다.

그리고 덧붙이기를 보초 근무자는 잠들 땐 적으로부터 죽임을 당한 것이나 다름없다는 것을 강조했다.

김석찬과 서재식은 학교 뒷산 능선 아래에 배치되어 잠복근무에 들어갔다. 잠복조의 간격은 30미터-100미터로 학교에서 500미터 떨어진 외곽에 배치되었다.

김석찬은 이제야 말로 전장에 와서 근무하게 되는구나……하고 정신이 긴장되었다.

"나는 하나님이 지켜주시기 때문에 외롭지 않습니다. 오늘 밤 경계근무 시간을 무사히 마칠 수 있도록 지혜와 능력을 주시옵소서."

김석찬은 하나님께 기도드리면서 시편 23편을 마음 속으로 읽었다.

"여호와는 나의 목자이시니 내가 부족함이 없으리로다. 그가 나를 푸른 초장에 누이시며 쉴 만한 물가로 인도하시는 도다……."

비로소 마음이 안정되었다.

근무시간은 2시간으로 정했지만 당시 신병들에게는 시계가 없었기 때문에 정확한 시간을 가늠할 수 없었다. 그리하여 고참병들이 슈찰할 때에 그들에 시각을 물어 교대했다.

한편, 김응오는 초저녁에 포진지 우측 고지에서 포진지 우측을 경계하는 보초를 섰다. 근무중 그 능선을 따라 전방으로 이동하고 있는 보병 부대를 만나게 되었다.

행렬 중의 한 장교가 보초를 서고 있는 김응오를 보더니 놀라는 표정을 지었다.

"이거 인민군 새끼 아냐?"

하면서 김응오 앞에 바싹 다가섰다. 그 장교는 느닷없이 김응오의 따귀를 한대 올려 붙였다.

"인민군 새끼가 왜 이곳에 아직 있어?"

"아닙니다. 저는 학도병입니다."

김응오는 하도 기가 막혀 큰소리로 대들었다.

"그럼, 네 군번 좀 보자."

당시 현역 장병은 군번이 박힌 인식표라는 쇠딱지를 쇠줄에 달아 목에 걸고 다닐 때였다.

"신병이라 아직 군번을 받지 못했습니다."

"뭐야, 이새끼야."

그 장교는 얼굴을 붉히더니 누군가를 불렀다.

"어이, 이 하사! 이 새끼 끌고가! 가다가 외진 곳에서 죽여버려!"

이 무슨 날벼락인가. 김응오는 졸지에 총살 당하게 되었다. 따귀를 얻어 맞을 때 헬맷이 굴러 떨어졌으니 머리는 까까중이고 복장은 인민군 방한복 차림이니 영락없는 인민군이다.

김응오는 꼼짝없이 죽게 되었다고 생각했다. 그러나 서울 용산고 시절을 떠올리며 공산당을 무찌르기 위해 서울학도의용군에 지원했던 지난날을 회상할 때 이대로 죽을 수는 없다고 생각했다. 죽지 않겠노라고 결심한 이상 무엇이 두려우랴. 김응오는 저 밑 포진지 쪽을 향해 목이 터져라고 큰소리로 "분대장님—, 분대장님—" 하고 불러댔다. 이 당당한 태도에 인민군이 아니라는 것을 확인한 탓인지 그 장교는 불렀던 이 하사와 함께 빠른 걸음으로 가버렸다.

순천에서 낮 한 때 이영과 그 분대원들은 양지 바른 밭 둔덕에 앉아 싸릿가지로 불을 지폈다. 지난날 학창시절에 모닥불을 피우던 낭만의 시절이 떠올랐다. 그러나 이날의 싸릿불은 모닥불도 아니고 낭만도 없었다. 다만 못견디게 괴롭히는 이를 털어내기 위한 불꽃이었다.

속옷을 벗어 지핀 불위에서 훨훨 털어내면 이가 낙엽처럼 우수수 떨어지는 것이었다. 이 광경을 보고 있던 고참병들도 "나도 한몫 끼워 달라"며 속옷을 벗어 이를 훨훨 털어 냈다.

이 사냥이 끝난 뒤 순천중학교 뒷산 기슭에 있는 폐광을 발견한 이영은 호기심이 생겨 한번 들어갈 것을 제의한다.

"이 안에 무엇이 있을까? 한번 들어가보지 않겠니?"

"옳아, 그 속에 혹시 인민군들이 숨겨둔 무기나 보급품이 있을지 몰라."

이영이 앞장서서 굴 속으로 조심조심 들어갔다.

후레쉬를 비추면서 깊이 들어갈수록 고약한 냄새가 풍겨왔다.

"무슨 냄새일까? 고약한데?"

"앗, 저것 봐!"

누군가가 소리쳤다. 일행 5명의 눈이 일제히 한 곳에 쏠렸다.

"사람이야, 사람."

"시체야!"

모두 눈이 휘둥그래졌다. 어둠 속이지만 후레쉬 불빛에 반사되어 학도병의 눈은 더 초롱초롱하다. 이영과 일행은 밖으로 나와 동네 사람들에 알렸다. 얼마 후 동네 사람들이 모여들고 그 안의 시체가 확인되었는데 그 시체는 모두 양민이라 했다. 인민군이 후퇴하면서 비협조적인 주민을 학살한 것이라 했다. 이영과 그 일행은 공산주의자의 잔학상에 다시 치를 떨어야 했고 전쟁의 비극을 실감했다.

그날 저녁 이영은 새벽 1시부터 3시까지 외곽 경계명령을 받고 초소에 나갔다. 날씨도 쾌청했고 추위도 그런대로 참을만 했다.

이영은 경계심보다 서울의 부모 형제들 생각으로 긴장이 풀려 있었다. 더욱이 주간 훈련의 피로가 겹치면서 졸음이 슬며시 왔다.

꿈의 나라에 막 들어서려고 할 때 머리통에 별꽃이 튀면서 어깨에 뭔가가 탁 치는 듯 했다. 정신이 번쩍 들었다. 이영은 '누구야!' 하며 큰소리로 외치면서 벌떡 일어섰다. 선임하사관 이만문 상사가 또 한 명의 초병을 데리고 사천왕(四天王)처럼 떡버티고 서 있는 것이 아닌가. '아뿔싸!'

"임마, 너는 지금 인민군에게 목 잘린 것이나 다름없어. 인민군에게 목이 잘린 놈이 누구냐는 무슨 놈의 누구냐얏!"

이만문 상사의 날카롭고 차가운 꾸지람이다.

"잘못했습니다. 다음부터는 절대로 졸지 않겠습니다. 용서해 주십시요."

이영은 정말 잘못했다고 뉘우치며 용서를 빌었다.

"이리 따라와! 너 같은 놈은 우리 부대를 전멸시킬 놈이니 즉결 처분이다."

이만문 상사는 막무가내였다. 이영의 하반신이 벌벌 떨렸다. 더욱이 얼마전 박동엽 대위가 훈시를 할 때 '야간 보초 근무를 태만히 하였을 때도 총살형으로 즉결처분한다.'는 협박조의 말이 머리 속을 스쳤다. '꼼짝없이 죽는구나' 앞이 캄캄하였다. '이렇게 인생이 허망하단 말이냐?' 이영은 만감이 교차하였다.

이영은 떨려 주체할 수 없는 몸으로 간신히 호 속에서 나왔다. 다시 이만문 상사의 호령이 들려왔다.

"뒤로 돌앗! 10보 앞으로 가! 죽을 각오는 되었겠지, 할말이 있나?"

이영은 죽는 마당에 무슨 말을 하랴 싶었다. 그러나 이대로는 죽을 수 없다는 생존의욕에 불탔다.

'지금 여기서 죽으면 아버지의 원한을 갚는 것은 물론이고 더 나아가 군에 입대하게 된 충정의 그 모든 것은 이제 물거품 뿐이다' 아련히 용산중학교 앞에서 막내동생을 업고 서성대시던 어머님의 모습이 떠올랐다. '어머님 저의 실수로 제 스스로 목숨을 끊는 이 불효를 용서하소서' 불과 몇 초 동안의 짧은 시간이었지만 그 많은 생각과 형상이 주마등처럼 스쳐 지나갔다.

바로 그때였다. 어머니의 영상을 떠올리며 미치고 싶던 그 찰라 "딸카닥" 공이 치는 소리가 들렸다. 실탄을 넣지 않고 격발하는 빈 소리였다.

"임마, 영일아, 너 지금 처형돼서 죽었다. 다시 태어난 마음으로 보초 잘 서! 알았나?"

이만문 상사의 엄숙한 판결 선언이었다.

이영은 아무런 대답도 못하고 그 자리에 주저 앉고 말았다. 그저 그의 눈에서는 뜨거운 눈물 두줄기가 주르륵 흐를 뿐이었다.

순천에서의 날이 밝았다. 단 하룻밤이었지만 김석찬, 김응오, 이영에게 있어서는 경계근무로 말미암아 말로 형용할 수 없는 경험을 쌓았다.

이만문 상사는 야간 경계 근무자들 철수시켜 한 곳에 모두 집합시켰다. 한편 주간 경계 근무자가 고지 정상과 주요 능선에 배치되었다.

이만문 상사는 야간 경계 근무자에게 엄한 주의를 주었다.

"경계는 가장 중요한 군인으로서의 기본 임무이다. 전투에 실패하는 군인은 용서받을 수 있을지라도 경계에 실패한 군인은 용서받지 못하는 것이다. 경계 근무시 졸음이 오면 칼로 살을 찔러서라도 졸음을 쫓아야 한다. 상처내는 것보다 자신이 죽고 부대가 망하는 것은 더 큰 손실이기 때문이다. 야간 경계 근무자의 위치가 노출되어 있었던 점과 암호 수하 요령이 내가 가르친대로 안되고 있다."

당연한 지적사항이었다.

오전 10시경 제18포병대대는 다시 북으로 북으로 진군한다.

길가에는 인민군이 버리고 간 부서진 각종 장비와 총포들이 널려져 있었고 여기저기 인민군 시체가 흩어져 있다. 어느 부락을 지날 때에 무기를 버리고 모자를 벗은 인민군 패잔병들이 길 옆에 서서 포차가 지나갈 때 손을 흔들며 만세를 부르고 있었다. 완전히 전의가 상실되어 표정마저 잃어버린 인간 로봇이나 다름없는 처절한 몰골이었다. "너희들 어디로 가느냐?"고 물으면 묵묵부답이다. '죽지 못해 사는 송장인데 어디로 가겠느냐'는 표정들이다. 아마 자기 고향을 찾아 간다고 생각되었다.

저녁 5시 경에 제18포병대대는 안주읍에 들어섰다. 평안남도 서북단 청천강 하류에 위치한 안주군의 군청 소재지이다.

부대는 안주 고급중학교에 주둔했다. 이곳에서는 주로 훈련에 열중했다. C포대 6분대에 배치된 최경택은 대학 재학중이고 연장자의 한 사람이기 때문에 다른 동료 학도병과 달리 보초 조장으로 임명되었다. 보초 조장이란 한 조의 초병 배치 및 교대시 위병 중사를 보조하고 순찰도 돌게 되어 있는 감독직이다. 10대 후반의 학도병 틈에 만 21세라면 단연 어른인 셈이다. 그래서 최경택은 임자없는 밭에 흔한 옥수수를 따서 구워 보초들에게 나누어 주어 잠들지 않게 배려를 했다.

그러나 조장 직위가 그의 성미에 차지 않았다. 같은 동료와 함께 어울려 보초근무를 하는 것이 더 좋은 것이라 결론을 내리고 선임하사관에게 상신해서 그 직을 면했다. 감독 책임에서 벗어나니 더 홀가분했다.

최경택이 야간보초근무를 할 때의 일이다. 포진지 앞에 독립

고지가 있고 밭은 경사져서 전방의 초소는 포진지에서는 보이지 않는 외딴 곳이었다.

그 초소는 위험한 곳이라 하여 두명이 함께 근무하는 복초 초소였다. 꽤 오랜시간 보초를 서고 있었는데 교대시간이 넘었다고 생각이 되는데도 소식이 없었다. 함께 보초서고 있던 동료에게 '빨리 가서 어떻게 된 것인가를 알아보라'고 했다. 그런데 시간이 흘러도 그 동료조차 기별이 없는 것이 아닌가. 최경택은 이상하다고 생각하여 초소를 벗어나 살금살금 포진지 쪽으로 갔다. 그런데 이게 웬일인가. 부대가 모두 이동준비를 끝내고 막 발차하려는 것이다. 최경택은 순간 아찔했다. 자칫 초소에 있었으면 미아 신세가 될 뻔 했기 때문이다. 그는 있는 힘을 다하여 뛰어가 겨우 자기 소속의 포차에 탈 수 있었다. 빈번한 이동이 있을 때였으나 같이 보초섰던 그 동료는 정말 전우애가 없는 인간이라고 생각했다.

군번도 없는 신병신세가 된 학도병은 인민군 방한복 차림으로 고참병의 혹독한 기압을 받아가며 이렇게 전방으로 전방으로 접근해 갔다.

그러나 용산고등학교에 달려가 학도의용군이 되겠다고 시험을 치렀던 이들, 나이가 어리다고 불합격되자 울면서 간청, 겨우 대열에 긴 이 학도병들이 처음의 감동과 애국심이 그대로 남아 있었을까? 아마 조국의 의미는 되새기고 있었을지라도 그때의 감동은 냉엄한 군대조직의 현실적 벽에 부딪치고 있었을 것이다.

제 8 장 운명의 갈림길

제8장 운명의 갈림길

당시의 전반적인 군사작전의 상황을 살펴보자. 유엔군의 38선 돌파작전은 국군에 의해 실현되었다.

동부전선의 국군 제1군단에 배속된 제3사단이 군단의 선봉으로서 10월 1일 정면의 적 인민군 제5사단을 격파하고 38선을 돌파하였다.

중부전선의 국군 제2군단은 제6사단을 선두로 10월 6일 춘천 북방에서 38선을 넘어 인민군 제9사단을 격파한 후 10월 8일 화천을 점령하였으며 국군 제8사단은 10월 11일 철원을 점령한 다음 평강으로 진격하였고 국군 제7사단은 평강으로 진출하여 그들과 합류하였다. 이로써 서부전선의 미 제1군단에 배속된 제1사단을 제외한 국군 전부대가 10월 11일 현재, 모두 38선을 돌파하여 북진을 계속하고 있었다.

한편, 이때에 인민군 최고사령부는 38선의 방위 임무를 서부와 동부로 양분하여 서부는 최용건이가, 동부는 김책이 각각 분담하고 있었다. 최용건이 지휘하는 인민군 서해안 방위사령부는 개성-고랑포 일대에 새로 편성된 인민군 제43사단, 제

19사단, 제27사단과 제17기갑사단을 배치하여 국군과 유엔군의 진격을 견제하고 서부전선으로부터 북상하는 인민군 패잔병들의 철수를 엄호하기 위한 적극 방어를 꾀하였다. 그러나 지리멸렬된 상태에서 전력이 고갈된데다가 전의마저 상실한 인민군은 북한지역의 방위마저 불가능한 상태에 빠져 있었다.

진격을 하고 있는 국군과 유엔군은 상대적으로 전의가 고조되어 승승장구 연승을 거두며 북진을 계속했다.

10월 19일 새벽 국군 제1사단은 완강하게 저항하는 인민군을 격파 마침내 적도 평양을 점령하는데 성공했다. 그러니까 이날은 서울학도의용군의 서울 출발 이틀 전의 일이다.

한편 제18포병대대의 상급 사단인 제7사단은 같은 날 오후 대동강을 건너 평양시로 돌입하여 김일성 대학과 방송국을 점령한 후 북서쪽 외곽으로 진격하였다. 그후 제7사단은 무풍지대를 달리듯 안주를 점령 다시 압록강을 향하여 북진을 계속하였다.

국군과 유엔군의 총 반격작전으로 전세가 역전된 인민군은 일시에 전투력이 와해되었다. 본시 공격 위주로 훈련되어 후퇴작전은 생각치도 않은 탓으로 조직적인 철수계획을 준비하지 못하였기 때문에 일어난 현상이었다.

그렇다고 하여 아군의 추격작전도 이에 못지않게 미숙하여 적 부대를 섬멸하지 않고 그대로 놓아두고 전진하는 잘못을 저지르고 있었기 때문에 분산 도주하던 인민군들은 하나 둘씩 집결하기 시작하면서 전투력을 회복하고 있었다. 이들 부대는 국군이 북진을 개시한 이후 식량 현지 조달을 목적으로 여러 곳을 습격하여 후방을 교란시키고 있었고 국군과 유엔군의 전력을 분산시키는데 큰 역할을 했다.

특히 국군은 남북통일에의 염원에 불탄 나머지 북진하면서 잔적을 소탕하지 않고 오로지 압록강과 두만강에의 선착만을 목표로 쾌속 진군에만 정신을 쏟고 있었다. 이는 젊은 지휘관들이 공명심이 크게 작용한 결과로 분석되었다.

중공은 38선이 돌파 당하자 유엔이 전쟁목표가 38선 회복에서 북한 점령으로까지 확대되는 것을 우려하여 만일 유엔군이 북한 진격을 계속할 경우 이를 좌시하지 않을 것이라는 미국에 대한 경고를 수차에 걸쳐 발표하고 있었다.

이러한 중공 당국의 경고에도 불구하고 미군은 중공의 정치적 경제적 취약성 때문에 감히 한국전쟁에의 군사적 개입은 엄두를 내지 못할 것으로 판단하고 있었다.

10월 15일, 6개군 18개 사단으로 편성된 18만명의 중공군 제4야전군이 북한으로 진입하기 시작하였다. 뒤이어 중공군의 병력은 계속 증원되었다. 바로 그날 웨이크(Wake)도 회담에서 맥아더 장군은 중공군의 개입 가능성을 묻는 트루먼 미국 대통령에게 '중공군의 개입 가능성은 극히 희박하며 설사 일부 병력이 개입한다 하더라도 막강한 미공군력에 의해 섬멸될 것이다"라고 장담하면서 유엔군의 승리는 시간문제이며 미군의 한반도에서의 조기철수가 가능할 것임을 확언하고 있었다. 트루먼 미국 대통령은 맥아더 장군으로부터 중공군 군사 개입이 부정적임을 확인하게 된 데 대하여 크게 만족하였다.

그러니까 서울학도의용군에게 연말까지 전쟁이 끝나면 복교할 수 있을 것이라고 말했던 최철 대위의 약속의 시간에도 이미 북한 땅에는 중공군이 압록강을 건너 우글거리고 있었다는 이야기가 된다.

학도의용군의 소속부대인 제18포병대대가 10월 27일 평양을 출발하여 순천을 거쳐 안주에 도착할 무렵에는 이미 중공군이 북한 땅에서 공격을 시작하고 있던 시기였다. 따라서 서울학도의용군 지원 학생들에게 약속했던 '크리스마스는 집에서 지낼 수 있을 것'이란 명제는 학도의용군이 전투에 투입하기도 전에 이미 공허한 약속이 되어버린 것이나 다름없었다.

국군과 유엔군은 10월 23일에 청천강을 도하하기 시작하였으며 그 다음 날인 10월 24일 유엔군 총사령관 맥아더 장군은 정주-함흥을 잇는 이른바 북진 한계선을 철폐하고 예하 전 전선 지휘관에게 압록강 선으로의 총 진격을 명령하였다.

위로는 맥아더 장군으로부터 아래로는 소총병에 이르기까지 모든 유엔군 장병들은 이 해 추수감사절까지는 전쟁이 끝날 것이며 크리스마스는 본국에 돌아가서 지내게 될 것이라고 전세를 낙관하고 있었다.

사실상 유엔군은 이때부터 이미 종전 후의 부대 재배치 문제를 거론하기 시작하였다. 따라서 전쟁 장기화에 대비했던 보충병 및 탄약 수송량마저 미리 삭감하기 시작하였다.

대한민국 정부도 북한 수복에 대비하여 처음으로 이북 다섯 도지사를 임명하는 등 모든 분야에서 종전 후의 대비책을 세우고 있었다.

이런 현실 속에서 최철 대위가 서울학도의용군들에게 "크리스마스는 서울에서"라고 말한 것을 나무랄 수 없는 것이다.

10월 24일, 제18포병대대가 평양 광성중학교에 머물고 있을 그날에 국군 제6사단 제7연대는 희천에서 초산을 향하여 진격을 하던 중 양강동에서 인민군 제8사단 소속 패잔병과 경미한 접촉을 유지하면서 판하동으로 진출하였다. 이곳에서 제7연대는 적의 무전을 도청하여 남하하고 있던 인민군 30명을 포로로 하였는데 그들 포로의 진술을 통하여 중공군이 북한으로 침입하였다는 정보를 입수하였다. 그러나 그 사실을 아무도 믿으려 하지 않았다. 특히 미군 당국은 중공군 출신 인민군 정도로 낙관하고 있었다.

10월 26일은 국군이 압록강 남안에 태극기를 꽂은 역사적인 날이다. 그런 축제 분위기 속에서 중공군 참전 운운하는 정보 따위는 누구나가 믿으려 하지 않았던 것이다. 태극기를 꽂은 연대는 제6사단 제7연대인데 같은 사단의 제2연대는 전혀 다른 상황에 직면하고 있었다. 10월 25일, 그러니까 초산의 압록강변에 태극기를 꽂던 전날 제2연대가 진출을 할 때 제1대대는 도보로 선두에 배치하고 차량에 태운 제3대대가 뒤를 따르다가 정오가 되자 대형을 바꿔 차량에 분승한 제3대대를 앞세웠다.

이때에 중공군은 동쪽에 높이 솟은 1165고지인 동림산과 서쪽의 841고지인 도리산으로부터 구룡강 계곡으로 길게 뻗어 내린 무수한 능선위에 매복, 이른바 중공군의 팔자진(八字陳)을 치고 제2연대의 행렬을 기다리고 있었다. 이를 알리가 없는 선두의 제3대대의 차량 대열이 이 계곡으로 들어서자 중공군은 전방 및 양측방 3개 방향으로부터 꽹과리를 치고 피리와 나팔을 불어대며 일제히 기습공격을 가해왔다.

약 6대 1의 압도적인 병력의 중공군으로부터 기습공격을 받은 제3대대는 곧 지휘체계가 무너지고 사방으로 흩어져 산을 타고 온정리 방향으로 철수하기 시작하였다. 그 뒤를 따르던 제2대대가 지원을 시도하였으나 이때는 이미 구룡강 계곡이 중공군에 의해 완전히 포위된 후였다.

제2대대는 곧 그곳으로 정찰대를 파견하여 격전을 벌인 끝에 중공군 포로 1명을 데리고 돌아왔다. 포로의 진술에 의하면 10월 15일 압록강을 건너 17일부터 이곳에서 잠복하고 있었다는 것이다.

다음날인 26일 새벽 중공군의 온정리 기습공격이 시작되었다. 그러니까 26일은 제6사단장이 "한쪽에서는 압록강에 태극기를 꽂았다는 밝은 전황보고가 있는가 하면 또 다른 한쪽에서는 중공군에게 포위되었으니 증원군을 보내달라는 아우성의 희비가 엇갈린 상황이 벌어졌다"고 회고 하였듯이 국군 제6사단 장병들에게 1950년 10월 26일은 영원히 잊을 수 없는 하루였다.

급보에 접한 국군 제2군단장은 희천에 있는 국군 제6사단의 제19연대와 국군 제8사단의 제16연대에게 온정리 탈환을 명령하였다. 이무렵 초산에서 완전히 고립된 제7연대는 사단으로부터 온정리에서의 불행한 사태 소식과 함께 즉시 철수하라는 명령을 받았으나 식량, 연료 및 탄약이 완전히 바닥이 나 있었으므로 기동할 수 없었다. 28일까지 버티고 있던 제7

연대는 미군 수송기가 투하한 휘발유, 포탄, 탄약 등 공수 보급품을 받아 29일 아침에 철수를 개시하였다. 그러나 총 병력 3,552명의 연대 병력 중 사선을 넘어온 생존자의 수는 불과 875명으로서 75%의 병력 손실을 보게됨으로써 연대로서의 기능을 상실하였다.

10월 29일 현재, 국군 제2군단의 6개 연대 가운데 4개 연대를 격파한 적은 중공군 제40군인 것으로 밝혀졌으며 그후 이 적은 희천을 우회하여 청천강 계곡으로 남하한 중공군 제38군과 청천강 계곡에서 합류하여 미 제8군의 우익 군단인 국군 제2군단 정면을 향하여 공격하기 시작하였다. 이렇게 되자 미 제8군은 그동안 제7사단을 국군 제2군단으로 다시 복귀시켰으며 이리하여 국군 제2군단은 원리를 중심으로한 청천강 북안에 국군 제8사단과 국군 제7사단을 각각 배치하여 중공군 공세에 대비한 방어선을 구축하였다. 그리고 전투력의 손상을 입은 국군 제6사단은 군단 예비로서 군우리에 집결시켜 재편성을 서두르게 했다.

한편 10월 25일 동부전선에서도 중공군 개입이 확인되었다. 국군 제3사단 제26연대가 장진호를 향하여 진격중 수동 부근에서 예기치 못한 완강한 적의 저항에 부딪쳐 격전이 벌어졌다. 이날 밤 전투에서 연대는 낯설은 차림새의 적 1명을 포로로 하였는데 한국어를 전혀 모르는 중공군이었다. 그는 중공군 제8군 예하의 제5연대 소속이라 했고 수동 북방에는 중공군 4~5천명이 잠복하고 있다고 진술했다. 중공군의 개입이라는 중요한 정보가 획득되었기에 제3사단은 국군 제1군단을 통하여 미 제10군단에 보고되었으나 미 제10군단 정보처에서는 이를 믿으려 하지 않았다.

포로가 진술한 중공군 제8군은 서부전선으로 잠입한 제1야전군 소속이며 제5연대는 중공군 제1군 예하의 제2사단 소속이므로 포로의 진술은 신빙성이 전혀 없다는 것이었다. 오히려 이것은 국군 제26연대가 그들의 진격이 계획보다 늦어진 것을 변명하기 위해 조작한 것으로 생각하고 있었다.

그후 제3사단은 중공군과의 조우에도 불구하고 계속 진출, 혜산진에 도달함으로써 동부전선에서 가장 먼저 국경선에 도착한 부대가 되었다.

이러하듯 서부전선이나 동부전선 공히 중공군 포로가 잡혔는데도 미군 당국은 믿으려 하지 않았다. 계속 중공군 출신 인민군이라는 것이었다. 그러다가 미군이 직접 전투에서 중공군을 포로로 함으로써 중공군의 군사개입을 인정하기 시작했다.

맥아더 장군은 중공군 개입이 확인되자 가능한 한 빠른 시일 안에 다시 공격을 재개하여 공산군을 격멸하고 신속하게 한만 국경으로 진출케하기 위해 극동 공군에게 압록강 상의 모든 교량을 폭격, 이를 절단하라고 명령하고는 10월 중에 중지케 했던 병력과 탄약의 수송 재개를 요청하였다. 비로소 이런 맥아더의 요청으로 중공군 개입이 확인되자 미국 행정부는 큰 충격을 받고 국내와 우방국 특히 영국과 프랑스의 여론을 의식하여 유엔군을 안전한 선에 정지시킨 다음 완충지대를 설정할 것을 고려하기 시작하였다. 그러나 맥아더 장군의 강력한 반대로 그 계획안을 철회되었다. 결국 만주 폭격을 제외하고는 맥아더 장군은 그의 뜻대로 모든 군사적 방책을 수립하고 실천할 수 있게 되었다. 맥아더의 목표는 압록강, 두만강 선까지의 진격이었다.

맥아더 장군은 총공세를 명령하였다. 중공군을 무찔러 승리를 성취하겠다는 결심이었다. 그러나 이 맥아더의 총 공세는 불행하게도 중공군의 병력 규모를 4분지 1로 과소평가한 데다가 그들의 배치나 의도를 또 한번 오판한 것으로 총 공세가 시작하기 전에 이미 그 결말이 난 것이나 다름 없었다.

이러한 급격한 정세 변화는 한국전의 장기전화를 예고하고 있었다. 따라서 연말 이전에 국경선에 도달하리라 기대하였던 유엔군 장병과 국군 장병의 희망사항은 물거품이 되고 말았다.

더욱이 이런 정세 변화는 서울학도의용군에게 있어서 운명이 뒤바뀔지도 모를 비극을 배태하고 있었다. 전원이 중, 고, 대학에 재학중인 학생이고 3개월 후에 복학하여 학업을 계속한다고 하여 모집에 응했던 지원병이고 보면 이런 일련의 정세 변화에 따른 결과가 이들이 소망한 것과는 전혀 다른 방향으로 흘러갔음은 가슴 아픈 일이 아닐 수 없었다. 그렇다고 이들 학생들을 전쟁이 계속 되고 있는데도 학업을 계속하도록 돌려보낸다는 문제도 당시의 상황에서는 전혀 기대할 수 없는 문제였으리라. 따라서 제18포병대대에 배치된 서울학도의용군 어느 누구도 자신의 운명이 뒤바뀌고 있다고 깨닫지 못하고 있었다.

당시 제18포병대대의 상급 사단인 제7사단 참모장을 역임한 바 있는 손희선 예비역 소장은 당시를 다음과 같이 회고한다.

"학도의용군 모집 당시에는 내가 제7사단에 있지 않았고 제9사단에서 연대장으로 근무중이었다. 그후 제7사단 참모장으로 부임하여 제18포병대대의 학도의용군에 대해 상세히 보고 받고 학생들의 애국충정에 대해 큰 감명을 받았다. 모집 당시 '연말이면 전쟁이 끝날 것이고 학창에 복귀할 수 있다'고 광고한 것은 사실이다. 당시 38선을 돌파하여 무풍지대를 달리듯 북진중이었으므로 누구나가 다 연말이면 전쟁이 끝날 것으로 알고 있었다. 당시 그 전쟁이 1953년 7월 27일까지 계속 되리라고 믿은 사람은 아무도 없었다. 중공군의 개입이 없었더라면 학도의용군은 그해 연말에 학생으로 돌아갈 수 있었던 것인데 안타까울 뿐이다. 그러나 한편, 그들의 애국충정과 희생으로써 오늘의 대한민국을 이룩할 수 있었다는 것을 인정한다면 그들 서울학도의용군의 희생과 봉사가 결코 헛되지 않았다고 나는 확신한다."

당시 서울학도의용군의 모집 책임을 맡았던 최철 대위는 그후 소장으로까지 진급했다. 그는 예편 후에 늘 술을 마시면 취기에 서울학도의용군 모집 당시의 회고담을 털어놓았다.

"순수한 학생 350여 명을 전쟁판에 몰고간 것은 큰 잘못이었다. 정말 연말이면 전쟁이 끝날 줄 알았다. 중공군의 개입은 꿈에도 상상할 수 없었기 때문이다. 특히 10대의 어린 소년들의 얼굴을 떠올릴 때면 쥐구멍이라도 찾아 숨고 싶은 심정이다."

최철 예비역 육군소장은 지병으로 1990년 9월 3일 세상을 떠났다.

제 9 장 사선을 넘고 넘어

제9장 사선을 넘고넘어

강성모는 국립체신고등학교 재학 중에 있었으므로 무전기 취급 및 정비와 타전기(打電機)를 사용하는 기술을 익히고 있었다. 본인 자신은 전공분야에서 근무하는 것보다 전포대에 배치되어 야포를 다루고 사격도 직접해보는 전투병 근무를 희망하였다. 의용병으로 지원한 동기는 군인다운 의기(義氣)의 발로였기 때문에 당연히 전투직을 원했을 것이다. 그러나 본인의 의사와 관계없이 대대본부 무선통신반에 배치되어 SCR-300 무전기 정비와 무선 타전실에서 실무를 맡아 주로 사단 사령부와의 무선통신업무를 담당했다.

당시 포병대대에는 무전 관계 전문요원이 부족할 때였으므로 강성모의 실무기술과 이론면의 학식은 상당히 중요한 역할이 되었다. 강성모는 같은 학도의용군 출신으로 배재고등학교 2학년 재학중인 백근해, 대광고등학교 1학년 재학 중의 차원일, 덕수상업고등학교 1학년 재학 중인 안윤진 등과 함께 근무하고 있었으므로 심심치 않게 서로 도와가며 지낼 수 있었다. 자연스럽게 학도병끼리 우의를 다졌었다. 그러나 고참병인

김상순 중사와 손인식 하사의 눈에는 그들이 예쁘게 보일 수
만은 없었다. 자기보다 학력이 높고 기술과 이론면에서도 강성
모에 딸리기 때문에 늘 심통을 부렸다.

"네깐 놈이 알면 얼마나 알고 기술이 있으면 얼마나 있니?"

드러내놓고 강성모를 괴롭혔다. 낮에는 통신에 관한 교육과
실무에 시달리다가도 밤이 되면 보초 근무까지 시켰다. 아직
군대생활에 익숙하지 못한 학도병들에게는 과중한 업무의 연
속이었다. 게다가 김상순 중사는 야간에 순찰을 하면서 조금만
잘못이 있어도 트집을 잡아 심한 기압을 넣었다. 국민학교 교
육 밖에 받지 못한 그는 학도병들에게 내세울 것이란 계급에
의한 권위였으므로 약점을 잡아 괴롭히는 것으로 행세하고 있
었다.

"야, 이 새끼야, 군인이 그것도 몰라?"

아무 것도 아닌 것인데도 약점을 들추어 학도병들을 손아귀
에 넣으려 했다.

처음에는 군대에 대한 실망과 함께 의용군 지원한 것 자체
를 후회하면서 고달프고 따분한 나날을 보냈지만 군대 생활의
밥그릇이 늘어나면서 차츰 그 환경에 적응하게 되었다. 따라서
무조건 복종하는 것으로 그들 고참병의 심술에 대처했다.

안주고급중학교에 주둔하고 있을 때 강성모는 후문 야간보
초를 섰다. 11월 초라 겨울이 아닌데도 그날따라 무척 추웠
다. 학교시절 생각이 떠오르면서 공부하고 싶은 생각이 떠올랐
다. 영어, 수학, 배운 것을 머리 속에서 되새기며 잊지 않으려
고 무척 애썼다. 그러면서 학도의용군에 지원한 자신을 돌이켜

보았다.

'과연 현명한 판단이었을까?'

그 생각이 미치자 강성모는 어둠 속에서 고개를 설레설레 흔들며 자문자답을 했다.

'잘못되어 가고 있다. 우리가 판단을 잘못한 것이다.'

도대체 학도병인 우리를 군번도 없는 이등병 취급에다가 자기처럼 무전실 근무까지는 괜찮은데 취사장에서 밥짓는 일이나 하고 탄약반에서 온종일 탄약 운반에 사역을 하는 동료 학생들을 생각하였다.

'우리가 학도의용병이 된 것은 잡역에 쓰여질려고 지원한 것은 아니다. 언제 정말 군인다운 업무에 종사하게 되겠는가? 전포대에 배치되어 포사격을 하는 일이 우리가 바라는 바다.'

비단 강성모 뿐만 아니고 잡역에 종사하는 학도병이라면 누구도 불만스러워 했다. 그러나 불만이 통하지 않는 조직이 군대라는 것을 안 학도병은 될수록 내색하지 않고 꾹 참고 어려움을 극복하고 있었다.

'때가 되면 우리의 소원이 성취되겠지……'

그것이 그들 학도병들의 결론이었다.

이렇게 평범한 군생활을 하고 있던 학도병들에게도 차츰 긴장의 분위기로 바뀌어 가고 있었다. 청천강에 가까와지면서 이상한 소문이 나돌기 시작했다. 그 내용을 요약하면 중공군이 참전했다는 것과 생전 듣지도 못한 인해전술(人海戰術)로 중공군이 공격해 온다는 것이었다. 그렇다면 학도병들에게 처음 약속한 '크리스마스 이전에 복교할 수 있다'는 것은 불가능해지는 것이 아닌가 하는 걱정이 생겼다. 전쟁이 길어질 것은 뻔한 일인데 그렇게 될 때 학도병들을 크리스마스라 하여 돌려보낼 것 같지가 않다는 결론이다. 우울한 나날이 계속되고 있었다. 그러던 어느날 제18포병대대에 이동 명령이 떨어졌다. 평안남도 개천군 개천읍으로 진지를 옮긴다는 것이다. 이제 단순한 부대이동이 아니고 전투하는 전방 보병부대를 직접 포병화력으로 지원하는 전투에 투입된다는 것이다. 모두 올 것이 왔다는 생각으로 각오를 새롭게 했다.

　개천군은 평안남도 북단에 위치해 있으며 동쪽은 알일령(遏日嶺)을 경계로 덕천군과 접하고 서쪽은 안주군, 남쪽은 순천군, 북쪽은 청천강을 경계로 평안북도 영변군과 접하고 있다.

　이무렵, 제18포병대대가 소속되어 있는 상급부대인 제7사단이 중공군에게 타격받은 제6사단과 교대하여 전선에 투입되고 있었다.

　강성모가 소속되어 있는 대대 무전반 선임하사관 함영국 상사가 무전반 파견을 한다고 하면서 강성모와 백근해에게 SCR-300 무전기를 지급하고 쓰리쿼터(3/4톤 트럭)에 승차하라고 지시했다. 쓰리쿼터를 타고 약 1시간 전방으로 나가다가 B포대 진지에 도착했다. 이들의 임무는 B포대본부와 대대본부와의 교신이었다. 전투에 직접 개입하기 전까지는 모든 포대가 포대 단위로 맹렬한 교육훈련에 여념이 없었다.

　한편, 김석찬은 전투에 개입하기 전까지 분주히 전방으로 이동하면서도 틈틈히 맹훈련을 받고 있었다. 훈련이 끝나면서 다시 부대이동으로 이어졌다. 청천강 남쪽 모래사장에 도착하자 전술용으로 설치한 부교를 이용해 도강이 시작되었다. 김석찬은 청천강을 건너면서 강 밑을 내려다 보았다. 강물은 말디맑았으며 강 밑바닥에는 자갈들이 또렷하게 보였다. 고구려 을지문덕 장군이 살수라고 불리우던 이 청천강에서 수나라 양제(陽帝)의 100만 대군이 침략하여 왔을 때 크게 무찔러 살수대첩이라는 역사상 최대의 전공을 올린 그 곳을 지금 건너고 있다고 생각하니 감개가 무량했다.

청천강 북쪽 강변에 들어서자 미군 공군기의 네임팜탄에 맞아 까맣게 탄 인민군 시체들이 모래 위에 흩어져 있었다. 청천강에서 한 시간 가량 북방향으로 들어가 평안북도 남단의 박천군 팔원이란 작은 부락에 들어섰다. 청천강을 건넘으로써 평남에서 평북 땅에 도달한 것이다.

김석찬의 포대는 팔원중학교 운동장에 105미리 곡사포 6문을 북쪽을 향해 방렬하고 사격준비를 완료하였다.

통신반은 포대본부, 사격지휘본부, 전포대, 전방 관측장교에 전화선을 가설하기 시작하였다. 고참병의 지시에 따라 유선장비를 등에 메고 고참병을 따라 다니며 배우면서 도왔다.

이윽고 사격명령이 내린다.

"전포대 사격준비, 포대 10발, HE탄, 장약 5호, 순발신관, 방향 2818, si 300, 고각 315, 발사!"

쾅, 쾅, 쾅, 쾅, 쾅, 쾅

일제히 포탄이 포구에서 날아간다. 포진지에는 포연이 자욱하다. 매캐한 장약냄새가 코를 찌른다. 각분대마다 사격후 "포구 이상무"라고 소리치며 사격후 복명을 한다.

김석찬을 비롯한 학도병들은 비로소 군인이 된 것과 이곳이 전장임을 의식한다.

쾅, 쾅, 쾅, 쾅, 쾅, 쾅

계속 이어지는 포사격으로 학도병들은 적들이 저 포탄에 의해 산산조각이 나는 광경을 상상하면서 통쾌히 생각한다. 이어지는 포사격 광경을 팔원의 부락 사람들도 멀리서 바라보고 있다. 그들이 적 편인지 아군 편인지 알 까닭이 없다. 간혹 태극기를 달고 있는 집이 보이는 것으로 보아 적측은 아닌 것 같다. 누가 그 지긋지긋한 공산당을 좋아하겠는가. 그러나 그 집 아들이 인민군이었다면 사상이나 편가르기를 떠나서 착잡한 마음이라는 것을 부인할 수 없을 것이다. 바로 그것이 동족상잔의 아픔 아니겠는가.

저녁 식사 후 학도병 식사당번이 식기를 닦으려고 우물가에 갔다. 부락의 부녀자들이 나와 식기를 닦아 주면서 "전쟁은 언제 끝납니까?" 고 물으며 학도병들이 인민군 방한복을 입고 있는 것을 보고 "어디서 왔어요?"하고 묻는다. 참으로 대답하기 힘든 질문이라고 생각이 되었다. '크리스마스 전에 끝난다'고 말할 수도 없는 상황 같고, '옷이 없어서 인민군 군복을 입었노라'고 대답할 수도 없는 일이었다. 혹시 국군에게 잡힌 인민군 포로로 알았을지 모른다고 생각되었다.

2일간을 팔원에서 포사격으로 전투부대를 지원하다가 11월 7일 경 박천읍 가까이 진지로 이동했다. 낮에는 전방 관측장

교의 사격지원 요청에 따라 포사격을 하고 야간에는 적군에게
위협을 주기 위한 요란 사격으로 시간을 보냈다. 이제 학도병
들도 그들이 원하던 전투사격을 실시하고 있으므로 보람을 느
끼고 있었다.

A포대 전포대에서도 기준포 역할을 하는 3포에 배치된 김
응오는 정봉춘 중사 대신 방아쇠를 당기는 경우가 있는데 그
때마다 큰 폭음과 함께 포탄이 적측에 날아갈 때면 비로소 '어
머니, 아버지 이 자식이 지금 조국을 위해 싸우고 있습니다'고
외치고 싶은 충격을 느끼며 뿌듯해졌다. 그러다가도 식사당번
이나 탄약 운반 같은 잡역에 종사할 때면 다시 사기가 떨어지
는 데는 어쩔 수 없는 일이었다. 더욱이 고참병의 행패를 당할
때면 정말 군대가 저주스러웠다. 글도 쓸 줄 모르는 고참 박윤
호 상사는 학도병들이 자기를 무식하다고 깔본다며 별 잘못도
없는 학도병들을 북풍 몰아치는 밖에 세워놓고 고통을 주는
등 괴롭혔다.

"이 새끼 너희들이 뭘 안다고 까불어, 군대는 밥그릇이 말
하는 거야. 이 새끼들아."

"신병들이 한가하게 놀고 있다니 말이 안돼, 밖에 나가 포
나 수입(손질)해!"

처음에는 고참병들의 괴롭힘에 분하기도 하고 서글프기도
했지만 삶과 죽음의 갈림길에서 적과 싸워야 하는 조직에서
강인한 정신력을 기르고 승리하려면 이런 시련쯤은 이겨내야
한다고 긍정적으로 생각하기 시작했다. '참아야 한다' '계급의
중요성을 과시하기 위한 고참병의 당연한 심술' 정도로 이해하

려고 무던히 애썼다.

학도의용군들은 이렇게 정신적, 육체적 단련을 거쳐 하나의 전투병으로 변신하고 있었다. 한창 전투부대를 포사격으로 지원하고 있을 때 처음으로 학도병에게 군번이 나왔다. 용산고등학교 1학년생인 김응오의 경우 '0357436' 육군 이등병의 군번이었다.

이무렵, 학도의용군 가운데 이주성, 김동기는 장교가 되기 위해 전시 장교 양성기관인 부산 동래의 육군종합학교에 입교차 전선을 떠났다.

중공군이 한국전 개입 이후에 전세를 만회하기 위한 국군과 유엔군의 총공격은 한 때 10Km 정도의 진출을 보았다. 미 제8군의 좌익으로 미 제24사단, 국군 제1사단, 영국군 제27여단 등 미 제1군단은 정주를 지나 전진하였고 중앙에서 미 제25사단, 미 제2사단, 터어키 여단 등 미 제9군단은 청천강 계곡을 따라 운산 구장동까지 전진하였으며 우익으로 국군 제7사단, 국군 제8사단, 국군 제6사단(예비) 등 국군 제2군단은 덕천-영원선을 지나 묘향산으로 접근하고 있었다.

그런데 공격 제2일 째인 다음날에 접어들자 거의 전 전선에 걸쳐 중공군의 제2차 총공세가 시작되었다.

서부전선에 전개한 중공군 6개 군 가운데 서해안 쪽에 배치된 제50군 및 제66군은 현전선에서 미 제1군단의 진격을 저지하고 나머지 4개 군은 2개 공격집단을 구성하고 그 가운데 제38군 및 제42군은 미 제8군의 우익 쪽으로 우회 기동하여 미 제8군의 후방으로 진출했다. 한편으로 제39군 및 제40군은 청천강 북안에서 남진하였다.

최초의 격전은 25일 오전에 일어났다. 청천강 계곡을 따라 진격하던 미 제2사단의 제9연대가 신흥동 부근에서 중공군의 기습을 받고 공격이 저지되었다. 뒤이어 전투는 확산되고 온종일 격전이 계속되더니 밤이 되자 후방의 청천강 하상에 포진한 예비대와 지원부대가 기습을 받고 적에게 유린되었다. 전후방의 구별없이 사방에서 피리, 나팔, 북, 징 그리고 호각소리가 산울림을 타고 울려퍼지자 지레 겁에 질린 유엔군 장병들은 공포심과 싸워야 했다.

이날 밤, 미 제8군의 우익에서는 중대한 사태가 벌어지고 있었다. 국군 제2군단의 좌측을 맡고 있던 덕천지구의 국군 제7사단이 26일 02시에 중공군 제38군의 야습을 받아 격전이 벌어졌다. 제7사단은 결정적 위기를 맞은 것이다. 중공군의 총공격이 시작되자 2시간 후에는 전선의 일각이 무너지기 시작하였다. 이에 군단 예비로 있던 국군 제6사단 제2연대를 제7사단 지역에 투입하였으나 이미 예비대 진지와 연대 지휘소가 중공군의 침투부대에 의해 유린되고 이와 거의 동시에 덕천에 위치한 제7사단 사령부마저 기습을 받아 사령부의 일부 병력과 1개 포대만 순천으로 철수하였을 뿐 사단 전체의 기능이 마비되고 말았다.

제7사단의 우측에 있던 국군 제8사단도 거의 같은 시각에 중공군 제42군의 공격을 받아 무너지고 말았다.

제7사단은 바로 서울학도의용군이 속해 있는 제18포병대대의 소속사단이다. 따라서 이때 제7사단과 함께 당한 서울학도의용군의 이야기가 전개된다.

우선 덕천이 어떤 곳인가를 알아본다.

덕천군은 평안남도 북부에 위치한 군이며 동쪽은 영월군, 서쪽은 개천군, 남쪽은 맹산군·순천군, 북쪽은 묘향산맥을 경계로 평안북도 영변군과 각각 접하고 있다.

평안북도와의 도계를 따라 묘향산맥이 뻗어 용문산, 풍덕산이 있고 서부에는 월봉산이 남북으로 자리를 잡고 있다. 동부에는 낭림산맥의 여맥이 미치고 남부에는 장안산이 솟아 있어서 덕천군은 사방이 높은 산으로 둘러싸인 분지를 형성하고 있다. 개천군과의 경계에 알일령이 있으며 이 밖에 금성산, 신산 등이 있다.

대동강 상류인 마탄강과 시량강이 덕천강 본류에 합류하면서 군의 중앙부를 동북에서 서남방으로 관통하여 개천군으로 흐른다.

덕천면은 군의 중앙부에 위치하고 있으며 면소재지는 읍북리이다.

덕천면은 동부의 남산과 동남부의 후선유봉, 서남부의 장안산이 잇달아 있어 산지를 형성하고 있다. 한마디로 요약하면 덕천군과 덕천면은 험한 산으로 둘러 쌓인 방자(防者)에게는 불리하고 공자(攻者)에게는 유리한 지형의 특징을 가지고 있다.

제18포병대대가 진출한 최북단 지역은 평안북도 태천읍이었다. 제18포병대대 인접 도로에서 미군 탱크부대가 이동하는 소리가 들린다. 포진지에서 바라보이는 옆길에 미군 탱크와 보병이 북쪽을 향해 진격하고 있다.

어느 고참병의 말에 의하면 국군 제7사단이 미군과 교대하고 이동한다고 했다.

정오경 영변읍을 통과하면서 도로상에서 휴식을 하고 있었다.

김석찬을 비롯한 학도병들은 영변을 지날때 모두 한 수의 시를 떠올렸다.

진달래꽃

나보기가 역겨워
가실 때에는
말 없이 고이 보내 드리오리다

영변에 약산
진달래꽃
아름 따다 가실 길에 뿌리오리다

가시는 걸음 걸음
놓인 그 꽃을
사뿐히 즈려 밟고 가시옵소서

나보기가 역겨워
가실 때에는
죽어도 아니 눈물 흘리오리다

학도병들이 멈칫하며 각별한 정감을 느낀 연유는 영변이 김소월의 명시 진달래꽃의 연고지이기 때문이다.

영변에는 적유령산맥의 지맥이 뻗어내린 곳에 운두산, 천이산과 함께 489m의 그리 높지 않는 약산이 있다. 약산을 가리켜 관서팔경의 하나라고 한다. 봄이면 진달래꽃으로 불타듯 황홀한 장관이 옛부터 유명했다. 고참병들은 알 까닭이 없지만 학도병은 누구나가 그 시를 좋아했기 때문에 약산을 보면서 새로운 감회에 젖는다. 그러나 마음 한구석 무거운 기운이 감도는 이유는 지금까지 북쪽만 향해 진군하다가 중공군의 한국전 개입의 불길한 소식을 듣고 얼마 안있어 남쪽을 향하고 있었기 때문이다.

다시 포병대대는 영변을 떠나 개천을 향해 남진하기 시작한다. 매우 기분이 좋지 않는 차량 행군이었다.

얼마 시간이 흐른 뒤 맨 앞 지휘본부 짚차에서 연락이 왔다.

"뒤로 전달, 상황이 긴박하다. 행군중 경계를 강화하라."

차량 이농대열 끝에서 따르던 김석찬이 소속한 통신반 차량에도 이 좋지 않은 경계 강화지시가 전달되었다.

차량에 타고 있던 모든 병력이 총구를 도로 좌우측을 향하여 사격자세를 취하고 주위를 면밀히 살피면서 행군을 계속했다.

　　오후 3시경 개천읍 서측방에 있는 구 개천부락에 도착했다.

　　멀지 않는 전선에서 아군이 중공군에 밀려 내려오고 있다는 소식이 들려왔다. 도로상에는 북쪽을 향해 전선으로 전진하는 보병부대가 있는 가하면 부상병을 태운 엠브란스가 남쪽으로 줄이어 달려가고 있다. 피난민의 행렬도 남쪽을 향하고 있다. 6·25 동란 발발 초기의 분위기가 제18포병대대 전 장병을 엄습하고 있다.

　　아주 불길한 예감이 장병 모두의 가슴을 눌르고 학도병은 더 절망에 빠진다.

　　포대는 구 개천 시가에 들어서기 전 도로 옆에 포진지를 잡았다. "사격준비 완료"

　　이윽고 포사격이 시작되었다. "포대 10발" 모든 포대가 북쪽을 향해 포문을 열었다.

　　쾅, 쾅, 쾅, 쾅, 쾅……

　　사격의 연속이다. 긴박감이 더해가는, 끊이지 않는 포사격의 폭음이 울려 퍼진다. 상황이 다급해진 것 같다. 지휘관들의 얼굴빛이 예사롭지가 않다.

　　아니나 다를까, 포진지 북쪽 산 넘어에서 아군과 중공군이 교전하는 기관총의 연발음 그리고 포탄이 떨어져 작렬하는 폭음이 들리기 시작했다.

　　따따따따…… 따따따따따……

　　공중에는 미공군의 젯트기 편대들이 급강하 하면서 폭탄과 기관포 사격을 중공군 쪽에 맹렬히 가한다.

　　쾅! 쾅! 탕탕탕탕…….

서울학도의용군이 주축이 된 제18포병대대의 105미리 곡사포는 쉼없이 맹렬하게 중공군에게 포탄을 퍼부었다.

해가 질 무렵, 더 불길한 지시사항이 전해진다.

"야간 경계를 강화하라! 그리고 급히 후방으로 이동할 수 있는 만반의 준비를 해두어라!"

중공군의 진출이 아군에게 불리한 상황임을 직감케 하는 지시사항이었다.

야간 잠복근무 편성은 외곽까지 확대되었다. 포진지에는 주로 고참병이 남아서 포사격을 계속하고 있고 경계근무는 주로 학도병의 몫이다.

김석찬은 통신반의 학도병 10여 명과 함께 동측 개활지 300미터 떨어진 곳에서 약 5미터 간격으로 보초(2명 1개조)를 운영했다. 경계근무라기보다 잠복근무라고 표현하는 편이 더 가깝다.

김석찬은 동네 친구 진충하와 한 조가 되어 하천 뚝에 업드려 잠복했다. 신앙에 의존하여 삶을 사는 김석찬은 언제나처럼 기도에 열중이다.

"하나님, 우리 포대가 무사하도록 지켜주십시요. 또한 잠복근무중 졸음이 오지 않도록 하나님께서 인도해 주십시요."

깜깜한 밤이지만 북쪽 하늘은 반짝반짝 빛이 춤을 추고 있었다. 멀리 산에서는 전폭기의 폭격으로 불이 붙어 활활 타오르고 있었다.

밤이 깊어지기 전 다른 초소에서 고참병들이 수상한 사람 10여 명을 잡았다. 조사해보니 이들은 개천읍내에서 우익 치안대에 갇혀 있던 빨갱이들이었다. 중공군의 공세로 아군이 그곳을 떠나자 치안대에서 도망쳐 나왔다한다. 이들은 큰도로에 나가면 잡힐 것이라고 판단하여 산을 넘어 오다가 초소에서 잡힌 것이다.

포대본부에서 서북청년단 출신의 고참병들이 이들에게 뭇매질을 했다.

"너의 정체가 무엇이냐? 무슨 짓을 했느냐?"

고 다그쳤다.

"아이구, 아이구, 잘못했습니다. 살려만 주십시요."

울부짖으며 고통스러운 비명이 밤새 끊이지 않는다. 날이 밝아오자 야간 초소 근무자들이 철수하였다.

김석찬은 근무에서 돌아와 막사에서 잠시 쉬었다가 전포대 통신병의 근무교대 때문에 포진지 지휘소로 갔다. 전포대 선임 하사관 박지은 상사가 그를 불렀다.

"김석찬, 칼빈 소총을 가지고 와!"

김석찬은 가까운 부락에 순찰을 같이 가자는 것으로 알고 칼빈 총에 실탄 15발 탄창을 끼우고 박지은 상사 앞에 갔다. 이때 용산중학교 3학년생인 홍영모 학도병에게도 칼빈소총을 가지고 따라 오라고 했다. 홍영모는 싫다고 했다. 박지은 상사는 소리를 쳤다.

"빨리 갖고와!"

김석찬과 홍영모에게 소총을 가지고 오라고 한 것은 어제밤 초소에서 붙잡힌 빨갱이를 총살하려고 사격수로 지명한 것이었다. 새벽녘에 포대장 박동엽 대위가 "학도병들의 담력을 키

위주기 위해 빨갱이를 처형하는데 사격수를 뽑으라"고 명령했
다 한다.

포대본부 막사 뒤에서 밤새 매맞고 피투성이가 된 젊은 사
람을 데려왔다.

박지은 상사는 인민군 따발총을 어깨에 메고 나섰다. 빨갱이
젊은이를 앞세우고 "앞으로 가"라고 소리 질렀다. 김석찬과 홍
영모는 칼빈소총을 허리총 자세로 하고 그 뒤를 따랐다.

두 학도병의 마음은 매우 착잡했다. 괴롭고 슬펐다. 사람을
죽이다니 정말 싫었다. 하지만 군인인 이상 전장에서 명령에
복종해야 하므로 따라갈 수 밖에 없었다. 포진지 동쪽 개활지
로 걸어갔다. 1킬로미터 쯤 떨어진 낮은 산골짜기에 들어섰다.

박지은 상사는 김석찬과 홍영모에게 다짐한다. 확고한 신념
을 주기 위해서였다.

"우리가 빨갱이한테 잡히면 이놈들이 고생하는 것보다 10
배, 100배 이상 고통을 받는다. 그러므로 절대로 공산당에
게 살아서 잡히면 안된다."

박지은 상사는 빨갱이에게 말한다.

"야, 이놈아, 저기 낮은 곳에 앉아!"

빨갱이는 죽게 되는 것을 알아 차린 것 같았다. 순순히 꿇어
앉았다.

"너, 마지막으로 하고 싶은 말 해라. 너 무슨 빨갱이 짓을
했나?"

박지은 상사의 물음에 그는 대답했다.

"나는 면 인민위원회 위원으로 일을 보았는데 그때 농민들

에게 현물세 빨리 내라고 독촉 한번 한 일이 있습니다. 이것
에 원한을 품고 있다가 치안대에 고자질한 것 같습니다."

"너, 의용군 잡아다 줬지?"

"아닙니다. 그런 일 없습니다. 남에게 욕먹을 짓 하지 않았
습니다."

"너의 집에 마지막으로 하고 싶은 말 해라."

"내 나이 22세입니다. 2년 전에 장가들어 집에 제 색시와
두 살된 딸이 있습니다. 내가 죽었다고 알려주십시요."

김석찬과 홍영모의 가슴이 뭉클했다. 정말 그 젊은이가 빨갱
이래도 잘못이 없는 사람 같았다. '저런 사람을 죽이다니……'
그들은 기도하는 마음으로 '저 젊은이를 살려주었으면……' 했
다. 젊은이는 울먹이는 말씨로 다시 이어갔다.

"안방 장농 안 바닥 깊숙히 흰종이 뭉치를 숨겨 둔 것이 있
는데 우리 딸이 이다음에 커서 공부할 때에 그 종이를 쓰라
고 전해주십시요."

당시 북한에는 종이가 무척이나 귀하였구나 하고 김석찬은
생각이 들었다.

"더하고 싶은 말 없나?"

"없습니다."

"이 새끼 이왕 죽을 바에야 인민공화국 만세나 불러라! 야!
저기 엎드렷!"

박지은 상사의 날카로운 고함소리에 젊은이는 말없이 엎드
렸다.

김석찬과 홍영모는 그 젊은이가 애처롭고 불쌍하여 젊은이

를 똑바로 바라볼 수 없었다. 그러면서 6·25 동란 발발 초기 서울에서 공산주의자들이 우익인사를 잡아다 고문하고 학살하던 일들을 생각했다.

박지은 상사의 눈짓에 따라 김석찬과 홍영모는 젊은이 앞에 섰다. 박지은 상사의 호령이 떨어졌다.

"목표 정면의 표적, 서서쏴, 거총!"

두 학도병은 손이 떨리는 것을 억지로 참으며 젊은이를 향해 사격자세를 취했다. '정말 죽이라는 것일까? 방아쇠를 당기면 실탄이 나가 저 사람이 죽는단 말인가?' 가슴이 두근거리기 시작했다. 이윽고 냉정한 박지은 상사의 호령이 다시 울렸다.

"발사——"

탕, 탕, 탕

총탄이 총구에서 나갔다. 젊은이는 벌떡 일어나 땅 위 1미터 가량 튀었다가 땅에 떨어졌다. 두 학도병은 벌떡 일어나 덤벼들 것 같은 공포심에 탄창에 든 실탄 모두를 다 쏘았다.

박지은 상사는 1분 쯤 지난 후에 가지고 있던 따발총으로 그 시체에 확인사살사격을 가했다. 참으로 아프고 슬픈 광경이었다. 무거운 발걸음으로 전포대로 돌아가는 길에 홍영모가 말을 꺼냈다.

"선임하사님, 빨갱이 죽은 것 그 사람 집에 알리러 가야지요."

"바쁜데 뭐 알려주나. 빨리 가자."

박지은 상사는 대수롭지 않다는 듯 관심도 두지 않은채 전포대쪽으로 향했다.

전포대로 돌아온 김석찬은 혼자 앉아 젊은이가 죽기 전에 남긴 말들을 떠올리며 슬픔에 잠겼다.

"하나님, 저는 오늘 생전 처음 사람을 죽였습니다. 이 죄인을 용서해 주십시요. 군인으로서 명령에 따르다 보니 죄를 짓게 되었습니다."

기도를 되풀이 하면서 마음의 안정과 위안을 찾으려 애썼다.

그후에 알고보니 김석찬과 홍영모가 사살한 젊은이 이외의 빨갱이들도 모두 총살했는데 학도병 박일남, 이우영 등이 사격수로 지명되어 집행되었다고 한다. 학도병들로 하여금 담력을 길러 전투에 용감한 투사로 만들겠다는 계획하에 이루어졌다는 것이다.

그날도 종일 포사격이 계속되다가 오후 4시경 개천에서 덕천으로 가는 중간 지점의 어느 탄광촌 근처로 포진지를 옮겼다. 포진지 북쪽 방향에 월봉산이 보이는데 아군 제7사단 제5연대 공격부대가 월봉산 넘어가는 알일령 고개 도로를 공격하고 있었다. 포진지가 완전히 갖추어지자 다시 공격부대에 대한 지원사격이 시작되었다.

포병은 포사격 할 때가 가장 신난다. 포탄이 적측에 떨어져 적을 분쇄하는 포사격이야말로 포병에 있어서는 보병의 전투와 마찬가지인 것이다.

쾅, 쾅, 쾅, 쾅, 쾅

월봉산 일대의 능선상에 그들이 사격하고 있는 포탄이 떨어져 작렬하는 것이 직접 보였다. 그 일대의 중공군에게 강타를 가하고 있다. 얼마후 전포대 사격 명령이 VT신관으로 바뀌었다. VT신관이란 탄착지점에 닿아 폭발하는 순발신관과는 달리 탄착지점 위 20미터 공중에서 폭발하도록 장치되어 있다. VT신관에 의해 포탄이 공중에서 폭발할 때에 섬광이 보이면서 쇠소리같은 폭발음이 강하게 들린다.

포진지와 적과의 거리는 약 4km이다. 저녁 해 질 무렵이 되었을 때에 다시 후방으로 이동한다는 지시가 내렸다. 포대는 약 5Km 남쪽 평지로 옮겨졌다. 그곳에서도 밤새 요란사격이 실시되었다.

포대장의 야간 초소 경계를 증강하라는 지시에 의하여 야간 경계가 강화되었다. 중공군은 낮보다 야간 활동에 더 치중하므로 야간에 대비하는 것이 중요했다.

전포대는 최소한의 사격요원을 제외한 모든 병력을 포진지 앞 능선 밑에 잠복조를 편성 배치했다.

11월 13일 아침 일찍 김석찬 소속 포대는 어제 낮의 탄광촌 옆 진지로 다시 이동했다. 역시 월봉산 정상 일대에 포사격이 가해졌다.

제6사단을 포병지원하는 제27포병대대가 75미리 곡사포(산포)를 계곡 건너 옥수수밭에 방렬하고 사격을 하고 있었다.

김석찬은 통신반 이선준 중사 인솔하에 이정구, 박태복과 같이 월봉산 중간 고지에 있는 제7사단 제5연대 제1대대 관측소까지 전화선 가설작업에 나섰다. 적진이 가깝기 때문에 2명은 경계하고 2명이 작업하였다. 원시림을 방불케하는 험준한 월봉산을 향해 올라가는 도로변에 전화선을 가설했다.

11월 중순의 평안남도 북방 산간지방은 몹시 추웠다. 학도병들은 낮에는 고참병들의 포 조작기술을 눈넘어보며 배워서 이제 제법 사격시에도 포수 한사람 몫을 다하고 있었다.

통신반에 소속한 학도병들은 전방 보병부대에 배치된 관측소의 통신병으로 또는 유선가설요원으로 맡은 일을 다 감당하였다. 또한 매일같이 야간경계근무는 학도병들이 대부분 맡았다.

이무렵, 김석찬의 소속 A포대 고참병 30여 명이 새로이 창설되는 30포병대대 기간요원으로 차출되어 서울 시내에 주둔하고 있던 육군 포병사령부에 전속되었다. 전포대 각 분대는 분대장급을 제외한 각 포수의 빈자리에 학도병이 채워졌다.

통신반도 마찬가지였다. 통신반장과 고참병 2명을 제외하고는 모두 학도병이 맡았다. 그때부터 제18포병대대의 주전투요원이 학도병으로 편성되었다. 학도병들이 포병사격술이나 곡사포 조작요령을 정식으로 교육받은 적은 없다. 그러나 고참병들의 조포 기술 등을 어깨 넘어 배운 지식에다 학도호국단에서 받은 기초군사훈련이 전쟁상황 속에서 빨리 적응함으로써 맡은 임무를 충실히 수행할 수 있었던 것이다. 또한 이때쯤 국군의 방한복, 내의, 야전화, 철모 등이 지급되었다. 무려 20여 일간 인민군 방한복을 입고 다니다가 비로소 국군의 복장으로 갈아입으니 훨훨 날을 것만 같았다. 이제 떳떳한 대한민국 국군이 된 것이었다.

11월 20일 경 국군 제7사단 제5연대가 월봉산 고지를 점령하고 묘향산을 향해 진격했다.

월봉산 중턱 알일령 고개를 넘어갈 때 길옆에 흩어진 중공군 시체 10여 구를 볼 수 있었다.

덕천에서 묘향산을 향해가는 중간에 포진지를 정했다. 전포대는 사격준비에 통신반원은 전방관측소와 사격지휘본부 간에 전화선 가설 등 작업에 분주했다.

포진지 옆 어느 기와집에서 한 여인이 나와 대문에 걸려있던 인공기를 내리고 태극기를 급히 게양하고 있는 모습이 보인다. 국군을 본 그 여인은 "국방군 만세"를 외치며 두 팔을 하늘로 올린다. 그 여인의 얼굴은 공포의 그림자가 드리워지고 있었다. 참으로 안타까운 광경이 아닐 수 없다. 국군에게 밀리고 인민군에게 밀리면서 두 국기를 준비했던 북한 주민의 심정을 누가 이해 할 수 있을 것인가. 학도병들은 그 여인이 밉다기보다는 오히려 연민의 정이 솟았음은 감상적인 사춘기 심상이었을까?

다음날인 11월 21일 새벽부터 아군의 진격 소식 대신 중공군의 맹공격 소식이 들려오기 시작하였다. 그날 새벽 동이 트기 전에 C포대 포진지 앞 초소에서 잠복근무하던 학도병 조은식이 계곡에서 걸어내려오던 중공군 1명을 생포했다는 것과 중공군이 총공세를 폈다는 소문이 전해지면서 모든 학도병들은 긴장했다.

11월 24일, 제18포병대대는 덕천군 풍덕면 풍덕리 부락 앞 옥수수 밭 일대에 포진지를 정하고 포사격을 계속하였다. A포대는 제7사단 제5연대에 화력지원하고 C포대는 제8연대 전방에 지원사격을 하였다. 포진지가 있는 풍덕리는 마을 이름이 '풍덩, 풍덩'하다며 이상하다는 농담이 오갔다.

　11월 25일 오후에 김석찬이 대대본부와 통하는 전화선 보선작업을 마치고 진지에 돌아왔는데 통신반장 김두영 중사를 비롯한 고참병, 신병 모두가 시무룩한 표정들이었다. 이선준 중사는 눈물까지 흘리고 있었다. 그날 낮에 도망병을 붙잡아오자 도착 즉시 총살했다는 것이다. 총살된 자는 나천혁 중사인데, 이선준 중사와 군입대 동기생이라고 했다. 총살 현장에서 나천혁 중사를 묻을 무덤을 이선준 중사와 몇 사람이 팠다고 한다.

　밤이 깊어가면서 어쩐지 불길한 예감이 다가왔다. 밖에 나갔다 돌아온 학도병 서재식이,

　"대대본부와의 전화통신이 끊겨 지휘본부에서 상황 파악이 안되어 야단들이야. 통신반장을 불러다가 빨리 전화가 통하도록 전화선 보선작업에 나가라고 긴급명령이 떨어졌다."
고 다급하게 전했다.

　저녁 8시 경에 통신반 박 중사와 이관철, 최찬영 3명이 보선작업에 나갔다.

　"밤 10시가 지났는데 보선작업에 나간 박 중사가 아무 연락이 없다"고 통신반장 김두영 중사가 걱정하면서 통신반장이 김석찬과 다른 한명에게 보선작업 출발을 지시했다. 그때 김석찬은 웃옷을 벗어던지고 통신장비를 정비하고 있었기 때문에 "옷을 다 벗고 있는데 언제 입고 나가지?"하고 혼자 말처럼 말하니 통신반장이 "야, 그럼 김석찬 대신 이대권, 박용선이 나가라"고 다시 지시했다.

　그들은 보선장비를 갖추고 밖으로 나갔다.

　야간의 전화선 보선작업은 포대지휘본부에서 선로를 따라 훑어가면서 중간 중간 전화통화로 단절 또는 합선된 선로 부분을 찾아 수리해야 하는 쉽지 않은 작업이다. 그런데 두번째 보낸 이대권, 박용선까지도 전혀 연락이 없다. 통신반장은 아침까지 기다려보자고 했다.

　그날의 보선작업팀이 돌아오지 않은 이유는 다음과 같았다.

　그날 오후 중공군 1개 중대가 포진지 앞 산넘어 일대에 도착하여 잠복 대기하고 있으면서 다음날 아침에 포진지를 향해 기습 공격할 준비를 하고 있었다고 한다. 포대지휘본부와 대대본부간의 전화선은 중공군이 점거후 통화내용을 도청하다 끊어버렸다. 포대통신반에서 보선작업에 나간 2개조는 포진지에서 출발하여 덕천으로 향하는 큰도로에 들어서자마자 중공군 복병의 공격을 받고 응전하다 모두 사살되었다는 것이다.

　김석찬은 운좋게 위기를 모면했지만 대신 전사한 전우들에게 무거운 부담감을 느껴야 했다.

　운명의 11월 26일, 먼동이 트기 시작했다. 통신반장 김두영 중사는 아직 부하들이 전사한 사정을 모른채 대대본부까지의 전화선을 회복하기 위하여 2명의 신병과 함께 이선중 중사를 포대장 찝차에 태워 출발시켰다.

　한편, A포대 우측에 있던 C포대가 이동준비를 완료하고 덕천으로 나가는 큰 도로를 빠져나가 막 개울을 끼고 작은 능선을 돌때에 중공군의 일제사격을 받았다.

　김석찬의 통신반원들은 민가에서 아침식사를 하려고 할 때 갑작스런 총소리에 놀라 밖으로 뛰어나갔다.

덕천으로 향하던 C포대 포차들이 전진하지 못하고 되돌아오려고 방향을 바꾸는 등 혼란 속에서도 적의 기습공격에 당황한 나머지 포차 위에서 또는 차에서 내려서 엎드려 총격전을 벌였다.

조금전에 보선차 떠났던 이선준 중사가 찝차를 타고 가려다가 중공군의 총격을 받고 황급히 되돌아 왔다. 이미 찝차 운전병과 그와 함께 탔던 2명의 통신병도 그 자리에서 전사했다고 한다.

상황이 급박하여 김석찬은 전포대본부를 향해 뛰어가는데 논가운데 박격포 포탄이 떨어지기 시작했다.

쾅, 쾅, 쾅……. 따, 따, 따, 따……

온통 포격과 기관총 사격으로 포진지와 포진지 주변은 격전장으로 변했다.

김석찬이 논 가운데 도랑을 건너 전포대본부에 도달할 무렵에 포진지 앞 능선에서 아군이 수십명 뛰어 넘어오고 있었다. 그런데 자세히 살피니 그들은 아군이 아니라 아군 군복을 입은 중공군이었다.

A포대는 일제히 포 앞 참호에 들어가 방어사격을 가했다. 포차 위에 장착된 구경 50기관포도 불을 뿜어댔다. 특별한 경우에 실시하는 105미리 곡사포의 직접조준사격도 능선 위에 있는 중공군을 향해 포문을 열었다.

쿵쾅, 쿵쾅, 쿵쾅,

포 발사음과 함께 거의 동시에 들리는 포탄 작렬음이 천둥처럼 귀청을 때렸다.

중공군은 쓰러지면서도 계속 인해전술로 병력을 포진지에 접근시켰다. 이어서 아군 참호에는 중공군의 수류탄이 날아들었다.

쾅, 쾅, 쾅, 쾅……

적의 공격은 꼬리에 꼬리를 물면서 계속 이어졌다.

중공군에 더이상 대항할 수 없다고 판단한 A포대장 박동엽 대위는 철수명령을 내렸다.

"철수하라— 철수하라—"

박동엽 대위의 고함소리가 사방에 울렸다.

학도병들은 보병전투의 경험도 없다. 적과의 교전시 철수명령이 내릴 때 취해야 할 방법이나 요령도 몰랐다.

지금 이 상황하에서는 포차에 105미리 곡사포를 견인하고 포위망을 뚫는다는 것은 자살이나 다름없다. 그렇다고 그렇게 아끼고 사랑하던 신형 곡사포를 고스란히 중공군에게 넘겨줄 수는 없다. 그 대안으로 곡사포의 격발장치인 공이뭉치를 뽑으면 그 포는 무용지물이 된다. 고참병들과 학도병들은 총탄이 비오듯 날아오는 탄우를 헤치고 포에 접근하여 공이뭉치를 뽑아들고 남쪽으로 뛰었다.

이때 포차 위에서 구경 50기관포를 사격하던 서울공고 3학년인 학도병 성낙진은 왼쪽 가슴에 딱하고 총탄을 맞았다. 중공군이 사격한 소총탄에 명중한 것이다. 그런데 성낙진은 쓰러지지 않았다. 중공군의 실탄이 방한복 속에 넣고 다니던 통조림 깡통에 명중했기 때문이다. 죽음을 모면한 성낙진은 포차에서 뛰어내려 남쪽으로 달려갔다.

용산중학교 3학년의 어린 이우영 학도병은 105미리 곡사포 옆에 있던 참호에서 중공군을 맞아 총격전을 벌이다가 전우들이 보는 가운데 전사했다.

김석찬은 포진지 뒷산을 향해 자세를 낮추고 뛰었다. 전포대 이만문 상사가 "빨리 뛰어라"는 고함소리가 포탄, 총탄 소리 사이에서 애절하게 들렸다.

포진지는 마침내 중공군에게 유린되었다.

여기저기 산개하여 철수하는 국군의 모습은 처절하다. 주변에 탁탁 뭔가를 때리는 소리와 함께 적탄이 땅바닥에 꽂힌다.

김석찬은 용케도 탄우를 피해 포진지 뒷산 작은 능선까지 무사히 피해왔다. 몸을 숨기고 포진지를 넘겨다보니 총격을 받아 부상한 학도병이 간혹 보인다. 피를 흘리는 전우를 부축하고 산길을 걸어가는 학도병도 있었다. "나를 그냥 두고 가라" "빨리 일어나 가자", 서로 끌어당기며 주고 받는 말소리가 들린다. 전포대장 연락병 박노찬이 다리에 총상을 입고 피를 흘리면서 걷고 있다.

김석찬이 앉아 있던 옆의 소나무에 뭔가 "딱"하고 소리를 내며 박혔다. 깜짝 놀라 살피니 소나무에 적탄이 꽂힌 자국이 선명했다.

'아, 이것이 전투구나…… 우리가 패잔병이고……'

졸지에 패잔병으로 전락한 학도병들은 스스로를 자학하면서 덕천을 향해 무거운 발길을 옮겼다.

얼마간 산길을 걷다가 아래쪽을 내려다보니 큰길에 빽빽히 들어찬 인파가 보였다. 피난민과 철수하는 아군들이었다.

　　김석찬과 학도병들은 덕천을 향해 걸음을 재촉하였다. 피난민에게 물어보니 덕천은 아직도 40리가 남았다고 했다. 별로 무겁지도 않은 칼빈소총이 오늘따라 무겁다. 머리에 쓴 철모가 천근만근 되는듯 싶었다. 지칠대로 지쳐 기력이 쇠잔해진 김석찬은 좌측 전방의 숲속에서 아군 전투복 차림을 한 군인이 나와서 우두커니 섰다. 그리고는 남쪽을 향해 내려가고 있는 피난민과 그 사이 군인들을 바라보고 있다. 아군의 누군가가 그에게 말을 걸었다.

　　"아군이냐? 적이냐?"

　　"아군이다."

　　숲속에서 나온 군인은 대답과 함께 아군에게 총격을 가했다. 길을 걸어가던 아군들은 길옆 도랑에 몸을 숨기며 "적이다"라고 소리치며 대응사격을 시작했다.

　　김석찬도 빠른 동작으로 도랑으로 내려와 업드려 적에게 사격을 가했다. 그쪽 숲속에는 적이 많은 것 같았다. 얼마 후 미 공군 제트기가 편대로 나타나 숲쪽을 향해 기총소사를 하더니 다음 비행기는 네임팜탄을 떨어뜨렸다. 적이 있는 쪽은 화염이 솟아오르며 큰혼란이 일어났다. 이틈을 이용하여 김석찬을 비롯한 아군들은 일제히 일어나 빠른 걸음으로 그 곳을 피했다.

　　오후 2시쯤 덕천에 도착하여 민가에 들어가 먹을 것을 찾아보았지만 아무것도 없었다. 마침 김장독을 열었더니 김치가 있어서 손을 깊숙히 넣고 잡히는대로 먹어치웠다.

　　덕천에는 전선에서 중공군에게 밀려 내려온 국군 제6사단, 제7사단, 제8사단 소속 장병들이 우굴거렸다. 평양으로 가는 길 청천강 교량 위에 군수품을 가득 실은 트럭이 즐비하게 서 있다. 오도가도 못하는 형국이 벌어지고 있었기 때문이다. 교량 건너편에는 이미 중공군이 포진하여 아군에게 사격을 가하고 있었다.

김석찬은 소속대대를 찾기 위해 열심히 뛰어다니다가 겨우 청천강 제방 아래에서 제18포병대대 집결지를 찾았다. 김석찬의 소속대인 A포대가 모여 있는 곳에는 30여 명이 교통호 속에 웅크리고 앉아 평양으로 가는 길이 돌파되기만을 기다리고 있었다. 그곳에서 이정구, 박태복을 만났다. 모두 기진맥진하여 아무말 없이 서로 얼굴만 쳐다본다.

이정구는 M1소총을 어깨에 걸친채 눈만 깜박이고 있었다. 만리동 고개 감나무 동산의 친구 이정구, 박태복과의 만남은 이때가 마지막이었다.

미 공군기들은 청천강 건너 평양으로 가는 도로를 감싸고 있는 산기슭에 기총소사와 함께 네임팜탄을 투하하고 있었다. 산기슭은 온통 화염에 쌓여 벌겋게 불타고 있었다.

한편, 서울중학교 3학년인 함경호는 포진지에서 포탄을 포차에 싣다가 중공군의 집중사격을 받았다. 기관총 실탄이 포차 적재함 철판을 일렬로 자국을 내며 지나갔다. 함경호는 납작 엎드렸다. 이때 누군가가 "빨리 철수하라"는 외침소리를 듣고 함경호는 뛰었다. 총탄이 주위에 떨어지는 소리가 "딱, 딱"하고 났지만 아랑곳하지 않고 그대로 달렸다. 포진지를 벗어나 뒷산에 도착한 함경호는 1년 선배인 설규용을 만났다. 서로의 만

남은 반가웠지만 죽음길에서 빠져나오느라 넋이 빠진 사람이나 다름없었다.

함경호는 빨리 이곳을 벗어나야 한다고 생각하면서 설규용의 등을 밀었다. 중공군은 포차에 두고 온 구경 50기관포로 산을 향해 집중사격을 시작했다.

탕, 탕, 탕, 탕……

기관총에 비해 훨씬 툰탁한 연발음이 들리면서 실탄 떨어지는 소리가 요란하게 났다.

탁, 탁, 탁, 탁……

뭔가를 도끼로 내리찍는 소리 같았다.

"설형, 빨리 이곳을 떠나야 해."

두 학도병은 손을 잡고 서로 의지하며 덕천을 향해 뛰었다. 얼마간을 뛰다가 큰길에 들어서니 멀리 덕천으로 가는 길에 미 공군기 4대가 급강하며 기총사격과 네임팜탄으로 공격하는 광경이 보였다. 실의에 찼던 이들의 눈은 잠시 맑게 빛났다. 미 공군기가 믿음직스럽게 느껴졌기 때문이다. 그러나 순간 앞이 캄캄하였다. 북쪽에서 탈출하여 남쪽으로 향하고 있는데 남쪽에서 미 공군기가 공격하고 있다면 그곳에도 적이 있는게 아닌가. 그렇다면 어디로 철수해야 한단 말인가.

엎친데 덮친다는 격으로 피난민까지 가로되,

"더 가지 마시오. 조금 더 내려가면 중국인민해방군이 길을 막고 있는데 피난민은 돌려보내고 국방군을 보면 총을 뺏고 머리 위에 손을 없게 하여 세워놓고 있어요."

참으로 암담하였다. 그 말을 듣고 함경호와 설규용 그리고 근처의 국군 여러 명은 덕천으로 가는 길을 포기하고 도로 옆 산으로 올라가 중골이란 마을을 돌아 개천쪽으로 방향을 잡았다.

험한 숲속을 헤치고 산능선을 타며 산골짜기를 지나다가 갑자기 설규용이 주저앉았다. 함경호가 자세히 살피니 얼굴이 백지장같이 하얗다. 기진맥진한 상태인 것 같았다.

"함경호, 나는 못가겠어. 나를 두고 떠나!"

설규용은 더듬더듬 겨우 그 말만을 할 뿐 눈꺼풀까지 가라앉는다.

"설형! 기운차려, 내가 어떻게 설형을 놔두고 떠날 수 있어?"

함경호의 말에 대꾸할 기운도 없는지 아무 말도 못했다.

"형! 내가 부축하고 걸어갈테니 힘들어도 천천히 걸어가자구."

함경호는 겨드랑이에 팔을 넣어 부축하며 일으켰다. 이 광경을 보고 있던 다른 일행은 설규용이 가망 없다고 판단한 탓인지 매정하게 그냥 떠나버렸다. 10여 명과 헤어져 단 둘만이 산속에 남으니 적막함이 그지 없다. 자꾸만 설규용은 함경호에게 "빨리 먼저 떠나라"고 중얼댔지만 함경호는 도저히 떠날 수 없었다. 살아도 같이 살고 죽어도 함께 죽어야 한다는 각오를 하면서 그도 설규용의 옆에 주저 앉았다. 정신없이 뛰어 오느라 배고픈줄도 피곤함도 몰랐던 그도 앉자마자 좌절감과 함께 육체적 고통이 몰아쳤다. 온몸이 쑤시는 듯 통증이 일었다. 시간이 흐르자 주변의 고요는 공포감까지 몰고왔다. 아무 소리도

들리지 않고 주변의 원시림 같이 무성한 나무와 숲에는 중공군이 떼지어 잠복하고 있는 것처럼 의식되었다. 이러다가 둘이 이곳에서 죽는게 아닌가 하는 절망이 함경호의 가슴을 눌렀다. "안돼, 안돼" 그는 용기를 찾으려 몸부림쳤다. 그러나 굶주림과 피곤함 탓인지 그의 의식도 희미해지는 것이었다. 얼마간의 시간이 흘렀는지 아무도 모른다. 둘다 깊은 잠에 빠져 있었던 것 같다. 함경호는 먼저 눈을 떴다. 설규용은 아직 깊은 잠에 빠져 있었다. 함경호의 손을 꽉 잡고, "나를 버리지 않고 같이 있어준 함경호의 전우애 그리고 학교 선후배 사이의 사랑에 감사한다"는 무언의 뜻이 함경호의 손에 뜨겁게 와닿는 것 같았다. 얼마간 설규용을 깨우지 않고 시간을 보내다가 그가 놀라며 눈을 뜨자 함경호는 그를 흔들었다.

"설형! 괜찮아?"

"응, 이젠 좋아진 것 같아."

"정신차려! 설형, 우리는 죽어선 안돼."

"나 때문에 함경호만 이 꼴이 된 것 뭐라 말할 수 없구나."

"무슨 말을……. 우리는 꼭 함께 헤쳐나가야 해. 용기를 내자구."

"그래, 용기를 낼께."

설규용은 잔잔히 웃었다.

주변의 적막은 정말 공포심을 더욱 불러 일으켰다. 차라리 포탄이 낙하하는 전장의 소용돌이 속이 더 편할 것 같았다. 함경호는 공포심을 극복하려는 속셈인지 벌떡 일어나 큰소리로 "아무도 없어?"하고 세번 외쳤다. 세번의 외침이 산울림 되어 다시 울려퍼지니 더욱 고독함이 겹쳐지는 것 같았다. 정말 주변에는 적도 아군도 없었던 것이다. 할 수 없이 함경호는 이곳을 떠나기로 결심했다.

"이젠 괜찮아?"

"응, 이젠 뛸 수 있을 것 같아."

"됐어. 설형, 이곳을 빠져나가자구."

그들은 확실한 행선은 없었지만 무조건 남쪽을 향해 다시 뛰다싶이 걸음을 재촉했다. 날이 어두워지자 더 이상 걸을 수 없었다. 방향을 찾을 수 없기 때문이었다. 근처를 살피니 부락의 초입인 탓인지 짚단 쌓아둔 곳이 눈에 띄었다. 그들은 짚단을 헤치고 속으로 들어가 잠들었다.

날이 새자 그들은 밖으로 나와 다시 걷기 시작했다. 어제 아침부터 굶은 탓인지 먹지 않고서는 더 걸을 수 없었다. 짚단이 있는 것을 보니 이 근처에 부락 아니면 농가가 있을 것이라는 생각이 미치자 그들은 주변을 두루 살피면서 걸었다. 얼마간 걸어가니 작은 기와집 한채가 눈에 띄었다.

"설형! 저기 기와집이 있어."

"이제 살았구나……"

설규용은 함경호의 손을 꼭 잡으며 다행스럽다는 듯이 큰 한숨을 쉬었다. 그들은 살금살금 주위를 살피면서 그 집으로 다가갔다. 집안에서는 아무 인기척이 없었지만 부엌에서는 아침 짓는 기색이 보였다. 그들은 가만히 부엌문을 열고 살폈다. 안에 있던 나이든 여인이 깜짝 놀랐다. 함경호가 입을 열었다.

"놀라지 마세요. 우리는 국군입니다. 여기 뙤놈 없습니까?"

여인은 겁먹은 표정으로 "없습니다"고 대답했다. 함경호는 사정하는 말투로 굶었으니 한끼 도와달라고 했다. 여인은 방으로 안내했다.

방안에 들어서자 50세 가량의 남자와 머리를 박박 깎은 젊은 남자가 깜짝 놀라며 일어나 앉는다. 젊은 남자는 한복을 입고 있었는데 속내의가 인민군 내복으로 보였다. 함경호는 칼빈 소총을 들어대고 실탄을 장전했다. 그리고 소리쳤다.

"너, 인민군이지?"

그러자 50대의 남자가 제발 살려달라는 듯 손을 비비며 하소연했다.

"내 아들입니다. 인민군에 끌려갔다가 도망와서 집에 숨어 있는 중입니다. 살려만 주시구레."

아버지가 말하는 동안 아들은 머리를 방바닥에 박고 두 손을 빌며 살려달라고 애원한다. 함경호는 총구를 거두고 그들에게 말한다.

"살려줄테니 우리가 떠날 때까지 꼼짝마시오. 요기나 하고 떠나려오."

그들은 비로소 얼굴을 들고 고맙다고 했다. 잠시후 강냉이밥과 김치로 아침식사를 했다. 이젠 살 것 같았다. 함경호는 집을 나오면서

"우리 국군이 다시 오면 밥값을 갚겠습니다."

라는 인사를 남긴 후 그곳을 떠났다. 얼마간을 걸었지만 중공군은 보이지 않았다. 아마 남쪽으로 훨씬 진격했을 것이라고 생각했다. 다행히 추수하지 않은 생옥수수가 밭에 남아 있었으

므로 그것을 따서 옥수수 알을 씹으며 요기를 할 수 있었다.

이렇게 사흘을 걷다가 신안주에 배치되어 있던 터어키 군을 만날 수 있었다. 터어키 군인들은 함경호와 설규용을 보자 무조건 적으로 간주하고 무장해제를 시켰다. 아무리 손짓발짓으로 국군이라고 말해도 인정하지 않았다. 얼마후 터어키 군 본부에 옮겨져 통역관의 해명으로 풀려났다.

12월 5일 경, 평안남도 순천, 순안을 거쳐 황해도 수안에 와 있는 대대 집결지를 찾아 합류할 수 있었다. 함경호와 설규용은 마치 어머니의 품으로 돌아온 소년처럼 기뻐했다. 어디 그들 뿐이랴. 대부분의 학도병들도 그들처럼 모두 사선을 넘고 넘어 집결지를 찾았던 것이다.

함경호는 11월 26일 아침, 포진지에서 중공군의 공격을 받을 때 참호에 들어가 칼빈소총으로 대항하다가 나오지 못한 서울중학교 1년 선배인 이공준의 얼굴을 떠올린다.

함경호는 덕천 포위 당시 절망과 기아 속에서도 '살아야 한다'는 신념으로 귀환할 수 있었던 이면에는 아버지와의 대화 때문이라고 생각했다.

서울학도의용군에 지원, 전선으로 출발하기 위하여 아버지에게 인사할 때 처음에는 연령 미달이라는 이유로 아버지가 만류했지만 너무 확고한 의지를 표시하므로 끝내 아버지가 허락했다 그때 아버지와의 대화는 다음과 같다.

"너, 꼭 살아 올 수 있니?"

"네. 꼭 살아 오겠습니다."

"그럼 가거라."

덕천 포위망을 탈출 당시 함경호가 지은 시를 싣는다.

아, 알일령

여기 힘없이 움직이는 무언의 대열이 흐른다
고달퍼 늘어진 어깨와 주림의 배를 안고도
삶을 빼앗기지 않으려는 알뜰한 정성들이 보인다

우울한 하늘을 흘겨보며 듣지 않는 다리를 재촉한다
골짜기에 안개가 내린다
소점(消點)으로 사라지는 가련한 발자국을 따른다

여기 삶에 목마른 누망(漏網)의 대열이 흐른다
목이 탄다——,
힘이 없다——,

차라리 삼켜도 삼켜도 돋아나는 미련이여
낙엽위에 옮겨지는 발길 마다에
죽엄은 멀어지고 또 가까워진다

침침한 굴이 보인다
깊숙히 숨고 싶은 바위굴이 보인다

제10장 덕천의 회한

제10장 덕천의 회한

덕천지역에서의 하루하루는 악몽 속에서 헤매이는 듯 했다. 왜냐하면 전진의 연속이 아니고 후퇴와 패전의 고통 때문이었다.

주간에는 전진하여 포사격을 하다가도 밤이 되면 다시 후퇴하여 진지를 옮겨야 했다. 또한 고참병들이 학도병들에 가해지는 비인간적 대우는 사기저하의 원인으로 작용했다. 학도병 이외의 대부분의 고참병들은 학력이 학도병에 비해 월등히 낮았으므로 그 열등감을 해소시키기 위한 방편으로 고참병들은 학도병들을 들볶았다.

서울공업고등학교 1학년의 이영은 11월 26일, 그것도 공교롭게 그의 생일인 그날 새벽, 중공군에 의해 무참히 포진지가 유린당하고 있을 때 철수명령이 내려지자 105미리 곡사포의 공이뭉치를 빼내어 칼빈소총에 의지하며 덕천을 향하여 걸음을 재촉하고 있었다. 풍덕에서 덕천까지는 천 미터 가까운 고지군(高地群)이 연이어 가로막고 있어 이것을 넘는데 허기에 지친 몸을 이끌고 꼬박 하루를 걸어 도달할 수 있었다.

덕천은 제7사단 사령부가 있던 곳으로 강변 모래밭에 모여든 철수병력들에게 주먹밥을 나누어 주는 등 비교적 질서가 잡혀 있었다. 굶었던 배에 주먹밥 한 덩어리는 가뭄에 단비나 다름없었다.

강 건너 언덕에서 갑자기 소총탄이 소나기처럼 쏟아졌다. 이영은 주먹밥을 다 먹지 못하고 나머지를 내동댕이치며 엎드렸다. 포복을 하며 청천강 반대쪽으로 빠져나갔다. 고참병들은 그 위급한 상황에서도 주먹밥을 버리지 않고 입에 쑤셔 넣어가며 포복을 하고 있었다. 다시 철수의 길에 들어섰다. 적은 어디서나 나타났다. 따라서 남쪽이라 하여 안심할 수 없게 된 것이었다.

청천강을 건널 때는 물에 젖은 부분이 대기에 접하자 얼기 시작했다. 걸을 때마다 구부러지는 곳이 뿌드득뿌드득거리며 얼음 깨지는 소리가 들렸다.

먼저 건너간 전우들 가운데 일부가 중공군에 걸려 끌려가는 것을 빤히 보면서도 어떻게 손을 쓸 수 없는 안타까운 광경이 전우들 가슴을 멍들게 하고 있었다.

이영은 아주 심한 근시였던 학도병 김종성을 이끌고 또 그가 가지고 있던 M1소총까지 챙겨야 했기에 그 고통은 형용할 수 없었다. 밤새워 걷다 청천강 지류를 거룻배로 건너 작은 마을에 들어서니 초가 흙담에 숯검정으로 '제18포병대대 장병은 신창으로 집결하라'는 글씨가 보였다. 일행은 "이제 살았구나" 하며 구세주를 만난 듯 기뻐했다.

"신창까지는 50리랍니다" 마을 할머니의 대답이었다. 이때 멀리서 자동차 한대가 달려오고 있었다. 일행은 혹시나 하고 기대하면서 자동차가 가까이 오는 것을 기다렸다. 이영이 바라던 바로 제18포병대대의 표시가 보였다. 자동차가 정차하자 박윤호 상사가 차에서 내리더니 까맣게 끄슬리고 수척해진 이영 일행을 보고 "너희들 18포병대대 소속이지?"라고 묻는다. 이때 이영 옆에 있던 김종성이 갑자기 주저앉으며 엉엉 소리를 내어 울었다.

"임마, 울기는 왜 울어?"

"너무 반가워 우는 겁니다."

"여기 먹을 것이 있으니 빨리 요기나 해라."

박윤호 상사가 광주리에 담아온 쌀밥과 생선 통조림을 내놓는다. 이영 일행은 꿀맛 같은 식사를 단숨에 해치웠다.

"빨리 출발하자. 적이 접근 중이다."

박윤호 상사의 재촉에 일행은 훨훨 털고 일어나 자동차에 탔다. 어찌나 고마운지 그간 있었던 고참병의 행패가 머리 속에서 싹 가시고 감사하는 마음으로 바뀌고 있었다.

북창에 도착하니 "귀환 환영!"이란 현수막이 소나무로 만든 아치에 걸려 있었다. "이제 살았다" 이영과 그 일행은 정말 삶의 소중함을 다시 한번 깨달으며 환희에 젖었다.

18포병대대 본부에 들러 귀환 신고를 하니 "살아왔구나, 그럼 이것도 지워야지"하며 고참병이 전사(戰死)라고 쓴 붉은 글씨 위에 검은 먹으로 줄을 긋고 생환이라는 글씨를 써넣었다.

이영과 그 일행은 제대로 철수로를 따라온 행운을 잡았던 것이다.

　다시 이야기는 덕천에서의 김석찬으로 되돌아 간다.

　주먹밥이 나누어져 막 먹으려 할 때 강건너에서 중공군의 집중사격이 시작되었다. 모두 총소리에 놀라 일시에 아수라장으로 변한다. 각자 뛰어 어디론가 가야만 했다. 김석찬은 덕천에서 개천으로 가는 길옆 옥수수밭에 뛰어 들어갔다. 강변 제방위에 세워두었던 트럭 10여 대가 서쪽 개천방향으로 천천히 움직이고 있었다.

　개활지를 걸어가고 있는 국군에게 중공군이 따발총과 소총으로 집중사격을 가했다. 중공군은 밭도랑에 숨어 있다가 일시에 나타난 것이다. 이때 어느 누군가가 "돌격, 앞으로"하며 소리를 질렀다. 그러나 그 절규에 따라가는 장병은 없었고 빈 메아리가 되어버렸다. 모두 중공군 반대쪽으로 뛰면서 엉뚱하게도 하늘에다 총을 쏘아 대었다.

　중공군은 덕천 남쪽에 있고 국군은 덕천 북쪽 야산으로 뛰어 올라가고 있다. 이 와중에서 어디서 나타났는지 제7사단장 신상철 준장이 뭐라고 소리질렀으나 듣는 사람은 아무도 없었다. 제5연대장인 듯 대령이 권총을 뽑아들고 하늘을 향해 권총을 쏘면서 지휘하려고 하였으나 누구도 그 지휘에 따르지 않았다. 지옥과 같은 처절한 광경이었다. 승승장구 별 저항을 받지 않고 쾌속 북진하던 국군에게 이 무슨 청천벽력이란 말인가. 포위당했다고 생각이 되어 도무지 결사 항전할 기색이 전혀 없다. 무조건 살기 위해 피해 뛰어갈 뿐이었다.

　김석찬이 북쪽 산 중간 쯤 올라갔을 때 산정에 숨어 있던 중공군이 일제히 사격을 가했다. 바로 앞에 서있던 몇몇이 총탄에 맞아 쓰러졌다.

탕, 탕, 탕 …… 따따따따……

기관총까지 가세하여 총탄을 퍼붓는다.

"아이구, 아이구!"

이곳 저곳에서 비명이 들려왔다. 개활지 옥수수밭에는 국군이 버린 배낭과 철모, 장교들이 입고 있던 파카 방한복, 심지어 화폐뭉치까지 즐비하게 흩어져 있다. 그 한쪽에서는 어느 병사가 누가 버린 것인지도 모르는 미군 워커군화를 주어다 신는다.

무겁다고 생각되는 것은 다 버리고 있는 판국에 한결같이 소총만은 거머쥐고 뛰고 있다.

북창 순천으로 나가는 청천강 다리 위에는 많은 차량들이 남쪽을 향한채 일렬로 서있다. 오도가도 못하고 주저앉은 꼴이다.

저녁 해가 지고 밤이 되었다. 음력으로 10월 보름의 둥근달이 유난히 밝다. 다시 덕천의 청천강 모래밭에 모두 모였다. 일부 병력은 산속으로 들어가 어딘가로 빠져나갔지만 대부분의 병력은 아직 덕천에 남은 것이다.

중공군의 포위망을 어떻게 돌파할 것인가를 심사숙고하고 있었다. 그러는 가운데 중공군은 다시 심리전으로 국군을 괴롭혔다. 개천쪽의 산에서 중공군의 피리소리가 처량하게 울려퍼졌다. 잠시 후 피리소리가 끝났는가 하면 그 반대편 산에서 또 피리소리가 울려온다.

김석찬은 피리소리를 들으며 만감이 교차하는 것을 의식했다. 특히 이날 음력 10월 보름날은 그의 아버지 생신일이었다. 집에 계신 아버지 생각에 "내가 살아서 돌아가야 내년 아버지 생신날에 인사드릴텐데"하고 가슴을 조였다.

하필이면 이날 중공군에 쫓겨 다니는게 무슨 운명의 장난인지 슬퍼졌다.

강건너 산기슭에는 그날 낮에 미 공군기의 폭격으로 불붙은 화염이 계속 훨훨 타오르고 있었다.

'제발 저곳에 있는 중공군이 물러나 길이 열렸으면……'하는 간절한 기도를 김석찬은 올리고 있었다.

청천강 북쪽 강변에 모인 많은 국군 장병은 소속이나 계급을 알 수 없었다. 다만 중공군에게 포위되어 있어 포위망을 뚫고 국군이 있는 곳으로 가야한다는 생각만을 같이 하고 있을 뿐이었다. 그리고 며칠 지나 국군의 대반격으로 이곳 덕천을 비롯한 이북 전지역을 탈환할 것으로 믿고 있었다.

계속 산쪽에서는 중공군의 피리소리가 들려왔다. 밤이 더 깊어지면서 청천강 다리 위의 국군 행렬이 서서히 이어지는 것이 보였다.

"뒤로 전달, 작은 소리로 전하라. 각각 3보 간격으로 따라오라."

앞에 있던 아군이 전한다. 김석찬도 뒤에 대고 작은소리로 앞사람의 말을 전했다.

한사람, 한사람 3보 간격으로 뒤따라 걸어갔다. 숨죽이듯 아무 소리도 들리지 않는다. 가끔 소총이나 다른 물건들이 부딪치는 금속성 음향이 '달그닥'하고 들릴 뿐이다.

김석찬은 그 행렬을 따라 한참만에야 청천강 교량을 건넜다. 그것만으로도 김석찬은 살아난 것만 같은 기분이었다. 다리를 건너자 행렬은 좌측으로 돌아 강변을 따라갔다. 오른쪽을 보니 산 밑의 나무와 숲이 무성하다. 금방 중공군이 총을 들고 덤벼들 것만 같다. 앞에 가는 군인이 정지하면 따라 정지하고 그가 앉으면 같이 앉고 다시 일어나 걸어가면 그를 따라 걸음을 옮겼다.

얼마간을 이렇게 걸어가다 앞의 군인이 앉는다. 김석찬도 따라 앉았다. "뒤로 전달, 부락에 뙤놈이 있는 것 같다. 경계하면서 조용히 따라오라" 앞의 군인이 김석찬의 귀에 대고 속사이듯 말한다. 김석찬은 다시 뒤 따르는 군인에게 그 내용을 전했다.

약 1시간 가량을 이렇게 걸었다. 얼마후 앞의 군인이 자세를 낮추고 앉았다. 김석찬도 앉았다. 5분이 지났는데도 그대로 있었다. '아마 선두의 국군이 지형과 적정을 살피느라 늦는 것일 것'이라고 생각되었다. 그런데 뒤의 군인이 앉은채 졸고 있다가 출발을 모르고 그대로 쳐졌다. 김석찬이 이상한 예감으로 뒤를 살피니 군인이 보이지 않는다. 급히 오던 길을 되돌아가 보니 그 군인이 아직도 졸고 있지 않는가. 김석찬은 발길로 걸어찼다. 깜짝 놀라 잠에서 깬 군인은 황급히 따라 붙었다.

선두의 군인이 산중턱을 타고 올라갔다. 나뭇가지를 붙잡고 한걸음 올라서면 가랑잎에 미끄러져 두걸음쯤 내려오는 것 같았다. 있는 힘을 다해 앞 군인을 놓치지 않으려고 따라갔다. 능선에 올라서자 모두 앉아 쉬고 있다. 아예 누워서 잠자는 군인도 보인다. 내려다 보이는 건너편 계곡의 집 창문에서 아련히 불빛이 보인다. 몇몇 군인이 내려가 집주변을 살피고 문을 열었다. "우리는 국군인데 뙤놈 있어요?" 방안에 있던 노부부도 고개를 흔들며 "지금은 없습니다. 조금 전에 산위로 올라갔소"라고 대답했다. 역시 이곳도 있을 곳이 못되 빨리 떠나야 한다고 생각하고 막 일어서고 있을 때 산 아래쪽에서 요란한 총성이 울려퍼졌다. 중공군과 국군의 총격전일 것이라고 추측하면서 일행은 다시 출발했다.

험한 산길을 오르내리기를 몇 번 거듭한 끝에 새벽을 맞았다. 덕천에서 출발할 때는 그 많던 군인들이 겨우 8명만 남았다. 중간, 중간에서 대열이 끊어져 각각 흩어진 탓이리라.

김석찬은 자기를 제외한 7명을 살폈다. 뜻밖에 그 가운데 C포대 전포대장 차 중위와 전포대 선임하사관 그리고 경기공업고등학교 1학년인 학도병 안용주가 보였다. 서로 아는 사이이고 같은 소속이기 때문에 김석찬은 무척 좋아했다. 그런데 웬일인가, 차 중위는 선임하사관과 귓속말을 하고 나서는 허리에 차고 있던 45구경 권총을 뽑아들고

"지금부터 너희들은 따라오지 말라. 나는 너희들을 책임질 수 없다. 너희들끼리 알아서 행동하라."

고 위협했다.

"전포대장님, 저희들도 데려다 주세요."

하고 학도병 안용주가 애원하듯 졸랐다.

"안돼! 따라오면 쏜다."

하면서 권총 총구를 안용주 머리를 겨누면서 선임하사관과

함께 차 중위는 계곡 아래로 내려갔다. 그래도 김석찬이 그들을 따라 나서려 하자 안용주가 말렸다. 김석찬은 할 수 없이 따라가는 것을 포기하고 아직 어두워서 방향도 알 수 없으니 잠을 자고 날이 완전히 새면 다음 행동을 하기로 했다.

마침 골짜기에 있는 방공호 같은 참호가 있어 그 속에 들어갔다. 그 곳에서 하나님께 기도하면서 잠이 들었다.

"야! 일어나 일어나란 말야."

누구의 발길질에 눈을 떠보니 안용주였다.

"아이구, 난 또 누구라고 인민군일 줄 알았다구."

김석찬은 다행이라는 얼굴 표정으로 눈을 부비며 일어나 호 밖으로 나왔다.

실컷 잔 것 같았다. 아마 9시 쯤 된듯 싶었다. 김석찬과 안용주도 숲을 헤치고 고지 정상을 향해 걸었다. 숲속 깊이 들어갔을 때에 계곡 아래를 내려다 보는 순간 대 부대가 이곳으로 올라오고 있는 중이었다. 그들은 숨을 죽이고 숲속에 숨어서 자세히 살폈다. 국군인지 중공군인지 확인해야 했기 때문이다. 그러나 거리가 먼 탓으로 잘 분간이 안되었다. 가까이 다가올 때까지 몸을 감추고 계속 주시하고 있는데 미군의 외투를 입은 것이 눈에 띄었다. 더 가까이 접근하도록 기다리다가 김석찬은 안용주에게 소리쳤다. "국군이다" 중위 계급장을 단 장교를 발견했기 때문이다. 그들은 그 자리에서 벌떡 일어났다. 그리고 그 국군에게 손을 흔들어 아군임을 알렸다.

중대장으로 보이는 그 장교는 김석찬에게 물었다.

"너희들 소속이 어디냐?"

"7사단 포병 18대대입니다."

김석찬이 큰소리로 대답했다.

"알았다. 맨 뒤에서 우리를 따라오라."

의외의 원군을 만난 김석찬과 안용주는 얼굴에 화색이 돌며 '이제 살았구나'하고 안도의 한숨을 내쉬었다. 맨뒤에 따라붙기 위해 그 대열이 지나가기를 기다렸다가 맨 뒤에 다가갔다. 그런데 또 웬일인가, 반가운 모습의 얼굴을 맞았다. 학도병 최창하, 김태희, 김남종 세 사람이 꽁무니에서 따라오고 있었던 것이다.

"오— 이게 웬일이냐?"

"아이구, 반갑구나."

그들은 서로 얼싸 안으며 반가워했다.

최창하는 김석찬의 학교 2년 선배였다. 최창하는 "같이 행동하자"고 말하면서 잠바 호주머니 속에서 고구마를 꺼내어 김석찬과 안용주에게 나누어 주었다.

"석찬아, 고구마라도 먹어라. 그동안 배고팠지?"

하면서 그간의 고생을 위로해 주었다. 이 인간미 넘치는 만남에서 얼마전 권총으로 위협하며 떠나가버린 차 중위와 선임하사곽을 떠올리며 비교했다. '세상에 그렇게 나쁜 인간'이 있나 싶었다. 차라리 그 나쁜 인간의 버림 때문에 더 믿음직스러운 원군을 만났다고 생각하면서 김석찬은 하나님께 감사했다.

그 곳에서 만난 그 부대는 국군 제8사단 제10연대 중화기 중대라 했다. 중대장은 부대 대열의 맨앞쪽에서 방향을 직접 개척하고 있었고 학도병 후미에도 경계병까지 배치하는 등 온정을 베풀었다. 특히 김석찬을 비롯한 학도병이 감탄한 것은 그들의 장비에 놀랐다. 포위망을 뚫고 나오면서도 그 무거운 박격포와 기관총을 버리지 않고 메고 나온 것이다.

학도병들은 알몸에 소총 한 자루 뿐이었기에 그들을 보면서 부끄러웠다.

"저희들이 들어다 주겠습니다."

고 그들에게 말하면 한결같이 대답하기를,

"고맙지만 괜찮아요."

라는 대답이었다. 부하나 상관이나 훌륭하다고 생각했다.

이어지는 행군을 하다 잔솔 숲에서 막 나오니 전방 500미터 떨어진 곳에 작은 부락과 학교가 보였다. 중대장은 즉각 중대원들에게 자세를 낮추도록 명령하는 한편 앞 능선까지 수색조를 보냈다.

김석찬은 또 한 번 놀랐다. 수색조 앞에서 뛰어가는 군인이 다름 아닌 중대장 자신이었기 때문이다. 그 뒤를 따라 중대원은 전진했다.

부락 쪽에서 사격이 시작되었다. 이어서 중대도 응사했다. 그런데 사격의 빈도로 보아 중공군과 교전할 부대 규모가 아닌 것을 판단한 탓인지 중대장은 '빨리 이곳을 떠나야 한다'면서 그 자리를 떴다. 다행히 병력이 적은 탓이었는지 중공군의 추격은 없었다. 부대는 일제히 뛰었다. 중공군의 원군이 도착하기 전에 이곳을 이탈해야겠다고 중대장의 상황판단의 결과였다.

온종일 중대 행렬을 따라 학도병들은 걸었다. 때로는 산능선을 넘고 밭도랑 길을 걸으며 될수록 빠른 걸음으로 이동했다.

오후 들어 하늘에 높게 떠 있던 해가 서쪽으로 기울어지기 시작했다. 중대장은 어둡기 전에 아군의 진지로 가야 한다는 생각인 것 같았다. 빠른 걸음을 계속 재촉하고 있었다.

산기슭을 막 돌았을 때 대열의 맨 앞의 정찰조에서 걸음을 멈추고 뒤를 돌아보며 앉으라는 손신호를 보냈다.

커다란 밤나무에 둘러쌓인 기와집이 보였다. 모두 그쪽을 향해 소총을 겨누었다. 그러는 가운데 정찰조가 달려가 기와집을 수색한 후 손을 들어 흔들며 전진 신호를 보냈다.

이 일련의 부대 행동을 본 김석찬과 학도병들은 질서 정연하게 병력이 움직이고 또 지휘관의 명령에 따라 일사불란하게 행동하는 보병에 대해 감탄을 했다. 학도병이 따라 붙으면 자신들이 손해 볼 것이라고 판단하여 권총으로 위협하고 따돌린 자기 부대 소속의 차 중위와 그 8사단 소속의 중위와는 하늘과 땅 사이만큼 격차가 있다고 다시 생각이 미쳤다.

얼마간 걸음을 재촉하고 강행군을 하자 야산을 벗어나 개활지 옥수수 밭에 들어섰다. 그때 전방을 바라보니 큰 도로가 눈에 띄고 트럭이 오고가는 것이 보였다.

이제야 중공군의 포위망에서 벗어난 것 같았다. 앞에 가던 보병들은 개활지를 지나 큰길 가까이 도달하고 있었다. 김석찬을 비롯한 학도병은 그들 보병을 놓칠새라 힘껏 뛰며 따라 붙었다.

큰길에 나왔을 때 해가 산능선에 걸쳐 떨어질 무렵이었다. 북창으로 가는 도로에 국군이 후퇴하는 대열이 줄지어 이동하

고 있었다. 얼마 걷다가 길 옆에 있던 105미리 곡사포 포진지
가 보였다. 학도병들은 고향을 찾은 것만큼 반가워 포진지로
뛰어갔다. 지금 막 이동하려고 출발하는 포병부대였다. 무조건
포차에 올라탔다. 이 포병부대는 국군 제8사단 50포병대대라
했다. 철수명령에 의해 막 출발하려고 하던 참이란다.

운이 좋다고 생각하면서 피곤한 탓인지 김석찬은 곧 잠이
들었다. 다른 학도병도 깊은 잠에 빠졌다.

차가 멈칫하여 김석찬은 잠에서 깨었다. 누군가가 "부대를
찾아가라"고 말한다. 차에서 내려 가까이 검문소가 보여 그곳
헌병에게 다가가 포병 18대대 집결지를 물었다. 헌병이 일러
준 길을 따라 찾아갔다. 신창리 어느 민가를 집결지로 정하고
귀환하는 부대원들에게 식사를 제공하고 휴식을 하도록 준비
하고 있었다.

이날은 11월 28일이었다. 아침에 일어나 식사를 할 때 포대
본부 서무계가 인원 점검을 했다. 김석찬은 포대에서 14번째
귀환했다고 알려준다. 어제 저녁 북창의 도로까지 나왔다가 헤
어졌던 최창하, 김태희와도 신창 집결지에서 다시 만날 수 있
었다.

서재식과 진충하는 동네 친구 이정구, 박태복의 소식이 없다
고 걱정하면서 눈물을 흘리며 재회의 기쁨을 나누고 있었다.

뜻밖에도 학도병이 거처했던 민가 옆 언덕 위에 교회가 보
였다. 최창하가 먼저 교회에 가보자고 제의하므로 김석찬, 김
태희와 함께 교회를 찾아갔다.

교회 문을 열고 들어가 강단 앞에 모여 앉아 기도를 드렸다.

최창하가 기도를 시작했다.

"하나님, 감사합니다. 무사히 아군의 집결지까지 인도해 주셔서 감사합니다. 아직도 저희들 많은 동료들이 돌아오지 못하고 있습니다. 그들에게도 하나님 은총을 내려주시옵소서. 저희들은 정의의 군인으로 무신론자인 공산주의와 싸우고 있습니다. 우리가 저들과 싸워 이겨 하나님의 권속이 될 때까지 용기를 주옵소서."

학도병들은 눈물을 흘리며 감사의 기도를 올렸다.

기도 후에 목사 사택을 찾았다. 방문을 열고 들어가니 젊은 여자가 딸 아이를 품에 안고 나왔다. 학도병들의 인사를 받으며 목사의 안부를 묻자 그녀는 눈물을 흘리면서,

"국군이 들어오기 직전에 정치보위부에서 데려갔는데 아직까지 생사 소식이 없습니다."

라고 했다. 너무나 애처롭게 보였다.

김석찬의 제의에 의해 며칠 전 군인으로서 첫 달 봉급을 받아 갖고 있었던 돈 중에서 한 사람이 천원씩 3천원을 감사 헌금으로 목사 부인에게 전하고 그 곳을 떠났다.

시간이 흐를수록 전선 상황이 긴박하여 하루종일 도로에는 후퇴하는 차량이 남쪽으로 이어지고 있었다.

용산중학교 3학년의 손화규는 11월 26일, 아침 C포대 전포대 5분대 3번 포수의 임무를 수행하다가 철수명령을 받고 같은 분대원인 덕수상업고등학교 1학년의 박병무와 함께 105미리 곡사포를 포차 뒤 견인봉에 달고 막 출발하였다. 그때 포진

지 앞 능선과 능선 우측의 덕천으로 나가는 도로 방향에서 기관총과 소총사격을 받았다.

따따따따……   탕탕탕탕……

손화규는 포차 위에 올라가 구경 50기관포를 잡고 실탄을 장전하여 능선을 넘어오는 중공군에게 사격을 맹렬히 가했다. 중공군은 계속 전진하여 포진지 깊숙이 드어왔다.

포차 앞의 참호에서는 박병무가 M1소총으로 사격하고 있다. 이때 누군가가 "포차에서 내려오라"고 소리친다. 손하규는 급히 뛰어 내려 포차를 겨냥하여 사격하는 중공군의 기관총 총탄을 피했다. 순간 기관총 실탄이 포차 적재함을 때리는 금속성 음향이 날카롭게 퍼졌다.

6·25 동란 초기에 공산당에게 잡혀간 아버지의 원수를 갚는다고 학도의용군에 지원했는데 지금 여기서 죽게 되는구나 하고 생각하면서

"나이가 아직 어리니 가지 말라."

고 말리던 어머니의 얼굴이 떠올랐다.

"어머니, 저는 죽지 않으렵니다."

기도하듯 중얼거리며 적측을 향해 칼빈소총을 쏘아댔다. 이때 누군가가 "빨리 와—"하고 소리치는 소리가 들렸다. 포진지 뒷산 쪽을 향해 뛰어가는 포병들의 모습이 보였다. 손화규는 그 뒤를 따라 허리를 낮게 굽혀 잽싸게 뛰었다. 주변에서는 실탄이 땅에 박히는 "턱턱턱" 소리가 들려오는가 하면 전우의 신음소리까지 사이사이에 울렸다. 손화규는 산을 넘기 위해 계곡으로 올라갔다. 산중턱에 왔을 대 C포대장 윤원명 중위가 일

어서서 포진지를 내려다 보다가 이마에 총탄을 맞고 쓰러졌다. 포대장 연락병인 경기고등학교 1학년 김익호가 포대장 뒤에 서있다가 포대장이 쓰러지는 것을 보고 포대장을 부축하려는 순간 김익호도 총탄을 맞아 그 자리에서 전사했다. 그 광경을 목격한 손화규는 자기 눈앞에서 순간적으로 두 사람이 전사하는 모습을 보고 공포와 전율에 떨었다. 더욱이 직속상관의 전사하는 그 장면은 뭘로 표현해야 할지 온몸에 힘이 다 빠지는 것 같았다.

혼이 나간 사람 같이 갈피를 못잡고 있는 손화규에게 누군가의 목소리가 들려왔다.

"쓰러지면 안돼! 용기를 내!"

정신을 차리고 돌아보니 바로 학교 2년 선배인 최창선 학도병이었다. 겨우 정신을 가다듬고 손화규는 최창선을 따라 뛰었다. 이 길목에서 경기고등학교 1학년의 전종락과 경동고등학교 1학년의 신태윤을 만났다. 전종락도 경기고 동기인 김익호의 전사장면을 목격했다고 한다.

얼마간 산길을 뛰다시피 걷다가 덕천으로 가는 큰길로 나왔다. 그 길에는 전선에서 후퇴하는 아군이 길을 메웠다. 그 사이사이에 부상병이나 피난민들도 무수히 섞여 있었다.

큰길을 걷다가 중공군의 기습을 또 받았다. 군인 뿐만 아니라 피난민도 총탄에 맞는 등 그 큰길은 아수라장을 방불케 했다.

손화규는 길옆 낮은 산으로 뛰어 올라가 숨었다. 숲을 헤치고 능선을 넘고 산길을 누비며 겨우 덕천에 도착하니 기진맥진 상태였다.

덕천에는 헤아릴 수 없이 많은 군인들로 혼잡하였다. 전선에서 기습받고 패해 철수한 병력이기 때문에 사기는 저하될 때로 저하되어 있었다. 모두 목숨 건진 것만을 다행이라고 생각하고 있었다.

비로소 덕천 청천강 강변 교통호에서 주먹밥을 먹었다. 그러나 중공군은 식사시간도 허용하지 않았다. 강 건너편에서 일제히 사격을 시작한 것이다.

모두 일어나 먹다 남은 주먹밥을 움켜쥐고 읍내로 뛰어갔다. 그리고 손화규는 최창선 선배를 의지하고 싶어서 꼭 붙어다녔다. 모두 개천 쪽으로 가는 큰길과 길 옆 옥수수 밭 안으로 뛰어 들어갔다. 그러나 그곳에도 중공군은 숨어 있었다.

따따따…… 따따따……

중공군의 일제사격으로 옥수수 밭쪽에도 다가갈 수 없게 되었다. 여기저기에서 전우들이 총탄에 맞아 쓰러지는 광경이 목격되었다. 손화규는 그 죽음 가운데서 살아 날 수 있었다.

그는 지금도 그때 살 수 있었던 것은 용산고 선배인 최창선의 편달과 지도 탓으로 생각한다고 말한다. 선후배간의 뜨거운 전우애는 반 세기가 가까와 오는 지금까지 이어지고 있는 것이다.

다시 학도병 중에 연장자인 고대 1학년 최경택의 이야기가 이어진다. 덕천군 풍덕면 풍덕리에서 포진지를 구축했다. 최경택이 고참병에게 마을 이름을 물어보니 풍덕면 풍덕리라고 말하기에 "이곳에서 풍덩 빠지겠네" 하고 웃었다.

어느날 최경택이 심야에 경계근무를 하고 있는데 갑자기 소총소리가 요란하게 들려왔다. 사격이 심해지자 경계병 철수, 이동준비에 이어 사격준비, 다시 철수준비 등 걷잡을 수 없는 명령이 떨어지고 있었다. 중공군의 기습공격이 가해지고 있었다. 전투가 계속되는 동안 "차량에 승차하라"는 호령에 최경택은 트럭 적재함에 올라탔다. 그는 승차하자마자 그만 잠이 왔다. 연일 피곤이 쌓여 수면부족에다 경계근무까지 하고 있었으니 졸음을 쫓을 수 없었다. 이때 총탄이 트럭에 명중하면서 요란한 금속음에 놀라 눈을 떠보니 이미 트럭 적재함에는 자기 혼자만 있고 나머지는 도랑을 따라 중공군 사격지점에서 반대쪽 산위로 올라가고 있었다.

최경택은 깜짝 놀라며 트럭에서 뛰어내려 그들이 뛰어가는 쪽을 따라 뛰었다. 그런데 저 앞에 C포대장 윤 중위가 적탄에 맞아 쓰러져 있는 것이 보였다. 적탄은 계속 날라오고 전우들은 쓰러져갔다. 한참만에 산속 오솔길에 들어섰다. 지휘관도 없이 한 무리의 학도병은 덕천을 향해 뛰다시피 걸었다. 다행히 최경택은 별 고생없이 덕천에 도착했다. 덕천에는 많은 군인들이 우굴거리고 있었는데 그 꼴이 말이 아니었다. 심지어 개인화기인 소총까지 버리고 온 병사들도 많았다.

거리 어느 빈집 마루에서 나누어주는 주먹밥을 하나 얻어먹고 다시 발걸음을 남쪽으로 옮겼다. 철교가 보여 옆 군인에게 이 길이 어디로 가는 길인가를 물으니 개천으로 간다고 했다. 그곳에 가면 미군이 있다는 것이었다. 이때 느닷없이 집중사격이 가해졌다.

　따따따따…… 탕탕탕……

　연발음까지 들리는 것을 보니 기관총 사격이라고 생각하고 다시 반대편 덕천의 야산으로 뛰어갔다. 뛰는 동안 앞을 자세히 보니 통신반 선임하사관 김 상사였다. 김 상사 앞에는 소령 계급장을 단 장교가 있었는데 최경택은 “장교님, 적이 그리 많은 것 같지도 않고 우리 병력도 많으니 수습하여 정면 돌파하는 것이 좋을 듯 합니다”라고 말하니 그 장교는 슬그머니 어디론가 사라져버렸다. 지휘체제가 와해된 국군의 모습은 참으로 무력하였다. 박격포도 기관총도 더러 있었지만 누구 하나 적측에 대해 대항하려 하지 않았다.

　밤이 깊어졌다. 청천강 강변에 서서 강물 흘러가는 것을 우두커니 바라보고 있는 최경택, 만감이 교차하였다. 대학생 신분으로 어린 학생들과 함께 학도의용군에 지원한 것은 공산당을 무찔러 고향인 함경남도 정평군에 가보겠다는 포부였는데 그 기개가 물거품처럼 사라져가는 저 청천강 물이 된 것을 슬퍼했다. 이때 보병 소대로 보이는 완전한 상태의 집단이 도강하려고 준비하기에 최경택은 슬쩍 그 사이에 끼어들었다. 이때 소대장인 듯 지휘자가 “타부대원은 대열에 끼어주지 말라”는 호령이 들려오므로 최경택은 대열에서 빠져나와 부대 후미에 붙었다. 그 부대는 질서정연하게 움직이고 있었다. 병기 등 장비도 완전히 갖추고 있었다.

　그 부대는 일사불란한 지휘체계로 이동하다 갑자기 전원이 일제히 앉아 낮은 자세를 취한다. 최경택도 그들따라 앉았다.

적이 출현한 모양이다. 이 급작스러운 움직임으로 어찌나 신속히 행동하는지 적을 감시하고 있다가 그만 그 부대를 놓치고 말았다.

부대원이 아닌 뒤를 따르던 타부대 소속의 세 명만이 남았다. 할 수 없이 세 명은 산 정상을 향해 이동했다. 그중 한명이 "더이상 못가겠으니 너희들만 가라"고 한다. "나 때문에 너희들마저 희생되면 안된다"고 주장했다. 최경택은 "너를 여기에 두고는 우리는 못간다"고 말하면서 양쪽에서 어깨동무하여 일보일보 걸었다. 그러나 도저히 그 전우는 "안되겠다"고 중얼거리며 주저앉아버렸다. "너희들만이라도 빨리 가라"는 것이다. 할 수 없이 그들은 헤어졌다. 안타까운 일이지만 적이 우굴거리는 마당에 셋이서 우물대다가 잡히느니 빨리 이곳을 빠져나가야 했다. 밤이 깊어지자 중공군의 징소리, 피리소리가 들려왔다. 그 소리가 너무나 처량하여 "통일도 못보고 여기서 죽는구나……"하는 생각에 가슴이 떨려왔다. 둘이서 가만히 엎드려 있자니 중공군의 말소리까지 들렸다. 이렇게 공포속에서 먼동이 트기 시작하자 두 사람은 벌떡 일어나 다시 걸었다. 바로 능선길이 나왔다. 밤에는 몰랐지만 두 사람은 그 길 옆에서 떨고 있었던 것이다. 얼마 걸어가니 길 옆에 사람들이 여러 명 한데 어울러져 자고 있었다. 최경택은 칼빈소총을 겨누며 사격자세를 취했다. 그때 옆의 군인이 "국군이다"라고 말한다. 자세히 보니 국군이었다.

이렇게 하여 최경택 일행은 10여 명이 되었다.

"왜 위험하게 길 옆에서 잤느냐?"고 물으니 "피곤하여 자신들도 모르게 잠들었다"는 것이다.

　정상에서 능선길을 따라 세갈래 고갯길에 다달았다. 그곳에는 먼저 함께 했던 질서정연한 소대 병력이 쉬고 있었다. 그 근처는 온통 도토리 나무라서 허기를 달래기 위해 도토리를 찾으려 낙엽을 헤쳤으나 한 톨도 없었다. 배가 고팠지만 어쩔 수 없었다. 다시 이동은 시작되었다. 행렬의 맨끝을 따라 최경택은 열심히 걸었다. 얼마나 갔는지 마을이 보였다. 일행은 마을의 우물에서 물을 마시느라 북새통을 이루었다. 마을은 조그마했고 완전히 비어 있었다. 아무리 집을 찾아 뒤져도 먹을 것은 하나도 없었다. 일행은 맹물로 배를 채우고 마을을 떠나 다시 행군이 시작되었다. 이때 갑자기 소대장이 "제1분대 저기" "제2분대 좌측으로 전개"하는 전투명령 하달하는 소리가 들려왔다. 최경택은 "적도 없는데 웬일이냐?"고 물었더니 소대원이 손가락으로 입을 막으며 손짓으로 가르키는 곳을 자세히 살피니 중공군이 밭고랑에서 하나, 둘 나타나는 것이 보였다. 중공군의 수가 너무 많다고 판단한 탓인지 소대장은 응전을 포기하고 철수명령을 내렸다. 일행은 일제히 산속으로 뛰어들어갔다. 적은 뒤늦게 국군을 발견하고 맹렬한 사격을 가했다. 일행은 죽을 힘을 다해 뛰었다. 얼마를 정신없이 뛰어가다 보니 중공군의 총성도 멎었다. 전방에 민가가 보여 그곳을 살피니 방안에는 밥상을 차려놓고 먹지도 못하고 달아난 흔적이 보였다. 일행은 손으로 밥과 김치를 주어 먹었다. 배를 채우고나니 졸음이 왔다. 최경택과 몇명은 그대로 잠이 들었다. 얼마를 잤는지 몰랐다. 누가 발길질을 하면서 "빨리 일어나"라고 재촉했다.

그를 따라 밖으로 나오니 달빛이 훤하게 비추고 있었다. 마을을 벗어나자 걸음아 나 살리라는 듯 빠른 걸음으로 남쪽을 향했다. 이때 누군가가

"국군이 오고 있다."

고 큰소리로 말했다. 바로 일행이 향하고 있는 남쪽에서 M1소총을 맨 집단이 다가오고 있었다. 그런데 웬일인가? 갑자기 그 집단이 사격을 시작했다.

탕탕탕…… 탕탕탕……

일행은 깜짝 놀라며 오던 길쪽으로 뛰었다. 그들은 일부 국군의 장비로 무장했지만 중공군이었다. 그쪽 수가 많아 대항할 수 없는 형편이었다. 최경택은 깊은 숲속에 숨었다. 중공군 수색대는 사방으로 퍼져 숲속을 탐색하며 전진했다. 최경택이 숨은 숲 바로 옆 오솔길을 지나가는 중공군 엉덩이가 보였다. 간이 콩알만해지는 것과 같은 공포가 엄습했다. 중공군이 대검으로 숨어있는 자기 등을 쿡 찌를 것만 같았다.

한동안 숨었다가 잠잠해지는 것을 느끼고 고개를 들어보니 깜짝 놀랄만한 광경이 보였다. 멀리 전방에 보이는 학교 운동장에 중공군의 마차와 장비들이 꽉 차 있었다. 빨리 이곳을 벗어나야겠다는 생각으로 최경택은 남쪽으로 다시 걸었다. 얼마를 걸었는지 발이 불어터져 통증이 심하게 왔다. 그래도 중공군에게 잡힐 수는 없다고 마음을 다지며 걸었다. 가는 길 목에는 수없이 격전의 흔적이 보였다. 피아 분간하기 힘든 시체들이 여기저기 흩어져 있었다. 다시 힘을 내어 걸었다. 그때 전방에 국군 초소가 시야에 들어왔다. 최경택은 "이제야 살았구

나……" 혼자말처럼 되뇌이며 그곳에 다가섰다.

"포병 제18대대, C포대 최경택입니다."

"수고 했어! 고생많이 했지?"

소대장인 듯 장교가 친절히 맞아 주었다. 얼마후 오랜만의 식사로 배를 불리운 다음 트럭을 타고 순천으로 향했다. 순천에는 각 부대 집결지가 있다고 했다.

이윽고 제18포병대대 C포대 집결지에 도착했다. 이미 이곳에는 최경택만큼이나 고생하면서 먼저 도착해 있던 중동중학교 3학년 안국승과 숭문고등학교 1학년 김기명이 반갑게 맞아 주었다.

"아이구, 반갑다. 죽을 고생했지?"

"말도 마, 살아 있다는 것이 믿어지지 않어."

"크리스마스까지 전쟁이 끝나기는 글렀는데……"

"글쎄 말이야, 학업 계속하기도 힘들 것 같아."

그들 학도병 동기생들은 걱정어린 눈으로 장래를 비관했다.

"지금부터는 우리가 사느냐 죽느냐가 문제야."

"우리가 공산군을 물리칠 수 있느냐도 문제고."

학도병들이 예측한 최악의 상황이 그들 곁으로 서서히 다가오고 있었다.

덕천군 풍덕면 풍덕리에 포진지가 개설되고 있을 때의 A포대 김응오의 이야기로 이어진다.

중공군의 공세가 예상외로 강화되자 포진지에서는 자체경계에 신경을 쓰게 되었다. 일반적인 방어개념으로는 포병진지는 보병부대의 전선 후방에 위치하기 때문에 비교적 안전한 것이 상식이다. 그러나 중공군의 출현으로 그 개념이 바뀐 것이다.

중공군은 전선을 깊숙히 침투하여 후방을 공략하는 것이 통상적인 전술이었기 때문에 후방의 포진지에도 불쑥불쑥 나타나곤 했다.

A포대장 박동엽 대위는 풍덕리에 도착하자 포대원에게 다음과 같이 교육했다.

"중공군은 피리를 불고 북을 치며 꽹과리를 때려 야간의 국군에게 공포감을 일으키고 기습을 감행한다. 특히 전선 후방에까지 깊숙히 침투하여 포위망을 형성하는 것이 중공군의 전술의 특징이다. 따라서 포진지 주위의 경계나 그 주변 고지에 배치된 잠복조는 전선 후방이라는 생각을 버려야 한다. 이제 전후방의 개념이 없어졌다."

또 A포대장은 늘 사용하는 공갈성 주의를 빼놓치 않았다.

"경계의 실패는 전투의 실패와는 다르다. 따라서 경계를 태만히 할 경우, 극형인 총살로 다스린다는 것을 명심하라."

11월 25일 풍덕리에서 포병은 포사격으로 분주했다. 중공군으로부터의 위협을 벗어나기 위한 보병부대에 대한 직접 지원사격과 요란사격이 계속되고 있었다.

그무렵 A포대에서 도망병을 잡아왔다. 그 도망병은 신병도 아닌 고참병인 나천혁 중사였다. 직책은 본부반의 탄약계이다. 나천혁 중사의 입대전 경력은 8·15 해방 직후 철도가 끊기기 직전에 이북에서 기관차를 몰고 나온 반공유공자이기도 하다. 나 중사는 이번이 두 번째 도망이라는 것이다. 첫번째는 그 유공을 참작해서 용서받았지만 이번에는 용서할 수 없다는 것이었다.

고참 하사관들은 툭하면 학도병들에게 늘 노래하듯, "전시 도망병은 총살형이다", "초소 근무중 이탈하면 총살형이다", "누구든지 도망하고 싶으면 도망하라, 그러면 즉석에서 총살할 것이다"고 위협을 주었다. 감히 의협심에 의해 의용군이 되어 입대한 학도병들에게 모독하는 말이 아닐 수 없다. 그런 터에 최초의 도망병이 고참병에서 나왔으니 고참 하사관들이 이번만은 묵과할 수 없을 것이라고 생각했다.

아니나 다를가 그날로 나 중사 처형을 위한 처형장이 마련되었다. 포진지 바른 쪽 한 모퉁이에 구덩이를 팠다. 그리고 몇몇 경계병을 빼고는 전 포대원을 집합시켰다. 공개 처형을 하기 위해서였다.

이윽고 곱살하고 이목구비가 확실한 나 중사를 인사계가 본부 천막에서 데리고 나왔다. 그는 하얀 속옷바람이었다.

인사계가 그를 구덩이 앞에 세우고 담배에 불을 붙여 한대 권한다. 나 중사는 한 손에 담배를 받고서도 또 담배를 달라고 했다. 어떻게 하려는 것인지 궁금하여 모든 시선이 그의 다른 손에 쏠렸다. 인사계는 또 담배에 불을 붙여 건네준다. 나 중사는 양손의 담배를 번갈아 가며 쭉쭉 빨아댄다. 그리고는 입을 열었다.

"내가 울면서 38선을 넘은 것은……"

말이 잠시 중단된다. 앞에 서 있는 총살집행관의 권총 잡은 손이 떨렸다. 그 역시 육사를 나온 후 사형집행관의 경험은 처음이리라. 시간이 흐를수록 떨고 있다.

수일 전 개천에서 마을 빨갱이를 잡아다가 학도병의 담력을 키운다는 명목으로 총살을 집행케 했던 장본인이 자기는 발포하지 못하고 떨고 있었다. 너무 시간이 지체되니 엄숙했던 분위기가 다소 흩어졌다.

A포대 소속 나 중사의 동기생인 고참병 몇명이 일제히 나 중사를 향해 소리쳤다.

"남자답게 깨끗이 죽으라우."

"깨끗이 죽어라!"

이 동기생들의 외침과 함께 구덩이 쪽으로 누군가가 뛰어가 나 중사를 돌려세웠다.

사형집행관은 그 군중의 힘으로 용기를 얻고 방아쇠를 당겼다.

탕!

나 중사는 첫방에 몸이 빙그르르 돌면서 구덩이에 나둥굴었다. 그의 가슴에서 붉은 피가 솟았다. 집행관은 구덩이로 다가가서 나 중사를 향해 다시 나머지 총탄 여섯 발을 다 쏟아 부었다.

나 중사의 죽어가는 모습은 학도병에게 커다란 충격을 주었다. 군대의 냉혹함에 몸부림쳤고 인간 최후의 모습이 머리 속 깊숙히 각인되었다.

A포대장 박동엽 대위는 암울해진 포대원을 달래기 위해 인근 마을에서 돼지를 잡고 인절미를 시키는 등, 한참 부산을 떨었지만 초저녁부터 전황이 급박해졌다. 돼지나 떡은 물론 식사

도 운반할 틈이 없을 정도로 사격명령이 이어졌다. 광란의 포
사격이었다.

날이 밝아오자 포진지 앞으로 보병부대들의 행렬이 이어졌
다. 전방에서의 철수부대였다. 얼마후 이동명령이 내려졌다.
부리나케 포차에 포를 달고 적재함에 포탄을 싣고 1포부터 순
서대로 진지 밖을 향해 떠났다.

김응오가 속한 3포가 진지 밖으로 막 나가려고 할때 어디선
가 쾅하는 굉음이 들렸다. 순간 포차는 그 자리에 모두 섰다.
중공군의 포탄에 의해 외길이 막힌 것이다. 이어서 고지능선으
로부터 중공군의 집중사격이 시작되었다.

김응오는 구경50 기관포 사수였으므로 포차 위에서 적측을
향해 실탄을 장전하고 방아쇠를 당겼다. 생전 처음의 기관포
사격이었다.

탕탕탕탕탕……

연발이 잘 안되어 머뭇거리고 있을 때 중공군의 기관총 사
격이 김응오의 포차에 집중되었다. 적재함에 맞는 탄착소리가
딱딱딱하며 울려퍼졌다.

정신을 차리고 뒤돌아보니 진지에는 아군의 그림자도 없고
멀리 개울 넘어 산으로 뛰어가는 아군의 뒷모습이 보일 뿐이
었다. 김응오는 차에서 뛰어내리기가 무섭게 논두렁에 몸을 숨
기며 전방을 살핀 후 아군이 뛰어가는 쪽을 향해 뛰어갔다.

총탄이 계속 날아와 엎드렸다, 뛰었다 하며 산에 접근했다.
약 30여 분을 이렇게 죽자살자 뛰다보니 겨우 A포대와 C포대
의 주력이 가고 있는 꼬리에 따라 붙을 수 있었다.

한참 뛰어가다 쉬는 동안 어느 선배는 가지고 있던 소총으로 자살하였다. 죽은 자는 대구 출신 학도병이었다. 이 슬픈 광경을 본 김응오와 그 주변의 학도병은 그 시신을 양지바른 곳에 묻고서야 다시 출발하였다.

김응오는 비교적 빨리 덕천에 도착했다. 그곳 집결지에서 배를 불리운 다음 다시 청천강 상의 교량 쪽으로 향했다. 그러나 적의 사격이 만만치 않았다. 김응오의 주변은 모두 낯선 군인들 뿐이었다. 이리 밀리고 저리 밀리다가 한 미 고문관을 만났다. 그는 열심히 뭐라고 설명하고 있었지만 국군들은 알아듣지 못하고 고개만 갸우뚱 했다. 김응오가 다가가 겨우 그의 말뜻을 알아냈다. "중공군의 포위망은 넓은 대신 얇다"는 것이다. 그러면서 "나를 따르라!(Follow me!)"라고 소리쳤다.

미 고문관이 앞장서자 많은 군인들이 그 뒤를 따라 나섰다. 김응오는 이 행렬의 중간쯤에서 걸어 갔다. 이 행렬의 후미가 덕천을 벗어났을 때 중공군의 사격이 가해졌다. 아군측에서도 일제히 응사했다. 이때 누군가가 "돌격 앞으로——"하고 소리쳤다. 이에 대열에서는 함성을 지르며 적측이 있을 것으로 보이는 야산을 향해 옥수수 밭을 통과하기 시작했다. 대부분의 아군이 산자락에 도착했을 때 느닷없이 튀어나온 중공군과 혼전이 계속되었다. 이때 서울공고 출신의 학도병이 목에 적탄을 맞고 "아이구, 내 목"하고 쓰러졌다. 전진하는 김응오는 그를 간호할 수 없었다. 일행 네 명과 함께 산 정상을 향했다. 그 정상 부근에는 또 하나의 옥수수밭이 있었다. 그리고 그 밭가운데 기관총이 보였고 사수, 부사수 두 중공군이 사격자세를 취하고 있었다. 순간 김응오는 앞에 있는 군인의 옷자락을 끌어내렸다. 그가 영문을 모른채 "적이요?"하고 묻자 그 기관총은 불을 뿜었다.

따따따따…… 따따따……

김응오를 제외한 네 군인은 그 자리에서 쓰러졌다. 사격이 계속되었지만 김응오는 뒹굴며 그 장소를 벗어났다. 다시 김응오의 전방에서는 중공군의 피리소리가 들려왔다. 앞뒤가 모두 중공군에게 둘러쌓여 있으니 막막하였다. 사방에서 국군병사의 신음소리가 들려 생지옥을 방불케했다.

밤이 깊어지면서 달이 밝아왔다. 김응오는 재빠른 동작으로 옥수수밭을 지나 계곡 아래까지 내려왔다. 미 고문관을 따라 나섰던 그 많은 군인들이 온데간데 없다. 홀홀 단신이 된 것이다. 이때 누군가의 발자국 소리가 들려왔다. 김응오는 걸음을 멈추고 자세히 살폈다. 세 명이 다가오고 있었다. 국군인듯 싶다. 김응오는 총을 겨누며 나즈막하게 소리내였다.

"정지! 국군이요?"

"우리는 국군이요."

네 명은 다시 걷기 시작했다. 그때 분산되었던 군인들이 줄줄이 따라오고 있었다. 이때 전방에 있는 초가를 발견했는데 그 주위에는 완전무장한 국군 1개 중대가 휴식하고 있었다. 모두 곤드레만드레가 되어 송장처럼 축 늘어져 있었다. 개중에는 드렁드렁 코고는 소리가 요란했다.

이윽고 중대장이 "휴식 그만!"하고 소리쳤다. 그러나 중대원은 꿈쩍도 않는다. 중대장은 칼빈소총의 노리쇠를 찰카닥 후퇴시키면서 실탄을 장전했다. "누군가 희생되어야 일어나겠나?"
고 큰소리로 외치니 중대원들은 그때서야 마지못해 일어섰다.
그 중대의 후미에 김응오 일행은 붙었다. 이제 두려울 것이 없
었다. 적과 조우해도 전투력을 갖추었으니 싸워볼만 하다고 생
각했다. 얼마를 계속 행군하다가 날이 새면서 걸어오던 능선
아래에 올망졸망한 농가 마을이 보였다. 중대장은 그곳에 정찰
병을 보냈다. 잠시 후 그 정찰병은 "중공군 여러 명이 다녀간
지 10분도 안되었다"고 보고한다.

중대장은 그곳에 들르지 않기로 하고 다시 출발을 지시했다.
마을을 옆으로 하고 산에서 내려오니 큰길이 나왔다. 바로 북
창으로 가는 국도라 했다.

경계를 하며 다시 걷기 시작했다. 죽을 힘을 다하여 쓰러지
려는 것을 이를 악물고 참아가며 걸었다.

이렇게 행군을 계속하면서 드디어 국군집결지이며 제18포
병대대의 1차 집결지인 순천군 북창에 도착했다. 여기서 특별
히 집고 넘어갈 것은 A포대와 C포대는 모든 장비 즉, 105미
리 곡사포와 트럭을 잃었지만 B포대는 유일하게 포를 끌고 돌
파한 부대였다.

김응오가 집결지에 도착하자 김용택 대위가 지휘하는 B포대
는 그 집결지에서 나와 어디론가 막 출동하고 있었다. B포대
는 전투력을 완전히 유지하고 있었다. B포대의 차량행렬을 부
러운 눈으로 바라보고 있을 때 누군가가 포차 위에서 "응오야-
-"하고 소리쳐 불렀다. 정신을 차리고 포차 위를 훑어보니 학
도병 엄인섭이었다. 그가 벌떡 선채 손을 흔들며 건빵 두 봉지

를 던져 주었다. "인섭아——" 김응오도 소리치며 손을 흔들었다. 엄인섭은 바로 김응오의 앞집에 살며 같은 용산고등학교 1학년이었던 짝꿍이었다.

당시 중공군의 덕천 포위작전으로 제18포병대대장 박정호 중령은 실종되었다. 그 후임 대대장으로 부대대장이었고 학도의용군 모집 책임자였던 최철 대위가 소령으로 진급 임명되었다. 한편 C포대장 윤원명 중위의 전사로 대대정보장교였던 오정석 대위가 그 후임 포대장으로 임명되었다. 제18포병대대 장병에게는 덕천은 영원히 잊을 수 없는 회한(悔恨)을 남겼다.

중공군의 덕천 포위작전시 제18포병대대 정보장교였던 오정석 예비역 준장은 당시를 회상하며 다음과 같이 말한다.

"중공군이 워낙 대병력으로 포위망을 구성하여 인해전술로 기습공격을 가해왔기 때문에 국군으로서는 어쩔 수 없는 패배의 쓰라림을 당할 수 밖에 없었다.

다만 거의가 중학교(구제6학년) 재학중인 어린 학도병의 희생은 안타까운 일이었다. 학도병으로 말미암아 포위 직전까지의 포병화력 지원에 있어서 커다란 역할이 되었음을 각별히 지적하지 않을 수 없다.

학도병들은 순수한 애국심과 의협심으로 포병이 되었고 오로지 공산주의자에게 응징해야겠다는 반공정신이 충만했으므로 좌절하지 않고 포위망을 뚫고 나오는데 성공했다.

특히 중공군의 개입으로 학도병들에게 약속한 '크리스마스 이전까지는 복교한다'가 이행할 수 없게 된 점 참으로 안타깝게 생각한다.

 당시 전사한 학도병의 명복을 빌고 또 살아남아 오늘까지 사회발전과 국가안보에 기여해오고 있는 학도병 전우 여러분께 정중하게 경의를 표한다."

제11장 쓸쓸한 서울에의 귀환

제11장 쓸쓸한 서울에의 귀환

포위망을 뚫고 집결지에 모인 학도병들의 얼굴은 몹시 수척해졌고 검게 그을어 전혀 딴 사람처럼 보였다. 아직 많은 전우들이 돌아오지 못하여 집결지의 분위기는 우울만이 감돌았다.

용산고등학교 교정을 출발할 때 곧 평양을 거쳐 신의주까지 가리라 마음 먹고 있던 학도병들의 푸른 꿈은 좌절과 절망으로 변해 있었다.

지금 이곳에서의 희망사항은 연말까지 학교에 복교한다는 문제가 아니라 죽느냐 사느냐, 승리냐 패배냐 하는 다급한 문제로 변해 있었다.

집결지에 소총까지 버리고 맨몸으로 혹은 농민의 복장으로 돌아온 병사들도 많았지만 학도병들은 한결같이 군복차림에다 개인화기인 M1소총이나 칼빈소총을 휴대하고 있었다.

집결지에서는 다시 다음 집결지로 옮기기 위한 준비가 한창이었다. 김석찬과 그 일행 그러니까 학도병들은 대대본부 트럭에 각각 나누어 타고 출발했다.

11월 말, 그곳의 추위는 학도병들을 몹시 괴롭혔다. 서울의

12월 중순쯤의 기온이라고 생각될 정도로 한파가 몰아치고 있었다. 밤새 트럭은 달렸다. 트럭 위에 꾸부리고 앉아 추위에 떨었지만 중공군의 포위망 속에서 탄우를 뚫고 나올때를 생각하면서 추위를 참았다.

평안남도 순천에 도착 모두 하차했다. 나뭇가지 장작 등을 구해 모닥불을 피워놓고 둘러앉아 몸을 녹이고 있었다.

도로에는 미군 트럭이 평양쪽으로 남하하기 위해 장사진을 이루고 있었다.

학도병들도 고참병들과 함께 어울려 넓은 광장 여기저기에 둘러앉아 불을 쬐고 있었다. 상부의 지시로 다음 명령이 내려질 때까지 기다리라는 것이었다.

이때 김석찬 바로 옆에서 "탕"하는 총소리가 나더니 "아이구"하는 비명소리가 들렸다. 모두 또 중공군의 기습이 아닌가 하고 주위를 살핀다. 그러나 뜻밖에도 고참병 황 중사가 칼빈소총을 만지작거리다가 덕수상고 재학 중인 학도병 안윤진의 복부에 오발탄을 날린 것이었다. 대광고등학교 1년 백형선이 근처 민가에 안윤진을 옮겼다. 그러나 위생병도 군의관도 병원도 없는 그 상황에서 그들이 할 수 있는 응급처치란 수건으로 지혈하는 방법 밖에 없었다. 이리저리 수소문하면서 치료방법을 찾았으나 속수무책이었다. 밤새 어머니를 부르다가 새벽녘에 숨을 거두고 말았다.

원래 순천에서 평양으로 다시 차량이동을 할 계획이었지만 미군이 사용하고 있기 때문에 국군의 차량이동에 제동이 걸렸다고 했다. 미군들은 위낙 차량이 많기 때문에 차량행렬의 끝이 보이지 않았다. 할 수 없이 새벽에 국도를 피해 다른 길로 순천을 출발하여 순안에 도착했다. 순안에 도착한 것은 정오경이었다. 순안에서는 민가에 나누어 수용되었다. 대대본부에서는 주간에도 경계초소를 강화하라는 지시가 내려졌다.

아군이 북진할 때 인민군 패잔병들이 산에 들어가 숨어 있었는데 중공군이 내려오면서 국군과 유엔군의 전세가 불리하게 되자 다시 힘을 얻어 밤이면 민가에 내려와 그곳에 있는 군인들을 기습공격한다는 것이다.

밤이 깊어지자 먼 곳에서 따발총 소리가 들린다. 학도병들은 자다가 눈을 뜨고 소총을 거머쥐었다.

덕천 포위때 받은 충격으로 긴장이 남아 있는 탓이리라. 그러나 그날 밤은 무사히 넘겼다.

덕천의 중공군 포위 때 유일하게 포위망을 피해 철수했던 김용택 대위가 지휘하는 B포대가 제8사단 50포병대대로 전속되어 중부전선으로 떠났다.

B포대에는 서울학도의용군 출신 학도병 80여 명이 소속되어 있었기 때문에 제18포병대대에 소속되어 있던 학도병들은 매우 서운하게 생각했다. 운명을 같이 해야할 전우와의 작별은 유난히 섭섭한 것이었다. A포대, C포대 전우들은 자기들이 애지중지하던 105미리 곡사포마저 잃고 B포대도 떠나가 버리니 허전하여 마치 고도에 갇혀 있는 심사였다.

"우리는 포 잃은 패잔병이고 B포대는 영전하는 영웅이 됐네."

"B포대는 운이 좋아 포위망을 피할 수 있었던 것이야."

"운? 그래, 전장에서는 운이 따라야 해. 포위망을 뚫고 죽을 고비를 몇번이나 넘긴 안윤진이 황 중사 총에 맞아 죽을 줄 누가 알았담."

"이봐! 너무 운운하지마, 최선을 다한 다음에 운을 바래야지."

"최선을 다하는 것이 무엇보다 중요하다구."

학도병들은 제각기 의사표시로 헤어지는 슬픔을 달랬다. 결국 그들 대화의 결론은 안윤진처럼 불운해 당하는 경우가 있다 하여도 최선을 다해야 한다는데 뜻을 같이 했다.

순안에서는 안전사고 외 다른 일은 없이 조용히 넘어갔다. 고참병이나 학도병 모두 피로가 완전히 회복되었고 전투간에 이어진 전우애 탓으로 고참병과 학도병 간의 갈등은 상당히 해소되어가고 있었다. 학도병에게 열등감을 느낀 나머지 달달 볶아대던 고참 하사관들도 놀라울 정도로 학도병을 이해하여 주었다.

전우애는 동료간은 물론 상하간에도 느껴지는 애정 표출이지만 평시보다 전장에서 형성되는 특징을 가지고 있다. 삶과 죽음의 갈림길에서 서로 의지해야 살 수 있는 현장의 경험과 함께 상호 협조에 의하여 전투력이 극대화 될 수 있다는 진리를 발견했기 때문이다.

생명에 대한 애착, 생명의 가치에 대한 경외심(敬畏心)이 없다면 조국을 위한 전쟁의 필요성이나 승리의 환희도 존재할 수 없을 것이다. 따라서 군대의 승리는 전우애가 충만할 때 가장 고도의 효과가 성취될 수 있다.

　미군에 의해 독점된 평양에서 개성으로 이르는 국도 1번은 미 제2사단의 차량들로 꽉 찼다. 이미 미 제2사단은 군우리-순천에 이르는 도로 양쪽 능선에 최소한 기관총 30~40정과 박격포 등으로 타격대를 형성한 중공군으로부터 집중공격을 받아 파괴된 전차, 차량, 야포 등으로 길이 막힐 정도의 피해를 보았다. 사단장도 찦차를 버리고 인근 산으로 올라가 보병과 함께 철수할 수 밖에 없는 최악의 상황을 겪었다. 인명 손실만도 약 3천명에 이르렀으니 그 피해는 짐작할 만 하다.
　미 제8군의 우측방을 지키기 위해 미 제2사단이 치룬 대가로 미 제8군의 주력은 11월 30일 청천강을 도하하여 그 남쪽 숙천과 순천을 연하는 선에서 일단 방어선을 구축할 수 있었다.
　그러나 중공군의 공세는 수그러들지 않았고 병력은 자꾸만 증원되었다. 더 버틸 수 없다고 판단한 맥아더 장군은 지연전을 포기하고 12월 3일 전 병력을 38선으로 총퇴각시키기로 결심하였다.
　이로써 평양-개성간의 국도는 미 제2사단 뿐만 아니라 미 제1군단 및 미 제9군단을 비롯하여 영 연방군과 터어키군 등의 차량과 철수 병력으로 대혼잡을 이루었다.
　이런 판국에 제18포병대대의 철수병력이 1번 국도에 끼어들 수 없었다는 것은 어쩔 수 없는 일이었다. 따라서 대대는 지방도로를 따라 남하할 수 밖에 없었다.

12월 3일, 맥아더 장군이 총퇴각을 결심하던 날 대대는 황해도 수안으로 철수했다.

수안 근처의 부락에 여장을 푼 대대는 철저한 주야간 경계를 해야 했다. 인민군 패잔병들의 기습을 막아내기 위해서였다. 약 3일간 이곳에서 주둔했는데 그 지역 일대가 주로 돼지를 사육하는 양돈단지였기 때문에 허기진 장병들은 충분히 영양을 섭취할 수 있었다.

12월 6일 저녁, 대대 전원에게 서울로 이동한다는 준비명령이 내렸다. 그런데 이 명령에 덧붙여 희안한 지시가 내려왔다. 부락에서 떠날 때 소, 돼지, 닭 등 가축을 모두 죽이고 창고에 있는 양곡을 하나도 남김없이 태워버리라는 것이다.

대대병력은 다음날 아침 일찍부터 부대이동준비를 다 끝내놓고 부락의 가가호호를 찾아다니며 가축을 끌어내어 총으로 쏴 모두 죽였다.

창고에 있는 곡식 등도 모조리 끌어내어 불살라버렸다. 나중에는 온 집채에 불을 질렀다. 집주인과 가족들은 이 뜻밖의 행패에 집앞에서 불이 훨훨 타는 화염을 바라보며 통곡했다.

"이 나쁜놈들아."

"이 망할 놈의 국군들아."

"아무런 죄도 없는 양민의 재산을 이렇게 불살라버릴 수 있느냐?"

일부 부락민들이 대대 장병들에게 욕을 퍼부었다. 더우기 어린 아이들이 부모 품에 안겨 "우리는 뭘 먹고 살아요"하고 울고 있다. 고참병은 아랑곳 하지 않고 이리 뛰고 저리 뛰며 불을 질렀다.

학도병들은 이 비참한 광경을 보면서 전쟁의 참상에 치를 떨었다. 국군이 패퇴하는 분풀이를 양민에게 뒤집어 씌우는 것이 아닌가도 생각했다. 그러나 상부의 지시라 했다. 식량자원을 적에게 내주지 못하게 하는 초토화(焦土化) 전술이라는 것이었다. 어쨌든 동족간의 전쟁에서 동족의 재산을 이렇게 모조리 불태울 수 있을까 하는 의구심이 학도병들의 마음을 무겁게 했다.

전 대대장병이 모두 차량에 올라탔다. 서울로 간다는 것이었다. 차량이 출발하려고 할 때 서울공고 학도병 윤선일이 하얀 핫바지 저고리 차림으로 흰 광목 수건을 머리에 쓴채 나타났다.

바짝 마른 몸 초췌한 얼굴은 그동안 얼마나 고생하였는지를 알 수 있었다.

중공군의 대공세에 의해 기습을 당할 때 백병전으로 항전했는데 거의 다 전사했다는 것이다.

A포대 전방관측장교 이 소위, 통신병 등과 함께 싸우다가 모두 전사하고 혼자서 벼랑 아래로 굴러 떨어져 숨어있다가 부락에서 옷을 갈아입고 피난민으로 위장 산속을 걸어서 순천까지 나와 제18포병대대의 행방을 찾아 이곳까지 오게 되었다고 했다.

윤선일은 학도병 가운데 독특한 존재였다. 모든 일에 먼저 앞서고 성격이 활달하여 장교와 고참하사관으로부터 총애를 받고 있었다.

전방관측장교(FO)란 소총중대가 배치된 전선에 나가 적진을 정찰 관측하여 포병사격지원과 제원을 산출하여 포병사격지휘본부(FDC)에 사격요청을 하는 역할을 한다.

관측병은 이러한 관측장교를 보좌하는 요원으로 생사고락을 같이 한다. 윤선일은 중공군의 기습시 포진지에 있지 않았고 그보다 훨씬 전방인 소총중대 관측소(OP)에 있었다. 그가 살아 돌아오자 차량에 탑승한 전우들은 일제히 함성을 올려 그를 환영했고 그는 바로 A포대 관측반이 탑승한 차량에 올라탔다.

다음날 오후 대대는 개성시내에 들어섰다. 헌병검문소에서는 서울 방향으로 이동하는 차량을 통제하고 전투부대의 전선 이탈을 제지하고 있었다.

백두산 호랑이로 널리 알려진 헌병사령관 김종원 대령이 헌병을 직접 지휘하면서 철수하는 부대를 점검하고 있었다.

이때 대위급 장교가 헌병사령관으로부터 말채 모양의 지휘봉으로 매를 맞고 있는 것이 보였다. 맞고 있는 장교는 자기가 탄 찦차 뒤에 젊은 여자를 군복 입혀 앉힌 것이 발각되었기 때문이라 한다. 당시 국군의 일부 지휘관들은 격전 중에도 여색을 밝혀 여러가지 나쁜 소문을 뿌리고 있을 때였다. 아마 그 장교는 자신의 여인이 아니라 그의 상관의 여인을 데려다 주다가 대신 억울하게 매를 맞고 있는 것 같았다.

대대는 정상적인 작전명령에 의해 이동하는 것이므로 헌병검문소를 무사히 통과, 일로 서울로 향했다.

서울 용산고등학교를 떠날 때는 통일을 이룩하고 학창 복귀차 귀경하리라 생각했는데 웬걸 통일은 커녕 뺏었던 땅을 모두 빼앗기고 상처투성이가 되어 서울로 돌아오니 마음이 천근만근 무거움을 느껴야 했다. 금의환향의 꿈이 무너진 것이다.

서울을 떠난지 50일 만에 다시 맞는 서울.

저녁 무렵의 서울을 구파발, 영천, 서대문, 중앙청 앞을 지난다. 학도호국단가나 전우가를 불렀을 때와는 달리 누구 하나 군가를 부르자고 하지 않았다. 묵직한 마음으로 청운국민학교에 도착했다. 용산고등학교 학생이 졸지에 청운국민학교 학생이 된 것만큼의 처량한 변신이었다.

김석찬과 그 일행은 학교 아래층 교실을 내무반으로 배정받았으나 주거에 필요한 생활 필수품은 아무것도 없다. 이가 득실거리는 방한복에다 묵직한 철모와 소총뿐이다.

날씨가 추우니 할 수 없다. 누군가의 지시도 없었는데 일제히 교실 안에 쌓아둔 나무 의자와 책상을 부수어 난로에 넣고 불을 질렀다.

훨훨 불꽃이 타오르니 얼었던 몸이 스르르 녹는 것 같다. 식기와 수저가 없어 철모에다 밥과 국을 담아다가 5~6명씩 둘러앉아 손으로 밥을 집어 먹다가 철모채 교대로 입을 대고 국을 쭉 마신다.

불을 쬐고 밥과 국을 먹었으니 배가 불러 슬슬 졸음이 오기 시작한다. 그러나 내복 속 이가 가만히 있을 리 없다. 늘 추위에 떨다 몸이 따끈해지니 이가 난리를 피운다.

이곳 저곳 사방에서 내복을 벗고 이를 잡는다. 거짓말 보태어 보리알 크기로 자란 이가 손톱사이에서 터질 때면 피가 얼굴에까지 튄다.

성질이 급한 고참병은 뜨거운 난로 위에서 내복을 털면, 이 떨어져 죽는 소리가 콩볶는 것같이 소리가 난다. "톡톡톡톡" 기관포, 기관총, 따발총 소리에 이골이 난 학도병들은 이 튀는 소리를 따발총이 아닌 이발총 소리라며 웃어댄다. 이런 광경이 희극인가 비극인가도 가릴 줄 모르는 둔한 서울의 중고생이 되었다.

12월 8일, 즉 도착 다음날부터는 군대 일과시간표가 정식으로 적용되었다. 아침 6시 기상, 일조점호, 점호후 청소, 세면, 식사 8시부터 제식훈련, 사격자세훈련, 정신훈화 등 점심시간만 빼면 오후 5시까지 꽉 짜인 생활이다.

야전에서 불규칙했던 생활 패턴이 규격에 맞춘 생활로 변하니 정신을 바짝 차려야 한다.

다음날 점심 때쯤부터 청운국민학교 교문 밖에 많은 사람들이 모여들기 시작하였다. 어떻게 알고 찾아왔는지 서울학도의용군의 가족들이 면회를 온 것이었다.

이미 가족들은 서울학도의용군이 덕천에서 중공군에게 포위되어 많은 희생을 입은 사실을 알고 찾아왔다고 했다. 벌써 교문 밖에서는 울음소리가 들린다. 아들이 전사했다는 소식을 들은 부모의 울음이었다. 실종자 가족도 따라 우니 교문 밖은 초상집 같다.

서울에 도착해서 며칠이 지났다. 아침에 A포대 전포대 소속의 학도병 30여 명이 학교 운동장에서 알몸에 팬티 하나만 걸친채 엎드려 뻗쳐 기압을 받고 있다. 내용인즉 용산중학교 3학년 박일남 학도병이 야간에 학교 후문에서 보초근무 중 칼빈소총을 그곳에 놓아두고 도망쳐서 동기생들에게 단체기압을 주는 것이란다. 그날부터 가족 면회도 금지되었다.

김석찬의 부모와 동생이 살아왔다는 소식을 듣고 학교 교문에 와서 면회신청을 했는데 거절 당하고 집으로 돌아갔다는 소식도 들렸다.

김석찬이 낮에 학교 후문에서 보초근무 중에 만리동 친구 박태복의 아버지가 김석찬을 알아보고 반가워 하며 다가왔다.

"석찬이 아니냐? 반갑구나."

김석찬도 근무중이지만 어쩔 수 없었다.

"네, 석찬입니다. 안녕하셨습니까."

"그래 우리는 다 잘 있다. 그런데 태복이는 어디 있노?"

심한 경상도 사투리로 물었다. 김석찬은 잠시 망설였다. 왜냐하면 박태복은 덕천에서 헤어진 후 생사 소식을 전혀 알 수 없기 때문이었다. 그렇다고 덕천에서 실종되었다고 할 수도 없었다. 순간 거짓말을 하는 수밖에 없다고 생각했다.

"아버님, 태복이는 덕천에서 같이 나왔는데 8사단 50포병 대대로 전속되는 B포대에 배속되어 중부전선으로 출동했습니다."

고 말했다. 김석찬의 말이 떨어지자 고개를 갸우뚱거리며 혼자 말처럼,

"태복이 덕천에서 못나왔다고 하던데……."

하며 중얼거린다.

“아닙니다. 제가 봤습니다. 걱정하지 마십시요.”

또 거짓말을 했다. 박태복 아버지는 믿으려 하지 않으면서도 “그러면 다행인데……”하고 어두운 표정으로 후문을 떠났다.

그후 박태복 어머니는 큰아들인 태복이가 보고 싶다고 울며 시름시름 앓다가 세상을 떠났다.

12월 20일, 김석찬은 곧 대구로 이동한다고 외출을 허락받 았다. 중대장 박동엽 대위에게 외출신고를 했다.

신고를 받은 중대장은 도망가지 말라는 주의사항과 함께 저 녁 5시까지는 꼭 귀대하라고 다짐한다. 9시부터 5시까지 8시 간의 외출이었다.

김석찬은 훨훨 날으는 기분으로 학교 교문을 나와 빠른 걸 음으로 중앙청, 시청앞을 지나 집으로 향하던 중 남대문 앞에 서 사촌형을 만났다. 깜짝 놀란다. 죽지 않고 살았구나 하는 표정이다. 간단히 인사를 나누고 만리동으로 걸음을 재촉했다.

서울 거리는 지난날 같지 않고 어쩐지 썰렁해 보였다. 거리 를 걸어다니는 시민들의 표정도 밝지 않다.

만리동에 들어서자 뛰다시피 집으로 달려가 대문앞에 도착 했는데 대문이 잠기고 인기척이 없었다.

중공군이 물밀듯 내려온다니까 피난한 것 같았다. 할 수 없 이 청파동 큰 이모댁에 갔다. 다행히 이모는 계셨다. 이모도 며칠 후에 대구로 피난 갈려고 준비 중이라고 했다. 이모로부 터 만리동 가족이 대구로 피난 한 것을 확인할 수 있었다.

이모집에서 점심을 먹고 부대로 돌아 올려고 나섰다. 시청 앞에서 대광중학교 친구를 만났는데 중공군이 38선까지 거의

다 내려왔다고 하면서 서울을 떠난다고 했다. 그리고 만 17세
이상된 남자는 제2국민병 징집영장을 받아 모두 군대에 가게
되었다면서 그간의 소식들을 알려주는 것이었다.

김석찬은 학교로 가는 도중 효자동에 있는 이발소에 들어갔
다. 이발사는 제2국민병 징집영장이 나와 내일 입대하게 되었
다면서 이발소에서 이발을 하는 일도 마지막인 것 같다며 군
대 갈 일을 걱정하고 있었다.

김석찬은 이발을 하면서 '우리는 자원하여 이북땅까지 들어
가 중공군과 전투를 했는데 저 사람은 군대도 가기 전에 걱정
한다'고 속으로 중얼거리며 이발사를 괘씸하게 생각했다.

제18포병대대 B포대가 제8사단 제50포병대대로 예속이
변경됨에 따라 나머지 A포대와 C포대에서 새로운 B포대 편성
을 위한 개편 작업이 이루어졌다.

신편 B포대장으로 조공수 대위가 임명되었고 A포대와 B포
대에서 각각 10여 명씩 뽑아 B포대 요원으로 확충했다. 따라
서 C포대 전포대에 소속되어 있던 용산중학교 3학년의 손화규
는 이 개편으로 B포대 전포대 3분대 1번 포수가 되었다.

서울에 도착한 것을 알게된 가족들의 면회가 시작되자 손화
규의 어머니는 교문에 와서 면회신청을 했다. 아무리 기다려도
아들이 나오지 않자 손화규 어머니는 B포대장 조공수 대위에
게 면회신청을 했다. 그리하여 포대장을 만난 손화규의 어머니
는 "내일 아침에 학교로 꼭 돌려보낼테니 외출을 시켜달라"고
사정했다. 처음에는 안된다고 거절을 했지만 어머니의 진지한

하소연에 그도 감동되어 허락했다.

"포대장님, 제 아들은 중학교 3학년이며 15세의 소년입니다. 법정 연령에도 미달된 미성년입니다. 그러나 스스로 조국을 위한다고 입대를 선택했습니다. 사선을 뚫고 무사히 돌아온 아들을 몇시간 만이라도 같이 있고 싶은 어머니의 심정을 이해해 주시지 않으시렵니까? 내일 아침 틀림없이 귀대 시키겠으니 허락해 주십시요."

어머니의 정성으로 거의 두 달만에 손화규는 외출, 외박을 얻어 집으로 돌아왔다.

"어머니— 안녕하셨어요?"

"그럼, 잘 있었구 말구. 죽지 않고 살아서 돌아왔구나……."

6·25 동란 초기에 손화규의 아버지가 공산당에게 납북되었기 때문에 더욱 이 모자의 만남은 뜨거웠다.

손화규의 아버지는 해방 직후 동교동에 있었던 조선화학공업주식회사 사장으로 있으면서 이승만 대통령을 위시한 정치인과 고위층 사람들과의 교분이 두터웠다.

6월 28일, 인민군에 의해 점령된 서울에서 공산당들은 한강교 폭파로 피난의 기회를 잃은 손화규의 아버지를 반동분자라 하여 체포했다. 이에 분개하고 있던 손화규는 아버지의 원수를 갚겠다고 연령 미달인데도 학도의용군의 대열에 합류한 것이었다.

그의 어머니는 소화규를 보내놓고 늘 기도하면서 아들의 무사함을 빌었다. 그러다가 중공군의 개입으로 국군과 유엔군이 포위되어 큰 피해를 입는다는 보도를 보고 눈물의 하루하루를 보냈다. "남편을 잃고 아들마저 잃을 수 없다"고 몸부림치며 애태웠던 지난 날을 회상하며 아들의 자랑스러운 모습을 보니 잠이 올 까닭이 없다.

청파동 집에는 오래간만에 웃음꽃이 활짝 피었다. 어머니와 동생들을 보는 손화규의 눈에서는 기쁜 나머지 눈물이 고였다.

손화규는 밤이 깊어가는 줄 모르고 평양에 들어갔을 때부터 덕천에서 중공군의 공세에 쫓기던 일들을 이야기했다.

겨우 새벽녘에 모든 가족은 잠들었다. 그러나 어머니만은 잠을 잘 수 없었다. 왜냐하면 포대장과의 약속 때문이었다. 8시 정각까지 귀대시키겠다는 약속 때문이었다. 8시 정각까지 귀대시키겠다는 약속을 지키기 위해 뜬 눈으로 새운 것이다. 날을 새우면서 어머니는 이런저런 생각에 잠기다가 떠나는 아들에게 뭔가를 주고 싶었다. 궁리 끝에 남편이 쓰던 금시계가 머리에 떠올랐다.

손화규가 일어나 아침 밥상 앞에 앉을 때에 어머니는 아들에게 금시계를 보여주면서,

"이 시계는 아버지가 늘 몸에 지니고 다니시던 금시계다. 아무래도 너에게 주게 될 것이니까 아버지가 주시는 선물로 알고 받아라."

손화규는 금시계를 받았다. 감사한 마음으로 식사를 마친 후 가족과 작별인사를 나누고 밖으로 나왔다. 밖으로 나오자 이곳저곳 가게에 들러 과일과 과자 등을 잔뜩 사가지고 귀대했다.

중대장에게 귀대신고를 마치고 내무반인 교실에 돌아와 분대장 최병걸 중사에게 집에서 있었던 일들을 이야기하며 금시

계를 자랑삼아 보여주고 가게에서 사온 과일과 과자 봇다리를
풀었다.

오래간만에 보는 기호식품이라 분대원들은 일제히 달려들어
모처럼의 회식판이 벌어졌다.그날 이후 분대장 최병걸 중사는
좋은 가정환경에서 자란 손화규에게 심통이 났다. 특히 그가
가지고 있는 금시계에 욕심이 생겼다.

분대장은 손화규만 보면 대단치 않은 일에 화를 내며 기압
을 주고 달달 볶았다.

어느날은 노골적으로 "금시계 나에게 줄 수 없느냐?"고 속마
음을 보였다.

손화규는 마음에 갈등이 생겼다. 아무리 아버지 유품이라지
만 이것 때문에 분대장이 자기를 못살게 군다면 어떻게든 처
분해야겠다고 생각이 미쳤다. 그러나 손화규는 그 시계를 분대
장에게는 절대 줄 수 없다고 생각했다. 잘 보아달라고 시계를
준다면 그것은 뇌물이 되기 때문이었다.

서울공고의 김종성과 최덕용, 선린상고의 엄종성에게 금시계
때문에 고통 받는다고 말하며 어떻게 하면 좋을지 모르겠다고
의논을 했다. 그들의 의견 또한 손화규와 같았다. 절대로 분대
장에게 주어서는 안뒈다는 것이었다. 다음날 시내에 나가 금시
계를 팔아 분대장이 참석한 자리에서 푸짐하게 회식을 벌였다.

분대장은 눈이 휘둥그레지면서 놀란다.

"웬 돈으로 이렇게 많은 음식을……."

김종성과 엄종성은 마음 속으로 비웃으며

"손화규가 금시계 팔아서 장만한 것입니다."

고 말했다. 분대장의 얼굴색이 변하는 것 같았지만 그도 같이 먹고 있으니 뭐라고 말할 수 없었으리라.

12월 23일 크리스마스를 이틀 앞둔 추운 날이었다. 흰눈이 하얗게 쌓였다.

학도병들은 서울 청운국민학교에서의 생활을 마감하고 남쪽을 향해 출발했다.

20여 대의 찦차에 나누어 타고 광화문, 아현동, 마포를 지나 한강 임시교량인 부교를 건넜다.

이때 흰눈이 내리기 시작했다. 눈을 맞으며 추위와 바람을 가르며 남쪽으로 향하는 학도병들의 마음은 착잡하였다. 아무도 하루 앞을 예측 못하는 현 시점에서 어떤 생각과 무슨 희망을 가질 수 있단 말인가. 지금쯤 서울에 돌아와 크리스마스를 맞을 준비에 들떴어야 할 이날이 아니던가.

북진의 흥분 속에서 출발 했던 1950년 10월 21일 밤을 회상한다면 지금의 마음은 쓸쓸하기만 하다.

서울에 돌아왔다는 것이 기쁘지도 않고 실감나지 않는다. 또 서울을 떠나는 지금의 심정도 섭섭하지도 않다. 다만 '전쟁에 이겨야 하는데'하는 걱정이 어린 학도병들의 마음을 눌렀다.

제12장 학도병 복교령 묵살

제12장 학도병 복교령 묵살

　　포 없이 이동하는 포병의 차량행렬은 어쩐지 맥빠진듯 초라
함까지 느껴졌다. 더욱이 350여 명의 학도병이 한솥 밥을 먹
으며 생활하다 B포대가 8사단으로 떠나고 전사자 실종자까지
합해 반 수 이상이 빠져 나갔기 때문에 학도병들은 허전하였
다. 그러나 이제 학도병은 잔심부름이나 하는 신병이 아니고
각각 중요한 부서에서 책임있는 업무에 종사하는 기술병으로
변해 있었다.

　　제18포병대대의 핵심요원이 된 것이다.

　　서울을 떠난 일행은 시흥에 도착하여 어느 국민학교에서 며
칠 묵은 뒤 다시 남쪽을 향해 시흥을 떠났다. 수원, 대전, 대
구를 거쳐 경상북도 경산군 진량면에 있는 국민학교에 도착했
다.

　　김석찬이 속해 있는 A포대 병력은 그 학교 1층 교실을 배
정받았다. 이때부터 재편성을 위한 병영생활이 시작되는 것이
다.

　　이제 연말에 전쟁이 끝나면 학교로 돌려보내 준다고 한 약

속은 먼 나라의 이야기 쯤으로 사라졌고 학도병 자신들도 그런 소망은 생각치도 않게 되었다.

규격에 맞춘 교육훈련과 내무생활 등으로 엄격한 병영생활이 진행되고 있었으므로 다른 잡념은 일체 가질 수 없었다. 그러나 김석찬은 밤에 잠들기 전 이런저런 생각이 날 때면 덕천 포위 때의 일들이 주마등처럼 지나가며 괴롭혔고 서울에서 아버지와 어머니, 동생들을 만나지 못한 것도 아쉬움으로 남았다.

또 그는 기독교인이기 때문에 서울에서 떠날 때부터 들려오는 크리스마스 캐롤을 들을 때, 그리고 교회 앞에 장식한 추리등은 지난 시절을 무척 그립게 하였다.

어디 김석찬 뿐이랴 대대의 기독교인과 천주교인은 누구나 같은 심정이었으리라.

어느날 오후에 김석찬은 포대장 내무사열을 받았는데 학도병들의 관물(官物-군대에서 주어진 보급품) 검사를 했다. 김석찬은 이때 지급받은 내복 두벌중 한벌을 친구한테 빌려준 것이 발각되었다. 포대장 박동엽 대위는 통신반장 김정균 중사를 마구 때리면서 학도병들에게 관물관리 교육을 시키지 않았다고 야단을 쳤다. 김석찬은 자기 대신 기압 받는 김 중사에게 미안하여 얼굴을 들 수 없었다.

다음날 김 중사는 김석찬을 부르더니, "군대는 이런거야 네가 잘못한 건 하나도 없어"라고 오히려 위로하여 주며 자기가 가지고 있던 내복 한벌을 주면서 보충하라고 하는 것이었다. 이 단순한 사건으로 말미암아 통신반장 김정균 중사를 김석찬은 늘 존경했다. 군복을 벗고 수십 년이 지난 오늘까지도 그는 그때의 고마움을 잊지 않고 있다.

겨울철 비가 오던 날 오전에 포대장 박동엽 대위는 학도병들에게는 무자비한 훈련을 해야한다면서 포대 전원에게 구경 50기관포를 가지고 학교 운동장에 집합시켰다. 그리고는 기관포를 총신, 몸통, 삼각대 등으로 분해시켜 소지케한 다음 학교 밖으로 행군케 했다. 원래 구경 50기관포는 차량에 탑재하도록 되어 있고 운반도 차량으로 하게 되어 있는 무거운 병기이다.

학교 외곽 2Km 떨어진 과수원, 야산의 계곡 능선을 돌며 포복과 돌격훈련을 반복했다. 차가운 겨울비가 내리고 있기 때문에 속내의까지 빗물에 젖어 심한 오한이 왔다. 포대장은 사정없이 빨리 뛰어라, 돌격 앞으로, 포복하라고 미친 듯 소리치며 다구쳤다. 이것은 훈련이 아니고 지옥에서의 기압이었다. 한참후 대대본부 작전주임장교로부터 "훈련을 중지하라"는 연락이 왔다. 알고보니 대대에 파견된 미군고문관이 잔혹한 훈련 광경을 보고 대대장 최철 소령에게 이 사실을 알렸다는 것이다.

"저것은 훈련이 아니고 가혹행위이다. 저러다 사람 죽이겠다."

고 말했다 한다.

온통 흙탕물투성이가 된 속옷, 겉옷을 갈아입고 우물에 나가 세탁을 했다. 학도병들의 얼굴빛이 퍼렇다. 한마디로 죽을상이었다. "도대체 우리를 훈련시키기 위한 것인지 미워서 들볶으려는 것인지" 분간할 수 없다고 투덜대면서 불만을 토로했다.

1951년 1월 1일, 신정 공휴일을 맞았다. 전원 외출을 허락한단다. 김석찬은 대구 근처에 아는 사람도 없고 찾아갈 곳도 없었지만 서울에서 피난 내려온 가족들의 소식을 듣고 싶은 생각에서 외출신청을 했다. 허락이 나자 대대본부에서 트럭 몇 대를 배차해 주어 그것을 타고 대구역 앞에서 내렸다. 대구 시가지는 신정인데도 피난민으로 인해 사람들의 왕래가 상상 밖으로 많았다.

김석찬은 김태희와 함께 대구역 앞 거리에 나왔지만 갈 곳이 마땅치 않아 망설이다가 교회에 찾아가기로 뜻이 맞아 교회를 찾아 나섰다.

거리에 지나는 사람에게 물어서 대구 제일교회를 찾아갔다. 교회에 들어가기 전 목사를 만나 인사한 후 교회안에 들어가 김석찬과 김태희는 강단 앞에 꿇어 앉아서 하나님께 기도드렸다.

정오경 교회에서 나왔으나 다음으로 갈 곳이 없었다. 김태희가 서울에서 피난 내려온 사람들이 있는 곳을 찾아가 보자고 하여 교회 앞 큰길을 따라 걸어갔다.

대부분의 상점이 문을 닫고 있었고 음식점은 더러 영업을 하고 있었다. 김석찬과 김태희는 음식점에 들어갔다. 젊은 부인이 주인인 듯 반가히 맞아주었다. 김석찬은 그간 겪었던 일들을 상세히 이야기 하면서 서울 가족이 대구로 피난 나왔을 것이라고 말하고 피난민이 많이 사는 곳을 물었다. 부인은 말하기를 "달성동 시장 쪽에 서울에서 온 피난민들이 많다."는 것이었다.

"명절인데 떡국을 잡수세요."

아직 주문도 안했는데 부인은 떡국을 준비했다.

"이 떡국은 제가 수고하시는 국군아저씨를 위해 그냥 드리는 것이에요."

돈을 내겠다고 해도 받지 않았다. 오랜만에 따끈따끈한 떡국을 맛있게 먹고 음식점을 나왔다. 김석찬과 김태희는 "참으로 고마운 사람"이라고 생각하면서 마음이 가벼움을 느꼈다. 그들은 곧장 달성동 시장으로 찾아갔다. 역시 신정이라 가게문은 굳게 닫혀 있었다. 그곳도 문을 연 곳은 음식점 뿐이었다. 할 수 없이 한 음식점에 들어가 서울에서 피난 온 사람을 찾고 있다고 말했더니 주방에서 일하던 아주머니가 서울에서 왔다며 반겨주었다. 그들은 가족을 찾기 위해 말을 나누어 보았으나 전혀 알 길이 없었다. 다시 식당에서 나와 대구역 앞으로 걸어갔다. 그 근처 식당에서도 가족을 만나기 위한 수소문을 했지만 허탕쳤다. 할 수 없이 오후 5시경 대구역 앞 집합장소로 갔다.

그날 외출 나온 고참병과 학도병들은 모두 50여 명이었는데 대부분 점심식사를 하지 못했다면서 빨리 귀대하자고 했다.

김석찬과 김태희는 "우리는 떡국을 배불리 먹었다"고 자랑하고 싶었지만 고참병한테 미움 받을까보아 꾹 참고 트럭에 올라탔다.

새해 1월 10일 경, 대광고등학교 2학년 최창하와 용산고등학교 2학년 김무경이 포병 간부 후보생으로 선발되어 진해에 있는 육군포병학교에 입교한다며 떠났다. 그들은 아무래도 전쟁이 오래 갈 것 같아서 기왕이면 장교가 되어 군복무하는 것이 좋을 것같아 선발시험에 응시했던 것이다.

1월 15일 경 서울에서 제2국민병으로 징집되어 군에 들어온 신병들을 보충받아 부족한 인원을 채워주었다. 이제 학도병은 더이상 신병이 아니라 고참병의 첫 관문에 들어섰다. 그러나 그 신병이라는 제2국민병이 학도병보다 무려 나이가 5~6년 위인데다 사회에서 다양한 직업에 종사했던 청년들이었다. 권투선수, 씨름선수, 교사, 회사원, 대학생들 여러 직종의 노련한 사람들이다.

나이 어린 학도병도 지난해 10월 21일 용산고등학교를 출발할 때와는 완전히 다른 사람이 되어 있었다. 그때처럼 순진하고 어리석고 철없는 학생이 아니었다. 전투경험으로 담력도 생겼고 사선을 돌파하면서 박력과 추진력도 갖추어졌다. 풀이 죽은 눈알이 아니라 반짝반짝 빛나는 눈알로 변해 있었다.

학도병들은 고참병에게 모지게 당하였던 경험에 비추어 자기들은 결코 가혹하고 무자비한 선배가 아니라 지도하고 안내하는 선배가 되리라고 다짐하였다.

학도병들은 연상의 후배들에게 격의 없이 전우애를 쏟고 있었지만 신병들은 어찌된 영문인지 학도병들에게 기가 질려 있었다. 철저히 복종하는 예의를 갖추고 있었다. 이것이 이름하여 군기라고 하는 것일까. 자연적으로 조성된 엄정한 군기로 말미암아 학도병의 재치와 신병들의 복종의 미덕은 숙달된 포병으로 영글어 갔다.

1월 20일 경, 대구 농림중학교로 부대가 이동했다. 이곳에서 비로소 포병화기가 보급되었는데 그 포라는 것이 전혀 낯설은 75미리 곡사포(2차 대전시 미군이 사용하던 산포)였다.

신형 105미리 M2 곡사포에 익숙한 학도병에게 구형 75미리 곡사포의 출현은 실망 바로 그것이었다. 그러나 이렇게 된 원인이 스스로 자초한 결과라서 누구 하나 불만을 말하지 못했다.

1월 하순경, 저녁에 부대 위문차 손목인과 그의 악단이 도착했다. 이름 있는 가수 남인수, 현인, 황금심, 백설희 등 10여 명이 임시 만들어진 무대에서 약 3시간 노래를 불렀다.

특히 서북청년단 출신의 고참병을 빼고는 서울학도병에다 서울에서 온 제2국민병이기 때문에 가수들은 각별히 성의를 다해 주었다.

남인수는 '애수의 소야곡' 등 9곡, 현인은 '신라의 달밤' 등 8곡의 노래를 불렀다. 앵콜앵콜의 연속이었다. 공연이 끝날 무렵 학도의용군이 많이 섞여 있다는 것을 알고 나서 학도호국단가를 합창하도록 배려해주었다.

"조국은 부른다 백만학도야

총궐기 할 때는 바로 이때다……"

이날 위문공연은 향수와 노래에 도취되어 흥분과 눈물로 시간을 보냈다.

다음날부터는 다시 훈련이 시작되었다. 새로 인수한 75미리 곡사포에 대한 훈련이었다.

2월 말경, 중공군의 구정 공세 때 전선에서 밀려 병력과 장비에 손실을 입은 제20포병대대가 대구 농림중학교로 재편성을 위해 제18포병대대와 같이 있게 되었다. 이때 제18포병대대에서 일부 병력이 제20포병대대에 전속되었는데 학도병 20여 명이 기간요원으로 차출되어 갔다.

중공군 구정 공세란 2월에 전 전선에 걸쳐 국군과 유엔군에 가해진 대공세 작전을 말한다. 그 작전을 요약하면 다음과 같다.

2월 11일 밤, 공격을 개시한 중공군은 그 중 중공군 제40군 및 제66군 그리고 인민군 제5군단이 미 제10군단 정면과 측면에서 압도적인 병력으로 압력을 가했다.

미 제10군단 산하에는 국군 제8사단, 국군 제3사단, 국군 제5사단이 배속되어 있었는데 홍천을 목표로 공격중이었다.

중공군의 이 뜻밖의 역공으로 국군 3개 사단은 곧 방어로 전환했으나 불과 몇 시간을 못넘기고 방어선이 붕괴되었다.

군단장 알몬드 소장은 모든 부대에게 원주선으로 철수를 명했다.

이날 횡성에서 유엔군의 철수를 엄호하던 네덜란드 대대는 국군을 가장한 중공군의 기습을 받아 대대장을 잃는 등 참패를 당했다.

2월 13일, 횡성을 점령한 중공군은 그 여세를 몰아 원주 동쪽에 커다란 돌파구를 만들어 제천 북쪽 10Km 지점까지 침투함으로써 미 제10군단의 우측방을 위협하였으나 미 제7사단을 이곳으로 긴급 투입함으로써 이를 저지하였다.

한편, 저평리에 대한 중공군 3개 사단의 공격 또한 강력히 시도 되었지만 그곳을 방어하고 있던 미 제2사단 예하 제23 보병연대, 프랑스 대대, 및 3개 포병대대와 지원병력인 미 제5기병연대의 결사적인 항전으로 저평리를 고수할 수 있었다. 따라서 중공군의 2월 공세는 분쇄되었고 국군과 유엔군은 다시 진격의 채비를 시작하고 있었다.

이런 전세 변화가 전개되고 있던 시기에 제18포병대대는 대구 농림중학교를 떠나 경북 안동에 주둔하고 있던 국군 제2사단에 예속되어 그곳으로 이동했다.

안동 시가지는 6·25 동란 초기 인민군에 점령되어 전투가 계속되는 동안 폭격과 포격 등으로 폐허가 되어 있었다. 제18포병대대는 안동시 외곽에 있는 철도국 관사에 천막을 치고 주둔했다.

3월 초순경, 김석찬의 A포대에 같이 있었던 경동고 2학년 김준곤, 서울공고 1학년 이영, 용산고 2학년 문경덕 등이 포병간부후보생 선발시험에 합격되었다. 이 외에 다른 포대의 교통고 3학년의 김종만, 경동고 2학년 조영만, 한양공고 2학년 민영옥 등 10여 명이 간부후보생 시험에 합격되어 대대를 떠나게 되었다.

이들 모두가 전쟁이 끝난 후 학창 복귀한다는 희망을 버리고 이왕에 전장에 나온 바에야 장교로 싸워야겠다는 각오를 한 결과였다.

3월 중순들어 전투능력을 향상시키기 위한 교육훈련은 거듭되었다. 훈련이 얼마나 힘들었는지 생명의 위협이 있을지라도 전선에 가는 편이 좋겠다고 생각하고 있었다.

특히 학도병은 한결같이 전선으로의 출동을 고대하면서 병영생활에 임했다.

어느날 갑자기 오전 일과를 시작하기에 앞서 포대 전원을 운동장에 집합시키고 소지품 검사를 한다면서 몸에 가지고 있는 모든 물건을 내놓으라고 했다. 소지품 검사관은 전포대 보좌관 정기상 소위 그리고 임갑준 소위였다. 전포대는 정 소위가, 통신반, 관측반이 소속한 지휘소대는 임 소위가 소지품 검사를 실시하였다.

김석찬은 주머니에서 물건을 모두 꺼내보였다. 임 소위는 소지품 하나하나를 점검하더니 '학도호국단 수첩'을 발견하자 버럭 화를 냈다.

"여기가 학도호국단이야?"

"아닙니다."

"그럼, 왜 이런 걸 가지고 다녀?"

하면서 그 수첩을 김석찬이 여봐란 듯이 짝짝 찢어서 버렸다.

김석찬은 몹시 당황하였다. 대들어 따지고 싶었다. 그러나 이곳이 군대라는 것을 깨닫고 분한 마음을 달랬다. 학도호국단 수첩은 당시 중고생의 신분증이나 다름없었다. 서울에서 학도의용군에 지원하여 떠날 때부터 품속에 소중히 간수하고 덕천에서 격전을 치를 때에도 버리지 않고 간직하고 있었다.

휴전이 되고 세월이 훨씬 지난 후에 알게된 사실인데 1951년 3월 경에 대통령 훈령으로 학도의용군에 지원하여 종군하고 있는 학도병은 제대시켜 학교로 보내라는 지시가 있었다고 한다.

이러한 훈령이 하달되자 군부대 극히 일부의 지휘관들이 이를 묵살하고 학생의 신분이 증명 될만한 물건은 모두 없애게 한 것이다.

학도병이 빠지면 전력에 지장이 생긴다는 이유에서 그 훈령을 묵살했다는 것이다.

이승만 대통령은 '국가의 앞날을 짊어질 청년 학도들은 시급히 학원으로 돌아가 학업을 계속하라'는 담화를 발표하였다. 또한 대통령의 지시로 문교부 장관은 국방장관과 협의하여 1951년 3월 6일 다음과 같은 내용의 복교령을 내렸다.

1. 모든 학도는 원래의 본분인 학업으로 돌아갈 것.
2. 군복무로 학업이 중단된 학도는 군복무 사실이 인정되면 학교당국은 무조건 복교를 인정할 것.
3. 군 및 각급 학교는 군복무로부터 복교하는 학도들에게 특별배려를 해줄 것.
4. 군복무중 학년진급이 누락된 학도는 본인의 희망에 따라 학년 진급을 인정할 것.

당시 김석찬, 김응오, 강성모, 최창선, 함경호, 황창주, 서재식, 최경택, 김태희, 진충하, 이순문, 신태윤, 김창균, 전종락, 김근배, 이상설, 박경선 등 대부분의 서울학도의용군은 복교령이 내려진 사실조차 모르고 있었다. 소지품 검사에서 일부 학도병들은 멋모르고 학도호국단 수첩을 빼앗겼던 것이다. 이로써 학도병들은 학도병이란 긍지에 손상을 가져왔으나 군대의 명령에 복종할 수 밖에 없었다.

제13장 첫 화랑무공훈장

제13장 첫 화랑무공훈장

3월 하순경, 전선으로 출동한다는 소문이 들려왔다. 학도병뿐만 아니라 제2국민병 출신 신병까지도 빨리 전투에 참가하기를 바라고 있을 때 였다.

제2사단장 함병선 준장이 제18포병대대를 순시차 방문하였다. 키도 크고 검게 그을은 얼굴 그리고 유난히 크고 또렷한 눈매가 무장다워 매우 인상적이었다. 덕천 포위 때의 자그마하고 연약해 보이던 제7사단장 신상철 준장과는 크게 대조되는 인물이었다.

대대장 최철 소령은 부대 현황을 설명하던 중 특히 대대는 서울학도의용군이 중심이 되어 전투편성이 되어 있고, 덕천 포위망을 뚫고 난관을 극복한 전투경험으로 대한민국에서 가장 우수한 포병대대라고 자랑하면서 이를 대대장의 명예로 간직하고 있다고 말하자 사단장은 흡족해 하면서 대대 장병을 격려했다.

그로부터 며칠 후 수도사단 기갑연대 장갑차 1대가 운동장에 들어왔다. 이어서 대대본부에서는 참모회의가 장시간 열렸고 장갑차가 떠난 후에 곧 전방으로 출동한다는 소식과 준비 명령이 하달되었다.

학도병을 비롯한 모든 대대원은 그 소식에 환성을 올리며 기뻐했다.

4월 초, 제18포병대대는 안동에서 출발하여 경상북도 의성군의 야산에서 2일간 실탄사격훈련을 실시한 후 영주에서 2일간 정비차 숙영한 다음 동해안 도로를 따라 전선으로 북상의 길에 올랐다.

동해안 도로변에는 벚꽃이 활짝 피어 출렁이는 푸른 파도와 함께 아름다운 수채화를 연상케 했다.

젊은이의 가슴은 봄과 더불어 알 수 없는 가슴 설레임을 느꼈다. 이 아름다운 산과 바다가 있는 조국 땅에서 동족간의 전쟁을 해야 한다는 것이 도저히 이해되지 않았다. 공산당이 왜 쳐내려왔을까 하는 그 의문에서 국제공산당의 음모로 확신하게 된 학도병은 지금 전선으로 가야하는 명분이 있다고 다짐했다.

강원도 삼척, 묵호를 지날 때 벚꽃은 더 아름다움을 뽐내고 있었다. 대대의 학도병이나 제2국민병 출신 신병까지도 모두 서울 출신이기 때문에 누구나가 다 지난 시절 서울의 봄과 함께 창경원의 벚꽃 구경을 연상하고 있었을 것이다.

어느덧 전선 가까이에 도달한 것 같았다. 설악산 내설악에 있는 유원지에 도착하자 즉각 진지구축과 전투태세에 돌입했다.

내설악 유원지는 참으로 맑고 아름다웠다. 봄이 시작되는 기운이 사방에서 물씬 풍겨왔다.

그날밤 김석찬은 야간 경계근무조에 편성되어 포진지 옆 야산 계곡 낮은 곳에서 잠복했다. 바람소리와 함께 나뭇가지 스치는 여러 가지 소리가 들릴 때는 마치 중공군들이 다가오는 것 같은 전율이 느껴졌다.

2시간 근무를 마치고 포진지로 돌아오다가 광산굴이 보여 조심조심 들어가 보니 피난민들이 들어와 숨어 있었다. 유원지에 포진지가 들어서자 그 일대 주민들이 그 곳으로 대피했던 것이다.

다음날 오후에 전방관측소 설치와 관측병, 통신병의 편성지시가 하달되었다.

설악산 산상에 배치된 수도사단 기갑연대 방어진지에 포병 연락장교와 전방관측장교를 파견하는데 내일 아침 6시 출발이라고 하면서 3일간의 휴대식량과 장비를 준비하라고 했다.

관측장교 최석환 소위, 관측병으로는 서울공고 1학년 윤선일과 김석찬이 지명되었다.

새벽 6시 스리쿼터(3/4톤 트럭) 1대에 연대 연락장교 오옹주 소위, 무전병 체신고 1학년의 강성모, 연락병 노 하사와 1대대 관측장교 최석환 소위, 2대대 관측장교 김성 소위, 3대대 관측장교 김상배 소위 등 10여 명의 파견요원이 함께 승차하여 출발했다.

오색약수터 앞에서 대청봉으로 향하는 계곡도로를 따라 1시간 가량 올라가는 산중간 계곡에서 내려 도보로 대청봉 정상을 향해 올라갔다.

선임관측장교 김상배 소위가 중간중간 지도를 보고 도로를 찾아가며 이동하였다.

밤 10시경에야 대청봉 남쪽 아래 능선의 1,100고지에 도착하였는데 그곳에 기갑연대장 지휘본부가 있었다. 연락장교 오웅주 소위와 통신병 강성모, 연락병 노 하사는 그곳에 근무지를 정하고 최석환 소위, 관측병 윤선일 하사, 그리고 김석찬은 2시간 정도 걸어서 1,300고지의 1대대본부에 도착했다.

대대장에게 인사를 하고 관측장교는 대대 작전관 방커에 거처를 정하고 윤선일과 김석찬은 능선 아래 평평한 땅에 가랑잎을 두텁게 깔고 그 위에 누워서 담요와 판초우의를 덮을 수 있도록 하여 첫날 산정의 밤을 보냈다.

아침에 일어나 주위를 살피니 흰눈과 고목이 있을 뿐이며 북쪽에 흰눈이 쌓인 대청봉 정상이 손에 잡힐 듯이 가깝게 보였다.

아침밥을 지어야 하는데 물이 없으므로 야전용 반합에 눈을 가득 담아 나뭇가지를 꺾어다가 불을 피워 눈을 녹여 밥을 지어 산상의 아침식사를 마쳤다.

샘물을 먹으려면 1시간 이상 계곡으로 내려가야 한다. 샘물 있는 곳에 가면 세면도 하고 밥도 짓고 물을 떠가지고 고지로 올라오는데 한번 다녀오면 한나절이 지난다.

2일 후, 보병대대 본부에서 참모회의를 끝내고 나오던 중대장이 우리 관측장교와 인사를 교환하면서 "나도 서울이 고향인데 서울 사람들을 만나게 되어 반갑다"고 말하면서 동생이 9·28수복 후 아군이 평양에 들어갈 때 학도의용군에 지원하여 그곳으로 떠났다는데 소식을 알 수 없다고 한다.

김석찬은 중대장에게 동생의 이름을 물었다. 그랬더니 뜻밖에 "서재식"이라고 했다. 김석찬은 서재식과 한동네 친구가 아니었던가.

"중대장님, 서재식은 동네 친구였습니다. 덕천 포위망을 무사히 뚫고 나와 지금 우리 18포병대대 B포대 통신병으로 지금 포진지에 있습니다.

김석찬이 서재식의 소식을 전하자 그는 무척 반가워하면서 서재식과의 연락을 부탁했다.

김석찬은 그 자라에서 유선전화로 서재식을 불러 형제의 만남을 성사시켰다.

다음날 서재식은 B포대장 김준 대위에게 보고하고 형을 만나기 위해 설악산을 올라왔다.

김석찬은 서재식을 데리고 1시간 가량 걸어서 서재식 형이 있는 소총중대를 찾아갔다. 서재식은 형을 보자 얼싸안고 엉엉 울며 반가워 했다. 그동안 고생한 것, 슬펐던 것이 한꺼번에 눈물로 쏟아져 나왔던 것이다. 서재식의 형제는 3형제인데 중대장은 둘째 형이고 서재식은 막내였다.

서재식은 그곳에서 하루 저녁을 같이 보내고 다음날 내려갔다. 중대장은 그동안 봉급으로 받아 모아두었던 돈을 서재식에게 주었다.

4월 중순경, 동해안 전선의 적과 아군 상황은 소강상태를 유지하고 있었다.

제18포병대대는 당시 제2사단 소속으로 되어 있었으나 제

2사단이 정비차 후방에 있었으므로 전방의 수도사단을 화력 지원하기 위해 설악산 지역에 추진되었던 것이다.

대체로 중공군의 4월 공세는 중부전선과 서부전선에서 실시되었으나 실패로 돌아가고 있었다. 특히 중공군이 한만 국경선으로부터 멀어지면서 보급선이 길어져 군수품의 운반에 많은 제한을 받고 있었다.

7일간의 전방관측소 근무 팀은 교대 명령에 따라 포진지로 내려왔다. 그동안 전포대는 내설악에서 외설악으로 진지를 옮겼다. 서북측 방향으로 대청봉과 울산바위, 병풍바위가 보이고 동측으로 동해가 보여 경치가 뛰어났다. 전방에 전투를 위해 이동해 온 것이 아니고 마치 휴양차 관광을 온 기분이었다.

4월 말경, 제18포병대대에 제11사단 제20연대를 화력지원하라는 작전명령이 내렸다.

전방관측장교와 연락장교는 멀리 금강산이 보이는 고성군 북단 동해안 평지에 전선을 구축한 제20연대 전방지휘소와 각 대대본부에 파견되었는데 김석찬과 윤선일은 관측장교 최석환 소위를 따라 3대대에 추진 관측소를 설치 하였다.

연락장교 오옹주 소위는 통신병 강성모와 연락병을 데리고 연대 전방지휘소에 자리를 잡았다.

전선의 방어진지 일대는 낮은 야산이기 때문에 교통호와 참호를 연결하여 참호 안에서 적정을 관측하면서 작전에 대비하였다. 그러나 적의 특별한 상황이 없었기 때문에 낮에는 평시처럼 조용하고 밤에는 진지 전방에 잠복초소를 운용하는 정도의 경계 태세를 유지하였다. 며칠 지난 후 점심 때 보병부대가 슬금슬금 빠져 나갔다. 1시간이 지나자 주변에는 아무도 없었다. 오직 포병의 관측팀만 남았을 뿐이다. 선임 관측장교 김상배 소위가 연대 연락장교가 있는 곳으로 빨리 모이라는 연락을 받고 그곳에 집결하여 다음 명령을 기다렸다.

대대본부에서 차량을 전방으로 보냈으니 빨리 철수하여 진지로 돌아오라고 연락이 왔다. 오후 늦게 해가 질 무렵에 스리쿼터가 왔다. 일행이 승차한 후 출발하여 동해안 도로에 들어섰는데 11사단 공병대가 도로와 주변에 대전차 지뢰와 대인지뢰를 매설하고 있는 것이 아닌가. 작업을 지휘하고 있던 공병장교가 포병이 탄 스리쿼터를 보더니 깜짝 놀라며 제지했다.

"왜, 보병보다 늦게 철수해요?"
하고 이상하다는 듯 고개를 갸우뚱했다.

"왜그러우. 상황이래도 벌어졌어요?"
김상배 소위가 공병장교에게 물었다.

"이곳 가까운데까지 적군이 내려왔어요. 곧 인민군과 중공군의 대공세가 시작된데요."

"네? 이곳 가까운데까지?"
김상배 소위가 놀라는 기색으로 되묻는다.

"빨리 빠져 나가요. 조금만 늦었더라면 우리가 설치한 지뢰에 큰 참변을 당할 뻔 했소"
공병장교는 새파랗게 질리며 말한다.

"수고하세요."
인사말이 떨어지기가 무섭게 스리쿼터는 전속력으로 달렸다. 포진지에 도착할 때까지 모두 긴장하였다.

캄캄하게 어두웠을 때 진지에 도착했는데 전포대가 후방으로 이동 준비를 하고 있었다. 조금만 늦었으면 미아처럼 고립될 뻔 했다고 모두 한숨을 쉬었다. 아찔한 순간이었다.

전포대는 곧 출발하여 후방 진지로 이동했다. 새로 옮긴 곳은 설악산 동북방 산기슭이었다. 이동이 끝나자 밤이 깊었는데도 참호를 만들라는 지시가 떨어졌다. 모두 포진지 외곽에 나와 야전삽과 곡괭이로 작업에 몰두했다.

이무렵 국군과 유엔군은 큰 시련을 겪고 있었다.

4월 공세에 실패한 중공군과 인민군은 다시 전력을 갖추고 5월 대공세로 운명의 한판을 벌이고 있었다.

중공군의 첫 공격은 미 제10군단의 우익선인 내평리와 인제를 연한 선에서 방어하고 있는 국군 제5사단과 국군 제7사단 정면으로 지향되었다. 이 두 사단은 미처 싸울 겨를도 없이 삽시간에 무너졌다. 그 뒤를 바싹 진격하여 돌파구를 확대하면서 남하한 적은 그 우측의 국군 제3군단을 후방으로부터 포위 격파하였다. 이때의 돌파구는 속사리까지 장장 50Km에 달하였다. 이 과정에서 국군 장병들은 국군 제3군단이 해체되고 그 전투지대와 부대들이 미 제10군단과 국군 제1군단으로 분산 편입되는 가장 큰 치욕을 겪어야 했다. 이때 제3군단을 지휘한 군단장은 유재흥이었다.

국군 제3군단이 전멸하여 해체되는 비운을 맞고 있을 때 서부전선에서는 중공군 2개 사단이 북한강 선으로 공격해왔으나 이는 곧 마석에서 저지되었으며 그 밖에 서울에 대한 공격도 몇 차례 시도되었으나 격퇴되었다.

이리하여 중공군의 제2차 춘계 공세는 그들이 공세를 개시한지 5일만에 끝나고 국군과 유엔군은 다시 재진격을 계속하기 위한 준비에 들어갔다.

5일간에 걸친 이 격전에서 특히 국군 제3군단을 해체의 치욕으로까지 몰고 가게 했던 현리 전투와 미 제2사단의 제23연대 제3대대가 끝까지 사수하면서 미 제10군단이 적의 돌파구 확대를 저지하고 전선을 고수하는데 크게 공헌한 벙커(Bunker)고지 전투는 좋은 대조를 이루는 전투로서 꼽히고 있었다. 그밖에도 국군 제6사단이 용문산과 홍천강을 연하는 선에서 중공군 제63군 예하의 3개 사단을 격퇴, 도주하는 적을 멀리 화천지역까지 진격, 섬멸함으로써 국군 제3군단의 치욕을 상쇄하는 효과를 냈다. 이번 현리작전에서 국군 제3사단, 제9사단으로 편성된 제3군단의 패퇴는 한국전쟁 전 기간을 통해 가장 치욕적인 참패로 기록되었다.

제18포병대대의 화력지원을 받았던 제11사단은 인접 제3군단의 패퇴로 부득이 철수하지 않으면 안되었다. 측방이 노출되어 고립을 예방하기 위한 것과 전선의 균형 유지라는 측면에서 남쪽으로 진지를 옮겼던 것이다.

이무렵 제18포병대대는 제11사단 20연대 지원임무가 해제되고 중부전선으로의 이동명령이 내려왔다.

신형 105미리 M2 곡사포로 전투한 바 있는 학도병들은 구형 75미리 곡사포로 장비된 것이 매우 못마땅하였다. 그러나 75미리 곡사포도 전혀 장점이 없는 것은 아니었다. 가벼운 만큼 기동성이 예민했고 적진 가까이 접근하여 포탄을 퍼붓고 재빨리 후퇴하기에 용이한 점이 그것이다. 그리고 105미리 곡사포가 갈 수 없는 곳에도 때에 따라 75미리 곡사포는 접근이 용이했다. 75미리 곡사포를 일명 산포(山砲)라고도 하다. 즉 산악전에 쓸 수 있도록 3등분(포신, 가신, 바퀴)하여 운반할 수 있게 만들었다. 그러나 덩치가 크고 힘이 센 서양인 위주로 설계하였기 때문에 국군들은 무리가 따른다. 75미리 곡사포가 갖는 장점에도 불구하고 105미리 곡사포에 비해 결정정인 단점은 화력면에서 비교가 안된다는 면과 사거리가 짧다는 점이다. 그래서 흔히 학도병들은 빈정대기를 "포 같지도 않은 포"라고도 한다.

제18포병대대가 75미리 곡사포로 동해안 전투부대에 대해 화력지원 할 때에도 그 장단점을 잘 알고 활용하였다. 적진 가까이 접근하여 포탄을 퍼붓고는 재빨리 후퇴하는 신속성을 유감없이 발휘하였다. 양양의 탄광촌 부근에서도 그랬고 속초읍을 장악하고 있는 적을 공격하기 위하여 호수변을 낀 국도를 이용하여 속초 문턱까지 가서 화력을 집중하고 나오곤 했다.

그러나 시원치 않게 느껴지는 것은 75미리 곡사포의 발사음과 착탄음이 105미리 곡사포에 비하면 어린이와 어른의 고함소리 같이 차이가 났다. 따라서 화력도 어림없을 것이라고 생각하니 사격 후에도 만족스럽지가 않았다.

그러나 중부전선으로의 이동명령이 내려지면서 좋은 소식이 들려왔다. 곧 105미리 곡사포가 보급된다는 것이다.

제18포병대대는 소속 사단인 국군 제2사단이 중부전선으로 전선 배치됨으로써 원래 소속으로 복귀하게 되었다.

원주, 여주를 거쳐 저녁 늦게 양평읍 남쪽 남한강변 모래사장에 도착했다.

그곳에서 대대는 75미리 곡사포를 반납하고 105미리 곡사포를 인수했다. 모두 사기 충천했다. 특히 학도병들은 감회가 깊었다. 평안남도 덕천전투에서 105미리 곡사포를 잃었던 전력 때문이었다.

105미리 곡사포는 정말 믿음직스러웠다.

며칠 간의 훈련이 시작되는 동안 학도병들은 신병이 아니었다. 학도병들은 대부분 사수, 포수 등으로 중책을 맡게 되었고 경계근무, 탄약수, 식사당번 등은 제2국민병 출신 신병이나 그 후에 입대한 신병 몫이었다.

포차의 운전사는 1.4 후퇴시 피난 내려온 군속으로 나이가 든 편이었고 운전도 숙달되어 있었다.

신병 또한 어린 학도병과는 달리 힘이 세어 포의 가신을 옮기는데도 힘들이지 않게 작업했다.

신병들이 열심히 훈련과 작업을 하고 있는 모습을 보면서 학도병들은 지난날의 신병시절을 생각했다. 포의 가신을 넘었다고 무자비하게 구타당했던 일이 떠올랐다. 쇠로 된 포의 다리를 넘어간 것이 무슨 큰 죄란 말인가. 그러나 신병에서 한계단 올라서니 그 이유를 조금은 알만했다. 첫째 그는 신병시절에 선임자로부터 배운대로 했을 것이다. 둘째 탄약을 들고 질러가기 위하여 가신을 넘다가 걸려 넘어지면 안전사고의 우려가 있고, 셋째 포사격 중에 가신을 건드리면 기껏 조준된 사격

제원이 어긋나게 된다. 조준이 어긋나면 그 피해는 예측할 수 없이 클 것이다. 그런 저런 생각에 잠기던 학도병 김응오는 신병들에게 지난날 자신이 당했던 이야기를 들려주며 이 가신을 절대로 넘어서는 안된다고 주의를 주었다.

싫은 소리나 구타 없이도 가신을 넘어서는 안되는 이유를 이해한 신병들은 극히 조심하는 것을 엿볼 수 있었다.

한강을 사이에 두고 그 북쪽은 중공군이 장악하고 있었고 남쪽은 아군 지역이었다. 경기도 양평 용문산의 한 계곡에 포진지를 잡기 위해 진입하는 도중에 조금이라도 넓은 공간의 공지가 있는 곳이면 포진지가 자리 잡고 있었다. 제18포병대대가 75미리 곡사포를 반납하고 105미리 곡사포를 인수해 사기가 백배 올라 있었는데 진입로 근처의 미군의 8인치 곡사포 진지를 보고 기가 질렸다. 8인치 곡사포는 105미리 두 배가 넘는 큰 포였고 포진지 또한 넓은 땅을 차지하고 있었다.

포에서 불을 뿜을 때면 마치 천지가 개벽되는 것처럼 요란한 폭음과 포연 그리고 진동이 따랐다.

그러나 학도병들은 105미리 곡사포의 장점을 숙지하고 있기 때문에 "덩치만 크면 다인가"라는 기분으로 전의를 다졌다.

전선에 배치된 후에도 틈틈이 훈련은 계속되었다. 학도병들은 당당히 교관의 위치에 선 것이다. A포대 전포대 1분대장은 서울공고 1학년의 손득규, 2분대장은 용산고 1학년의 김응오, 3분대장은 성동공고 2학년의 박영석이다. 그들은 신바람이 났다.

이곳 새 진지의 위치는 용문산 서측방의 옥천리라고 했다.

그 진지에서 제17연대에 화력지원 임무를 받고 있었다. 당시 제17연대는 곡달산에 포진하고 있는 중공군과 대치하여 용문산에서 북방향으로 뻗은 능선에 배치하고 있었다.

제17연대 전방지휘소에 파견될 포병연락장교로 오웅주 소위가 결정되었고 무선통신병 강성모와 연락병 1명으로 팀이 구성되었다.

제1대대 지휘소에 관측장교 최석환 소위, 관측병 윤선일, 통신병 용산중 2학년의 이동신이 파견되었고, 제2대대 지휘소에 조성환 소위, 김석찬과 한양공고 2학년 정무석이 파견되었다.

그동안 소강상태를 유지하고 있던 중공군이 재편성과 정비를 끝낸 탓인지 5월 하순을 넘기면서 공격의 징후가 나타나기 시작하였다.

중공군은 아군에게 제공권을 뺏기고 포병화력마저 절대 열세에 있기 때문에 아군이 유리한 위치에 있었다.

제18포병대대의 학도병들은 특히 용문산 전선에서 잔뜩 긴장하고 덕천 포위때의 복수를 위해 중공군을 향한 전투의지가 불타오르고 있었다. 그무렵 어느날 뜻밖의 사고가 발생하였다.

당시 보초근무는 신병들의 몫이었고 학도병들은 순찰근무에 임하고 있었다. 이날 순찰 중인 학도병이 보초근무중인 한 신병을 발견하고 자기 딴에는 정신을 바짝 차리도록 교육하고자 하는 마음에서 졸고 있는 그의 바로 코앞에 총구를 드리대고 노리쇠를 후퇴 전진시키는 금속음을 크게 냈다. 이에 깜작 놀란 신병이 눈을 크게 떴을 때 학도병은 무심코 방아쇠를 당겼다.

"탕"하는 단 한 발의 총성과 함께 그 신병은 그 자리에서 숨졌다. 평소 탄창을 끼우지 않은 상태에서 노리쇠를 전진 후퇴할 때에도 반드시 총구를 위로하여 격발하도록 훈련을 받아왔다. 학도병은 탄창을 끼었다는 것을 잊은채 총구를 그의 가슴에 대고 격발한 것이다. 그 후 그 학도병은 심한 죄책감으로 근무도 제대로 할 수 없는 우울증에 빠졌다. 포대에서는 그를 보병부대에 전속시켰다. 그후 그의 소식은 끊어졌다. 이로 말미암아 제18포병대대에서는 총기 다루는 일에 신경을 곤두세웠다. 다시는 이런 사고가 되풀이 되지는 않았다.

어느날 밤, 드디어 중공군의 대공세가 시작되었다. 폭풍 전야처럼 고요하기만 하던 이 계곡에서도 "사격준비"하고 명령하는 소리가 귀청을 때렸다. 이윽고 사격명령이 하달되었다. 각 포에서는 사격명령을 복창하면서 포 조작을 한다. 포 조작이 끝나면 "제1포 사격준비 끝"하고 보고한다. 보고를 받은 사격지휘자는 포대 중앙에서 육안으로 준비 완료상태를 확인한 후 손을 위에서 아래로 내리며 "발사!"한다. 포수는 방아끈을 쥔 채 사격지휘관을 바라보다가 그의 수신호에 맞추어 방아끈을 힘껏 잡아 당긴다.

쾅, 쾅, 쾅, 쾅, 쾅, 쾅

6문의 포구에서 시뻘건 불덩이가 북쪽을 향해 날아간다. 각 포가 네 발째를 사격했을 때는 포진지 후방에 있던 미군 8인치 곡사포 진지에서도 "쾅"하는 발사음과 함께 포탄이 공기를 스치는 매서운 소리가 머리 위에서 들린다. 마치 산천을 흔드는 듯 8인치 곡사포의 발사광경은 요란했다.

105미리 곡사포가 세 발을 발사할 때 8인치 곡사포는 한 발 꼴이다. 위력이 크고 육중한 만큼 그 발사속도는 훨씬 느리다.

일반적으로 50여 발을 사격하고 나면 화력제원이 바뀌고 다른 목표로 옮기는데 같은 제원으로 문 당 100여 발을 사격할 때까지 그 제원이 바뀌지 않았다. 중공군의 인해전술도 대단하다는 추측을 포병들은 했다.

"이녀석들 덕천에서 괴롭혔던 만큼 너희들도 당해 봐라."

학도병들은 포구를 물수건으로 식혀가면서 밤새도록 사격을 계속했다. 한 방, 한 방 공들여 포탄을 장전하여 방아끈을 당겼다.

먼동이 터오면서 서서히 포성이 멎어갔다. 중공군의 인해전술도 이 엄청난 화력 앞에 떼죽음을 당하고 나서야 물러가기 시작했다. 보병의 소탕 반격작전이 시작되었다. 제17연대는 곡달산을 점령한 후, 도주하는 중공군을 추격하여 북한강을 건너 청평 발전소를 비롯한 그 일대를 장악했다. 전방관측장교, 연대포병연락장교는 진격하는 제17연대 보병과 함께 전진을 계속했다.

6월 초순 들어 비가 많이 내리기 시작했다. 판초우의를 입었으나 계속 퍼붓는 빗물 때문에 불편과 고통이 더했다.

6월 10일 경 A포대는 청평 발전소 댐을 통과하여 경춘국도 북측방 도로 옆에 포진지를 구축하고 제17연대에 지원사격을 계속했다.

포진지 앞에 차폐물이 없기 때문에 보병 전투부대가 적에게 공격을 가하는 상황을 볼 수 있었다. 특히 밤에는 아군 진지와 적 진지 간의 교전광경은 장관이었다. 예광탄이 오가고 화염이 솟으며 포진지에서 튀는 불꽃도 선명하게 보였다. 마치 어느 축제에서 폭죽을 터뜨리는 광경과 같은 현란한 장면도 때때로 연출되었다.

양평에서 공격하여 진격하는 동안 제2사단장 함병선 준장은 포병의 화력지원 효과와 기능의 중요성을 알고 포진지 외곽에 사단 대전차 공격대대 1개 중대를 배치하여 경계케 했다.

6월 15일 경, 중공군이 완강한 방어진지를 구축하고 저항하는 명지산을 향해 공격중이던 제7연대 1대대 전선 최전방 추진관측소에 나가 있던 서울공고 1학년 윤선일 학도병은 체신고 1학년의 강성모 학도병과 함께 전방 관측을 위해 작전 중 적 진지에서 날아온 총탄을 맞았다. 왼쪽 다리 허벅지에 관통상을 당하자 소총중대 위생병이 달려와 압박붕대로 지혈하는 등 응급처치 후 들것에 실려 1대대 본부 지휘소로 옮겨졌다.

강성모는 윤선일의 손을 잡고 "부상이 크지 않으니 너무 걱정하지마"라고 위로하며 윤선일을 도왔다. 함께 있던 이동신 또한 아픈 마음으로 위로의 말 밖에 할 수 없었다. 윤선일은 위생병의 들 것에 실려 연대본부 전방지휘소 고지 밑에 대기하고 있던 엠브란스 편으로 포진지에 돌아왔다. 학도병 동기생인 손득규, 김응오, 박영석, 임태식, 김경제, 김태희 등 10여 명이 모여 윤선일을 둘러싸고 위로했다.

A포대장 최명헌 대위가 달려왔다. 윤선일은 포대장을 보자 누운채 거수경례를 하면서 "신고합니다. 육군 포병 하사 윤선일은 1951년 6월 15일부로 사단 의무중대에 후송을 명 받았습니다. 이에 신고합니다" 주위에 모였던 모두가 깜짝 놀라며 그의 강한 군인정신에 감탄했다.

포대장 최명헌 대위는 윤선일에게 "도와줄께 없느냐?"고 묻자 윤선일은 "병원에 후송되면 돈이 필요합니다"고 말하자 최명헌 대위는 주머니 속에 있던 돈을 꺼내어 주었다. 윤선일은 "나아서 포대에 다시 돌아오겠다"는 말을 남기고 엠브란스에 실려 떠났다.

윤선일은 훗날 대한상이군경회 중앙회장을 역임한다.

6월 말이 가까워 오는 어느날 제17연대 전방 전투부대가 대성산을 향해 진격하자 제18포병대대 A포대도 가평을 경유하여 명지산 동측방 계곡 도마재 고개로 들어가 포진지를 구축했다.

초여름 맑은 날씨. 산계곡에서 흘러내려오는 깨끗한 물은 모든 장병들에게 상쾌한 기분을 주었다. 주변의 초록빛 수목들도 전장 같지 않은 정서를 느끼게 하기에 충분했다. 그런데 계곡 깊숙한 곳에 이르자 뭔가 썩는 냄새가 코를 찔러 숨쉬기조차 힘들 정도로 풍겨왔다. 자세히 살피니 계곡의 오솔길과 흐르는 물 속에 혹은 깊숙한 주변 숲속에 국군의 시체가 철모를 쓴채 수없이 널려 있었다. 소속을 살피니 국군 제6사단 제19연대였다. 5월의 중공군 공세 때 전사한 것으로 추정되었다.

포진지를 갖추고 전방에 사격하면서 사역병을 동원하여 전사자 처리를 시작했는데 너무 시체가 많아 며칠간이나 계속되었다.

"전쟁터에서 죽으면 저렇게 비참하게 되는구나" 작업 중에도 그런 생각에 잠기면서 "죽지 않고 살아야지"하는 생존욕구가 솟아 올랐다.

김석찬은 제17연대 전선이 명지산을 장악하고 대성산으로 진격할 때에 전방관측소 근무를 교대하여 포진지에 돌아와 전방관측소와 포진지간의 전화선 가설과 철수 및 보수작업등을 하였다.

밤 10시 경 전방관측소에 통화가 끊어져 국민병 출신의 최창준과 함께 도마재고개 북방으로 전화선 점검을 나갔는데 계곡의 길과 숲속을 지날 때마다 전사자 시체를 밟고 넘어야 했다. 발아래 밟힌 물체가 딱딱하면 바위나 돌이고 물렁물렁하면 시체이기 때문에 시체를 피해 가느라 애먹었다. 숲속에서 작업을 하면서 손전등을 켰더니 시체와 해골이 환히 보였다. 최창준이 "아이쿠"하며 소리질렀으나 김석찬은 이미 고참병이 되었으므로 자존심 때문에 "뭘 그래"하며 태연한 체 했다. 그날밤 약 세시간 동안 전화선 보수작업을 했는데 시체와 악취 때문에 고통을 겪었다.

며칠 후 사단 수색중대에서 대성산 남쪽 계곡에 중공군 고사포 부대가 있는데 도주 후퇴할 통로를 봉쇄하여야 한다는 것이다.

제17연대에 적 고사포 진지에 대한 공격명령이 내려졌다. 그러나 인접 제31연대의 전선이 뒤에 처져 있기 때문에 제1

7연대가 돌출되어 측방의 위험이 따랐다. 그리하여 제17연대의 진출이 용이하지 않았다.

이러한 상황으로 인하여 적 고사포 부대가 철수하지 못하도록 퇴로를 차단하라는 작전명령이 포병에 내렸다. 따라서 포병은 무려 3일간 앞뒤 도로를 목표로 포탄을 쏟아 부었다.

적 고사포부대는 꼼짝없이 묶여 있다가 제17연대 공격부대에게 점령당했다.

40미리 경고사포 16문과 소련제 지스 트럭 20대를 노획하는 등 큰 전과를 올렸다. 그때 적 고사포는 치스 트럭에 메달린체 있었고 차량상태가 완전하여 아군 운전병들이 차에 올라가 시동을 걸어 모두 끌고 나왔다.

학도병 가운데 가장 나이 어린 용산중학교 2학년의 이동신은 A포대 통신반의 통신병으로 전방관측소에서 홀로 포진지를 내려오다가 미쳐 북쪽으로 도망가지 못하고 숨어있던 중공군 병사와 마주쳤다. 놀라서 도망가는 중공군 병사를 향해 이동신은 "손들어"하고 고함을 쳤고 이어서 실탄을 장전하고 칼빈소총의 방아쇠를 당겼다. 그러나 어찌된 영문인지 실탄이 발사되지 않았다. 순간 당황하지 않을 수 없었다. 중공군 병사가 역공하면 꼼짝없이 당할 판국이었다. 실탄이 안 나간 것은 노리쇠가 완전히 전진이 안되어 실탄이 반 장전상태였기 때문이다. 그렇다고 시간이 없는데 다시 재장전할 수도 없었다. 이동신은 무턱대고 총구를 중공군 가슴팍에 갔다 댔다.

중공군 병사는 두 손을 번쩍 들었다. 이동신은 중공군 병사의 총기를 회수하고 꿇어 엎드리게 하고 손을 묶어서 앞세워 포진지로 끌고 왔다.

포진지에서는 솜털도 가시지 않은 소년 이동신이 그보다 덩치가 훨씬 큰 중공군 병사를 끌고 오는 것을 보고 모두 놀랐다.

"작은 고추가 맵다더니, 정말 이동신 보고 하는 말이구나."

특히 학도병들은 이동신의 용기 있는 행동을 자랑스럽게 생각했다.

중공군 포로는 제17연대 전방지휘소에 데려가 연락장교 오웅주 소위에게 보고하고 인계하였다. 연대 포병연락장교 통신병으로 무전기를 가지고 와 있던 강성모가 이동신에게 다가가 아낌없는 찬사를 보냈다.

"과연 자랑스러운 학도병이다."

중공군 포로 전대 안에는 상해 농구화 한켤레와 전투복 한 벌 그리고 미시가루가 들어 있었다.

전대 안의 농구화와 전투복은 8월 15일까지 부산을 점령한 후 시가행진 할 때 사용하려고 특별히 보관하고 있었다고 그 포로는 진술하여 그 말을 듣고 있던 국군은 쓴웃음을 지었다.

당시 대성산 북쪽으로 쫓겨간 적군의 정보가 없어 전전긍긍할 때에 이동신이 생포한 중공군 포로는 커다란 수확이었다. 그로부터 많은 정보를 얻어 냈음은 말할 나위도 없었다.

6월 25일, 6·25 동란 발발 1주년이 되는 날이다. 그날 오전 A포대 전원이 포진지에 정렬하였다.

중공군을 곡달산, 명지산, 대성산에서 섬멸하고 고사포와 차량을 노획한 전과에 대한 훈장수여식이 있었다.

대대본부 통신병 강성모, A포대 전포대 1분대장 손득규, 3분대장 박영석, 지휘소대 통신병 김석찬, 이동신 등 학도병 5명이 화랑무공훈장을 받았다. 직접 사단장 함병선 준장이 이들 5명의 가슴에 일일이 달아주었다. 이는 학도병 최초의 명예였다.

참으로 빛나는 무공 수훈이었다. 포병이 목표를 포착하고 그 제원으로 사격을 유도하는 일련의 기술에 따라 적에게 심대한 타격을 가할 수 있는 것이다.

직접 포사격의 임무도 중요하지만 관측과 통신으로서 포탄의 유도를 성공시키는 기술이야 말로 포병의 꽃이라 할 수 있는 것이다. 특히 강성모와 김석찬의 화랑 무공의 수훈은 그 직책에서 예상을 깨고도 남을 공훈이 인정된 결과였다. 또한 이동신의 수훈은 중공군 포로 1명의 성과보다도 그로부터 얻은 많은 정보로 인해 작전에 크게 기여했음이 반영되었던 것이다.

포병의 수훈으로 보병이 포병에 대한 인식이 많이 달라졌다. "자동차 타고 다니며 후방에서 포나 쏘는 한가한 군인"으로 빈정거림을 받았던 포병이 "작전확대에 결정적인 역할을 하는 포병"으로 좋은 평을 받게된 것이다.

제2사단장 함병선 준장이 자주 포대를 순시하는 것도 알고 보면 포병에 대한 중요성을 인식한 탓이었다.

어느날 사단장 순시시 이례적인 행사가 있었다. A포대 전원이 정렬한 가운데 사단장이 도착하였다. 제18포병대대장 최철 소령, A포대장 최명헌 대위가 사단장을 맞았다.

사단장은 차에서 내리자 포대 장병이 정렬하고 있는 대열 앞 중앙에 섰다. 포대장이 장병을 향해 돌아서자 "사단장 각하에 대하여 받들어 총"하고 구령을 붙였다. 장병 모두 받들어 총 자세를 취했다. 포대장이 다시 사단장을 향해 거수경례를 하였고 사단장이 답례하였다. 포대장은 손을 내리자 장병들을 향해 "세워총 구령"을 붙이고 사단장에게 다시 향한다.

포대장은 바른 손을 위로 쳐들었다.

"선서, A포대장 최명헌 대위외 전 포대 전원은 사단장 각하의 명을 받들어 분골쇄신 국가에 충성을 다할 것을 엄숙히 선서합니다."

우렁찬 목소리로 선서를 마쳤다. 선서를 받은 사단장의 눈은 빛났다. 또 만족스러운 표정이었다. 당시 군에서는 장군을 모두 각하라고 칭하고 있었다. 일본군의 잔재 때문이었다. 심지어 대령급 부사단장에게까지 부각하라고 호칭하였다.

제2사단장 함병선 준장은 군내에서 무서운 장군으로 소문나 있었다. 때에 따라서 직접 권총을 빼어들고 불의에 대처했다. 장병들은 사단장이 나타나면 겁부터 냈다. 그래서 무서운 사단장을 달래기 위해 포대에서 전례 없는 "충성 선서"까지 하는가보다고 생각했다.

사단장이 다녀간 후 사단장은 사기앙양책으로 소 한마리를 보냈다.

그날 포대 전원에게 술에다 고기를 먹는 회식이 있었다.

7월 초순경 A포대는 이 답답한 계곡에서 벗어나 사창리를 경유하여 화천으로 나왔다. 화천에서 다시 말고개를 갈 때 화천댐을 지나게 되었는 데 댐에서 흘러나오는 강에서 미군들이 발가벗고 목욕을 하고 있었다.

흑인, 백인, 황색인 등 가지각색의 색깔의 몸에 허연 비누를 칠하고 즐거워 하는 모습이 가관이었다.

　A포대가 포진지를 개설한 곳은 말고개로 불리우는 고개 중턱이었다. 포진지 앞으로는 가파른 계곡이 전개되고 있었고 그 계곡을 넘어 북쪽으로 준령이 가로 놓여 있었다. 그 산 허리 너머에 735고지가 있었다.

　1951년 7월초 부터 휴전문제가 대두되고 있었는데 쌍방간 유리한 지형을 확보하기 위해 혈안이 되어 있었다.

　그 가운데 735고지는 너무도 유명하였다. 735고지를 확보하면 북 방향으로 수십리를 감제할 수 있고 적이 735고지를 장악한다면 수 십리 남쪽 방향의 아군을 감제할 수 있는 요충지였다.

　그 고지의 쟁탈전은 매우 치열하였다. 주간에는 국군이 장악하다가도 야간에는 중공군이 주인이 되는 경우가 많았다.

　때는 7월 중순경, 긴 여름 장마가 시작되었다. 장대같은 비가 계속 쏟아 졌다.

　"사격준비" 명령이 떨어진다. 제18포병대대 A포대는 서둘러 사격준비를 하고 이어서 사격명령에 따라 포사격이 시작되었다.

　쾅 쾅 쾅 쾅 쾅 쾅

　장대비를 가르고 포탄은 적진을 향해 통쾌히 날아간다. 쉬임없이 계속 포사격으로 이어지지만 장대비 탓으로 포신의 열을 식히기 위해 물수건을 사용할 필요는 없다. 자연히 공냉식 포신으로 역할을 하고 있다.

　포병에게 있어서 판초우의는 금방 무용지물이 된다. 겉옷 속옷 할 것없이 비에 흠뻑 젖는다. 그러나 포병은 포사격할 때 가장 군인답고 가장 자랑스러운 순간 순간이다.

　방아끈을 당길때마다 우리의 적은 몰살할 수 있다는데 보람을 느낀다.

쾅 쾅 쾅 쾅

오히려 장대비를 고마워 해야 한다. 계속 사격을 보장해주기 때문이다. 탄약운반 트럭은 쉬임없이 들락날락거리고 탄피는 미처 치우지 못해 산더미가 된다. 이렇게 주야로 14일간을 적진에 퍼부은 수천발의 포탄으로 인하여 735고지는 734고지로 가라앉는다. 그 고지상에서 아군과 적군이 양측 포탄에 의해 얼마나 많은 희생자가 생겼을까. 장마가 계속되는 14일간을 잠다운 잠을 한숨도 못자고 포병들은 싸웠다.

1951년 4월과 5월에 걸쳐 중공군은 최대의 역량을 집중하고 대공세를 강행하여 결전을 시도하였으나 일찌기 유례없는 큰 손실을 입고 패퇴하였다. 이 기회를 놓칠세라 전 전선에 걸쳐 반격을 개시한 국군과 유엔군은 유리한 지형의 확보를위해 적에게 압력을 가했다.

이렇게 되자 더 이상 이 전쟁에서 승산이 없음을 자인한 공산군은 휴전협상이라는 정치적 흥정을 내세워 시간을 벌면서 전세를 만회하기위한 책략하에 1951년 6월 23일 주 유엔 소련대표 말리크가 뉴욕에 있는 유엔 방송국의 '평화의 대가'시간을 이용하여 휴전협상을 제의하기에 이르렀다.

그 방송은 즉각 미국을 위시한 서방 제국들에 의하여 모스크바가 한국전쟁에 관하여 새로운 정책을 제시한 것으로 이해되었다. 즉 공산 진영이 한국을 부력으로 적화하겠다는 야복을 포기한 것으로 간주한 것이다.

한편, 이 시기에 맥아더 장군이 해임되고 릿즈웨이 장군이 유엔군 사령관으로 임명되었다. 따라서 미국도 북진하여 한반도를 통일하겠다는 정책은 38선 상의 휴전이라는 미봉책으로 돌아서고 있었다.

이승만 대통령은 이러한 양측 기도에 적극 반대하고 나섰다. 그러나 그 반대는 강대국들 사이의 작은 메아리가 될뿐 대세를 바꾸지는 못했다. 따라서 이해 7월 10일 개성에서 첫 휴전회담이 개최되었다.

이러는 동안 전 전선의 아군과 적은 한치의 땅이라도 더 빼앗으려 결사적인 고지 쟁탈전을 벌였다.

제18포병대대의 14일간의 포격전은 바로 그와같은 상황하에서의 고지쟁탈전을 지원한 것이었다.

학도병이 주축이 된 제18포병대대는 바로 고지쟁탈전의 한 몫을 맡은 주역이 되었다.

장대비가 멎자 포병들은 오래간만에 햇빛을 만났다. 7월의 태양은 무섭게 뜨거웠다. 기상이 좋아지자 포병의 역할이 줄어들게 되었다. 왜냐하면 그동안 장마때문에 출격을 못했던 미 공군기의 항공지원이 활발해졌기 때문이다. 주로 낮동안은 미 공군기 편대가 쉴새없이 날아와 적 진지를 무자비하게 강타했다. 밤이되면 다시 포병의 역할로 전환되었다.

제14장 학도포병의 자랑

제14장 학도포병의 자랑

제18포병대대의 화력지원의 위력과 역할에 대하여 제2사단장 함병선 준장을 비롯하여 보병연대 전투지휘관들은 크나큰 신뢰를 하고 있었다. 그들 스스로 포병화력은 전투에 80%의 영향을 준다고 까지 말할 정도였다.

첫째, 포병의 화력은 적군 진지내 시설물을 파괴하고 적의 전투의욕을 제압하는 한편 아군 전투부대에 자신감과 용기를 불러 일으켰다.

둘째, 보병 전투부대의 행동이 완만할 때에는 포병화력이 적의 진지에 가해짐으로써 적군으로부터 받는 위협을 제거할 수 있었다.

세째, 보병부대의 전투능력이 미치지 못하는 장소에 대하여 포병화력으로 탄막(彈幕)을 구성, 적군의 작전행동을 견제하여 아군 전투부대가 도착할 때까지 제반 여건을 유리하게 조성한다.

네째, 야간 포병화력지원은 적군의 이동과 휴식을 방해하여 적군의 전투력을 약화시킨다.

이상과 같은 효과가 뚜렷해짐으로써 보병은 포병을 신뢰하고 포병은 긍지를 갖게 되었다.

또한 제18포병대대가 보유하였던 105미리 M2 곡사포는 짧은 시간에 신속하게 진지를 이동하는 기동력과 목표에 대하여 다양하게 융통성 있는 화력을 제공할 수 있었다.

최대 사거리 12,205야드(약 30리) 내의 목표에 최대 발사 속도 분당 10~15발 그리고 목표를 쉽게 바꾸어 가면서 화력을 증감 조절할 수 있었다.

포탄의 위력 또한 막강하였다. 지상에 착지 순간 폭발할 때 직경 60미터 내의 물체에 파괴력을 가하여 적군의 행동을 제압하며 시한신관(時限信管) VT신관(전파감응)을 사용하여 지상 20미터 공중에서 폭발할 때에는 직경 100미터 내의 물체에 타격을 가했다. 목표의 성질에 따라 고폭탄, 소이연막탄을 사용하고 야간 적군진지를 밝게 하는 조명탄 그리고 적군의 항복 또는 귀순 권고용 전단을 공중 살포할 수 있는 삐라탄 등을 사용했다.

특히 학도병들이 주축이 되어 있는 제18포병대대의 포병사격 기술은 정확신속하여 상당한 신뢰를 보병 전투지휘관들로부터 받고 있었다.

보병 전투부대에서 새로운 작전이 계획되고 시행될 때에는 포병 전방관측장교(FO) 또는 포병 연락장교(LO)에게 꼭 협조를 요청하였다. 그들은 포병이 같이 있으면 마음이 안정되고 용기가 생긴다고 밀하였고 선선의 상황이 불넁확할 때에는 반드시 포병을 찾는 것이었다.

함병선 사단장은 학도병들이 국군이 평양을 탈환, 북진 할 때부터 전투에 참가하여 덕천 전투 등을 경험한 사실을 잘 알고 있었다.

제2사단 내의 다른 지휘관 및 장교, 사병들도 제18포병대대가 대한민국 포병을 창설한 부대이며 서울학도병들이 주축이 된 전통있는 우수한 포병이라고 찬사를 보냈다.

그런 찬사를 받게끔 신명을 바쳐 열심히 하다보니 학도병들에게 문제가 생겼다. 바로 청각장애를 가지게 된 것이다.

포에 매달려 사격할 때 고막에 진동이 가해지는 기간이 오래되면서 오른쪽 귀가 들리지 않는 병이 생겼다.

그러나 국가에 귀 하나쯤 바치는 것을 문제 삼을 학도병이 아니었다. 그들은 그럴수록 더 포사격의 정확성에 신경을 썼다.

7월 10일경 치열한 공방전이 어느 정도 가라앉을 쯤 해서 뜻하지 않는 일이 벌어졌다.

사격을 막 끝내고 주변을 정리하고 있을 때 "전포대원 집합" 하는 명령이 내렸다. A포대 전원이 지시하는 장소에 모두 집합했다.

포진지 뒤에는 산딸기가 붉게 익어가고 있었다. 바로 여름이 깊어졌다는 증거라고 생각했다. 그 산딸기가 시작되는 곳에 어느새 파놓았는지 사람이 묻힐만한 구덩이가 있었다.

얼마 시간이 흐른 뒤, 포대본부 천막에서 한 병사가 걸어나오면서 울고 있었다. 바로 누군가를 확인하니 통신반에 소속된 신병 이영석이었다. 학도병의 후배격인 셈이다. 체격도 크고 생김새도 훤했다.

집합해 있던 포대원은 '왜 울고 있을까?'하고 의아하다는 듯 그를 주시했다. 잠시후 포대 인사계가 그 병사를 구덩이 앞에 세워놓았다.

순간 학도병들은 망치로 뒷통수를 얻어 맞는 충격을 느꼈다. '아, 또 한사람 희생시키려는구나!' 작년 11월 25일 덕천에서 있었던 즉결처분 장면이 떠올랐다.

포대원은 물을 끼얹은 듯 조용했다. 분위기는 이미 무겁게 가라앉아 있었다.

이윽고 집행관이 서서 포대원과 함께 이영석 일병을 주시하고 있었다. 구덩이 앞에서 포대원을 향해 돌아서서 울고 있는 이영석 일병을 보고 있는 포대원의 가슴은 쓰리고 아팠다. 특히 학도병들의 감회는 형용할 수 없는 고통이었다.

이 일병은 주머니에서 수첩을 꺼냈다. 그리고 사진 한장을 보면서 "영자야—"하고 이름을 불러댔다. 그후 사진을 인사계에 넘겨주고 또 한장의 사진을 꺼내들었다. 아마 어머니 사진 같았다. 사진을 들여다 보더니 흑흑 소리내어 흐느끼다가 마침내 어머니를 불렀다.

"어머니—, 어머니—"

그후 사진과 소지품은 모두 인사계에 넘겨주었다. 그리고 눈물을 거두고 포대원을 쭈욱 훑어보면서 입을 열었다.

"전우 여러분, 참으로 죄송합니다. 단 한 사람이라도 아쉬운 이 전장에서 여러 전우들을 배신하고 자리를 이탈한 것을 제가 죽음으로 사죄하겠으니 용서해 주시기 바랍니다."

말이 끝나자 이 일병은 자진해서 구덩이로 돌아서서 머리를 숙였다. 그리고 미동도 하지 않는 그의 태도에 그가 어떤 죽을 죄를 지었다고 해도 용서해주고 싶은 마음이 포대원의 가슴에 물결쳤다. 그러나 집행관은 가차없이 방아쇠를 당겼다.

"탕, 탕, 탕"

작년 11월 25일 나 중사의 죽음과는 하늘과 땅 만큼의 차이가 나는 광경이었다.

후에 알려진 이야기지만 이영석 일병은 집이 인천이고 입대 전에는 개 훈련사였다고 했다. 집이 폭격당했다는 소식을 듣고 가족의 안부가 걱정이 되어 전장을 이탈했다. 인천에 가서 자기 집을 찾으니 집은 폭격에 흔적도 없어지고 가족의 생사도 확인할 수 없었다. 그리고 일말의 양심 때문에 다시 귀대하려고 춘천까지 와서 기회를 엿보다가 부식 구입차 춘천에 나갔던 인사계에게 발견되어 포대까지 오게 되었다는 것이다.

여하간 당시 전장 이탈자가 생겼을 경우 각급 지휘관에게는 즉결처분권이 주어져 있었으므로 그의 죽음은 어쩔 수 없는 전시의 실상이었다.

1951년 7월 하순, 김석찬의 참전기로 되돌아간다. 제18포병대대 A포대는 화천읍을 지나 사방거리를 거쳐 금화로 가는 길 말고개에서 10일간 진지를 정하고 임무수행하다가 말고개를 넘어 평지 마현리로 이동했다.

그동안 보병 각 연대에 직접 화력지원 하느라고 떨어져 있던 B포대, C포대도 마현리에서 모여 합쳤다.

포병의 화력지원 사격단위는 포대(105미리 곡사포) 6문이지만 많은 화력지원이 필요할 때에는 A, B, C 3개 포대, 18문이 동시에 일제 사격을 하여 그 강도를 높인다. 더 많은 화력지원이 요구되면 인접 포병대대나 군단 직할로 있던 155미리 곡사포의 화력지원이 가능했다.

말고개를 넘어 금화읍으로 가는 평지 도로 중간의 마현리 부락, 제18포병대대의 3개 포대 포진지가 그 위용을 드러냈다.

마현리 북방의 가파르고 높은 산, 삼천봉 고지가 있고 그 곳에서 북으로 뻗어내려간 능선에 734고지가 있다. 원래는 735고지였는데 포병의 포탄공격 그리고 미군 전투기의 폭격으로 7월의 울창하였던 수목이 없어지고 1미터 정도의 흙이 꺼져 없어졌기 때문에 734고지로 불리게 되었다.

이 고지에 중공군은 참호를 깊게 파고 그 위에 약 1미터 높이로 원목을 겹겹이 쌓고 흙을 덮어 견고한 방어진지를 만들었다.

밤낮 가리지 않고 아군의 포탄이 떨어지고 전투기의 폭격이 가해졌지만 중공군은 끄떡하지 않았다.

734고지를 아군에게 넘겨주면 금화에서 금성으로 가는 도로와 그 주변이 노출되기 때문에 전략요충지로 불리운다.

8월 초순, 제2사단 유격대대에게 제17연대 작전예속과 동시 734고지 공격명령이 내려졌다.

제17연대 전선에 직접지원하는 A포대에 734고지 추진관측소를 설치하라는 임무도 부여되었다. 관측장교 조성환 소위를 따라 김석찬은 관측병 조원양 일병과 함께 나아갔다.

오전 10시경, 734고지 남방향 500미터 떨어진 계곡에 사단 유격대대장의 지휘소에 추진관측소가 설치되었다. 조성환 관측장교의 사격요청으로 공격준비 포병화력지원이 있은 후 유격대대 소대장이 선두에서 2개 분대를 산개시켜 공격했다. 734고지 300미터 떨어진 아래 능선에서 기관총 엄호사격이 맹렬히 가해지고 있었다.

고지에 접근하는 공격분대는 소총을 가지지 않고 수류탄 10여 발씩을 허리에 차고 낮은 포복자세로 접근하기 시작했다.

공격조 선두가 중공군 참호 5미터 지점까지 접근하자 참호 속에서 방망이 수류탄이 날아왔다. 중공군이 사용하는 수류탄은 아군이 사용하는 주먹 수류탄과는 달리 손잡이가 달려 있어 흔히 방망이 수류탄이라고 부른다.

적 수류탄이 떨어지며 폭발하자 공격조는 전진을 멈추고 뒤로 물러선다. 고지 정상의 쟁탈전은 이와같은 근접전투의 반복이기 때문에 소총은 거의 사용하지 않는다. 이렇게 수류탄만 사용하는 밀고 당기는 접근전이 지속되다가 한편에서 수류탄의 위력이 운좋게 적중하는 편이 이긴다.

이긴다는 표현은 결정적인 승리와 다른 뉘앙스가 있다. 즉 그 당시만 시간을 얻을 뿐이기 때문이다. 고지 정상의 중공군 참호에 공격조가 수류탄 투척으로 응수하지만 그것이 그리 용이하지 않다.

적이 수류탄 공격으로 공격조의 진출이 일단 실패에 끝나면 다시 후퇴하여 그 정상을 향해 미 공군기의 폭격이 가해진다. 주로 기총소사와 네임팜탄 투하로 불바다를 만든다.

미 공군기가 물러가자 공격조는 일제히 함성을 지르며 돌격을 감행한다. 이런 과정을 통해 마침내 공격조가 고지 정상을 점령한다.

이어서 유격대대의 주력이 고지 정상을 석권하며 734고지를 완전히 점령했다.

오후 늦게 이렇게 점령한 734고지에 유격대는 적의 역습을 방지하기 위한 방어진지를 구축하고 유격대대장은 고지 후사면에 대대 지휘소(CP)를 설치하였다.

관측장교 조성환 소위 및 김석찬 등 포병 관측팀은 유격대대장 가까운 곳에 참호를 파고 포병관측 임무에 들어간다.

중공군은 주간에 취약한 반면 야간에는 기습을 통해 만회하기 위한 작전을 구사하는 것이 통례로 되어 있다. 따라서 국군은 야간에 취약한 점을 보강하기 위한 피나는 노력이 이어진다.

밤이 깊었다. 예외없이 중공군의 박격포 공격에 이어 기관총, 소총사격으로 공격이 시작된다. 진지에 접근한 중공군은 아군 진지에 대한 수류탄 공격이 가해진다.

따따따따…… 쾅, 쾅, 쾅……

예광탄이 네온사인처럼 붉은 줄을 그어가며 쌍방을 잇는다. 화염이 솟아오르고 피리소리, 꽹과리, 북소리가 진동한다.

중공군은 아군의 몇 배가 넘는 많은 병력으로 공격해 온다. 제1파, 제2파, 제3파 등으로 공격이 돌파되면 다음 제파가 그 공격의 맥을 잇는다. 바로 인해전술인 것이다.

순식간에 고지 정상에서는 국군과 중공군이 뒤엉킨다. 백병전이 전개 된다. 고함소리, 신음소리 등으로 전장은 아비규환의 지옥으로 변했다. 그러나 병력 수에 있어서 당할 수 없는 국군은 열세에 몰리면서 마침내 유격대대장의 철수명령이 내린다.

포병관측팀은 유격대대장과 함께 고지 아래로 굴러 내려왔다. 새벽 먼동이 트기 시작했다.

조성환 관측장교와 김석찬 등 모두 무사하다.

고지에서 철수한 유격대대장이 병력을 수습하면서 공격준비를 서둘렀다. 그동안 유격대대장의 요청으로 734고지 정상에 공격준비사격의 포탄이 작렬하고 있다. 포사격이 진행되는 동안 아침식사로 주먹밥이 나누어졌다. 반찬은 없고 고추장 반숟가락 정도가 주먹밥에 묻어 있을 뿐이다.

김석찬은 시간이 있을 때마다 위험이 닥쳐올 때마다 하나님께 기도하는 것을 잊지 않았다. 더욱이 734고지 격전장에서 죽지 않고 무사히 철수 할 수 있었던 것은 모도시 하나님의 보호하심으로 말미암았다고 생각하여 더 뜨거운 기도를 드렸다.

오전 11시경, 아군의 공격대형이 만들어졌다. 734고지를 향해서 1개 분대는 고지 정면으로 다른 1개 분대는 고지 좌측방으로 우회 공격하기로 결정한 것이다. 이 공격분대에는 화염방

사기가 지급되었다. 2명 1개조로 짜여진 화염방사기 사격조는 1명은 연료통을 메고 다른 1명은 방사기를 들고 포복으로 중공군 진지에 접근했다.

약 15미터 지점까지 접근했을 때 화염방사기는 중공군 참호에 시뻘건 불을 뿜어댔다. 화염이 참호 안으로 빨려 들어가자 공격조가 일제히 일어나 돌격을 감행한다. 돌격조는 적이 숨어 있을만한 참호나 교통호에 수류탄을 투척했다.

쾅 쾅 쾅 쾅 쾅……

고지 정상은 수류탄의 작렬음과 매캐한 화약 냄새로 격전장으로 변한다. 그러나 이 격전은 순간에 끝난다. 다시 국군의 세계로 바뀐 것이다.

중공군의 시체가 여기저기에서 보인다. 참호 안에는 화염에 타죽은 중공군 시체가 까맣게 숯검정으로 변해 겹겹이 쌓여 있다.

전장은 생지옥이었다. 734고지는 이렇게 수없이 밤에는 중공군, 낮에는 국군이 주인이 되는 숨바꼭질이 계속되다가 8월 말경부터는 국군이 완전히 장악할 수 있게 되었다. 중공군의 인적, 물적 희생에 한계가 온 것 같았다.

1951년 6월 말, 현재 밴플리트 장군이 지휘하는 국군과 유엔군의 총병력은 55만 4천여 병력이었고 적측은 중공군 25만여 명의 병력을 포함 총 45만 9천여 병력으로 아군이 약간 우세한 편이었다.

밴플리트 장군은 그동안 공격을 멈추고 공격을 위한 준비를 하고 있다가 7월 1일을 기해 전 전선에서 공격을 재개했다. 그 공격은 휴전회담에 유리한 입지를 갖고자 한 목적 외에 단 한치의 땅이라도 더 차지한 후에 휴전해야겠다는 의지가 있었다.

제18포병대대는 이 진격작전에 제2사단 포병으로 참전하고 있었던 것이다.

제2사단의 진격에 따라 제18포병대대는 말고개를 넘어 철의삼각지대로 널리 알려진 금화방면으로의 진격 도중, 김일성고지 전투를 하고 있는 연대를 지원하기 위하여 다시 포진지가 전방으로 추진되었다.

뒤로는 넓은 벌판이 평화로운 농촌 풍경을 이루고 있었고 앞으로는 낮은 야산이 전개된 곳에 포진지를 개설하였다. 포진지 바닥은 마사토로서 비교적 평탄했다.

포진지가 개설되면 으레 실시하는 기점사격을 실시하고 화력제원을 산출했다. 이무렵 그러니까 늦은 오후, 적 방향에서 아군을 향해 날아오는 포탄의 공기 가르는 소리가 들려왔다.

섹― 섹―

아주 기분 나쁜 공기 접촉음이다. 적탄은 포진지 머리 위를 지나 훨씬 후방에 있는 논밭에 제1탄이 떨어졌다. 그리고 잠시후 제2탄이 포진지 우측 먼 곳에 떨어졌다. 이어서 제3탄이 포진지 좌측에 떨어졌다. 자꾸만 포탄이 포진지에 가깝게 떨어진다. 결과적으로 포진지를 삼각형 안에 몰아넣은 셈이었다.

이때가 되어서야 비로소 사격명령이 내렸다. 그러나 포탄이 포구를 떠나기 전에 중공군의 포탄이 포진지 복판에 떨어졌다.

쉿― 쾅!

굉장한 작렬음이 포진지를 울렸다. 매우 짧고 날카로운 폭발음이다. 이어서 계속 포진지에 적탄이 작렬했다. 이 와중 속에서도 아군은 포탄을 적 진지를 향해 발사하기 시작했다.

"우리도 중공군의 포진지를 발견했다. 빨리 반격사격하여 적 포진지를 제압하라!"

전포대장의 격려의 고함소리가 포탄 발사음과 작렬음 사이에 간간이 들려왔다.

105미리 곡사포 포구에서는 미친 듯 적측에 포탄을 날렸다. 사격명령은 쉬임없이 내려졌다.

"명중, 각포 10발, 효력사 쏴!"

아군 포탄이 날아가고 적탄이 떨어지고 포진지는 마치 보병의 백병전을 연상하리 만큼 아수라장이 되었다.

쾅, 쾅, 쾅, 쾅, 쾅, 쾅

포연에 앞이 잘 보이지 않을 정도로 자욱하다. 이렇게 계속하는 동안 몇 발이나 사격했을까?

적탄이 먼저 침묵했다. 얼마 후에 국군 포도 사격을 멈추었다. 포병들의 전투복은 땀으로 흠뻑 젖어 마치 소나기를 맞은 것 같다. 참으로 결사적인 대포병전(對砲兵戰)이었다. 대포병전이란 포병과 포병끼리의 전투를 말하다. 대포병전에서는 먼저 침묵하는 편이 판정패를 의미한다. 따라서 이날의 승자는 국군포병이다.

다행스러운 것은 그 많은 적 포탄의 세례 속에서도 큰 피해를 입지 않았을 뿐만 아니라 모든 포가 이상없었다. 포대는 서둘러 이동준비를 하고 포진지를 옮겨 새 장소에 개설하였다. 애당초 포진지를 개설할 당시 적측으로부터 관측 당할 수 있는 곳에 포진지를 선정한 것이 잘못이었다. 포진지는 적의 관측에 노출되어서는 안된다. 참으로 아슬아슬한 위기를 모면한 것이다. 대포병전에서 패하지 않은 가장 큰 이유는 적의 포탄 공격에도 불구하고 결사적으로 대응 포사격의 기선을 잡았기 때문이었다.

1951년 8월 초 사단에서는 마현리에 위안소를 설치하여 남성의 욕구충족을 위한 조치가 마련되었다. 그러나 제18포병

대대장 최철 소령은 대대의 학도병만은 아직 순진하니 욕구충
족보다는 1주일씩 휴가를 보내달라고 사단장에게 건의하여 허
락을 받아 내었다. 군복무 이후 서울이나 대구에의 부분적인
외출, 외박은 있었어도 휴가는 처음이었다. 서울을 왕래하는
부식 구매차량을 이용하여 학도병들은 서울 남대문까지 오게
되었다.

1951년 11월 초순 학도병 김응오는 휴가를 받아 서울에 왔
다. 오랜만의 서울, 다시보는 서울이었지만 초토화된 거리의
모습은 전장과 다를바 없이 황량하였다.

그러나 그 폐허 속을 왕래하는 시민은 무척 바삐 움직이고
있었다. 다시 일어나기 위한 몸부림 같았다.

김응오는 그 거리를 걸으면서 만감이 교차하는 것을 느꼈다.
특히 곳곳에 붙어있는 포스터를 보았을 때 가슴이 뭉클하였다.
수염이 풍성한 할아버지가 손가락으로 보는 사람의 가슴을 향
해 "너는 조국을 위해 무엇을 하였느냐!"고 질문하고 있는 그
림이었다. 그 물음에 대해 김응오는 "네, 저는 조국을 위해 힘
껏 싸웠습니다"고 당당히 대답할 수 있었다. 그리고 나서 가슴
을 펴고 말할 수 있음을 깨닫고 자랑스러움을 느꼈다.

비록 작년 연말까지 학생으로 복귀할 수 있다는 약속은 깨
졌지만 그간 조국을 위해 최선을 다했다는 생각으로 후회나
미련을 갖지 않겠다고 마음을 굳혔다.

거리의 사람들은 김응오가 의비심상하게 포스터를 보며 깊
이 감회에 빠져 있는 모습을 힐끔힐끔 이상한 눈으로 쳐다보
며 지나갔지만 그들은 그의 속마음을 알 까닭이 없었으리라.

학도병 김응오는 '집에 가족이 있는지?', '피난지에서 돌아왔
는지?' 궁금한 마음으로 뛰다시피 빠른 걸음으로 삼각지에 있

는 집을 향해 갔다.

다행히 집에는 불빛이 비쳤다. '아, 돌아와 계시는구나. 부모님, 그리고 어린 동생들' 뛰는 가슴을 진정시키며 "어머니—"하고 부르며 문을 열고 들어섰다.

깜짝 놀라면서 방에서 나오시는 어머니 그리고 어린 동생들, 온 식구가 우르르 맨발로 몰려나왔다. 그리고 김응오의 손과 옷자락을 서로 잡으며 방안으로 끌어들였다.

방안에는 할머니와 아버지가 앉아계셨다. 김응오의 눈에는 이슬이 맺혔다. 하지만 애써 삼키고 명랑하게 "절 받으셔야지요"하고 할머니와 부모님에게 큰절을 올렸다. 그리고는 "저는 이렇게 씩씩한 모습으로 잘 있습니다. 피난 생활에 얼마나 고생이 많으셨습니까?"하고 인사말을 했다. 어머니는 좋아서 어쩔줄 몰라하신다.

"응오야, 천행으로 이렇게 집이라도 파괴되지 않고 있었으니 얼마나 다행한 일이냐? 1·4후퇴 때는 충남 예산으로 피난해 잘 보내고 이렇게 다시 돌아오지 않았느냐. 모두 하나님의 은총이다."

어머니는 하나님께 감사하는 뜻으로 두손을 모으며 기도하는 자세를 취했다. 김응오는 순간 지난 일들을 떠올리며 그 많은 죽음의 고비에서 살아남을 수 있었던 것은 오로지 어머니의 기도 때문이라고 생각했다.

"정말 하나님의 가호하신 덕분으로 온가족이 무사합니다."

김응오는 어머니의 손을 꼭 잡았다.

"어머니, 요즘은 어떻게 생활하고 계세요?"

"가지고 있던 옷가지들을 갖고 소사나 시흥 같은 농촌에 가서 쌀과 바꾸어 연명한단다."

어머니의 작은 한숨이 말끝에서 새어나왔다.

"작년 연말까지는 학교에 돌아오겠다는 것은 이제 물거품이 되었구나."

아버지의 말에 김응오는 대답을 못하고 고개를 숙였다.

"하기야 누가 중공군이 나올지 알았겠니?"

김응오의 대답 대신 아버지가 스스로 그 해답을 하며 한숨을 쉬었다.

이렇게 이야기를 나누고 있을 때 앞집의 엄인섭의 어머니가 방에 들어왔다. "응오가 돌아왔다고?"하며 상기된 얼굴을 하고 김응오의 옆에 바싹 앉았다.

"응오야, 너하고 같이 나간 우리 인섭이는 어떻게 되었니? 인섭이는 지금 어데 있는지 알려다오."

김응오의 어깨를 두 손으로 흔들며 다구치듯 묻는다. 엄인섭과 김응오는 벌거숭이 친구였다. 학교도 학년도 같고 눈만 뜨면 함께 어울렸다. 김응오는 A포대, 엄인섭은 B포대로 갈라졌다가 덕천 포위망을 뚫고 순천집결지에서 출동하는 B포대 트럭 위에서 엄인섭이 김응오를 향해 던져준 건빵을 받아들고 손을 흔들며 "인섭아―"하고 작별한 것이 마지막이 아니었던가.

B포대는 제18포병대대에서 유일하게 장비를 고스란히 가지고 탈출하여 딴 사단으로 예속이 변경된 것만을 알고 있었다.

김응오로서는 순천에서 헤어졌던 장면 외에는 더할 말이 없었다. 그후 전혀 소식을 듣지 못했기 때문이다. 그내 들은 얘기로는 B포대가 제8사단 제50포병대대에 편입되었다는 것뿐이었다. 그러나 엄인섭의 어머니는 막무가내였다.

"살아있다면 그래 지금까지 소식 한번 없겠느냐?"

며 더욱 서럽게 울었다. 김응오는 다시 말을 하며 달랬다.

"인섭이는 죽지 않았습니다. 다만 8사단 포병으로 전속되어 헤어진 것입니다. 꼭 돌아올테니 두고 보십시요.”

한참만에 울음을 그치고 인섭 어머니는 ‘미안하다’며 인사를 마치고 집으로 돌아갔다.

그후 세월이 흐른 뒤 엄인섭이 포로교환에서 돌아왔다.

1951년 구정공세때 중공군의 포위망을 벗어나지 못해 같은 용산고 출신 민경천, 양세환 등과 포로가 되었다고 한다. 그 가운데 민경천은 포로대열에 끼었다가 탈출에 성공, 다시 군에서 복무하게 되었고, 엄인섭과 양세환은 탈출에 실패, 수용소 생활 중 1953년 8월 15일 포로교환 때 조국의 품으로 안겼다.

학도의용군 350여 명은 한결같이 어떤 형태로든지 모진 고난을 겪으며 생과 사의 갈림길에서 조국을 위해 젊음을 바치고 있었다.

김응오를 비롯 휴가 갔던 학도병들은 한 사람의 이탈자도 없이 정해진 시간에 귀대했다.

거대한 오성산을 앞에 두고 그곳에 반 영구적인 진지를 구축하여 방어하고 있는 중공군과 대치한 곳은 금화에서 평강 쪽으로 가는 국도변의 야지였다.

앞에는 낮은 산봉우리가 포진지를 잘 가려주고 있었고 바로 포진지 30미터 거리에는 주보급로가 있었다.

포진지 전방 골짜기에는 31연대 연대본부가 자리잡고 있었고 포진지 좌측 공지에는 미군들이 포진지를 개설하고 있었다.

아군도 장기전에 대비하려는지 이곳에 좀체로 이동하지 않는 진지를 구축하게 되었다. 이 공사는 대단히 규모가 컸다. 즉 인원도 포도 모두 유개호 속에 있도록 설계되었다.

주보급로 옆에는 아름드리 잣나무가 울창하였다. 서울에서 사온 큰 톱으로 이 잣나무들을 잘라 약 6미터 정도의 길이의 굵은 나무를 골라 기둥을 세우고 그 위에 지붕을 올렸다. 전면과 후방의 출입구를 제외하고 흙을 담은 마대로 세겹씩 쌓았다. 포진지 뿐만 아니라 탄약고도 그런 식으로 단단히 무장했고, 포대원이 기거하는 침소도 지하로 약 3미터 깊이로 파고 들어가 지붕을 씌웠다.

끊임없이 나도는 휴전설에 모든 국군장병들은 긴장했고 중공군과 인민군은 제공권을 완전히 잃은 처지라 더 이상의 공세 행동은 하지 못한 채 교착상태가 계속되었다.

다만 끊임없이 이어지는 소규모 수색작전만이 전개되었다. 또한 상호 포격전은 계속되고 있었다.

주로 낮에는 잠을 잤고 밤에는 적진지에 대한 요란사격을 가했다.

밤에는 예광탄의 포물선이 검은 밤에 그림을 그리듯 남쪽에서 북쪽으로 북쪽에서 남쪽으로 이어졌다. 차라리 아름다운 폭죽놀이가 연상되리만큼 한폭 전장의 예술로 비추었다.

하늘에는 별이 총총이 빛나고 있는데 그 사이를 꿰뚫는 예광탄의 불빛이 꽂힐 때는 전장이 아니라 축제의 무대에 앉아 있는 관객이 되는 기분에 파묻히기도 했다.

사춘기 젊은 학도병들은 그 별과 예광탄의 곡예를 바라보며 무엇을 생각하고 있을까. 비록 학업의 계속은 좌절되었다 하더라도 조국을 위해 성숙한 포병으로서 적진에 포탄을 날릴 때면 젊음의 보람을 느끼는 것이었다.

덕천에서부터 지금 철의삼각지 요충지에 오기까지 학도병들은 수많은 경험을 통해 조국의 의미와 군대조직의 냉엄한 군기를 터득할 수 있었다.

두 번에 걸친 전장 이탈자에 대한 즉결처분 광경, 그리고 전우들의 죽음을 복격하면서 생과 사의 의미의 단면을 엿볼 수 있는 경지에까지 도달한 것이다.

학도포병의 자랑은 그 어려운 환경 속에서도 단 한 사람의 전장 이탈자 없이 묵묵히 조국을 위해 헌신하고 있다는 사실에 있었다.

작년 연말까지 학교에서 학업을 계속할 수 있도록 하겠다는 국가의 약속에도 불구하고 그 몇 배가 되는 복무연장을 감수하고 있는 이들의 헌신은 차라리 처연한 화랑의 화신이 아니고 무엇이랴.

이제 이들은 포병의 베테랑이다. 국군 제일의 학력에다 국군 제일의 정확한 포술을 구사하는 최고의 포병으로 성장한 것이다.

제15장 스스로의 선택

제15장 스스로의 선택

전 전선에 걸쳐 국군과 유엔군은 적과의 교착된 상태하에서의 방어작전을 제한적으로 수행하고 있었다.

특히 아군 포병화력의 적절한 운용은 인민군은 물론 중공군에게 큰 위협이 되고 있었다.

국군 제2사단 제17연대는 마현리 북측방에 있는 삼천봉(815고지)에서 금화로 연하는 천불산 일대에서 3개월간 방어하다가 금화 북방 오성산(1050고지)을 향해 공격을 감행하였다.

이 공격작전은 휴전회담이 진행되고 있는 동안 아군의 전선을 금화에서 금성으로 가는 도로를 넘어 중공군 군사령부 지휘본부가 있는 오성산 가까이로 진출하기 위한 것이었다.

아군 공격부대가 진격하기 전에 제18포병대대를 비롯한 미 제8군 예하 155미리 곡사포 등의 맹렬한 포사격이 중공군 진지 일대에 가해졌다.

TOT(Time on target)사격은 탄착목표에 대하여 정해진 시간에 수 개의 포병대대에서 발사한 포탄이 떨어져 폭발하여 막강한 파괴력의 효과를 얻는 사격인데 이 때에 중공군 진지에 가해진 TOT사격의 위력은 중공군의 전투력을 압도할 수 있었으며 보병 제17연대의 일제공격을 성공적으로 이끌었다.

공격작전이 전개된 다음날 오후경 김석찬은 A포대진지에서 최명헌 포대장으로부터 DR-8(야전용 전화선)을 휴대하고 출동을 하라는 명령을 받았다.

김석찬은 TS-10 야전 송수화기 1대와 DR-8 1개를 가지고 포대장 찦차에 올라탔다.

찦차는 포진지를 따라 금화 방향으로 8km쯤 들어갔다. 그곳은 오성산의 적 진지에서 훤히 내려다 보이는 개활지이며 중공군이 패주한 직후의 아군과 적군의 중간지역이었다. 찦차가 천불산 서쪽 끝 산기슭을 돌아 금성 방향으로 가다가 부암리란 부락 옆 숲속에 들어가 찦차를 세웠다.

최명헌 포대장은 부암리와 천불산 중간에 있는 500고지를 가리키면서 '조금전 17연대가 저 고지를 점령하였고, 우리 포대 관측장교 최석환 소위가 저곳에 있다'면서 그곳까지 전화선을 가설하라고 지시했다.

김석찬은 부암리 입구에까지 설치되어 있는 전화선을 찾아 DR-8 야전용 전화선에 연결 후 가설작업을 시작했다.

부암리에서 500고지까지는 약 700미터의 거리였다. DR-8 몸체에 감겨 있는 전화선을 풀어가면서 능선에 올라섰다. 500고지에 가는 능선길 양 옆에는 대인지뢰가 매설되어 있고 철조망이 설치되어 있어 능선을 벗어나서는 갈 수 없는 형편이었다. 김석찬이 능선에 올라 5분 정도 지났을 때에 "획, 쾅!"하는 굉음이 들렸다. 바로 30미터 떨어진 좌측에 적의 직사포탄이 떨어져 흙먼지가 자욱하다. 그래도 지체할 수 없다고 생각하며 전진하니 다시 "획, 쾅!"하며 김석찬 앞으로 지나간 직사포탄이 우측 산허리에서 작렬했다. 김석찬은 반사적으로 업드렸지만 능선 아래로 내려갈 수 없었다. 다시 일어나 자세를 낮추고 뛰었다. "획, 쾅!" 다음 직사포탄은 10미터 앞 능선 허리에 떨어졌다. 중공군이 김석찬을 향해 사격하는 것이었다. 그렇다고 임무를 포기할 수 없었다. 전화선을 가설해야지만 사격요청이 가능하기 때문이다. "휙, 쾅!", "휙, 쾅!" 계속 포탄이 작렬했다. 엎드렸다. 뛰었다 하는 동작을 반복하면서 30분 가량의 시간이 지난 뒤 관측소에 도착했다. 그야말로 결사적인 돌파작전을 방불케 했다.

이 돌파작전 중 그 광경을 보고 있던 관측장교 최석환 소위와 관측병 조원양이 손을 잡으며 '큰일 날뻔 했다'고 김석찬을 위로했다.

최명헌 포대장도 부암리 부락에서 김석찬이 직사포탄 공격을 받으며 관측소로 올라가는 장면을 보고 포진지로 돌아갈 수 없어서 마음을 조이면서 끝까지 지켜보고 있었다. 김석찬은 관측소에 전화선을 연결하고 포진지의 사격지휘본부와 통신상태를 확인했다.

이윽고 사격요청이 이루어져 중공군의 집단을 향해 통쾌한 일격을 가하기 시작한다. 그 기세를 몰아 17연대 공격부대는 일제히 공격을 개시하였다.

중공군의 시체는 사방에 겹겹이 쌓였다. 인해전술에 의한 심대한 피해는 교통호는 물론 골짜기마다 시체로 뒤덮여 있다.

김석찬은 중공군 시체 사이사이로 지뢰밭 피하듯 넘고넘어 밤 어두워질 때쯤 포대에 도착, 최명헌 포대장에게 귀대보고를 했다.

10월 중순, 아군은 금화-금성으로 가는 도로를 확보하고 오성산 남쪽에 뻗은 능선일대에 진격하여 방어진지를 구축했다.

A포대는 금성으로 가는 도로 옆 하풍동에 새 진지를 구축, 포를 방렬했다.

10월 20일, 어느덧 서울학도의용군으로 지원하여 평양으로 출발한 그날로부터 1주년이 되는 날이었다.

A포대 학도병이. 한자리에 모였는데 전포대에서 손득규, 김응오, 박경선, 박영석, 김태희, 김경제, 이순문 등 7명, 지휘소대에서 임태식, 이동신, 김석찬 등 모두 10명이다.

평양 광성중학교에서 서울학도병 350여 명을 운동장에 정렬시키고 대열을 갈라 각 포대에 배치할 때에는 A포대에 70명이 배당되었었다.

1950년 11월 26일, 덕천전투에서 전사, 실종 23명이 발생했고, 그 이후, 50포병대대와 20포병대대 재편성 기간 요원으로 15명이 빠지고 B포대 신편기간요원 10명, 장교임관 8명, 부상후송 2명, 105미리 중박격포 포대 창설 기간요원으로 2명, 등이 전출되어 지금은 이렇게 단촐한 식구가 된 것이었다.

포진지 양지 바른 잔디밭에 모여앉아 기념사진을 찍고 저녁에는 전포대 막사에서 백마위스키를 나누어 마시면서 회포를 풀었다. 전쟁이 길어지면서 3개월 후의 학창복귀의 꿈은 이미 강 건너갔고 그때의 약속을 되뇌이는 학도병도 없었다. 더욱이 그때 학생들에게 약속한 바 있던 최철 대대장도 그 약속을 잊었는지 한마디도 입밖에 내지 않고 있었다.

10월 하순경, A포대에서 약 3km 떨어진 곳에 제109중박격포포대가 들어와 진지를 잡고 있었는데 지난 1월 A포대 포수로 있다가 간부후보생으로 선발되어 떠난 최창하가 소위로 임관하여 전포대장으로 부임했다는 연락이 왔다. 최창하는 김석찬의 대광고등학교 선배였고 덕천에서 중공군 포위망을 돌파할 때에 맺은 인연이 있다. 김석찬은 최창하 소위를 만나기 위해 점심시간을 이용하여 그곳을 찾았다.

"형, 김석찬이 왔습니다."

"야, 석찬아, 그동안 고생 많았지?"

김석찬이 인사하자 최창하는 그를 끌어 안고 반긴다.

"창하형, 그때 나에게 고구마 한개 주었지. 꼬박 이틀만에 먹는 고구마가 어찌나 맛이 있었는지 죽을 때까지 그 고마움을 못잊을 것같아……"

"정말? 나도 잊지 못할 얘기 하나 있단다. 포위망 뚫고 나올 때 내가 가지고 있던 칼빈소총 말이야. 총알이 안 나갔어, 공이가 짧아서 실탄뇌관을 때리지 못하니까 사격이 안된 거지. 8사단 10연대 중화기 중대 사람들과 같이 나오다가 부락에서 중공군의 사격을 받았을 때 내가 석찬이 총과 바꾸어 가지고 그 쪽에 사격했지. 총을 갖고 있었느나 실탄이 나가지 않으니까 불안해서 혼났단다."

"형, 그런 일이 있었나?"

"꼬마 김태희 아직 있니? 그때 나오다가 다리에 쥐가 나서 못 걷겠다기에 우리가 끌다시피 같이 뛰었는데…."

"형, 우리 포위망 뚫고 나와 신창에서 김태희를 데리고 교회에 찾아가 기도드렸었지. 그때 형의 기도 얼마나 진지했는지 눈물로 시종했었던 기억이 생생해."

불과 1년 전의 일들이었지만 먼 옛날 얘기처럼 추억으로 남는다. 최창하와 김석찬은 점심을 먹으면서 지난 이야기로 꽃을 피웠다.

최창하는 김석찬을 보낼 때 봉급 받아 가지고 있던 돈을 모두 주면서 휴가 갈 때 사용하라고 했다.

김석찬은 선배가 후배에 베푼 사랑에 감사하는 마음을 간직하고 포진지에 돌아왔다.

전선은 피아간 방어전으로 포병사격은 쉴새없이 계속되었다.

1951년 11월 말경에 최철 대대장은 새로이 창설되는 155 미리 M1 곡사포 대대장으로 부임하기 위해 제18포병대대를

떠났다. 최철 대대장은 학도병들에게 말 한마디 남기지 않았
다. 그리고 평양을 거쳐 북진할 때 같이 있었던 장교들도 포병
학교 초등군사반 교육차 또는 창설 대대 기간장교로 다 떠나
가버렸다. 학도의용군의 사연과 그들을 진정으로 이해할 수 있
는 장교가 사라지자 제18포병대대에 남아 있는 학도병들은
서글프고 고독했다.

1952년 10월 20일 서북방에 오성산을 바라다보는 화풍동
반 영구적 포진지에서 서울학도의용군 출신들은 입대 2주년
기념회식을 전포대 막사에서 가졌다. 취사반에서 제법 짭짤하
게 장만한 부식에다 백마 위스키와 맥주 등으로 술을 마시며
이 날을 자축하였다. 군복무 3개월이 2년이라는 세월로 길어
졌다. 그동안 제18포병대대에 속해 있던 즉 350여 명의 서울
학도의용군 가운데 남아 있는 학도병의 수는 얼마되지 않았다.
덕천전투에서의 전투손실, B포대의 전출, 새로 창설되는 포병
부대의 기간요원으로 차출, 장교로의 임관 등 많은 학도병이
이 모체부대를 떠났다. 그러나 제18포병대대의 기간은 어디
까지나 서울학도의용군으로 말미암았고 그들의 혼이 알알이
숨쉬고 있었다. 이제 모두 하사관 계급을 단 초급간부가 되어
있었다.

52년 후반기에 들어서 항상 그랬지만, 이곳 금화지구에서의
전투는 밤에만 포사격을 하고 낮에는 비교적 한가하였다. 그렇
다고 전선이 침묵만을 하고 있었던 것은 아니었다. 낮에는 미
군 전투기의 폭격으로 폭음이 그칠 날이 없었다.

52년 11월 20일 경 오후 화풍동 A포대 포진지 좌측에 포
진한 미군 155미리 곡사포 진지가 적의 포탄공격을 받기 시작

했다.

쾅, 쾅, 쾅, 쾅, 쾅

천지가 흔들리는 듯한 굉음과 함께 진동이 지축을 울렸다. 적 포탄은 미군 155미리 곡사포 진지에 정확히 떨어졌다. 그 근방에 가서 일을 보던 김태희 중사가 혼이 나서 도망쳐서 구사일생으로 살아왔다.

미군 포진지는 차폐각도 낮은 곳에 포진지를 구축하여 적으로 부터 관측되었을 뿐만 아니라 우리의 포진지처럼 유개호를 만들지 않아 포격을 받았을 것이라고 생각했다.

그러나 그 생각은 그 다음날 같은 시간에 잘못된 것임이 드러났다.

우리 포대 많은 전우들이 낮잠을 자고 있을 때에 별안간 우리 A포대 진지 안에서 "쾅"하는 폭음과 함께 매캐한 화약 냄새가 덮쳤다. 이어서 계속 적의 포탄이 포진지에 떨어졌다.

쾅, 쾅, 쾅, 쾅, 쾅

짧게 "쉭"하는 바람 가르는 소리와 함께 적탄이 작렬했다. 포구 방향 밖으로 바라보니 제31연대 연대본부에도 포탄이 낙하하는 것이 분명했다. 연대본부에 있던 트럭들이 화염에 쌓여 있고 취사장의 솟가마가 하늘로 치솟는 것까지 보였다.

적이 어디서 관측하기에 이처럼 정확히 바늘로 찌르듯 어김없이 목표를 강타한단 말인가. 포진지의 포병들은 모두 의아해했다.

이 아비규환 속에서 누군가가 김응오를 부르는 소리가 아련히 들렸다.

"응오야—, 응오야—"

김응오가 소리나는 쪽을 바라보니 5포 분대장 이순문 중사가 입에 거품을 뿜으며 달려오면서 외치고 있었다.

406 서울학도의용군

　　"태식이가, 태식이가 여기를 맞았어!"
　　자기의 바른쪽 얼굴 부분을 가리키며 부르르 몸을 떨었다.
　　"경선이도 여기를 맞았어!"
　　목 뒷부분을 손바닥으로 가리키면서 말했다.
　　"알았어. 어디야?"
　　"6포야."
하고는 그만 주저 앉았다. 태식이와 경선은 김웅오와 가까운 친구 사이였다. 김웅오와 이순문은 포대본부 쪽으로 달려가 위생병을 불렀다. 그리고 그 옆의 수송반을 향해 스리쿼터를 몰고 나오도록 소리쳤다. 포대본부에 이르렀을 때 김문찬 이병이 운전하는 스리쿼터와 위생병 김관수 하사가 동시에 도착했다. 김웅오는 "6포로 가!"하고 소리쳤다.

　　적포탄에 의해 이곳 저곳 커다란 구멍이 난 진지내의 도로를 피해가며 전속력으로 6포에 도착했다. 김웅오는 재빠르게 차에서 내려 "태식아! 태식아!"하고 불렀다. 6포 안으로 들어서다 말고 반사적으로 다시 돌아섰다. 눈이 마주치는 곳에서 길다랗게 누워있는 얼굴 반쪽이 날라간 태식이 보였다. 김웅오는 울 수도 없고 가슴이 마구 떨리는 것을 진정하며 그의 방한복을 찢어 열고 심장에 귀를 댔다.

　　얼굴의 1/3이 달아난 태식의 심장이 뛸리 없었다. 순간 김웅오는 일어섰다. 이때 함께 온 위생병과 운전병이

　　"분대장님, 죽은 사람은 죽은거고 산 사람이나 실리고 봅시다."
하고 애원했다. 이때 김웅오는 비로소 이순문이 '경선이도 다쳤다'는 말이 떠올랐다. 그들을 딴 곳에 가지 못하도록 지시해 놓고 경선을 찾아나섰다. 핏자국을 따라 경선이 있는 곳을 찾았다. 부상한 박경선은 하얀 조명탄 낙하산 천을 목에 대고 두

손으로 뒷통수를 누르고 가만히 고개 숙인채 있었다.

"경선아! 정신 있니?"

"응."

김응오의 물음에 박경선은 대답했다. 하얀 낙하산 천은 피로 빨갛게 물들어 있었다.

"됐다. 그럼 내가 부축할테니 대대 의무반으로 가자!"

김응오는 그의 겨드랑이를 들어올렸다.

"태식이는 어떻게 됐니?"

그 와중에서도 태식의 안부를 묻는다.

"태식이 괜찮아."

김응오는 거짓말을 하고 그를 부축해 스리쿼터 있는 쪽으로 갔다.

운전석 바로 옆에 경선을 앉히고 그 옆에 김응오가 부축해 앉았다. 위생병은 뒤에 타도록 하고 대대로 출발했다. 평소에 그렇게 많은 차들이 왕래하던 주보급로가 이때는 죽음의 도로처럼 조용했다. 스리쿼터는 전속력으로 달렸다.

약 15km 후방의 대대의무반에 도착했다. 대대의무반에는 뜻밖에 김응오와 용산고등학교 동창인 곽준수가 있었다.

"오, 잘됐다. 준수야, 경선이가 포탄 파편에 뒷통수를 맞았어, 부탁한다."

반갑다는 인사 교환도 없이 준수는 재빠르게 움직이며 박경선에게 주사를 놓았다. 그리고 박경선을 의무반 안으로 데리고 들어갔다.

김응오 일행은 천천히 차를 몰고 오던 길로 되돌아가 포진지에 도착했다. 포진지는 아직도 포연이 자욱하고 매캐한 화약 냄새가 코를 찔렀다. 차를 6포에 대도록 하고 하차하자 포대장의 모습이 보였다. 임태식의 시신은 들것 위에 안치되어 있

었다. 그날 저녁 임태식의 시신은 대대본부로 옮겨졌고 학도의
용군 출신들은 모두 자원하여 상주가 된 기분으로 A, B, C 3
개 포대에서 김남종, 안정선, 최덕용, 김종성, 황춘성, 안국승
등 30여 명이 모였다.

대대본부에서는 24인용 천막을 쳤고 술과 마른안주까지 준
비해 주었다. 그리고 밤이 깊어지자 새 내의와 군복이 왔다.

날이 밝아지자 오성산이 멀리 바라보이는 고개 중턱 양지
바른 곳에서 화장했다. 이제 영원한 이별의 순간이었다. 1950
년 10월 21일 용산고등학교 교정에서 트럭에 탈때 3개월이면
복교한다고 좋아했던 그가 지금 한줌의 재로 변한 것이었다.

무거운 마음으로 포진지에 도착한 김응오는 적탄에 의해 곳
곳에 파여진 흙구덩이를 보면서 6포 쪽으로 발을 옮겼다. 6포
는 적포탄에 의해 포구가 잘려나가 사단으로 후송되어 6포의
유개호는 텅비어 있었다. 6포 분대장이 없는 병사들만 빈 집
을 지키는 상주처럼 초라한 모습으로 앉아 있을 뿐이었다.

A포대를 쑥밭으로 만든 적의 포격은 아군 지역으로 침투한
적의 첩자가 A포대 진지 후방에 있는 산에서 관측했음이 밝혀
졌다.

사단에서 A포대 후방의 산봉우리들을 이잡듯 수색하다가 두
명의 나뭇꾼을 발견하고 체포하여 지게 위에 나무 낫까리에서
적의 무전기를 찾아냈다.

적의 포탄공격에 대해 대포병전(對砲兵戰)을 감행하지 못한
원인은 두 가지가 있는데 하나는 끊임없는 포탄 낙하로 아군
포병이 포사격 준비를 할 수 없었던 점과 두번째는 적 포진지
위치를 전혀 확인할 수 없었기 때문이었다.

한편, 학도병 김석찬은 1952년 초 육군포병학교 사격지휘과

정 보수교육 학생으로 선발되어 제18포병대대를 떠났다. 8주간에 걸쳐 포술학과 사격지휘제원을 산출하는 정식교육을 받았다. 소정의 교육이 끝나자 소속부대에 복귀시키지 않고 새로이 창설되는 제1야전포병단에 기간요원으로 보낸다는 것이었다. 그러나 제18포병대대에 애착이 있고 학도의용군 전우들의 보금자리에 가야 되겠다는 심정으로 포병학교에 알리지 않고 그 곳을 떠나 서울을 거쳐 강원도 금화 인근에 있었던 제18포병대대로 돌아왔다.

대대본부 인사과에 귀대신고를 하고 그날부터 대대 사격지휘본부에서 근무했다. 사격지휘본부에는 성남고의 김기성이 유일한 서울학도병이었을 뿐이었다.

서울학도의용군보다 두달 먼저 입대한 대구사범학교의 권탁, 계성고등학교의 박광, 박명 등과 같이 근무하였는데 그들로부터 같은 학생신분이라는 인연으로 많은 협조와 도움을 받았다.

1952년 초부터 학도병 중에서 한양공고의 홍석경, 정종욱, 한성고의 김근배 등이 간부 후보생으로 선발되어 떠났고, 매월 야전포병단이 창설되면서 3~5명씩 학도병들이 제18포병대대에서 전출되었다.

이러한 전출 러쉬 속에서 9월 경에는 김석찬을 비롯하여 경기공고의 안용주, 선린상고의 임후상, 덕수상고의 이홍성 등이 제10야전포병단 창설요원으로 제18포병대대를 떠났다.

10월 하순경 육군포병학교 연병장에서 제10야전포병단 창설 및 부대편성을 위해 기간장교, 하사관 등 30여 명이 모였는데 신임장교 중에 낯익은 얼굴이 보였다. 김석찬과 대광중학교의 동기이며 학도의용군으로 평양에 같이 갔던 유인호였다. 유인호는 덕천전투시 포위망을 뚫지 못해 나오지 못한 것으로 알고 있었는데 어찌된 일인가 궁금하여 그에게 다가갔다.

“혹시 유인호 아니요? 나 김석찬인데.”

“그래, 나 유인호야.”

그들은 서로 얼싸안고 반가워 했다.

유인호는 덕천에서 포위망을 뚫고 나오려다가 중공군의 습격을 받고 다시 덕천으로 들어가 아군이 올 때를 기다렸다고 한다. 그러나 포성은 점점 남쪽으로 내려가면서 작게 들려 3일 후 덕천에서 떠나 그의 고향인 황해도 신천에 와서 친척집에서 숨어지내다가 구월산에 올라가 아군 첩보부대 유격대와 합류했다는 것이다.

그후 유격대와 함께 활동하다가 인천을 거쳐 서울로 돌아와 갑종 간부후보생 선발시험에 응시하여 장교로 임관했다고 한다.

김석찬은 포병69대대 사격지휘본부 선임하사관으로 배치되어 근무하게 되었고 다시 금성, 철의삼각지 전투에 참가했다. 이어서 크리스마스고지 등의 전선으로 이어지는 야전생활에서 연일 포사격 지휘요원으로 쉬임없이 전투에 몸담았다.

5월 하순, 대대장으로부터 갑종 간부후보생으로 추천했으니 보병학교에 입교를 하라는 지시를 받은 김석찬은 덕수상고의 이철규, 안명득, 경동고의 조태환 등과 함께 보병학교에 입교 10주간의 전반기 교육을 받고 다시 포병학교에서 14주 교육을 마친 후, 육군포병소위로 임관하였다.

뒤이어 1953년 초에는 심응모를 비롯한 학도병늘이 간부후보생으로 선발, 장교로 임관하여 새로운 길에 들어섰다.

그로 말미암아 서울학도의용군의 모체였던 제18포병대대에서 학도병 주력은 모두 빠져나온 셈이었다.

서울학도의용군 350여 명은 덕천전투 이후 여러 갈래의 운명으로 각기 다른 길을 걷게 되었던 것을 알 수 있다.

꿈많던 소년 시절, 그들의 희망은 사실상 여러 가지 직업이었다. 가령 의사가 되겠다던가, 변호사 또는 대학 교수가 되어보겠다는 것이었다. 그러나 학도의용군으로 입대한 이후 중공군의 개입으로 그들의 꿈은 무산되고 전혀 엉뚱한 길을 걷게 된 것이다.

간혹 복학한 경우도 있는데 그럴 때는 큰 손해를 감수해야 했다.

용산고 1학년이었던 17세의 학도병 민경천은 기구한 운명의 길을 걸었던 한 예가 된다.

포위망을 뚫지 못해 중공군에게 잡혀 포로생활을 하다 탈출하여 조국의 품에 안겼다. 그는 그후 다시 포병으로 복귀, 여러 전투에서 사선(死線)을 수없이 넘기다가 1955년 1월 만기 제대하게 된다. 결국 의용군에 지원하지 않은 동료들이 대학을 졸업할 나이에 모교 용산고등학교를 찾아갔다.

이제 22세, 머리를 기르고 산전수전 다 겪은 그가 학교를 찾아갔을 때 의용군 입대를 권하고 복학을 장담하던 교사들은 냉담했다.

"졸업장을 주십시요. 다른 학교에서는 졸업장을 주던데요."

이승만 대통령의 훈령에 의해 군복무로 인해 채우지 못한 학년은 그대로 인정해주도록 되어 있었다. 그러나 실상은 학교마다 달랐다. 명문이라고 하는 대부분의 학교에서는 군복무를 인정할 수 없다는 것이었다.

"졸업장은 안돼, 그대신 2학년에 편입시켜 주겠다."

졸업장을 요구하는 민경천에게 교사는 딱 잘라 거절하는 것이었다.

"아, 선생님, 제가 군대생활 5년에 여자맛, 술맛, 담배맛 다 알게 되었는데 어떻게 저 코흘리게들과 함께 교실에서 공부하란 말입니까?"

민경천이 아무리 떼를 써도 학교에서는 그 이상 배려해 줄 수 없다고 했다. 2학년 편입이 싫으면 그만두라는 것이었다.

민경천은 고뇌에 빠졌다. 고교 졸업장만 있으면 대학에 진학할 수 있을 때였으므로 공부보다는 우선 졸업장이 필요했던 것인데 그 길이 막히고 보니 대안을 찾아야 했다.

민경천의 형은 그 결론을 내려주었다.

"네 심정도 알만하다. 그러나 기왕에 공부를 계속하려면 실력이 있어야 할게 아니냐. 그러니 눈 딱 감고 고등학교 학생이 되거라. 긴머리는 깎으면 되고……."

민경천은 이발소에 가서 머리를 박박 깎고 교복을 찾아 입고 용산고를 찾아갔다.

"2학년 학생이 되겠습니다."

"잘했다. 어려운 결정을 내렸구나."

이리하여 민경천은 다시 고등학교 학생이 되었다. 그의 입학동기는 용산고 4회고 그의 졸업동기는 용산고 8회가 되었다.

'서울학도의용군', 중·고교 재학중 한시적으로 모집한 학도포병들을 말한다. 분명히 모집 공고에도 3개월 후 학업을 계속할 수 있다고 기재되어 있었다. 그러나 중공군의 개입으로 그 소망은 깨진다.

의사, 교수, 판사, 외교관이 되겠다는 꿈을 갖고 있던 순진의 10대 후반의 중고생들이 오로지 조국의 위기에 용약 출정하여 혹은 전사하고 혹은 실종되기도 하고 전혀 예상치 않은 직업군인의 길을 밟게 되는 운명의 회전. 그러나 그들은 모두 60세를 넘긴 노병이 되어 그 옛날을 되새긴다.

"결코 후회하지 않습니다. 조국을 위해 뭔가 기여했다는 뿌

듯한 긍지가 있습니다."

"공산 종주국 소련의 붕괴와 동구권의 민주화를 보면서 어린 시절의 우리의 선택은 잘했다고 자부합니다."

"그때 우리가, 우리 국민이 공산주의를 막아낼 수 없었다면 지금쯤 남한의 4천여 만명의 국민은 북한동포와 같은 혹사와 빈곤 속에서 헤어나지 못했을 것입니다."

"비록 생사의 갈림길에서 혹독한 고생을 했지만 그때 극복할 수 있었던 굳은 의지로 지금까지 보람있는 인생을 영위했습니다."

"공산주의의 몰락을 보는 우리의 가슴은 후련합니다. 우리의 선택은 적중했습니다. 그것만으로 우리는 만족합니다."

노병들은 정기적으로 모여 담소를 나누며 결코 그때의 군복무를 후회하지 않고 자랑스럽게 생각하고 있었다.

'서울학도포병동지회' 그들 모임의 정식 명칭이다.

국회의원, 대학교수, 고급공무원, 기업가 등 운명의 반전을 헤쳐나가 얻은 그들의 직명이다. 60세가 넘었지만 그들은 활발히 사회에서 봉사하고 있다.

"덕천 포위망에서 탈출할 때의 끈기와 철의삼각지에서의 대포병전의 의기(意氣)를 살린다면 불가능한 것이 없습니다."

동교동 로타리, 린나이 회관 10층, 강성모 회장실에서 담론하고 있던 노병들의 일치된 결론이었다.

서울학도의용군

참전자 명단

(제18포병대대)

참 전 자　　343명
전사·실종　112명 （33%）
명예제대　　16명 （ 5%）
장교임관　　68명 （20%）
만기제대　145명 （42%）
（포로귀환 10명 포함）

6·25 참전자 명부(병적부)

군 번	성 명(한 자)	학 교 별	임관·명예제대	전사·실종
0357180	박봉운(朴鳳雲)			전사(51.10.8)
0357181	김능일(金能日)			
0357182	이수열(李壽烈)			실종(51.2.12)
0357183	김보국(金寶國)	경기공업고	임 관	
0357184	권경병(權京柄)			실종(50.11.26)
0357185	최기식(崔基植)			
0357186	김창성(金昌星)			
0357187	김재영(金在永)		임 관	
0357188	이경하(李京夏)			실종(50.11.22)
0357189	이태수(李泰洙)			
0357190	강창교(姜彰敎)	경기상업고		전사(51.2.12)
0357191	최석원(崔錫源)	경기상업고		
0357192	이은규(李殷揆)	경기상업고		
0357193	김근배(金根培)	한성고	임 관	
0357194	곽준수(郭俊洙)	용산고		
0357195	소병일(邵炳一)			
0357196	우광락(禹光洛)	용산고		
0357197	전병욱(田炳旭)			
0357198	양관옥(梁寬玉)	덕수상업고	임 관	
0357199	김수철(金壽喆)			
0357200	김영목(金永睦)		명예제대	
0357201	백형선(白亨善)	대광고		
0357202	차원일(車元一)	대광고	임 관	
0357203	배길호(裵吉浩)	서울고		
0357204	서호원(徐浩源)	경기상업고	임 관	

군 번	성 명(한 자)	학 교 별	임관·명예제대	전사·실종
0357205	오태봉(吳太奉)			
0357206	백근해(白根海)	배재고	임 관	
0357207	임수영(林壽榮)			
0357208	정종욱(鄭宗旭)	한양공고	임 관	
0357209	강석형(姜碩馨)	배재고		전사(52. 5 .2)
0357210	진동권(陳東權)	덕수상업고		
0357211	안윤진(安潤鎭)	덕수상업고		전사(50.11.26)
0357212	장남숙(張楠淑)	연세대		
0357213	하창용(河昌容)	배재고	임 관	
0357214	윤영삼(尹泳森)			
0357215	홍성운(洪性運)		명예제대	
0357216	우제찬(禹濟瓚)	경기공업고		
0357217	구연수(具然壽)	경신고	명예제대	
0357218	김용운(金龍雲)	서울공업고		
0357219	전영수(全永秀)	한양공업고		전사(50.11.26)
0357220	고기화(高基化)	한양공업고		
0357221	홍순제(洪淳濟)	경신고		
0357222	박순현(朴舜炫)	경신고		
0357223	최봉천(崔奉天)			
0357224	김종석(金鍾錫)		명예제대	
0357225	김상목(金相睦)	배재고	임 관	
0357226	조병승(趙炳昇)	용산고		
0357227	이흥성(李興成)	덕수상업고	임 관	
0357228	안정선(安貞善)	한양공업고		
0357229	정재성(丁在聲)	한양공업고		

군 번	성 명(한 자)	학 교 별	임관·명예제대	전사·실종
0357230	안명득(安明得)	덕수상업고	임 관	
0357231	박성근(朴聖根)	배재고		
0357232	홍석영(洪錫永)	한양공업고	임 관	
0357233	윤수혁(尹壽赫)	한양공업고		전사(51. 8.11)
0357234	최광권(崔光權)	한양공업고	임 관	
0357235	이석주(李錫柱)	한양공업고		
0357236	이한표(李漢杓)			전사(50.11.26)
0357237	오보경(吳寶敬)		임 관	
0357238	박영수(朴永洙)			전사(50.11.26)
0357239	류하상(柳夏相)			전사(50.11.26)
0357240	민영옥(閔永玉)	덕수상업고	임 관	
0357241	이건조(李建照)			전사(50.11.26)
0357242	김광진(金光鎭)			
0357243	김영수(金榮洙)	용산고		전사(50.11.26)
0357244	강성모(姜聖模)	국립체신고		
0357245	김명관(金明寬)			실종(50.11.26)
0357246	우창규(禹昌奎)	용산고		
0357247	고영만(高永萬)	용산고		
0357248	김운용(金雲容)	용산고	임 관	
0357249	이종우(李種雨)			
0357250	이철규(李喆奎)	덕수상업고	임 관	
0357251	김길선(金吉善)			실종(51. 1.25)
0357252	이창원(李昌源)	덕수상업고		
0357253	양준태(梁俊泰)	덕수상업고		
0357254	송동호(宋東鎬)	덕수상업고		

군　번	성　명(한　자)	학　교　별	임관·명예제대	전사·실종
0357255	이선해(李仙海)	덕수상업고		실종(50.11.26)
0357256	황승열(黃承烈)			
0357257	이순문(李淳文)	덕수상업고	임　관	
0357258	전호영(田鎬榮)	덕수상업고		
0357259	김문환(金文煥)	덕수상업고		전사(50.11.26)
0357260	정수남(鄭壽男)	덕수상업고		실종(51. 2.11)
0357261	안국승(安國承)	중동고	임　관	
0357262	이상설(李尙卨)	한양공업고	임　관	
0357263	김남종(金男鐘)	한영고	임　관	
0357264	김규창(金圭昌)	덕수상업고		실종(50.11.26)
0357265	김종근(金鍾根)	덕수상업고		
0357266	곽영식(郭永植)	수도전기공업고	임　관	
0357267	윤조영(尹祚永)	덕수상업고		
0357268	조정선(趙禎善)	덕수상업고		전사(51. 2.11)
0357269	임후상(林厚相)	선린상업고		
0357270	이규복(李圭福)		임　관	
0357271	박흥순(朴興淳)			
0357272	양진환(梁鎭煥)	덕수상업고		
0357273	김현신(金顯信)	수도전기공업고		
0357274	싱용호(成鎔鎬)			
0357275	어수성(魚秀成)	덕수상업고	임　관	
0357276	윤기봉(尹起鳳)			
0357277	김학윤(金學潤)			전사(50.11.26)
0357278	최석환(崔錫煥)			
0357279	배광희(裵光熙)			전사(50.11.26)

군 번	성 명(한 자)	학 교 별	임관·명예제대	전사·실종
0357280	원용선(元龍善)			
0357281	임창빈(任昌彬)	덕수상업고	명예제대	
0357282	이창주(李昌周)		명예제대	
0357283	신봉섭(申鳳燮)		임 관	
0357284	민병규(閔丙圭)		명예제대	
0357285	홍성호(洪性浩)			전사(51. 3.13)
0357286	김세환(金世煥)			
0357287	김금용(金今龍)			전사(51. 2.13)
0357288	김동협(金東協)			실종(51. 1.11)
0357289	원종만(元鍾萬)	성동공업고		
0357290	곽도수(郭道秀)	덕수상업고	임 관	
0357291	김자동(金紫東)			실종(50.11.26)
0357292	이현빈(李顯彬)			전사(51. 2.11)
0357293	최관길(崔官吉)			
0357294	손영남(孫英男)			전사(51. 1.11)
0357295	임한철(林漢喆)			실종(50.11.22)
0357296	김익윤(金益潤)			실종(51. 1.11)
0357297	안창석(安昌錫)			실종(51. 1.11)
0357298	양동수(梁東洙)			실종(51. 1.12)
0357299	민현기(閔賢基)			전사(52. 6. 4)
0357300	윤종식(尹鐘植)			실종(51. 1.11)
0357301	윤용철(尹龍徹)			
0357302	박상규(朴相圭)	용산고		실종(50.12.14)
0357303	성낙경(成洛瓊)			실종(50.11.22)
0357304	김정배(金鄭培)			

군 번	성 명(한 자)	학 교 별	임관·명예제대	전사·실종
0357305	한명수(韓明洙)			전사(51. 1.11)
0357306	지용태(池龍泰)	용산고		실종(51. 3.13)
0357307	윤갑준(尹甲俊)	용산고	명예제대	
0357308	최대기(崔大基)	서울고	임 관	
0357309	함인수(咸仁秀)	서울고		
0357310	박종호(朴鍾浩)	서울고	명예제대	
0357311	정경호(鄭慶浩)	용산고		
0357312	이태관(李太寬)	용산고		실종(50.11.22)
0357313	엄인섭(嚴寅燮)	용산고		
0357314	정석규(鄭錫圭)			실종(51. 2.12)
0357315	현재복(玄載福)	서울고		
0357316	민경천(閔庚泉)	용산고		
0357317	이규성(李圭成)			실종(51. 2.12)
0357318	이상흥(李相興)			
0357319	정춘진(鄭椿鎭)	용산고		전사(53. 2.21)
0357320	오강세(吳剛世)	용산고		
0357321	이정진(李正進)			
0357322	김동익(金東翼)	대광고		전사(51. 2.17)
0357323	최시식(崔時植)			
0357324	윤 기(尹 柴)			실종(50.12.14)
0357325	반국조(潘國祖)			실종(51. 2.12)
0357326	최 호(崔 昊)		임 관	
0357327	이태균(李泰均)	용산고		전사(51. 2.12)
0357328	김시택(金時澤)			전사(51. 2. 1)
0357329	유병철(劉炳哲)			전사(51. 2.12)

군 번	성 명(한 자)	학 교 별	임관·명예제대	전사·실종
0357330	김근배(金根培)	용산고		실종(51. 2.12)
0357331	유대찬(兪大贊)			
0357332	이병성(李秉成)	용산고		실종(51. 2.12)
0357333	김상열(金相烈)		임 관	
0357334	이현재(李賢宰)	용산고		
0357335	양세환(梁世煥)	용산고		
0357336	이주성(李周星)	성동공업고	임 관	
0357337	김기선(金基善)		임 관	
0357338	이태극(李泰極)			
0357339	정세진(丁世鎭)		임 관	
0357340	차태오(車泰五)			
0357341	송종구(宋鍾求)			
0357342	최후열(崔厚烈)			실종(51. 2.12)
0357343	이용규(李容圭)		명예제대	
0357344	임수길(林秀吉)			
0357345	안창열(安昌烈)			
0357346	임상빈(任相彬)	용산고	임 관	
0357347	이춘길(李春吉)			
0357348	김동기(金東基)			
0357349	문이관(文利官)			전사(51. 3.13)
0357350	조상오(趙相五)	성동공업고		
0357351	한장환(韓章換)			전사(51. 2.11)
0357352	이석운(李錫運)			
0357353	최승남(崔承南)			
0357354	김진연(金振淵)			

군 번	성 명(한 자)	학 교 별	임관·명예제대	전사·실종
0357355	이연우(李連雨)			
0357356	이성원(李聖源)			
0357357	이하우(李河雨)			실종(51. 2.11)
0357358	김익호(金益湖)	경기고		전사(50.11.26)
0357359	김진호(金鎭護)			전사(50.11.26)
0357360	어해선(魚海善)	덕수상업고		
0357361	손화규(孫華圭)	용산고		
0357362	장태영(張泰榮)	용산고		
0357363	류인호(柳仁昊)	대광고	임 관	
0357364	김기성(金基成)	성남고		
0357365	윤 정(尹 正)		임 관	
0357366	김현춘(金顯春)	용산고	임 관	
0357367	엄명석(嚴明石)			
0357368	박인식(朴璘植)			
0357369	안종배(安鍾培)		임 관	
0357370	김용훈(金容勳)			
0357371	임종필(林鍾必)	용산고	임 관	
0357372	최창선(崔彰善)	용산고		
0357373	안용주(安龍柱)	경기공업고		
0357374	엄종성(嚴鍾聲)	선린상업고	임 관	
0357375	김신호(金信鎬)	용산고		
0357376	김중호(金重昊)	서울고		전사(50.11.26)
0357377	조수권(趙守權)	용산고		전사(50.11.26)
0357378	이영식(李榮植)	용산고		전사(50.11.26)
0357379	현영욱(玄永旭)			

군 번	성 명(漢 字)	학 교 별	임관·명예제대	전사·실종
0357380	김광수(金光洙)			순직(54. 7. 3)
0357381	경진수(慶鎭洙)	용산고		
0357382	이남희(李南熙)			전사(50.11.26)
0357383	김학수(金學壽)			전사(50.11.26)
0357384	임병규(林炳圭)			전사(50.11.26)
0357385	박영화(朴榮華)	성동공업고	명예제대	
0357386	유성근(俞成根)		명예제대	
0357387	김봉용(金鳳龍)			실종(50.11.26)
0357388	황성춘(黃成春)			
0357389	송효성(宋孝成)			
0357390	최인호(崔寅虎)	용산고		
0357391	안필규(安弼珪)			전사(50.11.26)
0357392	방한승(方漢昇)			
0357393	박재호(朴在浩)			전사(50.11.26)
0357394	신종성(申鍾聲)			
0357395	이종교(李鍾校)			
0357396	이준협(李準俠)			
0357397	이해수(李海洙)			
0357398	전기도(田基道)	용산고		실종(50.11.26)
0357399	전헌수(田憲秀)			실종(50.11.26)
0357400	이원재(李元宰)			실종(50.11.26)
0357401	조영만(趙永晚)	경동고	임 관	
0357402	정자근(鄭紫根)			전사(50.11.26)
0357403	최호혜(崔昊惠)			
0357404	전종락(全鍾洛)	경기고		

군 번	성 명(漢 字)	학 교 별	임관·명예제대	전사·실종
0357405	조태환(趙泰桓)	경동고	임 관	
0357406	송달호(宋達鎬)	용산고		전사(50.11.26)
0357407	신태윤(申泰允)	경동고	임 관	
0357408	조병숙(趙炳肅)	경동고		전사(50.11.26)
0357409	조강수(趙剛秀)	용산고		
0357410	오길환(吳吉煥)	경동고		전사(50.11.26)
0357411	조한오(趙漢五)	경동고		전사(50.11.26)
0357412	한택수(韓澤洙)	용산고		전사(50.11.26)
0357413	김기명(金箕明)	숭문고	임 관	
0357414	경재천(慶在天)	서울고		전사(50.11.26)
0357415	김영철(金永喆)			실종(50.11.26)
0357416	김종만(金鍾萬)	교통고	임 관	
0357417	김창균(金昌均)	성동공업고		
0357418	고명환(高明煥)			실종(50.11.26)
0357419	이남희(李南喜)			
0357420	박병무(朴炳茂)	덕수상업고		
0357421	임연태(林淵泰)	서울공업고	임 관	
0357422	김호환(金昊煥)			실종(50.11.26)
0357423	홍재기(洪載基)			전사(50.11.26)
0357424	조은식(趙殷植)	선린상업고	임 관	
0357425	김락재(金洛載)	서울공업고		
0357426	방천옥(方天玉)	서울공업고		
0357427	한태송(韓泰松)			전사(50.11.26)
0357428	최경택(崔京澤)	고려대(보성고)		
0357429	천동자(千東紫)			실종(50.11.26)

군 번	성 명(漢 字)	학 교 별	임관·명예제대	전사·실종
0357430	김병상(金秉祥)			실종(50.11.26)
0357431	박용석(朴龍石)			실종(50.11.26)
0357432	노상환(魯章煥)			
0357433	박노찬(朴魯贊)		명예제대	
0357434	김덕수(金德守)	용산고		실종(50.11.26)
0357435	김관호(金官鎬)	용산고		실종(50.11.26)
0357436	김응오(金應五)	용산고	임 관	
0357437	이공준(李孔駿)	서울고		실종(50.11.26)
0357438	김우진(金禹鎭)	용산고		
0357439	이우용(李雨用)	용산고		전사(50.11.26)
0357440	함경호(咸景浩)	서울고		
0357441	박일남(朴一男)	용산고		
0357442	윤기병(尹基炳)	용산고		전사(50.11.26)
0357443	윤선일(尹善一)	서울공업고	명예제대	
0357444	정무석(鄭武錫)	한양공업고	임 관	
0357445	정봉훈(鄭奉勳)			
0357446	김학춘(金學春)			전사(50.11.26)
0357447	이종수(李宗洙)		명예제대	
0357448	조덕환(趙德煥)	용산고		실종(50.11.26)
0357449	이 영(李 煐)	서울공업고	임 관	
0357450	손득규(孫得奎)	서울공업고		
0357451	김홍규(金洪奎)			
0357452	강기섭(姜起燮)			전사(50.11.26)
0357453	성낙진(成樂振)	서울공업고	임 관	
0357454	김규원(金圭源)			전사(50.11.26)

군 번	성 명(漢 字)	학 교 별	임관·명예제대	전사·실종
0357455	최덕용(崔悳鏞)	서울공업고		
0357456	김종성(金鍾成)	서울공업고	임 관	
0357457	박성철(朴成哲)			전사(50.11.26)
0357458	황용구(黃龍九)			
0357459	최서교(崔序敎)	선린상업고		
0357460	진도철(陳到哲)	경기공업고		
0357461	박경선(朴慶善)	용산고		
0357462	최과정(崔科正)			실종(50.11.26)
0357463	박영석(朴榮錫)	성동공업고		
0357464	주성연(朱聖演)	용산고	임 관	
0357465	주강호(朱康鎬)	용산고	임 관	
0357466	이정석(李廷錫)			전사(50.11.26)
0357467	김태희(金泰喜)	경기공업고		
0357468	이승구(李勝九)			
0357469	김무경(金武卿)	용산고	임 관	
0357470	우학명(禹鶴命)	서울공업고	명예제대	
0357471	옥시연(玉時淵)			
0357472	강경진(康敬鎭)			전사(50.11.26)
0357473	김준곤(金俊坤)	경동고	임 관	
0357474	방한남(方漢南)		임 관	실종(50.11.26)
0357475	문경덕(文敬德)	용산고	임 관	
0357476	손무연(孫武淵)		임 관	
0357477	김경재(金璟載)	국립체신고		
0357478	최창하(崔昌河)	대광고	임 관	
0357479	유한수(柳韓壽)		임 관	

군 번	성 명(漢 字)	학 교 별	임관·명예제대	전사·실종
0357480	최순영(崔淳英)			전사(50.11.26)
0357481	김성재(金星在)		임 관	
0357482	홍영모(洪永模)	용산고		
0357483	이재명(李在明)	대광고		
0357484	진충하(陳忠夏)	선린상업고	임 관	
0357485	이정구(李貞九)	용산고		전사(50.11.26)
0357486	서재식(徐在植)	양정고		
0357487	박태복(朴泰福)	용산고		실종(50.11.26)
0357488	최인환(崔仁煥)	용산고	임 관	
0357489	박승화(朴勝和)	용산고	임 관	
0357490	이대권(李大權)	용산고		
0357491	이동신(李東新)	용산고		
0357492	임태식(林泰植)	한영고		전사(52.11.26)
0357493	김경준(金慶俊)			
0357494	이관휘(李官徽)			전사(50.11.26)
0357495	양홍선(梁興善)			전사(50.11.26)
0357496	김석찬(金錫燦)	대광고	임 관	
0357497	안상규(安相奎)			전사(50.11.26)
0357498	최찬영(崔贊永)			실종(50.11.26)
0357499	박용선(朴容善)			실종(50.11.26)
0357500	김동준(金東俊)	성동공업고		
0357501	김태승(金兌承)	용산고		
0357502	황창주(黃昌周)	중앙고		
0357503	권동성(權東星)			실종(50.11.26)
0357504	문도원(文到苑)			실종(50.11.26)

군 번	성 명(漢 字)	학 교 별	임관·명예제대	전사·실종
0357505	문경선(文敬善)			전사(50.11.26)
0357506	정경호(鄭京浩)			
0357507	황윤상(黃潤相)			실종(50.11.26)
0357508	편학구(片鶴九)			
0357509	이시윤(李時潤)			
0357510	최재옥(崔在玉)			
0357511	김석인(金錫麟)			
0357512	유한기(劉漢基)			
0357513	이상학(李尙學)			
0357514	김익환(金益煥)			
0357515	하경선(河景善)			
0357516	장중근(張仲根)			
0357517	정국헌(鄭國憲)			
0357518	이석두(李錫斗)			
0357519	설규용(薛圭鎔)	서울고	임 관	
0357520	오정주(吳貞柱)			
	김남학(金南鶴)	서울고		전사(50.11.26)

박 경 석 (시인, 소설가)

　육사 생도2기. 군 재직시부터 필명 韓史郞으로 시와 소설을 발표. 장성으로 예편 후에 창작에 몰두 대하소설 〈따이한〉, 장편소설 〈오성장군 김홍일〉, 〈영웅들〉, 〈별〉, 〈묵시의 땅〉, 〈행복의 계절〉 등 30여 권의 소설집을 출간하는 한편 최근 제18시집으로 〈부치지 못한 편지〉를 펴냈다. 왕성한 창작의욕으로 쉬임없이 작품집을 세상에 내놓고 있다. 그는 군 재직시 乙支, 忠武, 花郞 등 무공훈장 11개를 받는 전공을 세웠고 예편후 문학상도 5개나 수상했다.

서울학도의용군　　정가 : 10,000원

초판 발행 / 1995년 11월 5일
재판 발행 / 2005년 10월 5일
글쓴이 / 박경석
펴낸이 / 최석로
펴낸곳 / 서문당
주　소 / 서울시 마포구 성산동 54-18호 동산빌딩 2층
　　　　　전화 / 322-4916~8　팩스 / 322-9154
등록 일자 / 2001. 1. 10
창업 일자 / 1968. 12. 24
등록 번호 / 제10-2093

ISBN 8972431133
서울학도포병동지회 (회장 김응오)
　　　연락처 ☎ 02-2614-1184, 019-267-1184